EX-PATRIOTAS

PETER CLINES

EX-PATRIOTAS

EX-HERÓIS #2

novo século®

SÃO PAULO 2014

Coordenação Editorial	Mateus Duque Erthal
Tradução	Caio Pereira
Preparação	Jonathan Busato
Diagramação	Project Nine
Design de capa	Christopher Brand
Ilustração de capa	Jonathan Barlett
Montagem de capa	Monalisa Morato
Revisão	Marina Ruivo

Texto de acordo com as normas do Novo Acordo Ortográfico da Língua Portuguesa (Decreto Legislativo nº 54, de 1995)

Dados Internacionais de Catalogação na Publicação (CIP)
(Câmara Brasileira do Livro, SP, Brasil)

Clines, Peter
Ex-patriotas / Peter Clines ; [tradução Caio Pereira]. -- Barueri, SP : Novo Século Editora, 2014.

Título original: Ex-patriots.

1. Ficção norte-americana I. Título.

14-02684 CDD-813

Índice para catálogo sistemático:
1. Ficção : Literatura norte-americana 813

2014
IMPRESSO NO BRASIL
PRINTED IN BRAZIL
DIREITOS CEDIDOS PARA ESTA EDIÇÃO À
NOVO SÉCULO EDITORA LTDA.
CEA - Centro Empresarial Araguaia II
Alameda Araguaia 2190 - 11º Andar
Bloco A - Conjunto 1111
CEP 06455-000 - Alphaville Industrial, Barueri - SP
Tel. (11) 3699-7107
www.novoseculo.com.br
atendimento@novoseculo.com.br

PRÓLOGO

AGORA

A brisa da noite retirou o manto de cima do corpo de Stealth. Conforme as dobras do tecido se abriam, elas revelavam o arranjo de tiras e bainhas que cruzavam seu uniforme colado à pele. Suas botas firmaram-se no declive do pico da torre da caixa d'água até que o vento agradável se acalmou, deixando que o manto e o capuz a cobrissem novamente.

Sua máscara sem expressão voltou-se para as figuras reunidas em torno da base da torre. Elas apinhavam as ruas do forte moderno que se tornara conhecido como o Monte. Algumas delas cambaleavam e se precipitavam estranhamente contra as outras. Muitos comiam. Gritos e lamentos ecoavam na direção dela.

Ela balançou a cabeça e voltou-se para o homem parado no ar, perto dela.

– Isso é perda de tempo.

– Não, não é.

St. George, antigamente conhecido pelo mundo como Mighty Dragon, flutuava em torno da torre, ordenando à gravidade que o ignorasse. Um homem sólido, de 1,80 m de altura, cujo corpo, embora musculoso, tendia à magreza. A jaqueta de couro, do mesmo marrom dourado dos cabelos que caíam nos ombros, era decorada com suturas e remendos. Já chegavam a ser duas jaquetas costuradas numa só. Um dente de doze centímetros vinha preso à lapela do casaco rasgada por finas tiras.

Stealth olhou por sobre o ombro para o edifício onde alocara seu escritório e a verdadeira prefeitura da cidade.

– Deveríamos estar organizando os horários da construção desta semana. O muro norte está quase pronto.

– Isso pode esperar – ele retrucou. – Todos precisam disso. Nem devem saber, provavelmente, quanto precisam.

– Então você continua insistindo.

Abaixo deles, o povo, celebrando, ocupava as ruas e alamedas. Famílias reuniam-se nas coberturas. Comemoravam, riam e falavam alto. Até os guardas ao longo dos muros pareciam mais relaxados.

– Sua chata – Cláudia disse. Cutucava o nariz, fitando Stealth.

Por dentro do capuz, Stealth voltou sua atenção à garotinha empoleirada no ombro esquerdo de St. George.

– Sou uma pessoa prática.

– Ela é muito chata – disse St. George à menina –, mas estamos dando um jeito nisso.

Ele passou o braço por cima das pernas dela, como se fosse um cinto de segurança, e girou no ar.

– Mais alto! – gritou Timmy, no outro ombro.

– Na verdade – disse o herói –, acho que acabou o tempo de vocês dois. Vamos descer.

– Não! – guinchou o menino.

– Tchau, moça chata – disse Cláudia, acenando.

St. George desceu até a multidão e entregou as crianças aos pais. Dúzias de bracinhos se ergueram, mas o herói as recusou.

– Chega de passeios por hoje – disse a elas. – O show já está para começar.

A alguns metros dali, a forma azul e prata de Cerberus avançou em meio à multidão. A armadura de batalha era mais alta que os mais altos habitantes do Monte. A maioria das cabeças mal alcançava as bandeiras norte-americanas estilizadas em seus bíceps cintilantes. Os membros de metal estavam estendidos, e crianças alegres penduravam-se em cada braço maciço.

O crânio armado do titã fitou o céu com lentes do tamanho de bolas de tênis, depois voltou-se para St. George. O traje fortificado era andrógino, mas depois de tanto tempo trabalhando ao lado de seu criador, St. George tendia a pensar nele como um traje feminino. Ele fez um sinal positivo com a mão para a armadura, que respondeu com um aceno de capacete. Em seguida, olhou para o céu estrelado e teclou o microfone em seu colarinho.

– E aí em cima? Prontos pra começar?

Bem acima do Monte, uma das estrelas zanzava de um lado a outro do céu, ziguezagueando e tracejando figuras na escuridão noturna. A voz de Barry ecoou no aparelho no ouvido de St. George.

Sim!

– Tudo certo?

Sim, claro que sim. O que poderia dar errado?

– Você não falou alguma coisa ontem sobre botar fogo na atmosfera?

Bom... sim, disse Barry, após uma breve pausa. *Mas as chances disso acontecer são muito ínfimas.*

De dentro da armadura Cerberus, a voz de Danielle Morris ecoou pelo mesmo canal.

– Você é capaz de botar fogo em parte da atmosfera?

Não só em parte, disse Barry. *Olha, as chances são quase nulas, falando sério. É mais fácil que um de nós... uau!*

– O quê?

Acabo de ser atingido por um raio aqui em cima. Quem diria que isso fosse acontecer?

– Desista – grunhiu Cerberus. Ela pôs no chão as crianças que escalavam a armadura.

Confiem em mim, vai dar tudo certo. Faça seu discursinho.

St. George sorriu para a armadura ao levitar para o alto. Outra salva de palmas desatou quando ele traçou espirais no ar, e muitas garrafas foram erguidas. As reservas caseiras de Matt Russel seriam esgotadas naquela noite. O herói acenou para a multidão e voou de volta ao topo da torre da caixa d'água.

Stealth fitava os muros quando ele pousou perto dela no declive.

– Tem certeza de que todos os guardas estão a postos?

– Tenho – ele respondeu. – E você também, senão já teria resolvido a questão. Tente relaxar só por uma noite, vai?

Ela não respondeu.

– Senhoras e senhores – relampejou Cerberus lá de baixo. Com os alto-falantes do traje no máximo, sua voz tinha mais volume do que um megafone. As demais vozes silenciaram.

– Um ano atrás – ela continuou –, não fazia nem oito meses que havíamos chegado ao Monte. Todos estávamos ainda trabalhando sem parar para tornar este local habitável. Não havia tempo para diversão. Nem tempo para celebrar. Só pensávamos em sobreviver. – Ela fez uma pausa e esperou o eco de sua voz ceder. – E nem todos de nós sobreviveram.

A multidão concordou baixinho, e mais algumas garrafas foram erguidas.

– Então, este ano, queríamos ter certeza de que todos se lembrariam deste dia, e que todos pudessem celebrar. Estamos vivos. Estamos juntos. Feliz Quatro de Julho!

Ouviu-se o rumor de um trovão, e uma flor vermelha brilhante estampou o céu. Um segundo depois, uma floração branca apareceu ao lado, seguida por uma azul. As ovações avultaram-se e espalharam-se por todo o Monte. Centenas de crianças gritavam de alegria. As luzes se apagaram e mais quatro estouros se seguiram. O trovão seco de um canhão distante ecoou no céu.

A voz de Barry veio pelo rádio mais uma vez.

Pensei ter ouvido você dizer que ia fazer o discurso do presidente em Independence Day?

– Não – respondeu Cerberus –, foi você que ficou insistindo pra que eu fizesse. Eu só o ignorei.

Mas é um discurso tão legal!

–Você não ia explodir de novo ou algo assim?

Acima do Monte, o céu noturno brilhou com outro estouro de luz. Os aplausos ecoaram por quarteirões. St. George clicou o microfone de novo.

– Por quanto tempo acha que consegue fazer isso?

Devo conseguir fazer dez ou doze desses, talvez uma dúzia dos curtinhos pro grand finale. *Não dá pra soltar fogos sem um* finale.

– Não vai ser muito pra você?

Comi bem no jantar. Mais duas explosões preencheram o céu, seguidas por outro trovão. *Além disso, vale muito a pena pela vista. Consigo ver boa parte da América do Norte. A ponta da América do Sul, também, acho.*

– Uau – disse Cerberus. – Está tão alto assim?

Bem alto. Acabei de desviar de um satélite.

– Espere aí – disse St. George. Ele olhou para o céu e tentou visualizar a silhueta brilhante de Barry entre as estrelas. –Você está no espaço?

Tecnicamente falando, sim, disse Barry pelo comunicador, *mas o satélite foi brincadeira. Estou bem na Linha de Kármán.*

– E... tá tudo bem pra você?

Bom, eu não preciso respirar. E assim mantenho a camada de ozônio entre mim e a Terra, por precaução.

– Precaução de quê?

Ah, estou soltando muita energia aqui. Uma parte dela vai escapar pelas ondas mais perigosas. Não tenho como evitar.

– É uma sábia precaução – disse Stealth. Escutava tudo através do próprio comunicador, sem tirar os olhos das defesas do Monte. – Tanto quanto você, Zzzap.

Sim, senhora, disse Barry. Dava até para ouvi-lo sorrindo. Um par de flores douradas explodiu no céu e mais ovações vieram lá de baixo.

St. George olhou para a composição e fingiu não observar a mulher perto de si.

– Se faz tanta diferença que eu participe – disse ela, sem desviar o olhar –, por favor, diga.

Ele deu de ombros.

– Só acho que seria bom pra você também. Precisa levantar o astral tanto quanto os outros. Talvez mais ainda.

– Não acho fácil, como algumas pessoas, deixar minhas responsabilidades de lado por algumas poucas horas de entretenimento frívolo – disse Stealth. – Principalmente para celebrar o aniversário de um país que, em quase todos os sentidos, não existe mais. Sempre temos questões mais urgentes.

Ela olhou para a escura metrópole.

O herói seguiu o olhar dela. Cada explosão de luz iluminava a cidade. Além dos altos muros do Monte, após os portões barricados e as filas de carros abandonados nas ruas, ele avistou os outros habitantes de Los Angeles.

Os ex-humanos.

Os mais distantes cambaleavam sem destino. Perto do Monte, onde podiam ver os guardas, arranhavam barreiras e enfiavam as mãos pelos portões. Davam golpes vagarosos com suas mãos emagrecidas. Nenhum deles reagia aos trovões. Nenhum deles olhava para o céu para ver a composição brilhante no céu da noite.

Nenhum deles estava vivo.

Do topo da torre da caixa d'água, dava para ver dezenas de milhares de mortos-vivos, talvez centenas de milhares, tropeçando ao longo das ruas, em todas as direções. Durante os jorros de luz, o herói via alguns deles com membros retorcidos e muitos mais manchados de sangue.

Os sons da celebração e o eco dos fogos de artifício de Zzzap quase encobriam o murmúrio. O barulho constante que se dispersava por toda a Los Angeles, que ecoava de todo prédio e por todas as ruas. O ranger despropositado dos dentes dos mortos chocando-se repetidamente. Se as estimativas de Stealth estivessem corretas, e quase sempre estavam, havia pouco mais de cinco milhões deles além dos limites da cidade.

St. George suspirou.

– Você sabe mesmo estragar o clima às vezes, sabia?

– Peço desculpas.

O MÉDICO CHEGOU

ANTES

Eu estava em meu laboratório particular, reunindo as notas para minha palestra da uma e meia. Minha assistente, Mary, dividia seu tempo entre procurar o *pen drive* que continha minha apresentação em *slides* e organizar uma pilha de correspondências e jornais que se espalharam pelo chão, caídos da minha mesa. Pelo menos ela deixara os papéis cair para segurar as fotos de minha esposa e filha.

Minha barba coçava no contato com o colarinho. Queria tê-la feito antes do início do semestre e acabei perdendo a noção do tempo. Estava já me preparando para a quarta palestra e a barba ainda estava um emaranhado de muitos fios prateados. Eva odeia quando minha barba fica muito comprida. Era bem curta quando nos conhecemos, na escola. Eu devia dar uma passada no barbeiro do *campus* antes de começar a me parecer com Walt Whitman.

Ouvi a porta se abrir enquanto arrumava a maleta, mas nem dei conta de quem seria até ouvir meu nome.

– Doutor Emil Sorensen?

Quem me chamava era um jovem rapaz que eu não reconhecia. Vestia um terno bem cortado, no qual parecia caber confortavelmente. Gravata ajustada em nó inglês. Cabelo bem curto, sobre um olhar cortante.

Já vira esse estratagema várias vezes. Todo professor o vê pelo menos uma ou duas vezes por semestre. Ele recebe alguns nomes diferentes, mas aqui o pessoal chama de jogada VIP. Um graduando tenta parecer ou soar importante para colocar-se em pé de igualdade com seu instrutor. Depois, explica as extenuantes circunstâncias por trás de certa nota ou resultado de prova. Menciona nomes de pessoas que ficariam desapontadas. E tudo isso leva, é claro, à sugestão de que o aluno deveria poder refazer um trabalho, uma prova ou, em alguns casos mais ousados, simplesmente ver sua nota ajustada a um valor mais aceitável.

Eu estava ficando atrasado e estávamos muito no início do semestre para esse tipo de esquema.

– Você tem noventa segundos – eu disse. – O que posso fazer por você?

Enquanto eu ainda falava, mais dois homens entraram logo após o primeiro. Eram maiores e mais fortes que ele. Um deles portava uma maleta. Os ternos de todos combinavam.

Mary parou de procurar pelo *pen drive*. Seu olhar passou de mim para o trio de homens.

– John Smith – disse o homem. – Sei que parece piada, mas este é o meu nome mesmo. Gostaria de falar um pouco com você, se for possível. – O sorriso largo do rapaz era meu velho conhecido de jantares beneficentes do corpo discente. Um sorriso praticado, mas muito bem praticado.

– Agora não é uma hora muito boa. Tenho uma palestra em dez minutos do outro lado do *campus*, e...

– Espero que me perdoe – disse Smith –, mas tomei a liberdade de cancelar sua palestra.

Levei uns segundos para aceitar o que acabara de ouvir.

– Quem diabos você pensa que é?

– John Smith – ele repetiu. O sorriso desvaneceu quando ele sacou uma carteira de couro. O homem abriu-a, revelando um distintivo dourado com suas credenciais e foto, na qual ele sorria. – Agente Smith, tecnicamente. Sou do Departamento de Segurança Nacional, subordinado à Agência de Projetos de Pesquisa Avançada de Defesa. Podemos falar a sós, senhor?

Ele disse as últimas palavras acenando com a cabeça para Mary. Ela me fitou com os olhos escancarados. Todos nós falávamos um pouco abertamente demais às vezes, e no *campus* de uma universidade a paranoia e os rumores sobre o Ato Patriótico corriam feito lebres.

– Doutor?

Tentei simular um sorriso tranquilizador.

– Por que não vai ver se tem gente esperando no Bartlett Hall? – sugeri-lhe. – Informe-lhes de que essa intempérie não significa que estão dispensados da prova da semana que vem.

A moça juntou seus papéis e fez uma pausa para certificar-se de que eu via o *pen drive* que ela encontrara. O sorriso enfeitava o rosto de Smith o tempo todo. Ele acenou educadamente a Mary conforme ela passou por entre os dois homens maiores. Eles fecharam a porta assim que ela saiu.

– Então, do que se trata?

Smith relaxou a expressão. Quando o sorriso sumiu, ele pareceu envelhecer muitos anos. Não era um jovem, apenas fadado a carregar o rosto de um. Um dos outros professores de bioquímica tinha o mesmo problema. Um rosto juvenil no meio acadêmico significava ser sempre uma carta marcada e nunca ser levado a sério pelos colegas.

– Você é um homem muito impressionante, Doutor Sorensen – disse ele. – Tem mais diplomas de doutorado do que tenho de estudos. Fisiologia, Neurologia, Bioquímica. Pioneiro em nanotecnologia molecular e...

– Conheço minhas credenciais.

– Pelo que li, levou uma rasteira no prêmio Nobel do ano passado.

– Não se trata de receber prêmios – disse. – Além disso, as técnicas de modificação genética que Evans e os outros desenvolveram são brilhantes. Até me ajudaram em meu próprio trabalho.

– Claro – Smith concordou, com um aceno polido. – Você recebeu diversas gratificações da DARPA ao longo dos últimos vinte anos. Se li o arquivo corretamente, seu contrato foi renovado sete vezes. Um recorde!

Na verdade – ele forçou um risinho –, você começou a trabalhar para o governo pouco antes do meu aniversário de oito anos.

– Pode, por favor, entrar no assunto, Sr. Smith?

O sorriso cedeu novamente.

– Bom, doutor, o fato é que eles querem colocá-lo para trabalhar em tempo integral, para ser responsável por...

– Não estou interessado.

O rapaz ficou perplexo.

– Nem sabe de qual projeto eu ia falar.

– Não importa – disse. – Estou contente com meu contrato do jeito que está.

– Tem certeza?

– Por que não teria?

Smith acenou para o lado. O homem com a maleta a abriu e colocou uma pasta sobre a mesa.

– Deve ter visto algumas das manchetes, imagino.

Ele passou por mim, foi até a mesa e espalhou recortes e artigos impressos.

MIGHTY DRAGON PATRULHA LOS ANGELES

"HOMEM-MACACO" IMPEDE ASSALTO

FIGURA SOMBRIA ASSOMBRA O DISTRITO DE RAMPART

Eu já tinha visto boa parte das notícias. Alguns dos meus alunos vinham guardando manchetes e imagens para mim desde que Mighty Dragon aparecera pela primeira vez, em junho. Eu devia ter o dobro de artigos que Smith tinha. As cópias estavam no *pen drive*, o que me fez lembrar de pegá-lo e guardar no bolso.

– Já viu algo sobre o homem elétrico em Boston? – perguntei-lhe.

Os olhos do rapaz acenderam como os de um menino.

– Já. O que acha dele?

– Fiquei intrigado, é claro, mas até que eu veja prova mais concreta do que uma manchete no *Post* ou algumas fotos de má qualidade num blog, não pretendo deixar que isso ocupe muito do meu tempo.

– Mas você pediu para que seus alunos guardassem os artigos para você. – O sorriso voltou a aparecer.

– Aonde pretende chegar, Sr. Smith?

Ele evitou meu olhar e olhou ao redor do laboratório.

– Odeio parecer suspeito, professor Sorensen, mas... bom, algumas pessoas da DARPA andaram imaginando se você teve algum sucesso com a pesquisa de desenvolvimento humano e não nos contou.

Senti um espasmo de pânico. Talvez a paranoia de Mary não fosse um disparate, afinal.

– Acha que eu tive algo a ver com essas pessoas?

Smith deu de ombros.

– Para ser honesto – disse ele –, acho que eles ficariam animados se fosse o caso. Colocaria os Estados Unidos no primeiro lugar da corrida dos superpoderes.

– Do quê?

– Não acontece só aqui, doutor – disse ele. – Pessoas com habilidades sobre-humanas estão aparecendo em todo o mundo. Você viu Vladimir Putin na capa da *Time* mês passado? – Smith balançou a cabeça.

– Eu vi a foto – disse, fazendo que sim. O título era "Super-homem do ano". Putin estava sem camisa em frente ao Kremlin, segurando um carro com uma das mãos, sobre a cabeça. – Pensei que fosse uma propaganda feita com Photoshop.

– A maioria das pessoas pensou isso. Graças à CIA. Mas os super-humanos estão pipocando em todo canto. – Smith retirou mais algumas fotos de dentro da pasta. – Na Inglaterra, tem o Cavaleiro Verde e o Espantalho. O Japão tem todo um time de supersamurais. Dois caras no Irã se intitulam Gilgamesh e Marduk. Caramba, vimos imagens de satélite, esta manhã, de um dragão sobrevoando Bagdá. Asas, chifres, rabo e tudo.

– Um dragão?

Ele deu de ombros.

– Alguns da agência acham que deve ser algum tipo de metamorfose ou algo assim. – A língua dele tropeçou na palavra. – Que algo, talvez alguém, se transformou...

– Sei o que significa metamorfose.

– Certo, desculpe. Enfim, você entende, professor? É por isso que precisamos que você volte ao Projeto Krypton. Sem mais consultas, sem mais avaliações externas. Queremos que trabalhe em tempo integral conosco, nessa área. E você não vai querer perder uma chance dessas, vai?

– Não – foi o que me peguei dizendo. Sabia que Smith tinha razão. Eva e Madelyn iam ficar bravas comigo. Prometi-lhes que não pegaria projetos extras naquele ano. – Pensei que Krypton tivesse sido encerrado de vez!

– O secretário de Defesa gosta do projeto. Ele o trouxe à ativa faz dois anos, mas tem sido mantido em segredo. O projeto do Soldado da Força do Futuro chama mais a atenção da revista *Wired*, de qualquer modo.

– Então por que reativar o Krypton?

– Bom, o Força do Futuro vai bem – disse ele –, e eles esperam poder levar a público o novo projeto do exoesqueleto nos próximos sete ou oito meses. Mas quando se trata desse assunto, o vice-presidente, o secretário e os chefes das filiais querem ver um trabalho bem feito no nosso canto, e acham que você é o homem para a tarefa.

Ergui uma sobrancelha. Mau hábito. Eva diz que vai me causar rugas.

– No nosso canto? Não sei se entendi.

Ele gesticulou para os papéis e fotografias sobre a mesa.

– Todos esses outros super-humanos obedecem ao governo de seus países – explicou. – Quase todos. Alguns recebem até salário. Quer dizer, pense nisso, doutor. Não faz sentido haver super-heróis nos Estados Unidos se o governo não puder controlá-los.

DOIS

AGORA

Havia na loja pelo menos três dúzias de pessoas além do necessário. O rumor das conversas ecoava por todo o recinto, do tamanho de um depósito. As mesas rolantes e prateleiras tinham sido afastadas. Em seu lugar, uma cadeira solitária encontrava-se bem no meio, sob o céu mais limpo.

St. George estava sentado nela. Deixara a jaqueta de couro sobre uma das mesas, revelando a regata vermelha que ainda o fazia sentir muito calor no verão de Los Angeles. Ele olhou para a multidão, depois para o punhado de pessoas em torno de sua cadeira.

Jarvis enfiou uma serra para metais sob o braço e bateu palmas.

– Vamos fazer silêncio – disse. – Não há motivo pra fazer disto aqui um circo, mais do que já é. – Fez uma pausa e coçou o queixo, por baixo da barba grisalha. – Todos sabemos que não é tarefa pra uma pessoa só. Fizemos vários desenhos semana passada, e cada um dos vencedores vai ter uma chance com ele.

À esquerda de St. George, Andy segurava um cortador de arame gasto, e ao lado dele, uma mulher tinha em mãos tesouras de jardinagem de um azul brilhante. Billie Carter estava do outro lado do cômodo, com um alicate. Mike Turner portava outro cortador de arame. Bem à frente dele havia uma menininha latina com um alicate de punho preto. Dava pulinhos. St. George sorriu para ela, que ficou envergonhada.

Jarvis voltou-se para o herói.

– Última chance de desistir, chefe.

Ele sorriu.

– Tudo bem – disse. – Já passou da hora.

O homem mais velho balançou a cabeça e deixou o cabelo cair nos ombros.

– Pessoalmente, acho que assim você fica mais requintado.

– Talvez – disse St. George –, mas dá muito calor no verão.

– Se deixasse crescer mais ainda, a gente ia começar a te chamar de St. Fábio – disse Mike.

– Acho que está mais pra St. Hippy – disse Billie.

Ela apertou o alicate um par de vezes, para maior ênfase, e uma rodada de risos cruzou a sala. Ela ainda mantinha o cabelo bem curto, estilo militar. Andy deu um passo à frente e ergueu seu cortador de arame. Colocou-se atrás de St. George e começou a juntar o cabelo dourado num rabo de cavalo.

– *Et tu*, Andy? – St. George disse, sorrindo.

– Como eu poderia perder a chance de cortar o cabelo de um fortão lendário? – disse Andy, com um sorriso. – Se algum dia eu for ordenado, vou poder contar essa história todo domingo pra uma paróquia estarrecida.

Ele deitou o rabo de cavalo na boca do cortador de arame, respirou fundo e juntou os punhos da ferramenta.

O cabelo resistia. Andy tomou ar de novo, pôs o peso nos punhos, e ouviu-se um clique seco, como macarrão sendo quebrado. O som ecoou pela loja, e o rabo de cavalo caiu no chão. A multidão ovacionou e aplaudiu. Andy olhou para os dentes maltratados da ferramenta e balançou a cabeça.

Mike veio mancando. Fazia oito meses que um ex tentara morder o sapato dele e quebrara-lhe metade dos ossos do pé. A Dra. Connolly não tinha certeza ainda se ele poderia, algum dia, andar sem bengala.

– Sentindo a cabeça mais leve, chefe? – perguntou, sorrindo com malícia.

Ao longo da hora seguinte, serraram e cortaram e picaram o cabelo do herói. No final, as ferramentas estavam todas desbastadas e gastas, mas os cabelos cobriam o chão. Houve uma salva final de aplausos quando St. George viu o resultado num espelho de mão.

– Parece um corte que usei na escola, uma época. – Ele abaixou o espelho. – Espero que todos tenham se divertido – disse, piscando para Andrea. – Hora de voltar ao trabalho. O dia está passando.

A multidão foi saindo, enquanto ele vestia a jaqueta. Poucos momentos depois, estava sozinho com Billie e Jarvis.

– Estamos prontos? – perguntou.

Ela fez um aceno seco com a cabeça.

– Luke já abasteceu os tanques extras do *Road Warrior*. Temos material para a noite toda, se for preciso. Stealth até deixou que pegássemos três estojos a mais de munição. Um de nove milímetros, dois de três-zero-oito. – Ela fitou o relógio. – A equipe vai se reunir daqui a trinta e nove minutos.

O herói voltou-se para Jarvis.

– Como está a armadura? Rocky terminou aqueles últimos três pares de luvas?

– Não – respondeu o barbudo. – Ele fala que é uma arte, e demora quanto for preciso. Eu disse que vocês não iam gostar nada disso.

– Saco. Então, estamos com quantos, trinta trajes completos?

– Isso.

– Não é muito – disse Billie.

– Não – concordou o herói.

– Metade das pessoas também só quer usar suas roupas de couro mesmo – disse Jarvis. – Essa história de armadura não anda colando muito bem.

– Tá calor demais pra usar couro – disse Billie. – Ou as pessoas não usam, ou vão passar mal de tanto calor.

– Diga ao Rocky que ele vai ganhar frango no jantar, hoje à noite, se conseguir terminar mais um par antes de sairmos – disse St. George. – Tem minha palavra.

– Poxa – disse Jarvis –, por um frango inteiro eu faço a droga das luvas eu mesmo.

– E se ele não fizer? – perguntou Billie.

– Então teremos que nos virar com o que tivermos.

– Isso significa cortar três pessoas ou ter três pessoas sem armadura?

St. George franziu a testa.

– Preciso pensar melhor nisso.

Os três saíram da loja, para a luz da manhã, e pararam para ajustar os óculos de sol. À direita ficava o portão Lemon Grave, e St. George levou a mão ao dente metálico preso à sua jaqueta ao olhar nessa direção.

–Vou dar uma olhada em Zzzap e Stealth. Encontro vocês em Melrose daqui meia hora.

Jarvis assentiu e saiu andando. St. George estava prestes a alçar voo quando Billie o tocou no braço. A moça apontou a estrada.

Um homem magro, de cabeça raspada, esperava lá, acompanhado pela menina que cortara a franja de St. George. Quando o homem percebeu que eles o viram, trocou a mão que segurava a da menina e fez um gesto desengonçado.Veio caminhando, ainda com a mão erguida, trazendo a garotinha consigo. Usava luvas sem dedos.

O herói esperou que o homem abaixasse a mão e cumprimentou-o.

– Foi você quem teve o desenho escolhido, na verdade, não foi?

– Foi – disse o rapaz. Era jovem, vinte anos no máximo, e falava com um tom ansioso e impaciente. Os braços nus revelavam tatuagens, e o herói pôde notar o número proeminente no ombro esquerdo. – Andrea é minha sobrinha. Ela vinha querendo te conhecer desde que nos mudamos pra cá.

– Estavam com os Seventeens?

– Eu estava, sim – disse o rapaz –, mas saí. Sou Cesar. Cesar Mendoza.

Atrás de si, St. George ouviu as botas de Billie roçarem o chão.

– Prazer em conhecê-lo, Cesar – disse, cumprimentando-o mais uma vez. – Sua sobrinha é uma graça.

– O-oi, gente – disse a garota. Ela gesticulou e meteu-se atrás de Cesar, envergonhada de novo.

– É, eu sei – disse o rapaz. – Olha, eu estava pensando... posso falar com você sobre um assunto por alguns minutos?

– É urgente?

Cesar deu de ombros.

– Ah, não é questão de vida ou morte – disse. – Só queria falar sobre umas coisas.

– Que tipo de coisa?

– Só... ah, uma coisas. – Ele olhou para Billie. – Uma coisa. Uma coisa que eu preciso tirar do peito, sabe?

– Alguém te mordeu?

– O quê? Não!

– Matou alguém? – perguntou Billie.

– Não!

– Roubou alguma coisas?

– Não! Bem... não, faz uns dois anos que não faço isso. Verdade, cara, não é nada disso.

– Então não tem tanta pressa – disse St. George, sorrindo. Colocou a mão no ombro de Cesar. – Tem algumas coisas que eu preciso fazer antes de sairmos; quem sabe mais tarde. Vou ficar por aqui o dia todo amanhã se não aparecer nada.

O rapaz assentiu.

– Certo – concordou. – Tá, amanhã pode ser. Obrigado, brother. – Ele pescou a garotinha com os braços. – Fala tchau.

– Tchau – disse a menina, acenando.

– Ainda não confio em nenhuma dessas pessoas – murmurou Billie, conforme o rapaz se afastava.

– Essas pessoas? – repetiu o herói.

– Não fique me remendando – disse ela. – Menos de um ano atrás os Seventeens estavam tentando nos matar. Agora, estamos dividindo suprimento com eles.

– Eles estão dividindo conosco também, não se esqueça. Galinhas, ovos, e um monte de frutas e legumes.

Ela deu de ombros.

– Tá – disse –, se acha que são tão dignos de confiança, por que nenhum deles foi às ruas ou além dos muros ainda?

St. George observou o rapaz e a garotinha sumirem numa esquina.

– Sabe? Você tem razão – disse. – Devemos fazer algo sobre isso.

– Eu não quis dizer que acho errado. Não confiaria uma arma a nenhum deles. A maioria das pessoas não confiaria.

– Bom, mas vão ter que confiar – disse ele. – Nenhum de nós vai sobreviver se mantivermos essa mentalidade de nós aqui, eles lá. Tire alguém da equipe e coloque um dos Seventeens hoje.

– O quê?

– Tem alguns bons candidatos. Nesto. Hector. Fernando. Quem é a moça de moicano? Desirea?

– Só pra constar, eu comecei dizendo que deixá-los fora disso é uma coisa boa.

Ele sorriu.

– Por isso mesmo, é você quem vai escolher quem vai conosco. Não te ensinaram a formar equipes na Marinha?

– Sim. Disseram que se alguém não fosse parte da equipe, devíamos atirar na pessoa.

– Escolha com cuidado – retrucou. Focou a atenção num ponto no centro dos ombros, e seus pés deixaram o chão. – Em Melrose daqui a vinte e cinco minutos. Espero ver pelo menos uma pessoa com tatuagens.

– Eu tenho três – ela gritou.

– Você não conta.

– Deixo você ver a terceira.

O herói deitou o corpo na horizontal e flutuou no ar. A sensação do vento em seu couro cabeludo causou estranhamento, e ele demorou um segundo para lembrar-se do novo corte de cabelo.

Voar sobre as três quadras até o antigo Estúdio Quatro era demais para ele, mas St. George ainda estava empolgado com a capacidade de voar. Fora capaz de plainar por anos, mas foi somente após a guerra contra os Seventeens e os mortos-vivos que ele pôde saltar, digamos, para o voo de fato. A ameaça de perder tudo pelo que tanto trabalharam, perder amigos e desapontar as pessoas que acreditavam nele gerou alguma mudança. Tornara-se capaz de voar e estava mais forte do que nunca.

E a ideia de perder Stealth, ele admitia, provavelmente tivera algo a ver com a mudança também. O herói disparou para o céu, alto o bastante para poder ver a praia dezenas de milhas distante, o Oceano Pacífico e a Ilha Catalina, mais ao sul. Stealth mandara Zzzap para lá fazia seis meses. A pequena cidade localizada na ilha, Avalon, não existia mais. Cerca de mil ex's zanzavam pelas ruas estreitas e pelos morros. Ele observou a ilha morta e depois mergulhou de volta ao chão.

Pousou em frente ao Quatro. O ar cheirava a ozônio. A garotada passava por lá à noite para ver suas mãos brilharem com eletricidade estática. O Quatro havia sido um palco, na época em que o Monte era um estúdio de filmagem. Eles desmontaram os cenários e ligaram a sala a um dos geradores mais próximos com os cabos pesados usados pelas equipes de iluminação.

A outra ponta desses cabos terminava no objeto localizado no centro do Quatro. Era um conjunto de três anéis interconectados, cada um coberto com um arame de cobre. Formavam uma esfera grosseira parecida com um giroscópio de dois metros de altura. Alguém chamara o equipamento de cadeira elétrica, na época de sua construção. O apelido pegou.

Flutuando dentro dos anéis, via-se a forma de um homem. Era uma silhueta reversa, como se alguém visse o sol através de um recorte em forma de homem. Arcos de energia brotavam da figura brilhante e pipocavam contra a esfera revestida de cobre. St. George podia ver que seu amigo observava um dos cantos vazios do estúdio.

Bem, ainda estou me acostumando, disse Zzzap. A voz dele soava como algo entre um kazoo e estática pura, zumbindo por cima do crepitar da energia. *Você tem que admitir, isso não é uma coisa do dia a dia. E quem está falando é um cara que meio que se transforma numa estrela pequena.*

Conforme Sr. George se aproximou, a silhueta cintilante virou-se no ar, ficando de frente para ele.

Uau, disse Zzzap. *Eles deram um jeito mesmo em você!*

– Com quem está falando?

Ninguém. O espectro brilhante deu de ombros e gesticulou ao redor. *Pessoas. No rádio.*

St. George passou a mão pelas mechas curtas de cabelo.

– E aí, como ficou?

Zzzap inclinou a cabeça.

Sabe o que fez muito sucesso depois do Zumbocalipse? Bonés.

– Falando sério.

Lembra quando você era criança e sua mãe te mandava usar aquele corte de cabelo estilo tigelinha?

– Como você sabe disso?

Toda mãe fazia isso.

– Então tá desse jeito?

Tá um pouco pior. Parece que um cego tentou fazer um corte estilo tigelinha com uma tesoura de jardinagem.

– Que ótimo.

Zzzap mudou de posição. Os anéis crepitaram quando ele transmitiu mais alguns kilowatts de energia.

Ainda pretende ir lá fora?

– Sim. Ainda está preocupado?

O espectro deu de ombros.

Não é bobagem. Você e eu cruzamos o vale algumas vezes, mas ninguém vai lá de fato faz quase dois anos. Caramba, acho que Danielle foi a última a ir para lá quando chegou com seu pessoal da Marinha.

– Acho que a ideia é não chamá-los de"pessoal da Marinha".

Que seja.

– Em algum momento teremos que ir – disse St. George. – Limpamos tudo o que encontramos neste lado das colinas. Agora, vamos à praia ou ao vale, e o vale tem muito mais recursos.

Eu sei. Mas você tem que admitir, por outro lado, que é meio esquisito. Fiquei acostumado a pensar no vale como "outro lugar", sabe?

O herói fez que sim.

– Parece que isso tem acontecido bastante. Estamos ficando... insulares, acho. Está certa esta palavra?

Sim.

– Além disso, acabei de conversar com Billie sobre os Seventeens. Temos que passar a incluí-los mais, e começar já. Ela vai levar um deles conosco.

Sério?, Zzzap pendeu a cabeça por um instante. *Tem certeza de que não quer que eu vá junto?*

St. George balançou a cabeça.

– Vamos ficar bem. Assim, você pode manter Danielle abastecida e aparecer para nos ajudar se algo der errado.

Supondo que vocês tenham tempo de emitir um sinal.

– Se não tivermos tempo de emitir um sinal, não haverá muito que você possa fazer, de qualquer maneira. – Ele ergueu a mão e mostrou três dedos. – Lembre-se, vermelho é problema, azul, precisamos de você, mas não é nada urgente, e branco significa que vamos passar a noite lá.

O espectro deu de ombros.

Antes você do que eu.

– Ei, é minha última alternativa também.

Outro voo rápido levou St. George ao oeste do Monte, ao edifício de quatro andares chamado Roddenberry. Recebera o nome do homem que criara *Jornada nas Estrelas*. Durante o último ano e meio, servira como prefeitura para os sobreviventes de Los Angeles.

O escritório de Stealth ficava no último andar. Ela convertera uma das salas de conferência maiores em seu centro de comando. As persianas estavam sempre fechadas, as luzes com um brilho fraco. A luz provinha de dezenas de monitores que ela retirara de cada escritório do prédio, que mostravam imagens constantes de cada rua e entrada do Monte. George não sabia ao certo quantas das câmeras pertenciam a um sistema pré--existente de segurança e quantas ela mesma instalara.

Ela também se mudara para outro quarto, escondido atrás de uma porta discreta, que usava como um quartel-general espartano. Ele sabia que era apenas nesse local que ela tirava a máscara. Jamais vira o quarto, o que significava que, muito provavelmente, ninguém mais o vira.

– Vamos sair em alguns minutos. – A porta da sala de conferência fechou-se vagarosamente por trás dele. – Sei que está aqui. Está atrás de mim?

– Não. – As sombras vacilaram entre duas das janelas. O fulgor que entrava pelas persianas a escondera bem na frente dele. Ela deu um passo adiante. – Tem certeza de que quer incluir um membro dos Seventeens em sua expedição de coleta?

– Como as notícias correm!

Ela deu de ombros, e a capa oscilou para trás.

– Não deveria ficar surpreso por eu saber essas coisas. Por favor, responda a pergunta.

– Bom, primeiro, não há nenhum Seventeen no Monte. Todo mundo aqui desistiu dessa coisa de se afiliar a gangues. O que significa que são apenas pessoas.

– Muito bem.

– E apesar disso, como me foi apontado, todos vínhamos hesitando em dar a essa gente um pouco de confiança e responsabilidade.

– Confiança tem de ser conquistada.

– Verdade – ele concordou –, mas para conquistá-la eles precisam ter uma chance. Então acho que precisamos começar a dar-lhes chances. – Ele também deu de ombros. – Na pior das hipóteses, vamos provar que muita gente tem razão e saberemos que não se pode confiar um rifle a algumas pessoas. Na melhor, teremos mais guardas e batedores.

Ela concordou, por debaixo do capuz.

– Sua lógica faz sentido. Quem vai levar?

– Mencionei alguns nomes, mas deixei a escolha a cargo de Billie Carter.

– Uma de suas sugestões foi Fernando Gomez. Eu aconselho que não o levem.

St. George fitou os monitores.

– Andou escondendo microfones ou você é tão boa assim em leitura labial?

– Leitura labial, embora eu pudesse ter deduzido que ele seria uma alternativa lógica para você.

– E não devo confiar nele porque...?

– Dos Seventeens que estão morando aqui no Monte, ele era o mais elevado. Se seu objetivo é unificar as duas comunidades, não deveria escolher primeiro o líder de uma. Deixe claro que a pessoa que escolher é a mais competente dentre os possíveis candidatos, independente da antiga estrutura de comando deles.

– E se ele for o mais competente?

– Gomez tentou, certa vez, lutar contra Gorgon, usando uma máscara de soldador, sob o nome de Painkiller. Se ele for o mais competente que eles têm a oferecer, toda esta nossa discussão é desnecessária.

St. George sorriu. Por meses, o herói morto fora como uma ferida que ninguém ousava cutucar, nem mesmo Stealth. Finalmente haviam chegado a um ponto no qual podiam lembrar-se dele sem pesar o clima.

– Duas piadas em, deixe-me ver, seis semanas – ele disse. – Quando relaxar, você vai virar um comediante profissional, não?

– *Uma* comediante, na verdade.

– Deixa pra lá.

– Vai passar pela Cahuenga para chegar ao vale?

– Vou – disse ele. – Passei por lá com Luke e Billie. É estreita, mas muito mais clara e segura do que a rodovia. Mesmo que eu tivesse Cerberus comigo, eu levaria quase uma semana para abrir caminho da Western para a saída Lankershim. Melhor ficar nas ruas da superfície. Assim poderemos checar um pouco das lojinhas e restaurantes no topo da passagem, também.

– Venha falar comigo quando voltar.

– Só isso? Nada de boa sorte? Nada de beijo?

– Não acredito em sorte, George. Sabe disso.

– E o beijo?

Ela não fez barulho algum, mas ele compreendia sua linguagem corporal.

– Tudo bem, então. Vejo você quando eu voltar.

De Roddenberry para o Portão Melrose era um pulo. Uma pequena multidão se formara, mas St. George podia enxergar Cerberus perto do portão e os batedores vestidos de couro em torno do *Road Warrior*, que vagava pelo chão.

Road Warrior era um caminhão de sete metros de comprimento que costumava ser usado para transportar equipamento para as locações das filmagens, quando o Monte fazia parte do mundo do cinema. Os batedores picotaram o teto e boa parte das paredes da caçamba e construíram uma estrutura nova lá dentro, transformando o veículo numa picape gigante. O caminhão tinha dois tanques de reserva grandes, um guincho e uma proa de ferro em forma de cunha que fora usada como aríete mais de uma vez. Havia assentos para oito pessoas na traseira, com bastante espaço para ficar de pé, e uma plataforma de ferro no teto da cabine podia levar mais duas ou três pessoas.

Billie e Jarvis traziam um carrinho de mão coberto de pilhas brilhantes de metal que iam entregando a cada um dos batedores. Lady Bee estava lá, perto de Lee e Paul. Dava para ver Ilya, Lynne e mais alguns de sempre no fundo do caminhão. Luke Reid vinha sentado no capô. St. George viu Hector de la Vega um pouco distante do grupo principal. Fez contato visual com o tatuado e acenou com a cabeça.

O grupo saudou o herói com rispidez. A maioria retirava a cota de malha e comparava o tamanho da sua com a dos outros. Ninguém parecia satisfeito.

– Troquem, se for preciso – disse Billie. – São feitas mais ou menos sob medida. Vamos ajustar os tamanhos o máximo que pudermos.

– Temos as luvas? – St. George perguntou a Jarvis.

O homem grisalho meneou a cabeça.

– Não rolou, chefe – respondeu. – Ele disse que, no mínimo, precisa de mais um dia.

St. George fechou a cara e olhou para Billie. Ela deu de ombros.

– Sinto-me como se eu fosse participar de *O Senhor dos Anéis* ou algo assim – disse Lee.

Uma das cotas de malha atingiu o chão feito um saco de moedas.

– Essa coisa é um saco, chefe – disse Paul.

Lady Bee concordou. Ganhara esse apelido devido ao cabelo listrado.

– Nenhuma delas serve direito e pesam uma tonelada. E tenho certeza de que pedi uma cota em formato de biquíni.

– Também pedi que a da Bee fosse um biquíni – brincou Ilya. Ela mandou um beijo para ele, e todos riram.

St. George gesticulou para que fizessem silêncio.

– Ei, se alguém aqui tem pele à prova de balas, erga a mão.

Lee limpou a garganta e estava pronto para erguer a mão, mas Billie deu-lhe um tapa na nuca.

– Vão precisar usar alguma coisa lá fora – ele prosseguiu. – Faz cinco meses que ninguém é mordido, mas passamos por dois apuros mês passado, foi por pouco. Se todo mundo ficasse de couro, não haveria problema. Mas está calor demais, e assim que alguém tira a jaqueta, todo mundo imita.

Todos se entreolharam. Estavam todos de camiseta e regata, com as jaquetas empilhadas ao lado deles. Paul mexeu na cota com a ponta da bota.

– Só temos essa opção?

– Pense nisso como uma roupa antitubarão – disse Jarvis. – Eles podem te morder, mas não podem rasgar a pele. E é bem mais fresco.

– Mas pesa dez quilos, então vamos acabar ficando com calor do mesmo jeito – murmurou Lynne.

– Se fosse um biquíni, pesaria muito menos – disse Bee. – Só comentando.

– Parece roupa de veado. – Todos se voltaram para Hector. Ele coçava o pescoço, perto do cabelo cortado bem baixo. – Não vou usar.

Billie fez uma expressão de ódio e St. George a conteve, colocando a mão no ombro da moça assim que ela deu um passo à frente.

– É armadura, pessoal – disse ele. – Não é a melhor solução, mas é o que temos. Se encontrarmos algo melhor, ou voltar a fazer frio, já era. Mas, por ora, usem para que todos possam voltar pra casa no fim do dia e se gabar por terem matado ex's famosos.

Houve alguns murmúrios. Lee meteu o braço em uma das mangas e o flexionou um par de vezes. O barulho resultante foi de metal mastigado. Lady Bee ergueu a mão.

O herói virou o rosto para ela.

– O que foi, Bee?

– Isso significa que não vou ganhar o biquíni?

– Desista.

– Gosto das minhas piadas assim como dos meus homens – ela disse, piscando. – De encontro à morte.

Jarvis jogou a última caixa vazia no carrinho.

– Alguém ficou sem?

Ilya ergueu a mão. O mesmo fizeram um ruivinho malvestido e uma senhora muito magra.

St. George suspirou e tomou uma decisão.

– Vocês dois não participam hoje. Teremos para todos na próxima vez em que sairmos.

– Podem ficar com a minha – falou Hector.

– Ilya, posso confiar que vai usar a jaqueta o tempo todo?

O moreno alto fez uma expressão prudente.

– Pode deixar, chefe.

– Olha, eu fico de jaqueta também – disse a mulher magra.

St. George balançou a cabeça.

– Desculpe. Ilya é talvez a única pessoa que tenho certeza de que vai suar até o final. – Ele se voltou para o grupo. – Os demais, vamos nos preparar pra sair.

Luke ficou de pé no capô do *Road Warrior* e girou para dentro da cabine, atravessando a janela. Billie bateu palmas.

– Vocês ouviram o chefe – berrou. – Armas, equipamento, suprimento. – Apontou o dedo para Hector, austera. – Você também, de la Vega, ou vai voltar pra fazenda de cogumelo.

St. George caminhou em direção ao grande arco, para perto do som do ranger de dentes, aproximando-se de Cerberus. O titã observava a avenida Melrose. Os portões estavam tomados por ex's, como sempre. Desde a última batalha com os Seventeens, parecia que havia sempre um pouco mais deles do que antes.

Dois anos tinham se passado e a maioria das pessoas ainda falava ex em vez de zumbi. Pensar neles como ex-humanos facilitava, de algum modo. Eles enfiavam as mãos por entre as barras e gesticulavam para os dois heróis com membros lentos e desengonçados. Os olhos eram pálidos e nebulosos. St. George sabia, por experiência própria, que eram secos ao toque. Seu corpo era todo cinza, feito giz, colorido apenas pelos hematomas roxo-escuro, onde havia sangue empapuçado embaixo da pele.

A maioria dos ex's ao portão tinham ferimentos que seriam fatais caso estivessem ainda vivos. Muitos tinham sido baleados. Outros estavam sem algum dedo ou uma das mãos. Uma morta-viva perto da dobradiça unhara dois sulcos na própria testa, deixando o osso à mostra; ela balançava para a frente e para trás, contra o portão. Outra estava tão carbonizada que não tinha traços faciais. Uma senhora de idade metida num roupão não possuía os dois olhos. Alguns corpos atrás, longe do portão, o herói viu um ex-homem com uma espada de samurai fincada no peito.

Aqui e acolá, no entanto, havia alguns dos piores. Aqueles que ainda pareciam humanos. Um garotinho de cabelo escuro, camiseta do Pikachu e olhos sem vida. Um homem mais velho, de barba, que podia apenas ter derrubado um pouco de vinho na camisa. Uma loira cheia de curvas com uma pele acetinada feito alabastro e lábios carnudos. O fato de se encontrarem na capital mundial da cirurgia plástica garantia a presença de gente morta muito bem preservada.

Todos mastigavam sem parar, batendo os dentes num mordiscar incessante. O barulho era constante. Alguns deles tiveram as bocas transformadas numa bagunça de sangue coagulado e esmalte dentário estilhaçado, mas continuava clicando os tocos serrados um no outro.

Cerberus olhava para além de todos eles. Era fácil para ela ver por sobre a massa de ex's a cruz branca do outro lado do cruzamento. Era alta como a armadura e marcada por três palavras escritas em alto relevo, esculpidas na madeira e pintadas depois de preto.

NIKOLAI BARTAMIAN

GORGON

Salvaram as partes que puderam do uniforme dele. A armadura. A capa. Os visores. O que restara dele, o que não fora mastigado, queimaram. Encontraram seus últimos desejos em seu apartamento bagunçado.

– Era bem mais fácil quando a gente saía – ela disse.

St. George fitou a cabeça da armadura.

–Você nunca gostou disso.

– Não disse que gosto. Disse apenas que era mais fácil. – Cerberus deu de ombros, seus imensos ombros, e desviou o olhar da cruz. –Vamos acabar logo com isso.

Alguns guardas puxaram as pernas de suporte adicionais das barras. Outros dois, Derek e Makana, flexionaram os dedos dentro de luvas grossas, preparando-se para segurar o cano de aço que repousava cruzando as duas metades do portão. Os ex's tentaram alcançá-los, e os dois homens bateram nos dedos mortos que os atacavam.

St. George virou-se para o *Road Warrior*. O motor do caminhão acordou e Luke acendeu os faróis. O herói fez sinal positivo para o motorista e disparou para o alto.

Voou por cima do arco do portão. Ao pousar no amplo cruzamento, chutou alguns ex's, que giraram para longe feito peões, derrubando outros no caminho. Os mortos de fome viraram para sua direção e se afastaram do portão.

St. George deixou que chegassem perto. Eles tentaram derrubá-lo e quebraram os dentes mordendo sua pele dura feito pedra. Com um gesto leve, o herói os lançou para longe, contra a horda ao redor. Dando socos, sentiu crânios se partirem sob os nós de seus dedos. Colocou um corpo sobre os ombros e girou no lugar, jogando ainda mais ex's ao chão. Com as botas, esmagou várias cabeças. Dois minutos após o pouso, detonara doze deles.

O portão rangeu ao abrir-se atrás dele, e ele ouviu o baque surdo de passos pesados. Cerberus veio andando, soltando arcos de energia pelos três dedos de cada mão. Os ex's não sentiam dor, mas ainda tinham nervos. Uma rajada de 200 mil volts correndo por esses nervos retesaria seus músculos o bastante para levá-los ao chão. O titã varreu a manada com suas palmas do tamanho de calotas de carro, e eles foram derrubados. Procuravam ainda levantar-se quando ela marchou por cima deles, acenando para que o *Road Warrior* a acompanhasse. O caminhão veio, esmagando ex's sob as grossas rodas duplas. Ela gesticulou para que ele a ultrapassasse, indo em frente no cruzamento.

St. George sobrevoou o caminhão e pousou ao lado de Cerberus. Da traseira, Jarvis lançou-lhe uma comprida lança.

–Vão indo – disse o herói. – Eu alcanço vocês.

O *Road Warrior* soltou fumaça pelo escapamento e fez a curva na Melrose. Alguns dos batedores saudaram St. George e Cerberus conforme o veículo se afastava, e uns poucos guardas responderam, acenando dos muros.

Atrás deles, o herói segurou a lança com uma das mãos e fez um buraco amplo no meio da multidão de ex's. O titã blindado socou uma cabeça com tanta força que a atravessou e rachou outra que estava atrás. Abriram caminho de volta ao portão, onde os guardas repeliam os mortos com lanças.

Ao encontrar passagem, Cerberus passou. O portão fechou com um estrondo, e Derek e Makana soltaram a barra sobre o suporte. St. George acenou para eles, por entre as barras do portão, batendo em ex's.

–Todo mundo bem?

– Foi tranquilo, chefe – disse Derek.

– Cerberus?

O titã voltou-se e fitou o herói.

– Gastei cerca de um quinto das minhas reservas com os dribles, mas, fora isso, tudo certo.

A cabeça blindada desviou o olhar, e St. George entendeu que ela mirava a cruz novamente.

–Tudo bem, então. Vejo vocês à noite. Reparem nos sinalizadores.

O herói recebeu mais saudações antes de voar para o céu, desprezando os dedos secos dos mortos.

TRÊS

AGORA

St. George alcançou o *Road Warrior* depois de três quadras, quando este cruzava a Vine. Equipes de trabalho haviam empilhado carros bem no meio da rua. A Grande Muralha, como as pessoas chamavam, ainda precisava de alguns meses para ficar pronta, mas naquele ponto a altura já era de três carros. Nos raros momentos em que Danielle não estava metida na armadura Cerberus, ela trabalhava com outras pessoas para descobrir um jeito de construir algum tipo de barreira ali, na Melrose com a Vine. Por ora, ainda era uma grande clareira de duas pistas. Ele pairou sobre o grande caminhão por um tempo, observando a estrada adiante, atentando para bloqueios ou levas de ex's. O caminho estava livre em quase todo o trecho até Highland. Boa parte dos carros fora arrastada para construir a Grande Muralha. Dois zumbis vinham cambaleando para a rua, saídos do Ivar, mas o *Road Warrior* os atropelou. O herói voou um quarteirão à frente e pousou num posto de gasolina, onde as duas grandes ruas se cruzavam.

A avenida Highland era uma das principais vias públicas de Hollywood. Houvera muita luta ali durante o Zumbocalipse, quando as pessoas, tentando fugir, encheram as ruas de carros. Eram atacadas por ex's ou por pessoas em pânico que tentavam fugir deles. O pessoal do Monte viera até ali várias vezes em expedições. Numa dessas, ele e Cerberus tiveram que tirar carros do caminho e até empilhá-los de dois em dois. O caminho estava livre até Highland, mas era estreito. Muito estreito em alguns pontos.

St. George esperou que o *Road Warrior* o alcançasse, o que levou um minuto. Luke sorriu do assento do motorista.

–Vai uma carona aí, marinheiro?

– Eu estava torcendo pra que você oferecesse. Vê alguma coisa?

O motorista fez que não.

– Não, caminho livre. Você vai na frente?

Ele fez que sim e deu um tapinha no capô do caminhão.

– Como ele está se saindo?

– Isso é um bicho – disse Luke –, mas é seguro. Vai nos levar até lá e de volta. – Ele balançou a cabeça. – Sabe, chega uma hora em que eu faria esse caminho mais de uma vez por dia sem nem pensar duas vezes.

St. George sorriu.

– Houve um tempo em que eu só me preocupava com assaltantes e ladrões de carro.

Luke sorriu e acelerou. O *Road Warrior* fez a curva e seguiu para o norte.

– *Donuts* – alguém reclamou quando passaram por uma loja. – Ainda não decidi se vale a pena viver num mundo em que não tem mais *donuts*.

A piada gerou um par de risadas.

O trajeto até Highland foi tranquilo. St. George precisou empurrar alguns carros da rua, tombados de suas pilhas, então tirou a jaqueta de couro e a jogou para Lady Bee. Um punhado de ex's escalaram o caminhão quando ele desacelerou, e os batedores os repeliram, metendo as lanças em seus crânios. Passaram por um Prius e dois carros elétricos; St. George marcou os tetos de ambos com um X branco de tinta *spray*, que desse para ver do alto. A gasolina ainda era um recurso limitado.

– Que saco – disse Hector, do fundo do caminhão. – Algum dia vamos andar acima de 5 km por hora?

Billie fechou a cara e os punhos.

– É complicado andar rápido demais na cidade – disse Jarvis, antes que a moça respondesse. – Um ano atrás, mais ou menos, havia uma cambada de bagunceiros deixando armadilhas em todo canto. Correntes dentadas, pedras que caíam do alto, coisas do gênero. Não seria legal atingir um desses em alta velocidade e ficar preso, certo?

Ele fitou Hector. O tatuado o encarou de volta, depois desistiu.

– Isso é coisa de marginal – disse ele. Os cantos dos lábios se curvaram. – Se dependesse de mim, dava um jeito em todos eles.

O homem enfiou a lança na cabeça de uma garota coberta de sangue que tateava a lateral do caminhão.

Outra leva de risos perpassou os batedores.

Levaram uma hora para cruzar Hollywood e Highland. O cruzamento famoso era uma baderna de vidro quebrado, letreiros envelhecidos e carros abandonados. Luke passou raspando entre os restos queimados de um jipe da Guarda Nacional e uma pilha de meia dúzia de carros e caminhonetes. Alguns metros após o cruzamento, St. George empurrou, com as costas, um caminhão imenso sobre seus pneus apodrecidos, centímetro por centímetro, raspando as botas no pavimento.

O último meio quilômetro até a rodovia foi a pior parte, mesmo quando a estrada se abriu em três e depois em quatro pistas. Haviam passado por esse caminho em expedições anteriores, mas o *Road Warrior* era um pouco mais largo e comprido do que os outros caminhões, portanto tinha que ir bem devagar. Seguiram seu caminho, passando pela grande igreja metodista na Franklin, e alguns batedores inclinaram a cabeça ou fizeram o sinal da cruz.

O grande caminhão passou pelo estacionamento do Hollywood Bowl e pelas marquises do anfiteatro, há muito finadas. Na ilha central erguia-se um memorial de concreto do palco, cercado por grama alta marrom. As telas eletrônicas estavam estilhaçadas, aos pedaços. Lady Bee levou o olhar à marquise maior à esquerda. Havia dois corpos semicomidos na base, acinzentados e ressecados pelo sol. Vândalos que ali moravam rearranjaram as letras e números para escrever passagens bíblicas e obscenidades.

– Por que as pessoas são sempre tão determinadas em escrever 666? – ela perguntou.

– Porque, se já estamos no inferno – disse Lee –, as coisas não podem piorar.

Um punhado de ex's tropeçava por entre a bagunça de carros no estacionamento e veio mancando em direção aos sons dos vivos.

– Ei – disse Jarvis. – Um deles está de *smoking*.

Ele tirou o rifle das costas e ajustou-o nas mãos.

Paul olhou para onde o barbudo apontava.

– Ah, é? E daí?

– Deve ser famoso.

– Ou deve ser um pobre coitado que se deu mal no dia do casamento – disse Ilya.

Jarvis tirou um par de pequenos binóculos da bolsa.

– Não dá pra ver quem é – murmurou. Entregou a peça a Ilya. – Dá uma olhada.

– Não.

– Se for famoso, preciso dos pontos, velho.

Ilya apertou os olhos.

– Se você não sabe, então não é famoso ou você está sem sorte.

– Babaca.

– Não é famoso – disse Paul. Usava um pequeno telescópio. – Ninguém que eu reconheça, pelo menos.

– Saco – disse Jarvis. – Não vejo uma celebridade das boas faz um mês. – Ele gesticulou para uma estátua em alabastro erguida no centro de uma fonte estagnada. – A estátua é de alguém famoso? Também conta?

– É só um pedaço de pedra – disse Lady Bee. – Não é nada.

– Não é só um pedaço de pedra. Foi feita pelo cara que fez o Oscar.

Todos olharam para Hector. Ilya e Paul ergueram as sobrancelhas.

– O quê? Tão pensando que eu não sei ler? – O tatuado balançou a cabeça. – Vão todos praquele lugar.

O caminhão parou. A rodovia se dividia em duas à frente. As duas faixas da direita cruzavam um viaduto e seguiam para a estrada. As da esquerda eram a Cahuenga Boulevard. Seguiam para o Valley. Os batedores foram à frente para ver a massa de concreto.

– Marinheiros, atenção – disse Lynne. – Aqui tem dragões.

St. George deu um empurrão forte num carro de luxo, lançando-o para cima de plantas que tomavam o acostamento da estrada.

– Como planejamos – gritou para Luke. O herói apontou para as faixas da esquerda, que davam para Cahuenga. – Quando olhei, agora há pouco, o lado sul parecia abarrotado. Vou abrir caminho por entre os carros. Fique a uns dez metros atrás de mim. – Ele olhou para os batedores, na caçamba do caminhão. – Bee, Ilya, Lee, me deem cobertura, mas evitem atirar, a não ser que eu precise mesmo de ajuda. Os demais fiquem de olho, não nos deixem ser bloqueados...

– Cuidado! – gritou Hector.

Todos viram a grande massa descendo do céu, antes que St. George pudesse ver. Ergueram os rifles. O herói girou e ergueu os punhos assim que o ex chocou-se com o solo. Ele saltou no ar, e sangue espirrou no pavimento.

– Caiu do viaduto – disse Hector, e apontou para cima.

– Você tá bem, chefe? – perguntou Ilya.

St. George voltou ao solo.

– Já estive pior – respondeu. Chacoalhou as botas para remover uns punhados grudentos de carne e cabelo.

– Quer esperar um pouco? – perguntou Bee, sorrindo.

– Vou sobreviver. Todo mundo pronto?

Os batedores acenaram com mãos e cabeças, conforme o herói voltou-se à estrada. Ele deu alguns passos adiante, abraçou o capô de um Hyundai verde e lançou-o para o lado.

Seguiram pela Cahuenga, por sobre os montes, e entraram em San Fernando Valley.

XXX

O lado norte da pista eram duas faixas sólidas lotadas de carros, e o sul, apenas um pouco melhor. St. George tirava caminhões e carros do caminho, jogando motocicletas para dentro dos arbustos e árvores do lado sul do pavimento. Levava alguns segundos para segurar bem, mas podia erguer os carros pequenos com uma mão e empilhá-los sobre os maiores. Às vezes, quando podia enxergar livremente, acertava-os bem sobre a cabeça de um ex.

À direita do grupo, entre os automóveis que abarrotavam o lado norte, os batedores podiam ver todas as dez pistas da autoestrada 101. Milhares de veículos apinhavam a rodovia Hollywood em ambas as direções. Alguns se meteram em acidentes. Outros se enroscaram no acostamento e foram abandonados. Estavam desbotados e sujos, com camadas de dois anos de poeira. Milhares de ex's cambaleavam entre os carros. Suas peles, ressecadas por meses e meses sob o sol. Em pelo menos um quarto dos veículos, coisas mortas atiravam suas patas por para-brisas ou arranhavam o vazio pelas portas abertas. Foram mantidos prisioneiros por cintos de segurança ou travas para bebês. O som interminável do ranger de dentes ecoava estrada acima.

Os batedores foram adiante, metro por metro. O sol estava bem acima de suas cabeças quando eles alcançaram o topo da passagem e a estrada começou a declinar para baixo novamente. Logo após a crista, os restos queimados de uma oficina repousavam atrás de uma cerca chamuscada. As paredes de concreto racharam devido ao calor. Um corpo carbonizado estava deitado perto do portão, vestido com os restos de um macacão de mecânico. St. George pulou a cerca, cutucou o defunto com a bota e foi entrando nas ruínas.

Ao lado da oficina havia um pequeno quartel-general de bombeiros, cuja parede lateral estava queimada e escurecida. A porta de correr havia se soltado dos trilhos, e o carro dos bombeiros não se encontrava ali. Enquanto St. George inspecionava a oficina, Jarvis, Paul e Lee pesquisaram o prédio vizinho. Havia sido saqueado por civis ou ladrões. Paul encontrou um ex nos fundos e arrancou-lhe a cabeça com um golpe amplo de machado.

Um pouco mais à frente na estrada, um posto de gasolina dos menores estava metido entre as lojas de um pequeno shopping ao ar livre.

Oito carros se alinhavam em fileira numa tentativa patética de bloquear o minúsculo estacionamento da praça. As duas bombas de combustível tinham sido vandalizadas. Lady Bee apontou para três números na placa de preços e piscou para Lee. Havia também um restaurante e o que parecia ser uma loja esotérica. Todas as janelas haviam sido usadas para treino de tiro até que não aguentaram o próprio peso e vieram ao chão. O letreiro vermelho também recebera disparos.

O *Road Warrior* estacionou ao lado da fileira de carros, e meia dúzia de batedores saltaram, chacoalhando as armaduras. Billie, Ilya e um homem com cara de bebê chamado Danny deram a volta para checar os fundos do prédio. Jarvis, Paul e Lady Bee foram para a loja de conveniência atrás das bombas de combustível. Pela janela quebrada, divisaram uma figura alta balançando para a frente e para trás, imersa em sombras.

St. George pousou no teto do grande caminhão e esperou. Sob seu olhar cauteloso, um homem malvestido deslizou para fora da cabine e foi até o ponto onde eram recarregados os tanques subterrâneos do posto. Ele forçou as coberturas de metal para abri-las e enfiou pela abertura um cano pesado.

Lee e um cara mais velho chamado Al seguiram para o outro lado, levando Hector com eles. Montaram guarda na estrada, à procura de movimento nas duas direções de Cahuenga. Hector começou a mirar num ex no fim da pista, mas Lee ergueu a mão e abaixou o rifle do colega.

– Evite atirar aqui fora enquanto não for preciso – disse. – O barulho os atrai.

– Sei disso – murmurou o tatuado.

– Fazia quanto tempo que não saía? – perguntou Al. Tinha pele ressecada, olhos escuros e alguns fios de aço no cabelo metálico.

– Saía?

– Do Monte. De trás dos muros.

– Nove meses – disse Hector. – Nunca depois da guerra.

– Saía bastante antes disso?

– Volta e meia. Quando precisava.

– Vou voltar pra você – disse Al. – Só não mate ninguém antes disso.

Um tiro abafado veio da conveniência. St. George fitou o local e viu Jarvis inclinando para fora, fazendo sinal de que estava tudo bem. A equipe de Billie voltou dos fundos do prédio.

– Dois ex's – disse ela.

– Tudo tranquilo? – perguntou o herói.

Ilya fez que sim.

– Tem alguns apartamentos lá atrás – disse Billie. – Quantos vai querer investigar?

– Vamos ficar na Cahuenga – respondeu ele. – Teremos tempo para nos separar mais tarde.

Todos concordaram e seguiram para o restaurante. Pelos letreiros maltratados, St. George supôs tratar-se de culinária italiana.

– Legal – sussurrou o homem malvestido. Passara para o segundo tanque de combustível. – Tem quase meio metro lá embaixo. Pode ser em torno de sessenta, talvez setenta galões. – Ele sorriu para St. George com seus dentes amarelados de nicotina.

O herói acenou.

– Vamos esperar que todos tenham terminado e arranjarei espaço para que o Luke estacione aqui. Não quero chamar a atenção muito cedo.

Jarvis, Paul e Lady Bee voltaram da loja com expressões negativas no rosto.

– Vazio – disse Bee. – Tá uma bagunça, e não tem nada útil.

St. George suspirou.

– Bem, todos sabíamos que havia uma grande chance de ser assim. Estamos na via principal. – Ele apontou com a cabeça a loja seguinte. – Querem tentar na esotérica?

Lady Bee fez uma continência exagerada e bateu o salto de uma bota no da outra com um sorriso afetado.

X X X

Um ex cruzou a via cambaleando em direção ao grupo. Era um senhor de silhueta rija e bigode fino. Ele esticou o braço e foi empurrado por Lee, que usou a ponta do rifle.

– Ei, olha só.

Al e Hector olharam para ele.

– Que foi?

– É o Vincent Price. – Lee empurrou o defunto mais uma vez. – Ele deve valer muitos pontos.

– Vincent Price está morto – disse Al.

– É, ué. Estão todos mortos.

– Ele já tinha morrido antes de tudo isso, babaca – disse Hector. – Tipo, vinte anos antes.

O outro fez uma careta.

– Tem certeza? Parece muito com ele.

– Tenho – concluiu o tatuado. – Já morreu.

– Vai ver voltou da morte.

Al fitou-o.

– Como poderia ter voltado, afinal?

Lee deu de ombros.

– É o Vincent Price. Se alguma pessoa voltaria da morte como zumbi, seria ele.

– Não – disse Al –, se alguma pessoa voltaria da morte como zumbi seria o Bela Lugosi. Mas não vai voltar, porque está morto também.

Ele retirou uma machadinha da bainha, ao lado do corpo, e picou fora a cabeça do ex.

XXX

– Bem, tá aí uma coisa que não se vê todo dia – disse Jarvis.

No centro da loja esotérica havia uma mesa redonda decorada com lenços coloridos e tecidos. Meia dúzia de velas derretidas haviam sido derrubadas. Uma bola de cristal caída da mesa e seus estilhaços empoeirados cobriam o chão perto de uma das pernas da mesa. Cartas de tarô estavam espalhadas e dobradas em vários cantos. Um ex se encontrava sentado atrás da mesa, rangendo os dentes para eles. Fora uma mulher antes, oriental, pelo que se via. Ocupava uma cadeira de rodas. Com os freios puxados, a mulher ficara presa entre o acento e a mesa. Anéis brilhavam nos dedos ossudos, conforme as mãos gesticulavam para a frente e para trás. A cada ataque, ela puxava uma carta de tarô e a deslizava alguns centímetros para trás sobre o tampo.

– Quem vai adivinhar quanto tempo ela deve estar sentada aí?

– Pelo menos uns dois anos, pensando na poeira – disse Bee. – Talvez mais. Ela pode ter morrido logo no estouro da epidemia.

– Parece que tentou fazer uma última leitura – disse Paul. – Devia acreditar na coisa.

Com o pé, ele virou uma pequena frigideira e recuou devido ao cheiro que desprendeu.

– As pessoas acreditam em todo tipo de porcaria quando as coisas vão mal – disse Jarvis. Ele esticou o braço e pescou uma carta da mesa. A ex agarrou os anéis de metal da roupa dele com seus dedos débeis. Ele ergueu a imagem do cavaleiro negro com rosto de caveira. – Morte – disse, sorrindo. – Dessa vez a vidente acertou.

– A carta da morte não significa a morte – disse Bee. – Significa uma transição. Uma mudança.

Jarvis tirou do cinto uma faca Bowie e foi para trás da ex.

– Bom, mesmo assim, ela acertou. – Juntou-lhe os cabelos, puxou para trás a cabeça e serrou-lhe o pescoço. Quando terminou, jogou a cabeça num canto. – Vamos ver se há algo de bom nos fundos.

X X X

Como St. George previu, o restante das lojas fora saqueado. O grande achado foram os cinquenta galões de gasolina. Levaram meia hora para puxar tudo usando uma pequena bomba manual. Os batedores mataram mais oito ex's enquanto esperavam.

Duas horas depois, sabiam que os três prédios seguintes também haviam sido limpos de todo material útil. Mais dezesseis ex's mortos, cinco deles com os pescoços quebrados pelas próprias mãos do herói. Os batedores resmungavam. A situação vinha ficando apertada em Hollywood, mas fazia tempo que uma missão não era tão infrutífera.

No Barham Boulevard, encontraram os restos de um bloqueio da Guarda Nacional. Divisores de concreto eram sustentados por barris amarelo-brilhantes. A água que os preenchera antes já secara havia tempo. Os divisores bloquearam metade da ponte que cruzava sobre a autoestrada Hollywood, em direção ao Universal City. Em certo ponto, uma picape empolgada tentara atropelar a barreira. Destruíra uma parte do bloqueio, mas rasgara a suspensão e um pneu no processo. Estava parada alguns metros à frente na ponte. A tinta desbotara sob o sol, e uma cobertura fina de poeira assentara sobre a lataria. Concreto quebrado e plástico amarelo torto compunham uma trilha atrás dela.

No final da ponte, via-se um bloqueio similar e um caminhão verde-oliva. Lady Bee levantou-se no teto do *Road Warrior* com os binóculos.

– Estou contando cerca de trinta ex's – disse. – Eles nos notaram, mas o bloqueio está dificultando a passag... opa, dois caíram por cima. Nove, talvez dez corpos deste lado. Parece que dois ou três deles estão vindo, mas pode ser o calor vibrando o ar sobre a pista. Parecem ser militares. – Ela abaixou as lentes e fitou St. George, que flutuava no ar, sobre ela. – Militares poderiam significar armas e suprimento.

Ele concordou.

–Vou lá checar.

O herói disparou pelo ar e pousou do outro lado da estrada, perto do caminhão. A alguns metros dali, a dupla de ex's que caíra por cima do bloqueio tentava erguer-se com gestos desengonçados. Havia dez guardas em torno do caminhão. Sete deles ainda estavam mortos.

Num dos ex's, as duas pernas haviam sido arrancadas abaixo do joelho, talvez por uma granada. O defunto se arrastava, desajeitado, pelos cotovelos, e tentou agarrar a bota de St. George. O herói chutou o bicho bem no meio da testa e a cabeça se soltou do pescoço. Ela voou para fora da estrada, enquanto o corpo largou-se no chão. Deu para ouvi-la quicando sobre um carro distante.

Os outros dois haviam sido um homem e uma mulher. Suas pernas e braços tinham sido comidos até os ossos antes de voltarem. A mulher perdera também as bochechas e os lábios. Tudo que não estava protegido por armadura. As coisas mortas se contorciam e debatiam, e fitaram o herói com olhos vazios. Ele desceu, girou suas cabeças, e eles ficaram imóveis.

Todos os corpos foram despidos de suas armas e munição. Até os ex's. Quatro dos corpos não tinham suas botas e meias. St. George parou para checar uns engradados de suprimento e a traseira do caminhão, mas estava tudo vazio. Com o nó de um dos dedos, bateu sobre os tanques de gasolina do veículo, que soaram vazios.

O som de corpos rastejantes surgiu por trás do herói. O par de ex's caídos o havia alcançado, e mais um terceiro caíra com tudo sobre o bloqueio e vinha se arrastando em direção ao grupo. Ele agarrou o de uniforme manchado, quando este o atacou, e arremessou a coisa morta para fora da estrada. Ele voou pelo ar por cerca de cem metros, quicou no topo de uma minivan, na lateral de um caminhão branco e sumiu entre dois compactos.

O outro ex envolveu o herói com os braços e meteu-lhe os dentes no ombro descoberto. Incisivos, caninos e molares foram arrancados no contato com a pele, mas a coisa continuou mastigando com a mandíbula desdentada. St. George ergueu a mão, enfiou o dedão na boca da criatura e o pressionou contra o palato. O osso partiu, mas segurou o tranco o bastante para que ele levantasse o morto-vivo e o carregasse nos ombros. Jogou o ex no chão com tanta força que seus ossos foram pulverizados, e ele desabou no chão feito meleca.

St. George retomou o foco e subiu para o alto. Lady Bee escaneava toda a via Cahuenga com os binóculos. Ilya e uma mulher de ombros largos, Keri, ficaram esperando enquanto Paul pesquisava a traseira da picape destruída. Um trio de batedores em cada canto do *Road Warrior* mantinha os olhos na rua e nos ex's que vinham por ela.

– Nada – St. George lhes informou. – Alguma coisa aqui?

– Parece que teve alguém fazendo nosso trabalho por nós, chefe – disse Ilya. Paul entregou um saco de enlatados para Keri. Ela passou-os para Lee, que estava na plataforma levadiça do caminhão. – Cinco sacos de não perecíveis, mais três que parecem ser de itens de farmácia. Nada de armas, mas havia uma caixa de nove milímetros no porta-luvas com trinta cápsulas ainda.

– Algum sinal do motorista?

– Um pouco de sangue no assento e no volante – disse Paul.

Ilya apontou para o para-brisa, todo estilhaçado.

– Buraco de bala – disse. – Aposto que tomaram o tiro em alta velocidade, bateram e depois...

– Depois saíram do caminhão, de um jeito ou de outro – completou o herói.

– Do outro – disse Lady Bee, do teto da cabine. – Se estivessem vivos, não teriam deixado nada para trás.

Paul entregou a última sacola e saltou do caminhão.

– Vamos em frente, então – disse St. George.

Alguns metros à frente, na estrada, ele divisou outro posto de gasolina, maior, com um letreiro baleado. Lembrou-se de ter passado de carro por ali algumas vezes, na época de antes, quando era apenas zelador de faculdade de dia e super-herói à noite, numa Los Angeles que prosperava, mas não conseguia lembrar se era Arco, Mobil ou outro posto.

Hector subiu na plataforma levadiça do *Road Warrior* e parou. Olhou para a frente e para trás.

– O que é isso? São... moscas?

Lynne olhou para o lado.

– Não são moscas. Abelhas, talvez, ou vespas?

– Não são insetos – disse St. George, balançando a cabeça. – Muito firme. Parece até...

Ele se lançou no ar feito um foguete, subindo trinta metros. – Peguem os sinalizadores! – ele gritou para os outros. – Sinal vermelho, rápido!

Jarvis fuçou na mochila.

– Mas o que é?

– Fala sério – disse Lady Bee. Ela escancarou os olhos e sorriu conforme o som foi crescendo. – Fala sério!

– É um avião! – gritou St. George, ascendendo ainda mais.

ALISTAMENTO

ANTES

Se seus pais tivessem lhe dado o nome Augustus Phillip Hancock, você também teria se alistado no exército. Pode acreditar. Quando fiz dezoito anos, queria estar em qualquer lugar que não fosse Little Rock, então quando Eddie disse que ia se alistar, fiz o mesmo.

Olha, eu não devia falar sobre isso com ninguém. Quando fui trazido ao Projeto Krypton ano passado, ainda tonto, recém-saído do campo de treinamento, nos fizeram assinar um monte de procurações e papelada de seguro. Ninguém era casado nem tinha filhos. Ninguém era filho único. Depois, nos mandaram para Yuma, que posso garantir que é um nada no meio do nada. Uma mulher da Broadsword disse que ouviu dizer que o projeto inteiro era locado em Natick, como era de se esperar, mas ficou tão grande que tiveram que montar uma sub-base em Yuma. Um dos caras disse que a base devia se chamar Kandor, daí dois ou três caras acharam engraçado, mas eu não entendi a piada.

Um dos caras da Broadsword disse também que toda a papelada que preenchemos era a mesma usada em missões suicidas, mas pensei que era bobagem. Embora, pensando bem, talvez não fosse.

Fui um dos sortudos. No fim das contas, minha companhia, a Greyhound, foi o grupo controle. Estávamos engolindo pílulas de açúcar e tomando injeções de água salgada. Pelo visto, eles podem enfiar isso em você e não faz muito mal.

Então, é, a Greyhound teve sorte. As companhias Angel e Devil também. Bom, mais ou menos. Estão todos na hemodiálise ou algo assim faz algumas semanas. Não estavam recebendo açúcar nem água salgada.

Os caras que se estreparam foram os da Broadsword. Essa companhia foi a que recebeu a maior concentração do treco que o doutor estava nos dando. Não deu muito certo. Ouvi o pessoal falando sobre as coisas todas que a Angel e a Devil estavam recebendo, além de transplante de medula e terapia hormonal e tal. Nenhum deles reclama, no entanto. Todos sabemos o que aconteceu com Lucas e Jacobs, e ninguém quer passar por isso.

Bom, ninguém oficialmente. Mas estávamos todos lá no começo de tudo, e Eddie trabalha na ala médica. Ele viu como ficou o pessoal. Então todo mundo ficou sabendo.

No começo, parecia ótimo. Todos da Broadsword foram crescendo, ficando mais fortes, como o doutor queria. Depois, começaram a ter câimbras. E estavam... inchando. Sabe aqueles caras que exageram na malhação? Que vão à academia todo dia e a competições e tudo mais? Era assim. Os braços e as pernas deles foram aumentando e apertavam a pele tanto que ela ficava esticada de um jeito estranho, mostrando as veias. E eles nem estavam malhando tanto.

Aconteceu primeiro com o Jacobs. Começou com uma coceira. O cara tentou ser um bom soldado, aguentar calado e não deixar influenciar a cabeça, mas foi piorando. Depois de dois dias, os olhos começaram a lacrimejar. Não era choro, só lacrimejavam muito.

No terceiro dia, sugerimos que ele fosse ver o doutor. Ele ficou bravo conosco, recusou-se a ir e nos mandou ir catar coquinho. É, ele é desses caras do Sul que mandam a gente ir catar coquinho. Mas o primeiro sargento Paine fora específico sobre reportarmos qualquer sintoma, e eu não pretendia desobedecê-lo. Até que o Jacobs levantou da maca dele, foi pegar a camisa e, quando ergueu o braço, a pele se partiu. Fez um barulho e abriu um rasgo feito salsicha na churrasqueira. Tinha músculo demais prensado ali dentro. Nem sangrou tanto, por estar tudo tão apertado.

Levamos o rapaz à enfermaria, e o Lucas veio junto. Ele havia começado a sentir as cócegas, e ficou todo preocupado que a mesma coisa pudesse acontecer com ele. Os médicos cortaram sua regata fora, revelando que a pele dele se abrira também, bem nos ombros. Eles começaram a gritar pelo doutor depois disso, e fomos todos expulsos dali. Mas Eddie continuou. Ouvimos tudo da boca dele depois.

Aparentemente, o soro do doutor não funcionou como ele esperava. Lembra-se dos marombeiros exagerados que mencionei? Já viu um desses que é tão grande que não consegue abaixar os braços? Acho que é isso que chamam de parrudo. Bom, isso é o que vinha acontecendo com Lucas e Jacobs. Os músculos deles estavam crescendo sem controle. Quatro dias depois que os levamos lá para baixo, Eddie nos contou que eles não podiam mais nem se mexer. Os braços e as pernas pareciam umas linguiças gigantes de músculo. Pareciam estar gordos, na verdade, graças ao abdômen imenso, e eles não conseguiam mais se deitar porque os glúteos e os ombros curvavam as costas deles. E a pele continuava rasgando. Ela não conseguia acompanhar o crescimento dos músculos, então estavam dando-lhes enxertos de pele de tubarão ou algo parecido.

No quinto dia, começaram a gritar. Dava para ouvir por toda a base. Acontece que os ossos também estavam crescendo, mas não rápido o bastante. Foram sendo esmagados ou esticados conforme os músculos continuavam ficando maiores e mais grossos.

– É como se os corpos deles tivessem virado máquina de tortura – disse Eddie, certa noite, quando voltou dos barracões. – Estão sendo rasgados ao meio pelos próprios músculos.

Passaram três dias seguidos gritando. Eddie me disse por alto que eles tinham ficado tão grandes que eram necessárias doses imensas de analgésico para que eles parassem de gritar. A história estava deixando-o muito assustado. Ele surrupiou o celular lá para dentro e me mostrou uma foto de uma coisa vermelha inchada que parecia um berne de gordura.

Ele disse que era o Jacobs, e que o crânio havia sido puxado do pescoço pelos músculos, mas ele ainda estava vivo porque a espinha não tinha sido quebrada ainda.

– Se puderem consertá-lo – disse Eddie –, ele vai continuar aleijado pro resto da vida.

No nono dia, pararam de gritar. Todos de uma vez. No décimo dia, fomos informados de que Jacobs e Lucas haviam morrido em serviço. Receberam todas as honras. E o doutor desaparecera. Eddie disse que ouviu dizer que o coronel Shelly e o alto escalão ficaram furiosos, e o doutor meio que saíra fugido da base.

De todo modo, todos nós pensamos que o Projeto Krypton já era. Três quartos de nós fora de serviço, por assim dizer. Só restava uma companhia. Passamos três dias zanzando pelo local e depois encontramos o novo doutor numa reunião curta. Havia um rapaz jovem com ele, de terno escuro, Smith de Homeland, sorrindo demais; fez um pequeno discurso e nos apresentou ao Dr. Sorensen.

Esse doutor era o oposto do anterior. O de antes era, na verdade, um cara mais novo, não muito mais velho que a gente. Era um cientista dos bons, e meio babaca, para falar a verdade. O novo era um senhor mais velho parecido com um tiozinho gente boa. Tinha barba grande e grisalha, usava óculos e falava feito professor.

Estavam refazendo o Krypton desde os fundamentos. Seria completamente diferente, a não ser pelo nome. Seria todo um novo processo. Essa fala gerou todo um murmúrio na sala. Mas Sorensen fez a gente parar antes que o primeiro sargento ralhasse conosco.

– Não serão experimentos – ele contou. – Não colocarei nenhum de vocês, homens e mulheres corajosos, em risco. Serão procedimentos totalmente estáveis, usando drogas de teste e fármacos. Em alguns de vocês, o tratamento vai pegar, em outros, não. Mas não haverá risco de... do que aconteceu antes de eu chegar aqui.

Então, o Primeiro Sargento se levantou. Ele nos disse que cumpríramos com nossas funções e que todos ali possuíam os requerimentos para aquilo a que nos alistamos. Ainda que tivessem mantido o número, no que tangia ao Exército, aquilo seria totalmente novo e o 456º seria debandado. Se quiséssemos sair, seríamos interrogados e realocados. Teríamos até a manhã seguinte para decidir. Fomos dispensados.

O rapaz mais novo, Smith, começou a lidar com o grupo. Dava apertos de mão, fazia perguntas, puxava saco. Cumprimentou-me e perguntou se eu pretendia ficar por ali, e eu disse que sim, provavelmente. Eu disse provavelmente, mas acho que ali mesmo eu já sabia que faria parte do Projeto Krypton até o fim. Eu sentia como se ali fosse meu lugar.

Fui para a frente da sala e notei que alguns caras da Greyhound estavam atrás de mim. Acho que estávamos todos prontos para uma nova missão. Yuma era um tédio só, e todos havíamos nos alistado para cruzar o mar e acabar com uns caras da Al-Qaeda. Se Smith não tivesse dito nada, acho que teríamos saído da sala e feito as malas. Porém, naquele momento, tratava-se quase de orgulho concluir aquilo que tínhamos começado.

O coronel Shelly conversava na frente da sala com o novo doutor. Se fosse qualquer outra pessoa, eu diria que discutiam, mas eu sabia que o coronel não tolerava discussões. Nem desculpas.

O primeiro sargento Paine estava lá. Ele cruzou o olhar com o meu, e fui sábio o suficiente para parar onde estava e ficar em sentido. Ouvi os rapazes pararem também, atrás de mim. Alguns deles chamam o sargento de Paine-chatisse, mas não quando ele está perto. Então ficamos lá por alguns minutos enquanto eles conversavam, e não fizemos nada além de escutar.

– Pode pôr ele para fora – dizia o novo doutor. – Ele passou quatro meses na Broadsword na época dos testes.

– E agora não está mais, doutor – disse o coronel Shelly –, como os demais.

– Não é assim tão simples. As drogas e hormônios artificiais que aquele idiota estava administrando estão ainda no organismo dele. Estão armazenados nas células de gordura, esperando para causar um flashback.

–Você disse que ele estava limpo. Disse também que se eles não tivessem mais reações durante os testes, teriam chances de não ter nunca mais.

– Em tese, sim, mas sempre haverá traços residuais nos rins dele, na pele, nas células de gordura. Os testes mostraram que ele estava limpo, mas como qualquer um com histórico de uso de drogas, uma perda de peso poderia causar um flashback, e depois volta tudo para o organismo dele novamente.

– Bom, hipoteticamente, qual é a pior coisa que pode acontecer?

– Não sei – disse Sorensen. – Ainda não tenho certeza do que causou a reação em Jacobs e Lucas. Existem dezenas de possíveis causadores. Estresse. Adrenalina. Uma doença que force o organismo. Potencialmente, qualquer um destes fatores poderia causar um acesso de crescimento muscular e ósseo.

– E quais são as chances disso?

– Pode acontecer; já não basta?

– Pode? – perguntou Shelly. – Pode mesmo?

– As chances são poucas, eu admito, mas...

– Poucas está bom para mim. Ele não tem respeito, atacou um oficial e está fora. Pode ir para casa e o DPLA pode cuidar dele. Se tiver uma reação, vai morrer, e então ninguém terá que lidar com ele.

O coronel deu meia volta e saiu andando. O novo doutor meneou a cabeça e o seguiu.

– Ainda acho que é um erro – disse ele, enquanto saía.

– Especialista – disse o primeiro sargento Paine. Olhava-me com aquela cara. – Qual é seu propósito aqui?

– Primeiro sargento – disse eu, ainda em posição de sentido –, demando manter meu posto nessa missão.

CINCO

AGORA

St. George contrariou a gravidade e se elevou ainda mais ao alto. Estava a bons cem metros acima da autoestrada Hollywood. Manobrava no ar enquanto tentava avistar a fonte do zumbido surdo que ecoava pelo vale. O ranger de milhares de dentes quase o escondera. Se Los Angeles não tivesse se tornado uma cidade fantasma, eles nunca teriam ouvido. Uma linha de fogo passou por ele e explodiu numa trilha de fumaça vermelha. Em meio à labareda e ao sol, ficou difícil olhar para o oeste, mas ele tinha quase à certeza de que um avião movido a hélices não viria do Pacífico. Ainda conseguia ouvir o som distante, mas achou que estava quase sumindo.

Houve outra explosão, desta vez de luz branca, e o ar pinicou sua pele e dançou sobre ela conforme a onda sonora farfalhou seu cabelo e suas roupas. Zzzap flutuava ao lado dele, no céu.

Está ouvindo isso?

– Sim – disse St. George. – Consegue ver? Radar ou calor de motor, ou algo assim?

Zzzap girou no lugar.

Logo ali, disse. *Parece que está seguindo a introdução básica. Está transmitindo um sinal forte naquele sentido.* Ele apontou para o leste.

– O que está dizendo?

O espectro tombou a cabeça, como se tentasse ouvir melhor. Era um dos diversos hábitos que ele mantinha na forma de energia.

Não parece estar falando, disse ele. *Acho que é uma mensagem de vídeo. E tenho quase certeza de que está em código militar.*

– Mesmo?

Vi muito disso durante o surto. Parece ser o mesmo tipo de padrão. É confuso, no início, mas depois que você se acostuma é como ler um bilhete de sequestrador, um daqueles em que cada letra foi cortada de uma revista diferente.

– Podemos alcançá-lo e fazer sinal para o piloto?

Zzzap fez que sim.

Não deve ser difícil. Está se movendo a uns 140, 145 km/h, vindo direto para nós. Mas está ignorando meus sinais.

Os heróis voaram ainda mais alto no céu. Zzzap avançava dando pequenos saltos para que St. George pudesse acompanhá-lo. Cinco minutos depois estavam a trezentos metros do solo. O ar era fresco, ainda que o sol estivesse a pino. O espectro fulgurante apontou para o alvo. Estava a algumas centenas de metros de distância, se aproximando. Quando a aeronave passou por eles, os heróis chegaram perto e mantiveram poucos metros separando-os.

O avião tinha cerca de nove metros de comprimento, se St. George acertara ao adivinhar, e quinze de envergadura das asas. Era difícil dizer sem ter nada com que comparar. O formato o fez pensar numa libélula, mais pesado na frente, com corpo esguio. Uma bolha do tamanho de uma bola de basquete equipada com lentes vinha pendurada sob a "cabeça" da libélula, e o rabo eram duas grandes palhetas apontadas para baixo, em ângulo bizarro, em vez de para cima. A hélice era montada atrás da cauda. O herói sobrevoou a aeronave e olhou para a dianteira fálica. Não havia cabine de piloto.

Zzzap aproximou-se do avião. Flutuou no ar ao lado da aeronave e apontou para a estrela azul e branca cravada no corpo esguio.

Eu disse que era militar.

– Como assim, militar? – St. George teve que gritar acima do som da hélice e acabou ficando alguns metros para trás.

Zzzap foi atrás dele.

Fala sério! Você nunca assistiu ao Learning Channel, o Discovery, ou algo assim?

– Cancelei a TV a cabo dois anos antes de me tornar super-herói. Caro demais.

Então nunca nem viu o especial que fizeram sobre mim?

– Barry!

Tenho quase certeza de que é um drone Predador.

St. George fitou o avião que zumbia junto a eles.

– Os aviões-robô usados no Iraque?

Isso. E não é bem um robô, mas é controlado remotamente. O que significa que tem alguém a leste daqui dirigindo essa coisa.

– E nos observando – disse o herói. Ele apontou para as lentes na bola de metal. – Podem ver a gente através daquilo, certo?

Tecnicamente, sim, mas eu estou atrapalhando as transmissões desde que chegamos perto. Não sabemos quem está do outro lado dessa coisa.

St. George encarou o amigo.

– Por que diz isso?

O espectro apontou para o leste.

Posso ver o transmissor deles lá. Está a cerca de setecentos quilômetros daqui. Danielle poderia certamente confirmar isso, mas não acho que os militares controlam mais os Predadores por rádio normal. É tudo feito por satélite, pra aumentar o alcance.

– Está supondo que, seja lá quem está controlando isso, essa pessoa tem acesso a um satélite.

A figura brilhante deu de ombros.

St. George sentiu que ficava para trás do avião e deu um impulso para a frente.

– Acha que tem chance de ser automático ou algo assim?

Zzzap fez que não.

Não. Alguém lançou essa coisa.

– Acha que os militares estão nos procurando?

Demoraram muito, se estiverem. Mas, sim, se alguém enviou um troço desses a Los Angeles, é porque está procurando alguma coisa.

Continuaram voando ao lado do Predador por mais alguns quilômetros. St. George olhou para baixo. Conseguia ver o aeroporto e um grande parque bem abaixo, o que significava que estavam sobrevoando Van Nuys naquele momento. O avião começou a virar lentamente para o sul.

Novas ordens de busca chegando, disse Zzzap. O espectro circulou o drone um par de vezes, tão rápido que a aeronave flutuou na bolha de pressão resultante. *O que quer fazer?*

– Estou pensando – respondeu o outro. – Isso devia ser simples, mas... não sei. Depois de todo esse tempo, essa coisa aparecer assim do nada é tão estranho.

Tem razão, disse Zzzap. *Basicamente todos os filmes sobre zumbis já feitos nos dizem que parte das Forças Armadas dos EUA deve estar maluca a uma hora dessas. Provavelmente estão a fim de matar nossos homens e tomar nossas mulheres. E quando digo tomar, quero dizer...*

– Assim você não ajuda.

Foi mal. Opa. Definitivamente está sendo controlado. Alguém finalmente percebeu que eles perderam as transmissões do brinquedinho. Estão mandando protocolos de reinicialização.

– Vai deixar passar?

Vou, por que não? Não vai fazer mal algum, e teremos ainda uns minutos antes que eles notem que estão sendo bloqueados ativamente.

Voaram por mais um quilômetro. St. George girou no ar e olhou para trás.

– Eles já viram o Monte, certo? E a Grande Muralha?

Zzzap também olhou para trás.

Provavelmente sim. Só que talvez não percebam que estamos todos vivos.

– Pode mandar uma mensagem? Sobrecarregar o sinal deles e mandar um "olá" cauteloso, algo assim?

O espectro fez que sim.

Isso é fácil. Algo em especial?

– Certifique-se de que saibam que estamos aqui, mas seja meio vago sobre quem somos.

Zzzap flutuou por cima do drone por alguns momentos e depois reclinou a cabeça perto dele.

Ahhh, disse. *Acho que sei o que vai dar certo.*

– O que vai mandar?

O que você pediu.

– Está fazendo besteira, não?

Zzzap ergueu uma mão branca e ardente.

Não me desconcentre. Tenho que pensar direitinho na mensagem ou não vou transmitir corretamente.

– Barry...

Confie em mim, George, disse o espectro. *Se vamos reestabelecer contato com o mundo, que seja memorável. Como isso.* – Ele ergueu a cabeça e se afastou do avião.

– Por favor, diga que não mandou alguma idiotice.

Zzzap meneou a cabeça.

Até pensei nisso, mas não. E agora?

O motor roncou com mais força e o drone disparou adiante. Os heróis giraram para desviar das asas, quando elas cortaram o ar. O Predador desceu, nivelou-se e acelerou.

Acho que chamamos a atenção deles.

St. George parou no ar.

– Aonde ele vai?

Voltar pra casa, acho. Zzzap olhou para as ondas de rádio flutuando no ar. *É, estão chamando ele de volta.*

– Você pode segui-lo?

Posso chegar antes. Ele apontou para o leste. *Se eu acertei na distância, levo no máximo vinte minutos.*

– Tem como ser sutil?

O espectro olhou para cima.

Ainda tem muita luz do sol no céu. Se eu for cauteloso, posso me esconder na frente dele, dar uma olhada.

– Faça isso. Vejo você no Monte, depois.

Zzzap fez sinal positivo e desapareceu tão rápido quanto um relâmpago. St. George olhou para baixo, divisou alguns pontos de referência e traçou seu caminho de volta à via Cahuenga.

Os batedores ainda se encontravam ao sul da Ponte Barham. Jarvis, Hector e Lynne montavam guarda numa das pontas do *Road Warrior*. Lee, Danny e Al monitoravam o outro canto. Mataram uns doze ex's enquanto St. George perseguia o Predador, e mais meia dúzia vinha tropeçando em direção ao caminhão.

– Era um avião? – Lynne gritou para ele. – Quem era?

– Ei! – ele ralhou ao encostar as botas na plataforma superior de caminhão, ao lado de Lady Bee. – Caso tenha se esquecido, ainda estamos em território infestado. Fale baixo.

A moça se contraiu.

– Desculpe. Mas era um avião?

– Mais ou menos.

Al franziu o cenho.

– Como pode ser mais ou menos um avião?

– Helicóptero? – perguntou Paul, da caçamba.

– Era um daqueles planadores motorizados?

– Ultraleve?

St. George balançou a cabeça e ergueu a mão.

– Duas coisas, por ora, certo?

Todos se acalmaram.

– A coisa que estava lá em cima, não temos certeza do que era. Queremos ir com calma. Tudo o que sabemos é que essas pessoas podem ser outro grupo como os Seventeens, tentando encontrar sobreviventes para roubar seu suprimento.

Hector entortou os lábios, mas ficou quieto.

– E segundo, não vamos dar falsas esperanças às pessoas. Zzzap vai seguir a aeronave até de onde ela veio, e vamos ficar sabendo mais hoje à noite, ou amanhã de manhã. Mas prefiro que vocês todos guardem isso para vocês, tudo bem? Não queremos deixar as pessoas animadas sem motivo, então vamos esperar até saber do que se trata.

Dava para sentir o entusiasmo do grupo se esvair. Alguns ficaram até cabisbaixos. Lynne olhou para ele:

– Então... e agora?

–Vamos voltar ao trabalho – St. George respondeu. –Tem outro posto de gasolina grande lá embaixo.Vamos ver se conseguimos chegar lá antes de encerrarmos o expediente para voltar.

Ele saltou do teto e voou até o solo, em frente ao caminhão. O herói pôs as mãos numa SUV escura, empurrou-a contra um sedan e lançou os dois veículos para fora da estrada.

A maioria dos batedores voltou para dentro do caminhão. Billie foi até ele.

–Você parece cansado?

– Um pouco, sim – disse St. George. – Não costumo voar em alta velocidade.

Ela olhou por cima dele e ergueu a voz.

– Danny, cuidado!

Todos se viraram para olhar. Uma ex loira de moletom manchado e camiseta regata havia cruzado a estrada. Lee e Al deram um passo adiante quando a morta-viva mordeu Danny no ombro. A cota de malha debulhou seus dentes apodrecidos. Ele gritou e girou para trás. A mulher cambaleou para ele, rangendo os dentes. Ele a empurrou, e ela tentou morder-lhe os dedos.

– A cota de malha funciona! – Al brincou.

– E como! – balbuciou Danny. O rapaz tentou recobrar o fôlego.

– Viu, era disso que eu estava falando – disse St. George. – Prestem atenção, pessoal. Talvez tenha mais gente por aí, mas nunca saberemos se formos todos mortos, certo?

– Eles não vão matar você – disse Hector, seco.

– Sim, mas Stealth fica irritada pra caramba quando eu saio com catorze pessoas e volto sozinho.

Danny mantinha a ex afastada com o rifle.

– Ei – disse ele –, alguém mais acha que conhece ela de algum lugar?

Keri olhou a ex com atenção e balançou a cabeça.

– Não.

– Estão ficando todos tão murchos que fica difícil enxergar – disse Al.

– Essa não está murcha – disse Lynne, rindo. – O silicone não murcha jamais.

A ex rangeu os dentes e atacou Danny mais uma vez. Ele a empurrou, para desequilibrá-la.

– Última chance. É ou não é famosa?

St. George inclinou a cabeça e apontou.

– O que é aquilo no braço dela?

– Tatuagem – disse Hector. – Rosas. Trabalho bem feito.

Ilya estalou os dedos.

– Ela é atriz pornô!

Lee deu mais uma olhada na ex.

– Você acha?

– Cabelo loiro, seios falsos, um braço bem tatuado. Pra mim, é familiar.

Paul apontou o rifle para a estrada.

– Não tem uma casa de atrizes pornô lá no fim da rua?

– Não acho que todas as atrizes moravam lá.

– Tá, só estou dizendo que é lá.

Billie olhou novamente para St. George e falou em voz baixa.

– Era um Predador?

Ele ficou admirado e abaixou o próprio tom de voz.

– Era. Adivinhou.

– Movido a hélice, parecido com avião, não soava como se tivesse piloto. – Ela deu de ombros. – Eu passei só dezoito meses no Afeganistão, mas vi alguns desses.

Lady Bee riu.

– Ai, meu Deus, acho que ele tem razão. É a Brooke-alguma-coisa.

– Não existem umas dez ou vinte Brookes?

– Não, ela é das mais importantes – disse Ilya. – Caramba, como é mesmo o nome dela?

– Acho que isso basta pra ela contar como celebridade. Jarvis?

O barbudo suspirou e concordou.

– Tá, claro, eu nunca vou alcançar mesmo.

Billie viu Danny tentando derrubar a ex, mas continuou falando baixo.

– Por que você está tão preocupado se é um dos nossos?

– Não sabemos se é um dos nossos – disse St. George. – Até onde sabemos, é um bando desses caipiras que vivem preparados para um possível Apocalipse e brincaram muito com simuladores de voo. Enquanto não tivermos certeza, acho melhor ter cuidado.

– Concordo.

Danny chutou uma das pernas da ex por baixo, e a morta-viva despencou no chão. Ilya lançou para o colega uma lança tirada do fundo do *Road Warrior*. Ele firmou a arma no punho, mergulhou a ponta bem no meio da boca da ex e observou a poça que se formou atrás de sua cabeça.

SEIS

AGORA

– É uma base militar – disse Barry. Voltara da missão de reconhecimento quando o sol se pôs, retornara à forma humana e comera dois sanduíches de pasta de amendoim no caminho do Quatro a Roddenberry. Passara para o terceiro. Este tinha fatias de maçã que faziam barulho a cada mordida que ele dava.

Estavam na sala de conferência de Stealth. A mulher de capuz deitara outro mapa sobre a mesa, que mostrava boa parte do sudoeste norte-americano. Passeava pela mente de St. George o pensamento de que ele não fazia ideia de onde ela tirara todos aqueles mapas. Talvez tivesse saqueado uma loja de viagem antes de terem fundado o Monte.

Barry pôs as mãos na ponta da mesa e ergueu-se da cadeira de rodas.

– Exército, se bem lembro da minha época de militar, mas tenho certeza de ter visto a Força Aérea lá também, e talvez alguns da Marinha.

– Todos trabalhando juntos numa base? – disse St. George. – Não é meio estranho?

– Incomum, mas não inédito – disse Stealth. O dedo coberto pelo negrume da luva circulou uma área no sudoeste do Arizona. – O candidato mais provável é a Base de Yuma.

– Não parecia assim tão grande – disse Barry. – Eram só uns dois ou três lugares e uma pista de pouso pequena; nenhum deles era muito maior que o Monte. – Ele deu outra mordida no sanduíche.

– Existem diversas sub-bases na Base – disse Danielle. Ela ergueu a mão e afastou um cacho volumoso de cabelo louro-avermelhado do rosto sardento, depois varreu-o novamente quando ele insistiu em pender. A única maneira de participar da reunião seria sair da armadura Cerberus, o que a deixava inquieta. St. George levara uma hora para convencê-la a tirar. – Fiz uma viagem rápida lá, uma vez, para testar a montagem dos canhões de punho. No geral, deve ter sido desativada, mas não me surpreenderia se existissem uma ou duas bases ainda em funcionamento lá, em algum lugar.

Barry estudava o mapa entre uma mordida e outra.

– Acho que era por aqui – disse ele, tamborilando os dedos sobre o mapa. – Havia uma área bem grande cercada por cerca tripla em que boa parte da atividade acontecia. Uns duzentos ex's do lado de fora. Quarenta ou cinquenta prédios, heliporto e uma subestação de energia conectada a algum ponto fora da base. E havia uma pista de pouso a uns vinte quilômetros dali, onde o Predador foi ancorado, ou estacionado, ou sei lá como vocês falam. Ela parecia bem vazia e sem ex nenhum também.

– Quantas pessoas?

Ele deu de ombros.

– Não sei bem. Parecia ser bem menos que a gente. Quero dizer, a gente no começo. Equipe franzina cuidando dos muros. Muitos prédios, mas não pareciam abarrotados. Sabe, a gente tem barracas nas coberturas e tal. Eles não têm nada disso.

St. George olhou a distância que separava as bases militares da cidade de Yuma.

– Algum civil?

Barry fez que não.

– Se havia, não os vi.

Stealth balançou a cabeça.

– Não seria de se esperar que uma base militar tivesse um grande número de refugiados civis.

Danielle franziu o cenho.

– Não é como nos filmes, sabia? Numa crise de verdade, proteger os civis seria prioridade.

– Foi uma infelicidade, então, que o ex-vírus não foi reconhecido como uma crise importante mais cedo – retrucou a mulher de capuz.

St. George soltou o ar devagarzinho e um fio de fumaça escura desprendeu-se de suas narinas.

– Então é verdade. Os militares ainda estão em atividade, e estão nos procurando.

– Existe a possibilidade de que a base e seus recursos estejam sendo usados por outros sobreviventes – disse Stealth –, mas a suposição lógica é que existe uma base em funcionamento ocupada pelo Exército dos Estados Unidos.

Todos fitaram o mapa por alguns instantes.

– Olha, odeio fazer o chato aqui – disse Barry –, mas será que isso é mesmo uma coisa boa?

Todos olharam para ele. Danielle franziu o cenho de novo.

– O que quer dizer com isso?

– Esses caras devem ter ficado por conta pelo mesmo tempo que nós – disse ele. – Não sabemos em que estado estão, física ou mentalmente.

St. George abriu um meio sorriso.

– Ainda está com medo de terem enlouquecido?

– Um pouco, sim. – Ele deu de ombros mais uma vez. – Só acho que devíamos ser um pouco cautelosos antes de irmos correndo abraçar um monte de caras superarmados que estão ao relento há dois anos.

– E tem o outro lado dessa moeda – argumentou Danielle. – Não sabemos se estão sozinhos. Pelo que sabemos, existem instalações militares e centros populacionais em todo o país que estão conectados.

– Não vimos evidência alguma disso – disse Stealth.

– E nunca ouvi nada – disse Barry, brandindo o sanduíche no ar. – Mesmo que estivessem todos na costa leste, eu teria visto alguma coisa no ar de vez em quando.

– Só estou dizendo que podem existir – insistiu a ruiva. – Não vamos nos convencer de que é uma coisa ruim antes de termos mais provas.

– Não vamos nos esquecer de outra coisa – disse St. George. – Agora eles sabem que estamos aqui. Mandamos uma mensagem pelo Predador.

Barry concordou.

– Mandamos sim.

– Parece correto afirmar que eles não sabiam o que encontrariam quando enviaram os drones – disse St. George. – Agora, sabem que estamos aqui. Acho que devíamos esperar para ver o que vão fazer. Deixar que deem o próximo passo.

Stealth inclinou a cabeça.

– E se eles não derem?

– Então podemos mandar Barry investigá-los novamente. Mas, por ora, vamos ficar na nossa.

Barry sorriu.

– Não quer ligar muito cedo depois do primeiro encontro?

– Não quero que pensem que somos uma ameaça – disse St. George. – Devem estar com tanto medo de nós quanto nós deles. E, como você disse, eles têm muito mais armas. Vamos esperar alguns dias e ver se o Predador volta.

Danielle concordou.

– Quando isso acontecer, podemos usar meu indicativo de chamada e meus códigos. Mesmo que não consigam identificar, não devem ter dificuldade em reconhecê-los como linguagem militar.

Stealth concordou.

– Um bom plano, por enquanto.

– Só que tem outra coisa – disse St. George. – O que vamos dizer a todos?

– Como assim? – perguntou Danielle.

– Todo mundo aqui do Monte. Dentro da Grande Muralha. Ficamos quietos? Contamos a todos que os militares vão chegar e salvar o mundo?

– Estou certa de que essa decisão já foi tomada sem você, George – disse Stealth.

Ele a fitou.

– Como?

– Além de nós quatro, catorze batedores sabem do drone Predador. Considero improvável que todos tenham mantido silêncio quanto a isso. Estimo que cerca de duzentas pessoas receberam a notícia ao longo desta reunião.

St. George suspirou.

– Ai, caramba – disse Barry. – Isso não vai ser nem um pouco uma dor de cabeça.

– Eu sugiro que aconselhemos aos cidadãos que não façam suposições prematuras quanto à natureza desse incidente. Talvez possamos protegê-los de possíveis desilusões e o correspondente golpe ao moral.

– Supondo, é claro – disse Danielle –, que haverá motivo para desilusão.

As luzes piscaram.

– Essa é a minha deixa – disse Barry. O rapaz engoliu o que restava do sanduíche. – As baterias estão ficando descarregadas. Preciso voltar à cadeira.

– Sua energia não anda durando pra nada – murmurou a ruiva.

– Estamos abastecendo seis vezes mais pessoas – disse St. George. – Precisamos arranjar um jeito melhor de fazer isso.

– Não me diga – disse Barry. Ele girou da mesa para a cadeira de rodas. – Sabia que faz seis meses que não durmo na cama?

– Anda – disse o herói, pegando a jaqueta de couro. – Vamos levá-lo ao Quatro.

– Cerberus – disse Stealth –, se puder acompanhar Zzzap à cadeira elétrica, eu gostaria de falar com St. George por alguns minutos. A sós.

– Alguém está com problemas – cantarolou Barry, sorrindo.

A ruiva pareceu contrariada.

– Vão demorar? Eu pretendia voltar à armadura ainda hoje à noite.

– Tire o resto da noite de folga – disse St. George. – Colocamos você de volta à armadura amanhã de manhã.

– Ah, que bom – disse Barry. – Ela vai poder dormir na cama.

– Mas alguém precisa checar os portões – disse Danielle. – Se vocês dois forem demorar muito aqui...

– Eu mesma vou checar os portões quando a reunião acabar – disse Stealth. – Pode, por favor, acompanhar Zzzap ao Quatro?

A moça puxou os braços para perto do corpo.

– Claro. Sem problemas. – Ela girou Barry na cadeira de rodas e o encaminhou para fora da sala.

St. George deitou novamente a jaqueta na mesa e olhou para a mulher de capuz.

– E aí?

– Como se saiu a nova armadura, de cota de malha?

– Ninguém gostou, mas Danny Foe deixou uma ex se aproximar e a malha evitou uma mordida. Nada além disso. Todos estavam concentrados hoje.

– Algo mais a relatar sobre a missão?

O herói apoiou-se na mesa.

– Basicamente, o que esperávamos encontrar no vale – disse ele. – Os ex's parecem mais numerosos, mas mais espalhados. Quase tudo foi saqueado em Cahuenga, mas é difícil dizer quando, então isso não ajuda nem um pouco a descobrirmos se há mais sobreviventes lá fora.

– Você escutou?

– O quê?

– Você lançou um sinalizador que deve ter sido visível por boa parte do sul de San Fernando Valley. Se algum sobrevivente tivesse visto, seria muito provável que teria tentado atrair a atenção de vocês.

George pareceu incomodado.

– Nem pensei nisso na hora. Fiquei tão intrigado pelo avião.

– A culpa é minha – disse ela. – Foquei-me na sinalização como um sinal para nossos propósitos. Não considerei a possibilidade de que serviria como aviso para outras pessoas até que você saiu.

– Não é responsabilidade sua pensar em tudo isso.

– Alguém tem que se responsabilizar, e eu sou a mais capacitada para tanto.

– Bom – disse ele –, talvez não seja necessário por muito tempo. Se for mesmo o Exército, sairemos de cena. Eles vão tomar a frente de tudo.

Ela inclinou a cabeça e fitou o colega.

– Não havia notado que você estava ansioso por livrar-se de suas responsabilidades.

– E você não? Quer dizer, encare a realidade. Deve haver gente mais qualificada que nós para reconstruir a civilização.

– Talvez sim, talvez não. Na minha opinião, você é bastante qualificado.

Fitaram-se por alguns momentos, e mais um pouco, até que ela se virou e foi até a mesa de monitores. St. George pegou sua jaqueta. As portas se fecharam assim que ele percebeu que perdera outro momento oportuno.

– Então – disse Barry, cruzando o jardim na cadeira de rodas –, quer dar uma volta? É chato demais ficar sentado aqui o tempo todo. Tenho uma porrada de filmes.

Ele sentiu que Danielle balançava a cabeça, atrás dele.

– Tenho que voltar – ela disse. – Umas coisas pra fazer.

– Tipo o quê?

– O quê?

– O que tem pra fazer?

– Ah... umas coisas. Sabe? Passo tanto tempo dentro da armadura que muita coisa fica por fazer.

– Ah, vai lavar roupa? Por favor diga que sim, porque já acumulou um monte. – Ele apontou para a rua, conforme viraram na Terceira. – Olha, podemos ir pela faixa do meio? Tem menos buracos. Faz bem pra cadeira e pro meu traseiro.

– Tanto faz.

A moça se inclinou, direcionando a cadeira para o centro da via.

– Assim – disse ele. – Bem melhor.

Danielle resmungou. Ao sul encontrava-se o portão Melrose. Dava para ouvir o ranger de dentes, a distância, de centenas de bocas.

– Então nada de filme, né?

– Não, desculpe.

– Eu tenho uns jogos também. Finalmente aprendi a usar um mouse sem fio, então consigo mexer no notebook.

– Já disse, tenho que voltar pro meu canto.

– Bom, se quiser, pode dormir lá em casa. Pode ficar com todas as almofadas do sofá, se quiser. Eu nunca uso mesmo.

– Hein?

– É que eu imaginei que você ia querer construir uma cabaninha pra dormir.

Ela parou.

–Vai chupar prego.

– Quem dera eu pudesse chupar outra coisa – ele suspirou. Girou no lugar e a fitou. Com as mãos agora livres, ela cruzou os braços. – Mas me fale de você. Quanto tempo passou na armadura desta vez?

– Quanto foi necessário.

– Quanto tempo?

Ela suspirou.

– Quatro dias. Mais ou menos.

– Mais ou menos?

– Quase cinco.

Barry a encarou.

– Mas a ideia é ficar só três, não?

– Dá pra ficar mais, se for preciso.

– Não me admira esse seu cheiro.Você comeu alguma coisa, por acaso?

– Ando precisando perder peso.

– É, você e todas as pessoas gordas que andam por aí, depois do apocalipse.

– A armadura está apertada nas coxas.

– Que seja – disse ele. – Olha, sabe que está segura aqui dentro, né? Eles não podem te pegar aqui.

Ela olhou para trás, para o portão. Para a grande cruz branca.

– Eu cuido de você – disse Barry. – George e Stealth também. Poxa, quase todo mundo aqui te adora.

Ela sorriu, enigmática.

– Nem todo mundo.

– Bom, sempre tem uns idiotas em todo lugar – ele argumentou. – O fato é que você precisa parar de se esconder nessa droga de armadura.

– Senhor Burke – alguém chamou, lá de trás. Barry entortou os olhos ao ouvir essa voz, que Danielle também não apreciava.

– Christian – disse Barry, girando a cadeira. – Estávamos falando agora mesmo de você. E aí?

Christian Nguyen fora vereadora em L.A. e se ancorara em sua pequena porção de poder quando a sociedade começou a se reconstruir dentro do Monte. Tornara-se líder de distrito no sudeste e em toda a Raleigh, e algumas pessoas achavam que ela tinha grandes chances de virar prefeita caso todos concordassem num modo justo de fazer eleições. Era também "superfóbica", como diziam alguns, e não se esforçava em esconder os sentimentos.

Danielle simplificava tudo chamando-a de vaca.

Christian marchou sobre os paralelepípedos com uma meia dúzia de pessoas atrás. Parou em frente à cadeira de rodas e encarou Barry.

– Que história é essa de um helicóptero sobrevoando o vale?

– Era um Predador. Não um helicóptero.

– Não tente disfarçar – ela atacou. – Por que ninguém nos disse nada sobre isso?

– Se ninguém lhes contou nada, como ficou sabendo?

– Todo mundo ficou sabendo – ela retrucou. – O que quero saber é por que nada foi dito oficialmente.

– Bom – disse Barry –, Stealth imaginou que vocês todos ficariam sabendo em questão de horas... o que aconteceu, de fato. Então não havia motivo pra fazer algum tipo de anúncio oficial.

Christian abriu um sorriso convencido.

– Está dizendo que St. George mandou as pessoas não falarem nada, e Stealth percebeu que elas falariam mesmo assim.

Barry sentiu um tremor discreto quando Danielle segurou a cadeira de rodas. Parte dele torceu para que a amiga metesse a cadeira nas canelas de Christian.

– E assim – ele disse –, vocês sabem de tudo.

– Vai nos contar o que o piloto disse?

– Piloto?

– Do helicóptero.

Ele suspirou. Fez questão de suspirar bem alto.

– Primeiro, não era helicóptero, era um drone Predador, e, segundo, Predadores não têm piloto.

– Como assim, não têm piloto?

– É um drone, Christian. Um robô.

– Um avião-robô? Acha que eu sou idiota, é?

Um dos seus acompanhantes, um magricelo, deu um passo adiante e murmurou algo em seus ouvidos. Ela voltou o olhar para o rapaz sentado na cadeira de rodas.

– Queria mesmo que eu respondesse esta última, ou foi uma pergunta retórica?

– Acho que passou da hora de você ser um pouco mais respeitoso – ela atacou. – Independente do que fosse aquilo, era um símbolo do governo norte-americano.

– Era um drone – interrompeu Danielle. – Ninguém sabe quem estava no controle. Poderia ser qualquer pessoa.

Barry concordou.

A cara fechada de Christian se abriu num sorriso malicioso.

– Ah, vocês adorariam isso, não? Convencer a todos que a ajuda está chegando. Que o resto do mundo não está fugindo deste estado infernal em que se encontra Los Angeles. – Ela aprumou os ombros e lançou um olhar para sua comitiva. – Os dias da ditadura de Stealth estão contados. Seu poder sobre todos nós vai terminar e vocês terão que inventar todas as mentiras que puderem para se esconder.

– Falando sério – disse Barry –, acha que não queremos que isso aconteça? Acha que gosto de passar sete dias por semana dentro de uma bola de metal pra você poder ler à noite?

Ela desconsiderou o comentário com um gesto e apontou o dedo para ele. Ele sentiu a cadeira vacilar em cima dos paralelepípedos e quase teve certeza de que Danielle atropelaria a outra.

– As coisas vão voltar ao normal – disse Christian. – Vamos ver qual será o destino de todos vocês.

Um murmúrio em aprovação veio dos seguidores. De queixo erguido, olhando de esguelha para Barry e Danielle, a mulher saiu de cena, acompanhada de seus acólitos.

Barry respirou fundo para soltar um palavrão, mas contentou-se em mostrar o dedo com toda a intenção.

– Que maldita – murmurou Danielle.

– Tá reclamando do quê? Você saiu por cima.

– Ela não sabe quem eu sou – disse a ruiva. – A maioria das pessoas me vê como um gigante de três metros de altura e setecentos quilos. Quando veem essa mulher indefesa e magrela, sou apenas um rosto na multidão.

Ele girou para fitar a amiga.

– Você não é indefesa.

– Somos todos indefesos, Barry – disse ela. – Enquanto as coisas forem assim, estaremos todos ferrados.

FILHA DA LIBERDADE

ANTES

A última coisa que me lembrei de fazer foi tentar não tremer, com todos à minha volta. Não tenho dificuldade com queda livre, treinamento de tiro, nem mesmo estar na mira do inimigo. Estive envolvida em duas explosões em meus seis anos de serviço, e ainda tenho cicatrizes e um Coração Púrpura por uma delas. Mas ficar deitada numa mesa de operação, apenas de calcinha, coberta por um avental, enquanto eles metiam sedativos no meu braço, isso me deixou em pânico.

Não posso entrar em pânico. Isso é coisa de menina. Sou um soldado, antes de ser menina. Nasci para ser soldado. Era o que meu pai queria. O pai dele servira no Exército, e o pai do pai dele, e o pai deste. Toda uma linhagem de Kennedys serviu ao país desde a época da Guerra Civil, muito antes de outra pessoa de mesmo sobrenome ter se tornado presidente.

Minha mãe diz que ter tido três filhas foi um golpe para ele. Ele nos amava, não me entenda mal. Era o melhor pai do mundo, e passava todo o tempo que podia conosco, mas era difícil para ele não ter um filho para dar continuidade à tradição militar. Ficou muito chateado quando Ellie, minha irmã mais velha, decidiu ser professora primária, e Abby anunciou que ia entrar na faculdade e ser advogada.

Eu era a mais nova. E a mais moleca. Assim que completei anos suficientes para entender o silencioso desapontamento do meu pai, soube o que fazer com a minha vida. Só queria que ele tivesse vivido para me ver chegar ao posto de sargento. Para ver a soldado incrível que me tornei.

Então, é claro que agarrei a oportunidade quando me ofereceram tornar-me um soldado ainda melhor. Dentre cerca de quinhentos voluntários, cento e oito chegaram à final, número bastante para formar duas companhias. Um mês de injeções, e depois essa cirurgia. O Dr. Sorensen tentou nos explicar, mas era um monte de palavrões que ninguém entendia. Ele disse que seria muito mais fácil explicar após a cirurgia.

Acordei numa maca hospitalar. Sorensen estava sentado perto de mim, lendo uma carta escrita em letra florida, de adolescente. Descobri mais tarde, falando com o restante do pelotão, que ele estava sempre perto quando as pessoas acordavam. Não fazia ideia de como ele calculava o tempo.

Seu assistente estava logo atrás dele, tentando não mostrar que lia a carta por cima dos ombros do chefe. Pisquei algumas vezes, tentei mexer o braço e notei quão rígido ele estava. Quando apertei os olhos, percebi que a dor de cabeça estava muito pior.

– Ahhh – disse Sorensen. – Finalmente acordou. Pegue um pouco de água para ela, John. – Disse essa última frase sem nem olhar para o assistente.

– Sinto dor – eu disse.

– Você passou quase vinte horas inconsciente, sargento. É normal. – Ele dobrou a carta.

Nossos olhares se encontraram.

– Algum problema, senhor?

– Minha filha – ele respondeu. Meteu o papel no bolso do casaco. – Está começando a escolher faculdades e todos na família têm ideias diferentes de onde ela deveria estudar.

Eu sorri.

– Eu me referia à cirurgia.

Ele piscou para mim e deslizou uma caneta de luz do mesmo bolso.

– Acho que não, mas teremos certeza dentro de alguns momentos. – Ele passou a luz sobre os meus olhos, de um lado para o outro. – Olhe para o meu dedo.

Acompanhei seu dedo indicador conforme ele o passou em torno do meu rosto, depois para cima e para baixo em frente ao próprio peito. Sem problemas. O assistente voltou com um copo de água. Fui levar a mão ao copo e ouvi um tinir. Estava algemada ao corrimão da maca.

– Só uma questão de precaução – disse Sorensen. – As pessoas podem ficar desorientadas após a cirurgia, e não queríamos ver você zanzando por aí, poderia se machucar.

– E se eu precisar ir ao banheiro?

– Você precisa?

– Não.

– Vamos liberar você em questão de minutos, de todo modo. Feche a mão esquerda. Ótimo. Agora a direita. Bom. Segure esta caneta o mais forte que puder.

Quanto mais testes ele fazia, mais eu percebia como me sentia bem. Apesar da dor de cabeça muito intensa e dos membros rígidos, sentia que não havia nada de errado comigo. E isso me deixou intrigada, porque não era a primeira vez que acordava de uma cirurgia na vida. Operei o apêndice quando tinha quinze anos, e o menisco, no joelho, quatro semanas após o fim do Básico. Sabia que alguma parte do meu corpo deveria doer mais do que o resto.

– Não está tonta? – perguntou Sorensen. – Não sente um gosto estranho na boca?

– Não, senhor. Só estou com a boca bem seca – disse, dando um gole no copo.

– É efeito colateral da anestesia. Você passou dezesseis horas em cirurgia.

Deixei meu olhar descer até meus braços nus. Um deles estava algemado. No outro, havia soro. Nenhum curativo. Nenhuma sensação. Nada.

– Alguma coisa deu errado, senhor? Por que não completaram a cirurgia?

– Sabe por que as tentativas de meu antecessor falharam, neste projeto, sargento Kennedy?

Dei de ombros. As algemas tilintaram.

– Ele achava que era preciso forçar o corpo a alcançar os níveis de performance que esperávamos. Passou semanas administrando bloqueadores de miostatina e somatotropina aos soldados, e outras coisas que bagunçaram toda a sua bioquímica.

Balancei a cabeça.

– Não faço ideia do que está falando.

– É claro. Mil perdões. Deixe-me explicar assim. Quando você era bem jovem, brincava bastante?

– O que quer dizer, senhor?

– Brincar. Correr por aí, pular, pega-pega, esse tipo de coisa.

– Eu era uma moleca, senhor. Fazia isso tudo e ainda brigava com os garotos.

– Já chegou a brincar tanto que perdeu todas as forças?

– Acho que sim. Quero dizer, não acontece com todo mundo?

– Acontece, sim – ele concordou. Fez uma pausa e removeu com um gesto uma fibra de gaze da calça. – Corríamos e levantávamos peso e gastávamos as calorias que supririam um dia todo em apenas algumas horas. Levávamos nossos corpos à potência máxima. Porém...

Fez outra pausa, como se procurasse a palavra correta. Compreendi tratar-se de uma preleção. Naquele ponto, ele já havia usado esse discurso dezenas de vezes com outros candidatos, quando acordaram.

– É como se tivéssemos nos deixado doentes – ele prosseguiu. – Nos agredimos. Talvez tenhamos até agredido um ou dois amigos por acidente. Aprendemos que não fazia bem operar nesses níveis, a não ser que fosse absolutamente necessário, e em geral não era. Entende? Todas as pessoas da Terra carregam em si a semente da habilidade sobre-humana dentro de si.

Dei outro gole de água e flexionei o joelho, trazendo o pé para trás, depois pondo-o à frente, sob o lençol. Não senti rigidez nem dor em ponto algum das minhas pernas.

– Refere-se a genes mutantes ou algo assim?

Ele balançou a cabeça.

– Não, refiro-me às coisas que ouviu falar a vida toda. – Foi contando os exemplos nos dedos. – Pessoas que levantam até carros com as próprias mãos para salvar aqueles que amam. Pessoas que correm a primeira maratona sem treinamento algum ou que podem mergulhar por três minutos sem respirar. Crianças que caem de prédios de dez andares e apenas ficam com arranhões. Sabia que uma mulher, certa vez, despencou de uma altura de mais de três quilômetros, de um avião que explodiu, e teve apenas ferimentos leves?

Pensei ter ouvido falar da história, então fiz que sim.

– O corpo humano é uma máquina impressionante – disse Sorensen. – É poderoso e resistente por si só, sem muita ajuda nossa. Raramente notamos isso, no entanto, porque todos nós aprendemos desde cedo a não usar nossos corpos na potência máxima. Até atletas profissionais que treinam constantemente respeitam um sistema de restrição automática. A gente pega leve. Não nos esforçamos no limite máximo porque, instintivamente, compreendemos que pode ser muito perigoso, para os outros e para nós mesmos. E conforme fomos crescendo, nossos corpos responderam, ficando mais lentos e fracos porque não continuamos forçando-os ao máximo. Tenho certeza de que você já ouviu falar de viciados em fenciclidina, PCP, que podem lutar contra meia dúzia de homens e abrir um buraco na parede com um soco.

Assenti novamente.

– Um princípio similar. A droga faz o cérebro desconsiderar todas essas restrições autoimpostas. É claro, também desabilita os receptores da dor, então não é incomum que eles voltem ao normal e descubram que quebraram vários ossos das mãos.

Por dentro do avental, retesei o abdômen e mexi nos quadris, e contraí alguns músculos femininos.

– Então... você está nos dando PCP?

Nada. Nem mesmo um ponto adormecido pela anestesia. Só um pouco rígida, por falta de uso.

– Não, eles tentaram isso antes – disse ele, cruzando as pernas. – Não funcionou pelos motivos que acabo de mencionar, e ninguém conseguia resultado definitivo algum. Também não resolve o problema principal. Queremos transformar vocês em super-humanos, não dependentes de drogas que os tornam super-humanos. Você se sentiu inquieta nas últimas semanas, não?

Sim. Na verdade, aquele era o primeiro momento em que não me sentia à beira do colapso em muitos dias. Eu teria notado mais rápido, não fosse a dor de cabeça e os músculos doloridos.

– As injeções que vocês andaram recebendo nas últimas semanas aceleraram diversos processos em seus corpos. É um composto chamado GW501516, associado ao AICAR, que ativa o metabolismo... – Ele fez outra pausa e sorriu. – Não vou chatear você com esses termos técnicos. Seus tecidos musculares estão se desenvolvendo rapidamente. O mesmo acontece com as células da sua pele e ossos, o que implica mais hemácias carregando mais oxigênio.

Franzi o cenho.

– Não é a mesma situação de dependência química, senhor?

– Normalmente, sim. Se cortássemos os suplementos, sua química corporal voltaria ao normal em poucos dias. O que nos traz de volta à restrição. O que fizemos foi desabilitar essas restrições. Se você se esforçasse ao máximo, criaria novos caminhos e aprenderia a manter o corpo em xeque novamente. Por ora, no entanto, você vai funcionar nesses níveis ótimos de performance. Sua mente não vai dizer ao seu corpo que se contenha. Este será o seu novo normal, digamos assim, e demos ao seu corpo um empurrão para que ele se transforme para acompanhar o processo.

Bebi um pouco mais de água. A sensação na minha boca já estava bem melhor, e flexionar músculos aleatórios ajudava a passar a rigidez. Na minha opinião, bastava um pouco de analgésico para a dor de cabeça e eu estaria pronta para outra.

Essa dor de cabeça de rachar.

Devia aparecer até nos meus olhos, porque Sorensen estava prestes a dizer algo e parou. O assistente deu um passo para trás. Ficaram ambos me observando.

Minha mão livre, a que não estava presa à cama, ergueu-se. Minha nuca fora raspada. Alisei os fios úmidos no couro cabeludo e me contraí.

Coloquei um pouco de pressão na pele e senti parte do meu crânio se deslocar.

– O que você fez?

– É chocante no começo, eu sei – disse Sorensen. – Tenho certe...

– O QUE VOCÊ FEZ COM O MEU CÉREBRO?!?

Lembrando agora, admito que surtei por um minuto. O que acho que foi planejado por ele. Saltei da cama. O assistente tentou me agarrar, mas lancei-o para longe, do outro lado da sala de recuperação. Ergui o doutor da cadeira e seus óculos foram ao chão.

– O que você fez comigo?

Sorensen estava muito calmo, ainda que eu tivesse seu casaco enrolado nos punhos.

– Essa não é a questão mais importante, sargento Kennedy.

Foi bom ter falado meu nome e posição. Serviu para me acalmar, me fez parar. Quase chorei, mas só meninas choram. Sou um soldado.

– A questão importante – disse Sorensen – é como você saiu da cama.

Levei um momento para assimilar. Desviei o olhar dele para os meus pulsos. Um deles tinha um pedaço de esparadrapo e um pouco de sangue no local em que o acesso fora arrancado. O outro tinha uma algema com uma corrente de aço brilhante pendurada. A outra ponta fora rasgada fora. Dava para ver o hematoma se formando no local em que a algema pressionara minha pele.

Olhei para trás. O corrimão da maca hospitalar estava dobrado uns cinco centímetros para a frente. A outra algema balançava para frente e para trás, pendurada numa falha no metal. A corrente ligada a ela fora partida e esticada. Parecia-se mais com um gancho grosso do que com um pedaço de corrente.

Ah, caramba. Olha pra mim agora, pai.

OITO

AGORA

Agora

– Ei, St. George – alguém chamou. – Pode falar agora?

Um rapaz magro trotou em direção a Roddenberry, acenando. St. George pousou no solo e jogou o casaco sobre os ombros. Levou um momento para reconhecer o rapaz à noite. Nunca notara como havia pouca iluminação em torno do prédio central e do jardim.

– Cesar, certo?

– Isso. – Cumprimentaram-se. – Olha, eu preciso muito... hmmm, confessar uma coisa.

– Ainda não matou ninguém, certo?

– Não, velho, é coisa séria.

– Tá bem – disse o outro –, o que foi?

Cesar olhou ao redor.

– Podemos ir andando?

– Por quê?

– Fico um pouco ansioso falando aqui, parado, sabe? Em frente ao prédio dela? Principalmente à noite.

St. George notou que fazia cara de irritação.

– É, sei como se sente – disse. – Que tal dar uma volta no jardim?

– É, seria legal.

Seguiram para o canto norte do jardim. Alguns anos antes, quando o Monte era ainda um estúdio de filmagem, o jardim era uma piscina gigantesca que podia ser preenchida com água para certas cenas. O canto norte era um mural enorme chamado Céu Azul. Caminharam ao longo da passagem estreita entre a base do mural e o jardim.

Cesar respirou fundo e se aprumou.

– Acho que eu devia ter dito a você, ou a Cerberus ou a algum dos seus antes, mas... – O ex-Seventeen olhou para os lados e para trás, sem jamais olhar George nos olhos. – Eu sou o Motorista.

St. George ergueu o rosto e esperou.

– Quem?

– O Motorista. – Ele segurou um volante imaginário no ar, à sua frente, e o herói entendeu que as luvas baratas do rapaz eram típicas de piloto.

– Motorista do quê?

Cesar suspirou.

– Lembra-se de que houve uns assaltos e roubos de carros alguns anos atrás? Cerca de um ano antes de os ex's aparecerem?

St. George fez que sim.

– No distrito de Wilshire? É, sempre quis dar uma olhada nesse caso.

– Então, era eu.

O herói ergueu as sobrancelhas e sorriu.

– Se bem me lembro, a polícia pegou o cara – disse. – Um branco grande, gordo. Furaram os pneus do Mustang dele com uma tira de espinhos. Ele tentou fugir e os tiras até riram.

– É, sei – concordou Cesar. Fizeram uma curva no jardim e seguiram para o sul. – Wayne. Era meu parceiro.

– Parceiro?

– Olha, é mais fácil eu te mostrar de uma vez só, que tal?

St. George deu de ombros.

– Tá bom.

Cesar foi correndo na frente. O jardim tinha uma parede espessa que protegia o lado leste, e havia um pequeno estacionamento onde mantinham os caminhões de expedições. *Mean Green*. *Road Warrior*. Os gêmeos eram *Big Red* e *Big Blue*. Na lateral, contra a parede traseira do hospital Zujor, havia algumas pilhas de pneus furados. O pessoal do Luke os removera de outros caminhões, e alguns foram encontrados nos estúdios.

O rapaz deu mais alguns passos e parou em frente à grelha do *Mean Green*. Ele esperou que St. George o alcançasse e pediu que o herói ficasse ao lado dele.

– Não tem ninguém na cabine, certo?

– Ninguém.

– Não temos as chaves, certo?

St. George abriu a porta e olhou por baixo do volante.

– Não. Deve estar no escritório do Luke.

– Tá bem então, agora apenas observe.

O rapaz tirou a luva e apontou a mão nua. A palma era coberta por um emaranhado de cicatrizes mal curadas. Ele pressionou os dedos contra a grelha do *Mean Green* e o metal brilhou. Os raios de luz cresceram e se tornaram grandes arcos, que envolveram a mão do rapaz e seus braços com energia elétrica crepitante.

Cesar sumiu, numa explosão de luz, e o motor do *Mean Green* veio à vida. Um filamento de fumaça girou no ar por um momento, e então foi sugado para dentro da grelha pela ventoinha do caminhão. Os faróis se acenderam. O motor girou três vezes seguidas.

St. George largou a jaqueta. Seu olhar passava do espaço vazio para o caminhão, que roncava.

– Tá brincando comigo.

A buzina soltou dois toques. Os faróis brilharam feito dois olhos piscando. O motor rugiu novamente, e as rodas dianteiras do caminhão giraram para a direita e para a esquerda. O herói deu alguns passos para trás, e o *Mean Green* avançou um metro à frente. Ele foi à direita, e o veículo foi junto.

– Tá bom – disse ele. – Acredito em você.

Houve mais um estalo elétrico, uma explosão de luz, e o motor morreu. Os faróis se apagaram e Cesar apareceu entre o herói e *Mean Green*, com as mãos contra a grelha do carro. O rapaz vacilou por alguns instantes, balançou a cabeça e sorriu.

– O que achou disso?

– Então – disse St. George. – O Motorista.

– Isso aí.

–Você consegue possuir os carros?

– Não só carros – disse Cesar, orgulhoso. – Caminhonetes, jipes, SUV, qualquer coisa que tenha motor, saca? Consegui com um gerador, uma vez, no pula-pula. E um carrinho de golfe. Com motos é mais difícil, porque não consigo me equilibrar direito dentro delas.

– E um walkie-talkie ou rádio, algo assim?

Ele balançou a cabeça.

– Pequeno demais. Eu fico... sei lá, amassado. Não caibo dentro.

St. George estudou o jovem rapaz. Não tinha nenhuma faixa na cor verde, mas boa parte dos Seventeens não conseguiram cumprir a promessa de não usar a antiga cor da gangue. O 17 que enfeitava o ombro esquerdo era o único indicativo de que ele fora um dos bandidos um ano antes.

– Faz quanto tempo que pode fazer isso?

Ele deu de ombros.

– Uns quatro anos.

– Faz oito meses que você mora aqui no Monte. Por que não disse nada antes?

–Velho, éramos inimigos. – Cesar meneou a cabeça. – Mesmo quando me mudei pra cá, depois que o Peasey morreu, ninguém imaginava o que a Stealth poderia fazer caso descobrisse que havia outro Seventeen com poderes. Além disso – ele acenou com a cabeça para o caminhão –, hoje foi a primeira vez que fiz isso desde a noite em que pegaram o Wayne.

– Seu parceiro.

– Isso.

– Se tem os poderes, por que precisava dele?

O rapaz deu de ombros.

– Precisava de alguém pra pegar a grana. Quando estou no carro, é muito mais fácil ficar lá dentro. Toma muita energia ficar entrando e saindo.

– Entendi – disse St. George. – Então se ele estava disposto a ficar no volante pra fazer o serviço, por que precisava de você?

Cesar sorriu.

– Mano, você já leu *Lowrider* ou *Car and Driver*? Adoro *Car and Driver*.

– Umas duas vezes. Em salas de espera.

– Uma vez eu li essa frase: o carro se sobressai ao motorista. Isso acontece quando você entra num desses carros de grã-fino com toneladas de torque, que faz as curvas mais fechadas. Esses riquinhos batem o tempo todo porque o carro é muito melhor que eles. São mais rápidos do que o pensamento dos caras, reagem mais rápido do que os caras pensam que podem. Se você tira um pouquinho mais pro lado, capaz do carro sair capotando pela via, saca?

– Sim, entendi.

– Agora não quando eu tô dentro – disse Cesar. – Quando eu tô dentro, o carro é o meu corpo. Conheço cada centímetro, o que ele pode fazer, o que não pode. Se o carro dá conta, eu dou conta, e melhor do que qualquer pessoa sentada no volante. Sou o melhor motorista de fuga do mundo. Sou tipo dez vezes melhor que o cara do *Carga Explosiva* vezes *O Justiceiro*.

– E como foi que prenderam seu colega?

O rapaz ergueu de novo a mão e apontou para os carros.

– Como você disse, cara. Fita de espinhos, bem na frente. Na Olympic. – Ele tirou a luva da cintura e a vestiu. – Os tiras prenderam o Wayne, levaram o Mustang como evidência. Eu saí, meus pés e minhas mãos ficaram totalmente zoados. Cheguei mancando em casa, minha mãe me levou pro hospital. Velho, que saco. Seis horas na sala de espera do Hollywood Presbiterian.

St. George pegou sua jaqueta e bateu um pouco do pó que havia nela. Olhou novamente para o caminhão, depois para o rapaz.

– Como aconteceu isso? Você já nasceu assim?

Cesar fez que não.

– Meu primo, Tony, era fissurado em carros – explicou o rapaz. – Trabalhava em todos os carros dos Seventeens. Revisão, aro, nitro, o que precisassem. Um dia, logo depois do meu aniversário de dezesseis anos, eu tava ajudando ele, trocando um alternador e...

– E o quê?

– Fui atingido por um raio – disse Cesar. Pelo tom de voz, St. George supôs que o rapaz já havia contado essa história antes. – Ali mesmo, na estrada, dia ensolarado, céu limpo. Queimou todo o meu cabelo e fritou o alternador.

St. George tamborilava os dedos na lataria do *Mean Green*.

– Foi atingido por um raio enquanto trabalhava no carro?

– Isso.

– Acho que isso foi a coisa mais idiota que já ouvi.

Cesar encarou o outro.

– Ué, como foi que você conseguiu os seus poderes? Foi mordido por um dragão radioativo ou o quê?

– Não – disse o herói –, eu... bom, fui atingido por um meteorito. E encharcado em químicos experimentais.

O rapaz fez cara de zombaria.

– E tá tirando sarro de mim?

– Deve ter acontecido alguma outra coisa. Milhares de pessoas são atingidas por raios. E ninguém ganha superpoderes.

– É, mas eu ganhei.

– Mas não acontece.

– Mas aconteceu. Olha, velho, o importante é que eu quero entrar pra equipe.

– O quê?

– Ah – disse Cesar –, começar a participar de verdade e tal. Quero contribuir, fazer algo pela comunidade.

– Como?

O sorriso do rapaz vacilou.

– O que quer dizer?

– Quero dizer como – disse St. George. – Fico feliz por ter confessado que tem poderes, mas... bom, o que pode fazer por nós? Não existem quilômetros de estrada para você sair por aí acelerando.

– Bom, é, mas...

– E numa velocidade regular, bom, Luke tem uma porção de motoristas para conduzir cada um dos caminhões. Os carros ficam melhores quando você está dentro? Não precisam mais de gasolina ou... sei lá, se consertam, algo assim?

Cesar pareceu desconcertado.

– Não.

O herói deu de ombros.

– Está dizendo que não posso entrar pra equipe?

St. George hesitou.

– Olha, Cesar, se as coisas tivessem voltado ao normal, eu diria que pode entrar, com certeza. Mas, honestamente, o que você pode fazer que não pode ser feito por metade das pessoas do Monte?

– Mas... – O rapaz pareceu confuso. – Mas sou o Motorista.

– É – disse St. George. – E não há mais para onde ir dirigindo.

XXX

Ao chegar ao topo da escadaria, ele a viu sentada, com as pernas cruzadas, em frente à porta.

– Estava te esperando – disse Lady Bee. Usava a mesma regata preta de quando estavam no vale. As alças do sutiã, de um azul elétrico, destacavam-se de debaixo da roupa. Parado, no topo da escada, St. George disse:

– Estou vendo.

– A reunião secreta dos super-heróis acabou mais tarde?

– Não exatamente. – Ele balançou a cabeça. – Não veio aqui me contar que tem superpoderes e guardou segredo esse tempo todo, certo?

Ela sorriu.

– Por quê?

– Acabo de ter de dizer a um rapaz que o sonho de ser o próximo Optimus Prime não será realizado. Foi duro pra ele.

– Como?

– Não acreditaria se eu contasse. E aí?

Bee levantou-se.

– Estava passando aqui por perto. Pensei em aparecer e dar um oi.

– E acampou em frente à minha porta?

– Faz só uns dez minutos que cheguei. Nenhum dos vizinhos me viu.

Ele se recostou na parede.

– Falando sério, o que foi, Bee?

Ela deu um abraço exagerado nele, e uma das alças do sutiã escorregou pelo ombro.

– Estava pensando se você queria fazer alguma coisa, ver um filme e tal?

– E tal?

O sorriso da moça ganhou um quê de insinuação.

– Bom, não sei você – ela disse, tamborilando os dedos no peito dele –, mas faz meses que eu não faço um belo de um "e tal". A gente podia esquecer o filme e ir direto pra isso. Eu não me importaria.

Ele a pegou pela mão.

– A gente concordou que não ia mais fazer isso.

– É, e não fizemos – ela disse. – Mas faz tanto tempo, e o dia foi tão animado. Estou a fim, estou usando a lingerie que você gosta, e você está aqui, em vez de... – Ela hesitou e o fitou nos olhos. – Com outra pessoa.

– Talvez hoje seja o único dia em que eu vou dormir sozinho.

– Você não sabe mentir.

– Talvez eu não esteja a fim.

– O George que eu conheço está sempre a fim. – Ela tirou a camiseta num movimento rápido e a envolveu no pescoço dele. – O que me diz? Umas duas ou três vezes, pelos velhos tempos?

Ele ergueu as mãos, pegou nos pulsos dela.

– Bee...

– Vai ser nosso segredinho.

Ela puxou a cabeça dele para baixo, pressionou seu corpo contra o dele e o beijou. Por um segundo, ele permitiu, e depois aprumou-se e afastou-a.

– Nós dois sabemos que não há como esconder coisas dela.

Lady Bee suspirou.

– Bom, acho que o clima já era, então. – Ela tirou a camiseta do pescoço dele e passou-a por cima do cabelo listrado. – Sabe que está perdendo seu tempo, né?

– Como assim?

A moça passou os braços pela roupa e cobriu a barriga lisa.

– Você nunca vai ter nenhuma espécie de relacionamento com ela. Pelo menos nada normal e saudável.

– Isso é um pouco...

– Ela é a imperatriz de todas as rainhas do gelo. Se os ex's desaparecessem amanhã, ela iria junto. Voltaria pra bat-caverna e nunca mais seria vista. E você sabe disso.

– Engano seu.

Bee balançou a cabeça.

– Ela é igual a todas essas vacas frígidas, que ficam segurando o cara por perto, obrigando-o a fazer tudo o que elas querem. – Ela apertou a bochecha dele e saiu andando. – Boa noite, George.

– Boa noite.

– Talvez você tenha a sorte de eu tentar de novo daqui a uns meses.

NOVE

AGORA

Danielle removera o colchão da cama, meses atrás, e o ajustara sob a mesa de trabalho. Quando bloqueava um dos lados da mesa com uma pequena cômoda, tinha algo similar a uma boa noite de sono. Acordou com dor no corpo, devido ao piso de concreto, mas isso era melhor do que passar a noite em claro no quarto, ouvindo um ranger de dentes imaginário nos cantos de sua oficina.

Naquela manhã, alguém a cutucava, e sua mente sonolenta imaginou se não seria uma versão do sonho em que Nikolai ainda estava vivo e não sentia mais nada pela namorada morta. Então os cutucões passaram para toques mais pesados, e depois de alguns toques a pessoa a agarrou pelo ombro exposto e a chacoalhou. Por um momento, no estado semiacordado em que se encontrava, ela viu a forma escura sobre si e pensou que um ex a atacava. Foi revidar, mas a figura conteve o soco.

– Vista-se – disse Stealth. E largou o pulso de Danielle. – Precisam de nós no Quatro.

Danielle retirou as cobertas. Mesmo no calor escaldante do verão de Los Angeles, ela precisava sentir um pouco de peso sobre o corpo para conseguir dormir. Saiu engatinhando de debaixo da mesa e parou, em pé, em frente à mulher de capuz.

– Onde está a minha equipe?

– Não preciso de seus assistentes. Preciso que vá ao Quatro.

– E o George? Alguém precisa me ajudar a entrar na armadura. – Acenou, com a cabeça, para a armadura semipreparada na oficina. – Não consigo sozinha.

– Não precisa da armadura Cerberus para vir comigo. Por favor, vista qualquer roupa que julgar necessário. O tempo é essencial.

– Necessário pra quê?

– Danielle, saio em um minuto – disse a mulher de capuz. – E você vem comigo. O que estiver vestindo neste momento não me interessa nem um pouco.

Sessenta segundos depois, Danielle ajeitava a camisa enquanto era arrastada para fora da oficina por Stealth. A mulher da capa parecia o vilão de um filme de terror. Seu caminhar jamais chegava a corrida, nem mesmo a um leve trote, e no entanto Danielle lutava para acompanhá-la.

Estava quase amanhecendo. Algumas estrelas permaneciam brilhando no céu azul-metálico.

– Mas o que é que está acontecendo? – perguntou Danielle, abotoando a camisa.

– O Predador retornou – disse Stealth.

– Já?

– Uma hora e meia atrás.

– O quê? – A moça afastou os cabelos da testa. – Por que o Barry não o avistou antes?

– Eu não sei.

– O que ele fez? Estão procurando por nós de novo?

– É por isso que vamos ao Quatro – disse Stealth.

Sentiram uma corrente de ar, e St. George pousou bem à frente delas, na entrada do Quatro. Usava roupas de couro, de combate, e tinha os óculos de sol ajustados na testa.

– Ah, claro – murmurou Danielle –, para ele você dá tempo de vestir o uniforme.

– Eu não levo uma hora – o rapaz retrucou.

Zzzap acendeu o antigo palco, de dentro da cadeira elétrica.

Demoraram, hein?, disse ele. *Por isso eu vivo insistindo que precisamos de bate-saídas.*

Stealth aproximou-se da gaiola.

– Ele ainda está circundando o Monte?

O espectro brilhante fez que não.

Partiu faz uns quinze minutos. Ainda está por perto, mas acho que a uns oitenta ou cem quilômetros de distância.

– O que estavam fazendo? – perguntou St. George.

Chequei a informação que ele estava mandando de volta à base. Vídeo de visão noturna e imagens de infravermelho. De verdade. E ouviu algumas conversas de rádio. Passou quase uma hora observando todos nós.

– Tem certeza disso?

Absoluta.

– E por que você levou tanto tempo para perceber?

Bom, eles são invisíveis a radares e mantiveram o drone bem alto desta vez. Não havia muito o que escutar até que ele veio bem acima de nós.

– O que aconteceu, você estima, há setenta e cinco minutos.

É, foi mal, acho que me distraí.

St. George franziu o cenho.

– Distraiu-se com o quê?

Estava conversando com uma pessoa. Como já mencionei diversas vezes, é chato pra cacete ficar aqui sentado dentro desta bola o tempo todo. Até mesmo com essa coleção incrível de DVDs.

– Eu não estava ciente que havia outra pessoa no Quatro, hoje – disse a mulher da capa.

– Ele está fazendo alguma outra coisa? – perguntou Danielle. – O Predador?

Não. Nada além de comandos de navegação e algumas olhadas rápidas pela câmera da ponta.

Os heróis se entreolharam.

– Bom – disse St. George –, acho que eles deram um passo.

Stealth inclinou a cabeça.

– Concorda que devemos mandar Zzzap investigar mais?

Ele fez que sim. Danielle também.

– Devíamos esperar até o amanhecer, no entanto – disse St. George. – Assim você tem como se esconder.

Que sorte a minha.

– O sol nasce em vinte e três minutos – disse Stealth. – Vou preparar as equipes do gerador. Talvez seja interessante avisar também aos guardas.

– Quer mesmo fazer isso? – perguntou Danielle. – Se forem mesmo os militares, não vão gostar de ver civis apreensivos atirando neles a esmo.

– Se não forem os militares, prefiro estar preparada.

Gente?

– Certo. Então tenho tempo suficiente para entrar na armadura – disse Danielle.

– Posso ajudar – disse St. George.

– Ótimo. Acho que ninguém da minha equipe acorda antes das nove.

Gente, disse Zzzap, *não há mais tempo.*

Stealth olhou para ele, depois para cima. No silêncio cadavérico da manhã, todos ouviram o barulho.

Quatro, talvez cinco helicópteros. Acabaram de romper o silêncio de rádio. Militares, pela criptografia.

XXX

As pessoas acordavam e saíam às pressas de seus lares sob o som trovejante dos motores. Entupiram as ruas e as coberturas, apontando para uma visão que pensavam jamais presenciar novamente. Alguns festejavam. Alguns se contraíam de medo.

St. George lançou-se aos céus, ajustando o fone de ouvido. Acionou o microfone conforme mudou de direção em pleno ar.

– Quem está me ouvindo?

Estou aqui, disse Zzzap.

– Danielle?

– Cerberus está procurando seus assistentes – disse Stealth. – Está sem rádio.

– Quem está na muralha? – perguntou St. George.

– Aqui é o Makana – disse uma voz. – Que diabos está acontecendo, chefe?

– Fique calmo, certifique-se de que ninguém da sua equipe atire. Não queremos que ninguém atire num grupo de resgate.

– Certo.

Flutuando no ar a oitenta metros acima do Monte, St. George contou cinco helicópteros de um verde camuflado vindo em sua direção, numa formação em V. Eram rápidos, vinham tombados à frente, com os rotores apontados para ele. Três tinham grande metralhadores montadas na ponta. O herói era à prova de balas, mas não sabia ao certo se sua pele resistiria ao encontro com a hélice de um helicóptero.

Ele esperou até o último momento e então fez uma manobra evasiva no ar. Num relance, conseguiu visualizar um dos pilotos fitando-o numa admiração atabalhoada, e a metralhadora virou-se para acompanhar o olhar dele. De súbito, ele foi coberto pelo rugido dos motores, conforme as aeronaves passaram de raspão pelos dois lados.

Um zumbido dominou-lhe os ouvidos por alguns segundos, mas logo ele notou que Stealth falava com ele pelo comunicador. Chacoalhou a cabeça e clicou no microfone.

– Pode repetir?

– Dois UH-60A Black Hawk de transporte e três Apaches armados. Você está bem?

George olhou para baixo. Ela já estava no topo da caixa d'água, olhando para ele.

– Sim, eles passaram por mim. Mas uma aspirina seria uma boa agora.

– Filho da mãe, essa foi por pouco – disse Makana. Ele observava o pontinho que era St. George no céu do amanhecer. O mesmo fazia boa parte dos guardas do portão. Os helicópteros não eram as brilhantes máquinas pintadas de vermelho e branco com as quais eles sonhavam antes de sair para trabalhar. Aqueles eram caçadores, escuros e perversos.

Um dos homens em serviço, um rapaz magro chamado Matt, dividiu sua atenção. Enfiou sua lança pelo portão e atacou um ex bem no ombro.

– Esse cara não parece com alguém?

Era um homem alto de cabelo preto e rosto quadrado. Havia carne faltando num dos lados do crânio e a manga da camisa estava rasgada e esfiapada nesse lado, como se o morto-vivo tivesse sido arrastado sobre uma superfície áspera por quilômetros.

Os outros o fitaram.

– Velho – disse um grandalhão de dreadlock. – Você pensando nos pontos? Agora?

– Só perguntei – disse Matt. – Acho que é uma pessoa famosa.

– E daí? – atacou Makana. Tomara um par de binóculos da cabine dos guardas e tentava focalizar o herói voador.

– Se for um famoso, um de vocês precisa atestar pra mim.

– Defina suas prioridades – disse uma mulher magra. Ela tomou os binóculos de Makana.

Danielle disparou pela porta da oficina assim que os helicópteros cruzaram o ar acima do Monte. O Sistema de Armadura de Batalha Cerberus ainda estava no meio do cômodo, sugando energia por um cabo grosso. Seus braços e as costas repousavam em moldes de espuma especiais sobre as mesas imensas, e a cabeça blindada brilhava para ela de seu posto usual.

Não havia ninguém da equipe ali.

– Ah, por favor! – ela reclamou.

Arrancou a camisa e chutou longe as calças. Correu até o traje e subiu a pequena escada diante dele. Apoiou as mãos nos ombros blindados e desceu o próprio corpo para dentro do titã. Inclinou para a frente, assumindo a posição correta, e sentiu as picadas e cócegas delicadas dos sensores, quando eles encostaram em seu corpo.

A qualquer momento, ela sabia, seus seis assistentes treinados e habilidosos entrariam pela porta. Colocariam os braços dela no lugar, selariam a armadura e ela voltaria a ser forte. Nos melhores dias, eles podiam fazer isso em pouco menos de uma hora.

Mas ninguém entrou pela porta.

Danielle gritou uma série de palavrões que ecoaram em torno da oficina.

Os ecos cessaram, e ela continuava só.

– Caramba – ela gritou –, alguém me ajude a voltar pra armadura.

Estava tão perto de sentir-se segura que quase chorou.

X X X

Na luminosidade fraca da manhã, St. George podia ver os helicópteros bem acima do letreiro de Hollywood, rumando para o leste.

– Acho que estão dando a volta para passar aqui de novo. Quer que eu...

– Não – disse Stealth.

– Eles só...

– Ninguém foi ferido. Não foi um atentado. Eles foram pegos de surpresa ao ver você.

– Mas eles sabiam que estávamos aqui.

– Uma coisa é saber que existe um homem que voa – disse Stealth. – Outra coisa é vê-lo pessoalmente.

Deixa eu entrar, treinadora, disse a voz de Barry. *Posso ajudar mais lá no alto.*

– Não.

– Mas eu posso...

– Se perdermos energia justamente quando um esquadrão de helicópteros militares aparece, será instaurado um caos por todo o Monte. Mantenha sua posição.

Os helicópteros vieram de novo. Desta vez, St. George não saiu do lugar em que estava, os braços cruzados contra o peito. As aeronaves cruzaram os quilômetros que os separavam em segundos. O herói ficou um pouco mais tenso, parado no ar, quando os helicópteros pararam, flutuando a cerca de cem metros dele.

Um minuto inteiro se passou, herói e aeronaves se encarando, 150 metros acima do Monte.

Eles não param de falar de você, disse Barry, pelo comunicador. *Três deles têm certeza de que você é o Mighty Dragon e dois acham que é alguém novo. Não sabem muito bem o que fazer.*

– Bom – disse St. George –, então vamos fazê-los ter certeza de com quem estão lidando.

Ele tomou fôlego e sentiu um gosto familiar no fundo da garganta. Olhou para o lado e soltou uma bola de fogo do tamanho de um carro.

Não houve dúvida. Quatro dos helicópteros debandaram. Três deles eram os Apaches com metralhadoras. Deram meia-volta no ar e retrocederam cerca de meio quilômetro. St. George esforçou-se para divisar a figura negra sobre a torre da caixa d'água.

– Faz ideia do que está havendo?

– Você teria que confirmar da sua posição – disse Stealth –, mas acredito que eles recuaram até atrás da Grande Muralha.

Ele olhou para baixo e tentou visualizar as ruas no brilho do amanhecer. Ela tinha razão. Dava para ver a fila irregular de carros empilhados que percorria Vine, cruzando Beverly.

– Acertou – ele disse. – Imagina por quê?

– Estão respeitando nosso espaço aéreo.

– Nosso o quê?

– VOCÊ É O MIGHTY DRAGON?

A voz amplificada ecoou no ar por um momento. O Black Hawk solitário virara de lado para St. George. Um rapaz jovem num terno escuro acenava para ele da cabine aberta. Usava grandes fones de ouvido conectados por cabos que corriam para a traseira do helicóptero.

Se alguém pergunta se você é um deus, disse a voz de Barry, *você diz que sim.*

– É um teste de confiança – disse Stealth. – Você demonstrou quem é. Querem que confirme a crença deles.

– Não precisam ficar dando palpite – o herói respondeu aos colegas. Com as mãos, ele fez um cone em torno da boca e tentou gritar de volta, mas estava certo de que os ocupantes do Black Hawk não poderiam ouvi--lo devido aos motores. Uma segunda tentativa depois, ele fez que sim com a cabeça num movimento forçado. O homem de terno sorriu.

– COM SUA PERMISSÃO, GOSTARÍAMOS DE POUSAR E FALAR COM VOCÊ.

Ele olhou novamente para a torre. Stealth desaparecera.

– Alguma ideia?

– Dirija-os para o estacionamento da praça – disse a voz dela, pelo comunicador. – Encontro vocês lá.

St. George olhou para trás e para a esquerda. O estacionamento da praça ficava bem à direita do Portão Melrose, separado por uma linha de arbustos metidos em vasos pesados e uma cerca. Por ficar tão perto do lado de fora, jamais fora ocupado por barracas ou cabanas, como os demais locais. Ele flutuou sobre o ar em direção a ele e apontou o espaço aberto.

O helicóptero girou no ar.

–VAMOS CHAMAR O OUTRO BLACK HAWK PARA SERVIR COMO GUARDA – disse o homem de terno. – SÓ ELE, TUDO BEM PRA VOCÊ?

St. George fez que sim novamente. O homem sorriu de novo e fez sinal positivo. O herói desceu trinta metros e plainou até pairar sobre o estacionamento. O helicóptero fez um arco baixo e situou-se sobre o amplo pavimento retangular. O ar se deslocou quando outra aeronave moveu-se adiante e parou bem acima da zona de pouso. St. George viu um punhado de soldados em trajes de combate completo fitando-o da porta da cabine do outro Black Hawk.

Então ele desceu para encontrar-se com o homem de terno.

XXX

– Estou dizendo – disse Matt –, é o cara daquele programa de caubóis do espaço que passava uns anos atrás. – Atacou o homem novamente. – Não reconhece?

Os demais guardas do portão o ignoravam. Até os ex's próximos ao portão pareciam distraídos pelo rugido do helicóptero que pousava. Alguns deles erguiam as mãos, como se seus dedos ossudos pudessem pinçar o veículo do ar.

A mulher magra fitou Makana.

– Quem acha que é?

Ele deu de ombros.

– Exército, talvez. Ou a Marinha.

– É o Exército – disse Matt, olhando para trás. – Vejam as marcas.

Makana deu de ombros outra vez.

– Se você está dizendo...

– Alguém pode olhar pra esse ex? Estou dizendo, é aquele cara lá. Nathan alguma coisa.

– Velho, que seja – disse o homem de dreadlocks. Olhou rapidamente para o zumbi. – É, deve ser ele mesmo.

– Legal.

Todos voltaram sua atenção para o helicóptero, conforme este se acoplava ao pavimento. Atrás deles, Matt sacou o revólver. Ajustou-o nas duas mãos e alinhou-o para o disparo.

XXX

Os motores do Black Hawk foram desligados. O nível do ruído despencou quando os rotores diminuíram o cortar incansável do ar.

St. George pousou do outro lado do estacionamento. Dois soldados a bordo apontaram os rifles para ele e outros dois olharam pela porta. Suas armas eram trecos gigantescos com caixas do tamanho de dicionários acopladas neles.

O homem de terno desentendia-se com o cinto de segurança. Travaram verdadeira batalha. Um dos soldados levou a mão e clicou alguma coisa. As tiras que o retinham foram soltas e o homem quase caiu de seu assento. Aprumou-se, rápido, fingindo que descia da aeronave.

Os dois soldados que fitavam St. George ficaram apreensivos; o herói viu uma das armas apontar para sua esquerda.

– Exército dos EUA – disse Stealth. Ela estava alguns passos atrás de George. – As armas parecem ser M240Bs com estojo de munição modificado e escudos de calor maiores.

– É – disse St. George. Pigarreou. – Pensei mesmo que pareciam diferentes.

– É classificada como arma média de infantaria – disse ela. – Não é comum um pelotão inteiro carregar uma dessas devido ao peso. Cada uma pesa mais de treze quilos com munição.

– Eles não parecem estar com muita dificuldade pra carregar.

– Olá – gritou o homem de terno. Ficou parado, em pé, em frente ao Black Hawk. Os soldados adiantaram-se, ainda protegidos pela armadura do helicóptero, para dar cobertura ao homem. – Sou John. Prazer em vê-los.

– Igualmente – St. George gritou de volta.

– Se importa se eu me aproximar?

– Nem um pouco.

– Podemos nos encontrar no meio do caminho?

St. George fez que sim.

– Pode ser.

Deu para sentir que Stealth o encarava.

–Você não tem que concordar com tudo o que ele pede – disse.

–Vai com calma – ele retrucou, dando alguns passos adiante.

Um tiro ecoou entre os prédios.

Um dos soldados saltou sobre o homem chamado John e o levou ao chão. Outro ficou de joelhos e apontou a arma extragrande para St. George. Outros dois soldados apareceram, apontando suas armas para os heróis. Gritavam comandos rápidos para todos os lados, pelas portas abertas do helicóptero.

Que foi que vocês fizeram?, Barry perguntou pelo comunicador. *Alguém atirou?*

St. George olhou para Melrose. Makana e os demais guardas lutavam contra um rapaz magricelo, que se debatia no chão. O herói entendeu o que acontecera.

– Que mancada – disse. – Que bela mancada.

– Como eles estão reagindo? – perguntou Stealth. Ela jogou a capa para trás, expondo os coldres, mas não sacou as armas.

Estão falando algo sobre... estão acionando o capitão Freedom, disse Barry.

– Não seria um código militar pra lançar uma baita bomba ou algo parecido, seria?

FORÇA BRUTA

ANTES

Vaca maldita. Não posso acreditar. Ela vai fazer de novo.

É pra ser um exército de homens. Foi isso que aprendi a duras penas ao crescer. Seja um homem, Kurt. Daqui a nove anos, você vai ser problema do Exército. É melhor chorar agora, porque não vai haver chororô depois. Eles vão te transformar num homem, ah, vão sim.

E que história é essa de o resto do pelotão fazer graça pra ela? Essa vaca idiota vai começar a achar que o lugar dela é aqui. Ela só tem feito trezentos. Todo mundo consegue fazer trezentos atualmente. Somos todos super-homens olímpicos.

Ela não passa de uma daquelas vadias burras que eu tive que aturar no colégio. Todas se achavam incríveis. Que eram especiais. Rindo de mim, do fundo da sala. Gritando para as amigas. Gritando com os professores. Kurt Taylor está me encarando de novo. Kurt, não faça isso. Kurt, pare com isso. Elas não reconheceriam um homem de verdade nem que ele viesse dar-lhes um soco naquela cara idiota de Barbie que tinham.

Finalmente saio da escola, e o Exército dos EUA está esperando por mim, como disse o meu velho. Entrei, e o que encontrei? Uma porrada de vadias que pensam que são tão boas quanto eu. Melhores que eu. A porcaria do meu sargento é uma vadia sapatão. Jesus, Maria e José, caramba.

Wally Monroe me bateu no braço.

– Taylor, velho – disse. Apontou para a sargento Kennedy, deitada de costas, peitos pra cima, empurrando a barra. Gus ajudando. – Acho que a sargento vai bater o seu recorde.

– É, que ótimo – eu disse. Pensei em completar com "E quem se importa?", mas ele é esperto. Deu pra entender.

Então me alistei no Projeto Krypton, pesando que resolveria tudo. Nada de questionar quem será o melhor por aqui. Isso vai separar homens de meninos, e deixar as garotas na lama. Elas vão poder cair na real e voltar a ficar parindo mais soldados para os Estados Unidos, como Deus sempre quis.

E que diabos descobri? Um mês depois da cirurgia, três quartos do pessoal do programa foi cortado, e ainda tem três vadias no meio. E vão ser melhores do que eu. Elas têm a coragem, coragem de sapata, de ficar tentando me fazer ficar por baixo. Sempre mais rápidas. Sempre mais fortes.

Meus braços ainda doíam. Tinha tomado as últimas injeções naquela manhã. Odeio agulhas. Odeio. Tem aquelas pistolas de ar, que não têm agulha, mas não deixam de ser uma injeção. O doutor Sorensen disse que a partir dali seria tudo por nossa conta. Sem mais injeções, só alguns testes de vez em quando. Nossos corpos aguentariam ou não.

O dinheiro não dá para todos nós. Só restaram trinta e oito soldados. Outros não resistiram, e Shelly nos reuniu em apenas uma companhia. Sorensen disse que esperava não haver necessidade de mais cortes. A quantidade de soldados restante devia bastar para compor um ou dois pelotões.

Uma das vadias já estava com cara de doente. Ou talvez só estivesse naqueles dias. Meta uma rolha lá, colega; isso aqui é o Exército. Se não aguenta, volte a chupar os atletas embaixo das arquibancadas por um dólar.

Todos aplaudem, e Gus e Monroe colocam mais peso em cada lado da barra. Trezentos e sessenta quilos. Se a maldita fizesse dez repetições, quebraria meu recorde. Monroe sorriu para mim. Estavam todos torcendo por ela de novo.

Fui o primeiro a levantar trezentos e quarenta. Eu. Eu era o mais forte, seus malditos.

Enquanto esperava pela minha vez, peguei um par de halteres. Fazia roscas de sessenta quilos sem problema nessa época. Nunca imaginara ser possível, principalmente para as garotas. Sorensen dizia que tinha a ver com densidade muscular e contração rápida, algo assim. Eu havia ganhado vinte e seis quilos de músculo, mas aumentara apenas um número de camisa.

Andava ansioso por ficar apenas zanzando pela base. Deveria me sentir grato, na verdade. Havia me alistado pensando que iria matar babacas no Iraque ou Afeganistão. Então me enviaram para o Arizona, e descobri como odeio essa droga de deserto. Passava o tempo todo queimado de sol, suando. O Iraque, o Afeganistão e a droga do Arizona, era tudo a mesma merda. Pensei em fingir que estava doente; quem sabe seria realocado.

Fiz vinte repetições enquanto via a vadia quebrar meu recorde. Ela ficou ali sentada por um minuto, piscou para mim, olhou para o Gus e acenou.

– Não acredito – ele disse, sorrindo.

– Coloca aí – ela disse. Suava e sorria feito uma cadela no cio. – Mais duas.

O pelotão ovacionou. A sargento Kennedy ia levantar quatrocentos e vinte quilos. Ia bater meu recorde. Vadia maldita vaca puta.

Gus e Monroe carregavam dois discos de trinta quilos pela academia quando Ryan Polk apareceu. Trabalhava na equipe do coronel Shelly quando não estava junto de nós. Queria virar cabo.

– Notícias do mundo exterior – disse, tirando a jaqueta. – Está piorando.

Ninguém teve que perguntar o quê. Quatro semanas antes, no meio de março, começáramos a ouvir notícias sobre uma epidemia. Os primeiros casos ocorreram em Los Angeles, mas depois ouvimos falar de surtos em Vegas, Nova York e Boston. Teve uma reportagem sobre alguém que adoecera em Londres, e então o coronel Shelly cortou toda a comunicação. Foi assim que entendemos como a situação era ruim. Parece que eles escondem as piores notícias, assim ninguém faz nada idiota, como fugir para casa, ou algo assim.

A outra vadia, a Britney, foi falar com ele. Pois é, tínhamos uma soldada piranha maldita chamada Britney no pelotão.

– O que foi?

Ryan pegou um par de halteres e começou a fazer roscas também. Nossos músculos ficavam rígidos rapidamente, se não os usássemos.

– Ouvi o coronel Shelly dizer que estão acionando a Guarda Nacional em dezenove cidades – ele disse. – Estão falando na corte marcial.

Eu não podia acreditar. Não aqui, nos Estados Unidos.

– Não pode ser – eu disse.

– É o que estão dizendo. Ainda não aconteceu, mas estão achando que vai ser preciso.

– A Guarda tem pessoal suficiente aqui no país? – perguntou Eddie. – A maioria está no Iraque, não?

Ryan deu de ombros, entre um movimento e outro.

Kennedy limpou o suor da testa.

– Está ficando assim tão ruim? Tem gente saqueando?

Gus meteu o disco na barra e balançou a cabeça.

– Ouvi dizer que não é uma gripe comum, esse negócio. As pessoas ficam doentes, mas continuam andando por aí, infectando os outros.

Monroe colocou o seu disco no lugar.

– Ouvi dizer que as pessoas estão virando zumbis.

– Que nada – eu disse. – É mentira.

– Meu irmão mora no Queens. Ele disse que viu gente andando pela rua, mordendo os outros.

Kennedy deitou-se no banco.

– Detesto concordar com o Taylor – ela disse –, mas me parece mentira. – Ela segurou a barra e respirou fundo algumas vezes. Os braços dela se retesaram, e a barra deixou os descansos. Quatrocentos e vinte. Puta maldita.

– O que eu quero saber – disse Eddie – é por que não estão nos mandando em missão.

– Por que não fazemos parte da Guarda Nacional – respondi.

– É, que droga. Se trancaram a base, significa que a coisa tá preta. As pessoas estão precisando de ajuda, e pelo visto, precisam de qualquer um que puder ajudar.

– Quer colocar esse vírus da gripe lá em Guantánamo? – Britney cutucou, sorrindo.

– Só não gosto de ficar aqui sentado, à toa – Eddie retrucou.

– É, parece que você tem sentado bastante – Kennedy grunhiu, entre as repetições. Alguns riram. Ela fez uma piada. A maldita *fez uma piada* enquanto quebrava o meu recorde. Tive vontade de jogar um dos halteres na sua cabeça para ver o que aconteceria.

Conseguiu atrair a atenção de volta para si; era isso que ela queria. Sete repetições. Oito. Nove. Dez. Dez repetições com quatrocentos e vinte quilos. A barra fez ruído ao encostar no descanso e quase caiu para fora, antes que Gus a segurasse.

Ficaram todos lhe dando tapinhas nas costas, parabenizando. Os olhos dela vidrados. Barato de endorfina. Larguei os halteres de volta no descanso com um baque. Era minha vez. Hora de recobrar meu recorde e... Ela deitou de novo no banco. Fitou a barra. Eu jurei por Deus que, se ela dissesse o que eu achei que ela ia dizer, eu matava a vagabunda.

– Coloca aí – ela disse. – Mais duas.

Maldita vadia puta vaca do cacete!

Ficaram todos quietos, olhando para ela. Já estava parecido com aquelas barras de desenho animado, com tanto peso em cima. Devia ter só uns sete centímetros de espaço sobrando em cada ponta da barra. O bastante para colocar mais um prato.

– Sargento – disse Monroe –, tem certeza? É que...

– Quatrocentos e oitenta – ela disse. Fez que sim. – Sorensen disse que poderíamos passar de quatrocentos e setenta. Vamos passar.

Houve mais um momento de silêncio e logo estavam todos ovacionando e brincando. Kennedy, a Hulk-vadia, ainda fitava a barra. Gus e Monroe cruzaram a academia, pegaram os últimos discos de trinta quilos e os trouxeram de volta. Um disco não era nada para nós naquele momento.

Carregavam numa mão só. Havia oito deles em cada lado da barra.

Tenho que admitir, fiquei fulo, mas quis ver se ela conseguiria.

Ela ergueu as pernas, cruzou os tornozelos, e pudemos ver os músculos do seu abdômen se contrair. Esticou um pouco os braços, e seus dedos envolveram a barra. Gus e Monroe ficaram em pé, um de cada lado. Era uma porrada de peso para qualquer um levantar. Até mesmo para nós.

Ela respirou fundo. E mais uma vez. Contraiu os braços, e a barra deixou o descanso. A barra tremia, de tão pesada.

Desceu bem devagar. Puxou o ar enquanto a barra descia até os peitos. Quase raspou nos mamilos. Foi de dar tesão.

Ela expirou com força e a barra subiu. Quatrocentos e oitenta quilos. Quase meia tonelada.

A primeira repetição foi meio lenta, mas depois a maldita fez uma segunda. E uma terceira. E uma quarta. Quase conseguiu fazer a quinta, mas os braços começaram a tremer. Gus e Monroe inclinaram para ajudar, mas ela grunhiu que não atrapalhassem. O suor brotava de todo canto. Dava para ouvi-lo pingar no chão. Ela forçou a barra para cima. Cinco repetições com quase meia tonelada cada.

Ela saiu do banco e todo o pelotão ovacionou e deu-lhe tapas nas costas, abraçando-a. Era a maldita herói do momento. Ela foi passando e dando soquinhos nos ombros de cada um. Os nós dos seus dedos atingiram bem o ponto em que Monroe me bateu, onde levei a injeção. A vaca maldita devia ter feito de propósito.

Ouvimos uma agitação no outro canto da academia, e todos nos viramos para ver. Um negro careca usava outro banco lá. Um grandalhão. 1,85 m, talvez um pouco mais, com certeza, e forte como um jogador de defesa. Acabara de arrumar os pesos restantes numa barra. Como havíamos usado todos os discos maiores da academia, ele carregara a dele com discos de quinze quilos. Depois de tanto tempo na academia, todo mundo sabe diferenciar os discos só de olhar. Estava com cento e cinquenta quilos e começou a fazer umas repetições bonitas, precisas, uma após a outra.

Britney o fitava, já molhando a calcinha.

– Quem é aquele?

– Nosso novo comandante – disse Ryan. – Acabou de ser transferido. Faz parte do programa, também.

– Chegou meio tarde, não? – disse Eddie. – Vai levar séculos pra alcançar a sargento Kennedy.

Deram risinhos e soquinhos no ombro dela. Ela afastou os cumprimentos, vaca metida. Eu segui caminho inverso, porque sou um cara legal e o cara parecia ser homem de verdade.

– Não faz muito tempo que a gente tava se orgulhando de levantar cento e trinta – disse. – Aposto que quando ele tiver tomado todas as injeções, vai dar uma rasteira nela. Brincadeira, sargento.

– Sem problema – ela disse. – Ele pode tentar.

Dava para ver nos seus olhos que ela já estava esperando pela briga.

Ryan olhou para ela, depois para mim.

– Vocês não estão sabendo?

– Do quê?

Ryan sorriu. Um sorriso bem irônico.

– Ele ainda nem começou.

A sargento Kennedy olhou para o grandalhão, fazendo repetição após repetição, feito um robô. Tinha feito vinte e cinco, e não parecia que ia desacelerar os movimentos tão cedo.

– Ainda não começou o quê?

– O processo. Sorensen ainda não fez nada com ele.

Ficamos todos observando-o por um minuto. Devia estar chegando na trigésima repetição, tranquilo.

– Todos nós, cobaias, já somos obsoletos – disse Ryan. – Estão olhando para a próxima geração de supersoldados.

O oficial largou a barra de volta no suporte depois de trinta e cinco repetições. Impressionantes trinta e cinco repetições com cento e cinquenta quilos. E ainda não havia sido desenvolvido. Sentou e nos olhou. Seu olhar indicava que ele encararia qualquer um de nós, com ou sem injeções.

Não dava para acreditar.

ONZE

AGORA

As palavras de Barry ainda ecoavam no ouvido de St. George quando o segundo Black Hawk lançou uma corda de suspensão. O fio mal havia esticado e já vinha descendo por ele um soldado. Estava quase na metade do caminho quando a linha se esticou e gingou no ar, a uns bons trinta metros da praça.

– É muito curta – disse St. George, dando um passo à frente. Concentrado, o herói saiu do chão, e o soldado ajoelhado ao lado do primeiro helicóptero abriu fogo com seu rifle. Os projéteis o atingiram com tudo. A sensação devia ser semelhante a ser alvejado pela água de uma mangueira de bombeiro, para uma pessoa normal. O herói voltou ao chão. Ele olhou para cima, e o homem que descia pela corda passou pela ponta e caiu.

O soldado terminou a queda de trinta metros caindo no solo feito uma árvore derrubada. O pavimento rachou, devido ao impacto, e ergueu dois anos de poeira acumulada que o primeiro helicóptero varria com pequenas lufadas de vento. Pedrinhas e pedaços de concreto quicaram por todo o local.

St. George já estava em pé, e tomou fôlego para requisitar socorro médico. Nesse ínterim, a poeira baixou e o herói congelou. O homem não caíra da corda. Ele saltara.

O soldado aprumou-se do agachamento que executara ao pousar, movimento que lembrara a St. George Arnold Schwarzenegger viajando pelo tempo nos filmes *Exterminador do Futuro*. Era um negro, pelo menos uns vinte centímetros mais alto que o herói, e bem mais largo. Ele fitou George com olhos verdes brilhantes, num rosto sombreado pelo capacete. Tinha duas faixas pretas no peito, e bordada na lateral esquerda da roupa camuflada havia uma palavra.

FREEDOM.

O homem sacou o maior revólver que St. George já vira de um coldre de perna. Tinha um pente similar a uma submetralhadora e ventilação no tambor. Com o bocal da arma apontado para o herói, o oficial grandalhão ladrou um comando:

– Abaixe-se, senhor – disse Freedom, aproximando-se. – Fique de joelhos, com as mãos na cabeça.

– Ei – disse St. George. – Isto não é necessário. É só um mal-entendido.

– De joelhos! – O capitão pegou o herói pelo ombro e o forçou para baixo. St. George afastou a mão dele.

– Acho que você precisa respirar um pouco e se acalmar...

Um som similar ao de uma marreta atingindo concreto soou quando o punho de Freedom golpeou o herói no queixo. Ele sentiu um arbusto roçar-lhe as costas, depois deu de encontro com a parede da portaria, que pareceu esmigalhar-se. O soldado marchou adiante, guardou a arma exagerada, e levantou o herói pelas lapelas da jaqueta de couro. Num giro, arremessou St. George meio bloco na direção da 3ª Rua.

O herói atingiu o pavimento e deslizou até perto de um dos vasos gigantes. O concreto rachou, e um pouco de terra caiu por cima dele. Ele chacoalhou a cabeça num movimento rápido e levantou-se.

Freedom marchou em frente de novo.

– Senhor, fique de joelhos e coloque as mãos na cabeça – disse o imenso soldado. – É seu último aviso...

St. George saltou, agarrou o soldado pelos bíceps inchados e disparou no ar.

Quando estavam a trinta metros do Monte, ele fitou o homem nos olhos.

– A não ser que queira cair de novo – disse –, sugiro que você...

Freedom golpeou a testa de St. George com o capacete. Visto que o herói não o soltava, repetiu o golpe.

Um filamento de fumaça rodopiou de dentro das narinas de St. George. Ele fitou o soldado por um instante, depois abriu as mãos.

O outro homem caiu, mas agarrou o herói pelas botas, com seus dedos de aço.

– Ah, fala sério! – ralhou St. George.

O soldado que derrubara John no chão carregou-o de volta ao helicóptero. Os outros gritaram até que os guardas do portão largaram suas armas, aproximaram-se do Black Hawk e ficaram de joelhos. Então assumiram posições de defesa em torno do veículo. Dois dos soldados mantiveram os guardas sob a mira. Outros dois apontaram para os prédios dos arredores, caso houvesse inimigos. Um dos últimos dois, um agente especial cuja jaqueta ostentava a palavra TRUMAN, olhou ao redor.

– Aonde foi a mulher?

– Que mulher? – dissera o outro soldado, chamado Franklin, que fora um dos últimos a desembarcar.

– A de capa preta. Aonde foi? Estava bem aqui antes do capitão chegar.

Os seis soldados escanearam a área em torno do helicóptero. Havia três metros de espaço livre em todas as direções. Onde a mulher estivera, na ponta oposta da cratera gerada pela queda de Freedom, havia o dobro de distância até o soldado mais próximo. E boa parte dessa distância fora destruída quando o capitão socou o homem que dizia ser Mighty Dragon.

Um dos guardas civis, um fortão de dreadlocks, riu. Mantendo as mãos na cabeça, ergueu a voz para que eles pudessem ouvi-lo a distância.

– É melhor vocês desistirem agora.

– Bico calado – resmungou um dos soldados que o dominavam. –Vou calar sua boca com fita, se for preciso.

Ele riu de novo.

–Vocês estão numa inferioridade absurda aqui.

Os cinco soldados se entreolharam rapidamente. E de novo, logo em seguida.

– Ei – disse Franklin –, onde foi parar o Mike?

XXX

No Quatro, Zzzap pesquisa a atmosfera, em busca de informações. Telemetria dançava ao redor dele, vinda dos cinco helicópteros, e aqui e acolá ele ouvia um comando conciso das tropas no solo. Ele sabia que o indicativo de chamada do grupo era Indestrutível, e que tudo indicava que outra equipe do mesmo pelotão estava sendo preparada para entrar em ação. Nas frequências do Monte, o Portão Melrose ficara em silêncio, mas muitos dos observadores sobre a muralha vinham, estabanados, com pressa, prestar contas. Os soldados haviam feito prisioneiros os guardas do Melrose. Três pessoas relataram tiros, mas não sabiam de quem contra quem.

E viram St. George carregar alguém para o alto e começar a lutar com a pessoa.

Zzzap enviou um pulso para Stealth. Sabia que o sinal alcançara o rádio de capa dela, mas ela não respondia. O que significava que ela estava lutando contra os outros soldados. Não era uma situação difícil para ela. Se ele contara corretamente, havia seis ou sete no solo, e talvez a mesma quantidade se preparando para entrar em ação. Número ridículo, de tão pequeno, na opinião dele, considerada sua limitada experiência no exército. O sol já estava nascendo, mas ainda havia bastante sombra. Tendo a vantagem de ser do time da casa, Stealth provavelmente conseguiria desarmar e prender os soldados antes que...

Uma ideia ruim ocorreu a Zzzap. Não havia motivo para isso, mas muitas coisas fariam sentido caso ele tivesse razão. Talvez a pessoa que chamara esse pelotão de soldados fosse tão fã de filmes quanto ele. O que explicaria o motivo de não precisarem colocar tantos soldados no solo. E de um deles trocar socos com St. George.

Fique de olho nas coisas por aqui, disse ele, para ninguém em específico. *Acho que eles vão precisar de mais ajuda lá fora.*

XXX

St. George tentou livrar-se do homenzarrão, mas Freedom não o largava de jeito algum. O herói chutou o soldado no pulso mais uma vez, mas o golpe não pareceu surtir efeito algum. Finalmente, ele optou por mergulhar em direção à 12ª Rua, bem no meio da área residencial da região Norte-Noroeste. Puxou-se para cima bem no último instante, fazendo o outro homem chocar-se com o solo, sabendo não tratar-se de técnica fatal. Àquele ponto, pensou se teria conseguido pelo menos feri-lo.

Freedom caiu no pavimento, deu uma cambalhota e ficou de pé, ao lado do caminhão tombado que bloqueava o Portão North Gower. Seu capacete rolou, perdido, pela rua. Ele sacou seu revólver tamanho família e meteu quatro tiros trovejantes em St. George. Mais de dez balas o atingiram feito socos. Elas quicaram do peito e dos ombros do herói, e caíram no chão junto aos cartuchos vazios.

St. George olhou para trás, mas tudo indicava que a maioria dos projéteis havia apenas tirado pedaços da parede exterior do Trinta e Um.

– Olha – disse ele –, isso não é um pouco clichê? Sou um dos mocinhos. E estou certo de que você também é. Vamos parar de ser egoístas antes que alguém acabe fazendo uma beste...

Os quatro guardas do Portão Gower partiram à frente com lanças e armas a postos. Um deles soltou um grito de guerra. Uma das lanças passou perto de Freedom; ele a agarrou pela ponta e a quebrou. O soldado atirou no chão, quase nos pés dos guardas.

– Larguem as armas.

Os guardas sorriram. Um deles apontou para atrás dele.

Ele se virou e levou um soco de St. George bem no queixo. Antes que pudesse se recompor, um segundo golpe o arremessou contra o caminhão. Ele deu um soco amplo com a mão livre, mas o herói pulou e saiu voando.

Freedom guardou a arma e disparou sobre o solo, saltou e agarrou St. George em pleno ar. O herói perdeu a concentração e foram os dois parar no chão.

O soldado deu três socos rápidos no rosto de St. George, que ecoaram com o som distinto do choque de grandes pedras. Cada um deles foi enfiando o crânio do rapaz pavimento adentro, até que a superfície rachou.

–Você vai se abaixar, senhor – disse Freedom. – Não vou pedir de nov...

St. George meteu a palma acima. Com tudo. Acertou Freedom no esterno e lançou-o quatro metros ao alto. O soldado caiu no chão já correndo e jogou-se sobre o herói antes que tivesse se recobrado. Os dois cruzaram a via e deram de encontro à lateral do Trinta. Freedom deu uma joelhada, e St. George curvou-se com uma dor para lá de humana. O grandalhão meteu o punho nas vísceras do herói duas vezes, pegou-o pelo colarinho e o arremessou de volta à rua. St. George tossiu um pouquinho de fumaça e duas labaredas de fogo.

Nesse ponto, os guardas do portão abriram fogo.

Dezenas de balas atingiram Freedom nas costas. Ele se virou e tomou mais uma dúzia no peito e nos braços. O brutamontes disparou para a frente, veloz demais para alguém daquele tamanho, e três dos guardas foram desarmados e derrubados antes que o quarto tivesse tempo de corrigir a mira. O soldado levou outro tiro no peito antes de golpear com a palma da mão a têmpora do guarda. O homem foi ao chão feito um monte de roupa suja.

St. George agarrou Freedom pelo pescoço e tirou-o de perto do portão. O soldado lançou-se à frente de novo, antes que o herói pudesse concluir a volta. Trocaram golpes que ecoaram nos altos desfiladeiros do Norte-Noroeste. Então, Freedom bloqueou um soco e meteu o punho no abdômen de St. George. O impacto o arremessou para o alto. Ele voou e passou por cima das lanças do Portão Gower.

Pousou fora do Monte.

– Filho da mãe – murmurou, conforme os ex's se amontoaram sobre ele.

XXX

Stealth girou o braço e golpeou o Agente Especial Truman na garganta, antes de arrastá-lo para o meio dos arbustos envasados. Um ataque certeiro paralisava a voz, dando-lhe tempo para incapacitar o opositor. O homem soltou um sibilo esganiçado. O som foi fraco, dadas as circunstâncias. Com a hélice do Black Hawk em sua rotação final, o homem foi efetivamente silenciado.

Os soldados carregavam, cada um, uma M240B como arma principal e um conjunto completo de armadura corporal sem grande dificuldade. Isso indicava bastante força física, quase sobre-humana. Acabou levando mais tempo, mas ela executou uma série de golpes pelo corpo de Truman. Bíceps, axilas, peitorais. Cada um atingiu um grupo nervoso, e o resultado foram braços adormecidos a partir dos ombros.

Quando ele se levantou e a agarrou, ela percebeu quão densos eram os músculos dele. Ela franziu o cenho, por detrás da máscara sem expressão, meteu um soco na testa do homem, bem no encontro das sobrancelhas, e ele caiu de costas.

Nove segundos para derrubar um soldado. Demorou demais. Os outros notaram que ele desaparecera. Ela ouviu que um deles o chamou. Seria preciso trocar de tática. Os soldados já haviam revelado um ponto fraco. Seria um tanto de mal gosto, mas ela teria que tirar vantagem dele.

Ela pulou, deu impulso no vaso de concreto e passou através da cerca viva.

XXX

Num dia comum, haveria algo em torno de cem a duzentos ex-humanos zanzando em torno do Portão Gower. Um ruído considerável poderia atrair mais cem à cena. St. George julgou estar cercado por um bando de cento e cinquenta, mais outros cem que se aproximavam.

Eles atacaram com dentes famintos, que meteram na pele do herói. Lábios e dedos murchos traçaram seu caminho por braços e ombros e pernas. A única parte boa de Los Angeles estar dominada por zumbis há cerca de dois anos é que a maioria deles já estava quase seca.

Contrariando a gravidade, ele se ergueu no ar, em meio ao bando, carregando meia dúzia de ex's barulhentos consigo. Despencaram conforme ele girou no ar; alguns derrubaram outros seres mortos ao cair. O herói se voltou para o Monte e levou uma primeira saraivada de balas.

O monstrengo carregado que Freedom portava disparou dez balas numa explosão que durou dois segundos, e cada uma delas doeu como um de seus socos. O soldado havia pulado para cima do caminhão branco que bloqueava o portão.

– Por favor, abaixe-se, senhor – ele gritou. – Não estou gostando de ter que fazer isso.

St. George vacilou no ar quando uma segunda saraivada o pegou bem no peito. Ele baixou de altitude a ponto de ser agarrado por dedos novamente.

Freedom preparava-se para disparar pela terceira vez quando ouviu o ar crepitar atrás de si e notou quão escura se tornara sua sombra. Virou-se e atirou novamente. Ouviu-se um sibilo conforme as balas foram vaporizadas a alguns centímetros de Zzzap. O capitão gastou um pouco mais de munição. O revólver gigante soltou um tinido vazio.

Bem, disse o espectro. Ele ergueu a mão. O ar diante dele fazia círculos e espirais devido ao calor. *Foi tudo muito impressionante até a parte em que você entrou em cena.*

– Você deve ser Zzzap, correto, senhor?

Até que enfim alguém que me conhece. Não aguento mais ser confundido com a Stealth.

– Dá um tempo – disse St. George. Ele se livrou do último ex e voou até situar-se alguns metros acima do soldado. Fumaça desprendia de suas narinas e do espaço entre os dentes. – Então, que tal a gente conversar com calma agora?

O gigantesco soldado fitou os dois heróis, um de cada vez, e largou a arma. O metal fez um ruído ao encontrar o teto do caminhão, e o homem ergueu os braços.

– Prefiro recusar desta vez, senhor.

E quanto ao nome, posição e et cetera*?*

– Capitão Freedom, senhor – ele respondeu. – Alpha 456º Indestrutíveis, primeira companhia de supersoldados dos EUA.

Houve uma pausa longa.

Ah, isso é tão legal.

X X X

A mulher de preto veio até a cerca viva. Ela girou no ar, e sua capa se abriu feito um grande par de asas, bloqueando o céu. Ela atacou Franklin e o sargento da equipe, Monroe. As armas foram erguidas e soltaram tiros siameses na escuridão. A trajetória do movimento dela não foi alterada nem um milímetro, e as sombras cobriram o solo embaixo. O sargento atirou novamente, enquanto Franklin saltou para o lado. Ela atacou o sargento primeiro. Ele lutou por um instante. Viam-se seus braços lutando contra a capa, até que ele jogou o tecido de lado.

– Nada – disse Monroe. – Só a capa. Ela sumiu.

– Ela estava lá – disse Franklin. – Eu vi.

– Com licença, senhores – disse o homem de terno. Ainda estava na cabine do helicóptero.

– Agora não, senhor – disse Monroe. – Há um inimigo na área.

– É – disse o homem. – Tenho certeza disso.

O sargento olhou para trás. John estava sentado, imóvel. Tinha os braços pousados ao lado do corpo, e a cabeça, tombada para trás. Monroe esperou até que seus olhos se acostumassem com a luminosidade no interior do Black Hawk e viu os cintos de segurança apertados em torno do corpo e dos braços do homem. O colarinho e a gravata compunham divertido arranjo, e mais um segundo para ajustar melhor a visão permitiu que o sargento divisasse a barra escura de aço cromado pressionada contra a garganta de John.

Monroe piscou. Fazia segundos que tinha virado de costas, mas já podia ver a sombra feminina por trás do outro. Ela fez um movimento discreto com a cabeça, reconhecendo que tinha sido avistada. Então, aproximou-se ainda mais de John. Dos dois lados do helicóptero, os soldados ergueram as armas.

– O M240B tem um ritmo prodigioso de disparos – ela disse, numa voz muito clara. – Setecentos e cinquenta disparos por minuto, pelo menos. Contudo, não é uma arma projetada para uma pontaria precisa. Atirar de tão curta distância vai quase garantir que acertem seu assessor.

Ninguém se mexia.

– Sabe o que eu acho? – disse o homem de terno. – Acho que devíamos todos dar um tempo aqui e ficar calmos. Não seria uma boa? Vamos parar e nos acalmar, por um momento, antes que a situação saia ainda mais de controle.

DOZE

AGORA

Uma pequena multidão se reuniu um pouco antes do meio-dia para assistir ao pouso do segundo Black Hawk no estacionamento de Pickford, do lado oposto ao Portão Melrose. Milhares de pessoas abarrotaram as ruas e coberturas. Alguns poucos mantiveram seu olhar desconfiado no helicóptero quando este tocou o solo, e suas hélices chicotearam nuvens de terra e poeira, mas a maioria apenas pareceu deslumbrada. Alguns até aplaudiram.

St. George e Stealth estavam na 3ª Rua, com uma multidão atrás de si. Ela retornara para dentro da capa, e os buracos de bala desapareciam entre dobras e juntas de tecido. Vez por outra, um facho de luz escapava por um dos furos do tamanho de moedas, e St. George ficava apreensivo.

Barry estava sentado na cadeira de rodas, ao lado deles. Concordara em desligar seus poderes contanto que o pessoal de Freedom baixasse suas armas. Danielle empurrava a cadeira. A moça desistira de esperar que a ajudassem a entrar na armadura, e ficou ali de cabeça baixa e braços cruzados.

Freedom estava a poucos metros deles, com os soldados tranquilos atrás dele, formando um círculo irregular em torno do helicóptero. O homem de terno estava dentro da aeronave. Insistiram em mantê-lo em proteção enquanto não recebiam mais tropas no solo.

O Black Hawk mal pousara e um segundo grupo de soldados saltou e avançou pelo pavimento. Cada um deles carregava o mesmo rifle tamanho família com o grande pente de munição. Formaram outro círculo em torno de seu helicóptero.

– Unidades de apoio – disse Stealth. – Cada um se posiciona de modo a nos manter em seu campo de visão.

Uma mulher com uma coleção de divisas na jaqueta mandou uma série de sinais e gestos para Freedom. Ele olhou para trás, para o homem de terno, e acenou com a cabeça. O rapaz chamado John sussurrou algumas palavras ao capitão, depois cruzou o espaço que os separava dos heróis. Freedom seguiu-o, alguns passos atrás. O homem de terno abriu um amplo sorriso.

– Vamos tentar novamente, que tal?

– Claro – respondeu St. George.

– O Mighty Dragon – disse o rapaz. – É uma verdadeira honra. Uau. – O sorriso ficou maior ainda. – Posso cumprimentá-lo?

St. George foi pego de surpresa. Estendeu a mão sem pensar, e o rapaz a apertou e balançou umas cinco ou seis vezes. As pessoas ovacionaram e aplaudiram.

– Chamam-me de St. George atualmente.

O sorriso cedeu.

– St. George – ele repetiu. – Esperto. Gostei. E você deve ser Stealth – continuou o executivo. Ele passou por St. George e posicionou-se diante da mulher de capuz. – É tão formidável quanto sempre ouvi falar. Adoraria cumprimentá-la também, se não se incomodar. Estamos em paz?

Foi tão inesperado; ela estendeu a mão. Houve mais ovações e aplausos.

– É incrível – ele prosseguiu. – Vocês salvaram tanta gente. As pessoas falam sobre super-heróis e a gente pensa em enfrentar monstros e supervilões e tal. Ninguém pensa em situações como esta.

– Desculpe – interrompeu St. George. – Não me disse seu nome.

O rapaz vacilou no sorriso, e, nesse momento, o herói percebeu que o homem de terno talvez fosse mais velho do que ele.

– Perdão – ele disse. – Acabei me empolgando. É que isso é tão... É tão raro achar sobreviventes, ainda mais um grupo grande com, bom, gente como vocês. – Ele ajeitou a gravata. – Sou John Smith. Departamento de Segurança Nacional, subordinado à DARPA e agente do Projeto Krypton como... bom... – ele deu de ombros. – Ultimamente, tenho só tentado ajudar o máximo que posso, como todo mundo.

Ele deu alguns passos para trás, até ficar perto dos soldados.

– Bom trabalho, capitão Freedom – disse. – Você e sua equipe se saíram muito bem, considerando os oponentes. Vou me certificar de que o coronel e o Dr. Sorensen fiquem sabendo.

O soldado grandalhão fez uma mesura longa com a cabeça.

– Obrigado, senhor.

– St. George, Stealth – disse Smith, voltando-se aos heróis –, acredito que já conheceram nosso comandante de superforças.

– Capitão Freedom – disse St. George, sorrindo. Ele coçou o queixo e estendeu a mão. – Então este é o melhor nome que puderam dar, hein?

– Capitão John Carter Freedom, senhor – disse o homem. Ele aceitou o cumprimento, apertando a mão do herói com força, e balançou-a uma só vez.

– Ahhh. Desculpe.

A multidão, que não ouvia nada, aplaudiu novamente.

Smith descontraiu a tensão do momento com mais besteirol. Uma verdadeira sessão de puxa-saco.

– Podem imaginar nossa surpresa – disse ele a St. George – quando nossas sentinelas olharam para o leste no Quatro de Julho e viram fogos de artifício sobre Los Angeles. Distantes mais de três quilômetros, pelo que podíamos ver.

– É, aposto que foi meio chocante.

– É claro que tivemos que enviar nosso Predador para investigar – ele prosseguiu. – Foi um pouco mais estranho ainda quando ele parou de mandar telemetria e desatou a tocar "Radio nowhere", do Bruce Springsteen.

Barry pigarreou.

– Eu disse que seria memorável – disse ele a St. George.

– Então foi você? – perguntou Smith, admirado. – Você é o Zzzap?

– Sou.

O engravatado chacoalhou a mão de Barry umas três ou quatro vezes.

– Mas que dia incrível. O pessoal vai enlouquecer lá em Yuma quando eu fizer o relatório. Quero dizer, tínhamos grandes expectativas quanto ao que encontraríamos aqui em Los Angeles, mas...

Smith parou de falar. Até mesmo a multidão sentiu alguma coisa e se calou. Ele fitava Danielle, boquiaberto.

Após um instante, a moça captou o silêncio e ergueu o rosto para ver o que estava acontecendo. Olhou ao redor, retraiu-se ao ver que todos a encaravam, e finalmente notou o homem em pé à sua frente. Ela piscou os olhos e escancarou-os.

– John?

Ele quase passou por cima da cadeira de rodas para abraçá-la.

– Pensamos que tivesse morrido – ele disse. – Todo mundo achava que você estava morta há anos.

Ela o repeliu e ficou olhando para ele com uma expressão mista de surpresa e raiva.

– Ah, pare com isso – disse ele. – Depois de tudo que aconteceu, não vai dizer que não está feliz em me ver, vai?

Danielle sorriu e o agarrou de volta.

– Estou feliz em ver você.

Barry tirou a cadeira do caminho.

– Então... vocês dois se conhecem?

Ela largou o homem de terno.

– Nós... meio que namoramos – ela respondeu, sorrindo.

Desta vez foi John quem a repeliu, para fitá-la, mas não largou dela.

– Namoramos? A gente morou junto por seis meses.

Ela o puxou de volta. O abraço durou mais alguns instantes, e então a energia maníaca do rapaz o dominou novamente.

– Isso... isso é inacreditável – disse ele. – Ouvimos dizer que seu avião mudou de rota, para Van Nuys, e depois ninguém mais teve notícias dele.

Não quero soar mórbido, mas, bem, todo mundo pensou que você tinha morrido, e que a armadura tinha virado uma estátua enferrujada largada por aí.

– A armadura passa bem – ela disse. Ela virou o rosto e apontou para o armazém cenográfico que transformara em oficina. – Fica logo ali. Eu estaria usando agora, mas... – A moça deu de ombros. – Você se lembra como era difícil vesti-la.

– A armadura está aqui? – ele pareceu surpreso. – E ainda funciona?

– Eu construí pra que durasse. – Ela fitou os demais. – John foi meu primeiro contato com o DOD. Nos conhecemos quando eu ainda estava construindo Cerberus.

– Acho que quase todo mundo entendeu essa parte – disse St. George.

– Precisamos levar você de volta a Yuma – disse Smith. Ele olhou ao redor. – Serão todos bem-vindos, é claro. Capitão, podemos conseguir um transporte de cargas?

Freedom olhou para o sargento Monroe. O homem esquadrinhou todo o estacionamento da praça e fez que sim.

– Sim, senhor – disse o capitão.

– Um momento – disse Stealth.

A voz dela resfriou o clima festivo. Todos se contiveram. A mulher de capuz se movera, parando entre Smith e a oficina.

– Está planejando levar a armadura Cerberus?

Smith olhou para Danielle, depois para Stealth.

– Bom, é que eu imaginei que Dan... que a Dra. Morris gostaria de voltar conosco – ele disse. – Temos instalações melhores, lojas de maquinaria e... bom... – Ele olhou novamente para a ruiva. – Você sabe.

– Não, eu não sei – Stealth insistiu. – Cerberus é parte essencial tanto de nossa comunidade quanto de nossas medidas de defesa.

Danielle franziu o cenho.

– Está me dizendo que não posso ir embora?

– Estou dizendo que...

– Certo, vamos todos parar por um minuto – disse St. George. O rapaz pôde sentir o olhar congelante de Stealth nele através da máscara. – Dia cheio, muita coisa pra assimilar, todo mundo um pouco exaltado demais. E sem contar – ele apontou a multidão com a cabeça – que tem uma porção de gente aqui que vem esperando por um dia desses já faz um bom tempo.

– Concordo – disse Smith. – Podemos falar sobre isso mais tarde. Capitão Freedom, seu pessoal gostaria de cumprimentar a multidão?

– Sim, senhor – disse o oficial gigante. Ele se voltou para os soldados. – Indestrutíveis – ele bradou –, descansar.

As saudações chacoalharam o ar. Eles cruzaram a multidão, apertando mãos e abraçando estranhos. Alguns até posaram para fotos. St. George viu Billie Carter trocar saudações com um deles, e os dois começaram a falar sem parar sobre alguma coisa.

Danielle falou bem baixinho:

– Que diabos vocês estão dizendo? – Ela olhou para Smith. – Vocês dois, por sinal.

– Devíamos discutir essa questão em particular – Stealth ponderou. – Não é bom que os civis nos vejam discutindo uns com os outros.

– Não estamos discutindo – disse St. George. – Só estamos conversando.

– Estou pronta pra uma discussão – disse Danielle.

– Olha – Smith interviu –, desculpem-me se não era minha vez de falar. É que fiquei empolgado. Isso aqui é como ganhar na loteria três vezes num dia só.

– Estava tão animado assim por ter nos encontrado aqui – disse Stealth – e, no entanto, sua primeira reação foi um ataque.

– Procedimento operacional padrão, senhora – disse Freedom. Sua grande figura situada logo atrás de Smith o fazia parecer ainda menos adulto. – Numa situação desconhecida, quando ouvimos disparos, a primeira função é proteger sua equipe e tomar o controle da situação. Tenho certeza de que pode compreender.

– Então nos atacaram – disse St. George.

– Porque vocês resistiram à tentativa de controlar a situação.

– Resistimos porque vocês nos atacaram. Vê se cai na realid...

– O país está sob lei marcial – disse Freedom. – Minha autoridade aqui é absoluta a não ser que eu receba ordens diferentes do coronel Shelly ou do próprio presidente.

Houve um momento de silêncio. As palavras dele alcançaram as porções mais próximas da multidão, e sussurros nervosos começaram a traçar seu caminho entre as pessoas reunidas para ver os soldados.

– Lei marcial? – disse Danielle. A moça ergueu as sobrancelhas.

Smith pigarreou.

– Em julho de 2009, o país entrou em lei marcial. E continua. Ninguém gosta muito da ideia, mas o fato é que os militares estão no comando. Como único oficial de posição conhecido no sudoeste dos EUA, o coronel Shelly é quem está comandando as coisas.

Stealth mudou de posição novamente.

– O que está querendo dizer, Sr. Smith?

– Não estou querendo dizer nada. Só acho que todos nós precisamos estar cientes de como estão as coisas, sem confusão nem ilusão.

– Então o Monte agora vai ficar sob controle do Exército?

– Tecnicamente, a não ser que vocês tenham se separado dos Estados Unidos em algum momento durante os últimos dois anos... sim.

– A que Estados Unidos está se referindo?

A pergunta congelou Smith e Freedom. Abalou os demais também. O homem de terno tossiu.

– Eu... não sei bem se entendi a pergunta.

Stealth cruzou os braços.

– Que estados ainda estão unidos? A Califórnia está sem governador já faz vinte e dois meses. Nenhum serviço social funciona. Não se cobram impostos, nem leis. Os limites e territórios não são respeitados. Como estado, a Califórnia deixou de existir em qualquer definição possível. Segundo nosso conhecimento limitado, posso dizer com bastante certeza que não somos os únicos nesse sentido. Alasca. Arizona. Flórida. Havaí. Massachusetts. Nevada. Nova York. Oregon. Texas. Washington. – Ela fez uma pausa, depois acrescentou: – O distrito de Colúmbia.

Smith pareceu desconcertado.

– Então, eu pergunto – ela prosseguiu –, quais estados ainda estão funcionando a ponto de formar uma nação unida, a que você e esses soldados dizem representar?

– Capitão – disse Smith –, talvez você queira responder esta.

– Senhora – disse Freedom –, é bom que você esteja relutante em entregar tudo o que conquistou. Mas permita-me garantir-lhe que estamos aqui como representantes do governo dos Estados Unidos. Nosso comandante está em contato constante com o presidente, que ainda está atuando oficialmente, ainda que não nas dependências oficiais. Nós representamos um dos diversos postos militares que estão tentando restabelecer governos locais e oferecer serviços.

– E por que levaram dois anos para fazer isso?

– Porque, senhora, acredite ou não, vocês não foram os únicos a sofrer grandes perdas.

Smith pigarreou.

– Posso dizer só mais uma coisa?

St. George olhou para Stealth e Smith. Ela assentiu.

– Não posso falar pelo Exército – disse o homem de terno, olhando para Freedom. – Sou apenas um contato. Mas posso dizer que isso vai ser bom para vocês. Temos muito a oferecer e sabemos que o Exército vai querer oferecer. Estamos aqui para ajudar. Não vamos tomar tudo que vocês têm e deixá-los à deriva como se... – ele deu de ombros e sorriu. – Bom, se me permitem dizer, como os militares fariam num filme B de zumbis.

Barry deu uma tossida exagerada e olhou para St. George.

– Se a Dra. Morris resolver voltar e ficar um tempo em Yuma – continuou Smith –, vamos incrementar suas defesas com tropas, armas, o que for preciso e que possamos oferecer.

Stealth continuava imóvel.

– O que você está propondo?

Alguma coisa cutucou Danielle na perna quando Smith respondeu. Barry a fitou. Ela inclinou a cabeça para escutar.

– O que foi?

– Fala sério – disse ele. – Esse cara?

– Que tem ele?

– Você e ele? O cara parece ter saído ontem do colégio e age como se fosse o Burke, de *Aliens*.

Os lábios da moça formaram um meio sorriso.

– Acho que era conveniente. A gente mal tinha coisas em comum, e ele coloca o trabalho acima de tudo.

– Já sou bem grandinho – disse Barry. – Pode falar que era só pelo sexo.

– Sinceramente, não lembro do sexo ser grande coisa. Ficamos juntos por alguns meses, quando eu estava construindo a armadura, depois ele foi embora, deixando uma gaveta cheia de camisas que não queria mais. Foi isso.

– Ele nem foi conversar pra terminar? Nem te ligou?

– Nada. Trocamos uns e-mails depois. Acho que os dois sabiam que não estava dando certo.

– Quer que eu atire nele, por você?

Danielle riu. Foi a primeira vez que Barry a ouviu rindo em meses. Os outros olharam, e ela fez um gesto, indicando que não era nada.

– Sabe o que é pior? – sussurrou a Barry. – Eu passei um século jurando que acabaria com ele quando o visse de novo. Mas agora é tão bom ver alguém de... de antes de tudo isso. Alguém do mundo real. Até mesmo ele. Faz sentido?

O rapaz fez que sim.

– Posso trazer outro Black Hawk aqui amanhã – Smith disse a St. George. – Em dois dias, no máximo. Para levar a Dra. Morris e a armadura Cerberus, mais qualquer um que quiser ir. Podem conhecer o coronel Shelly, nosso comandante, e poderemos todos nos cumprimentar e falar sobre o que podemos fazer uns pelos outros. – Ele fitou Danielle. – Temos lojas de maquinário lá e até instalações industriais. Não vá me dizer que a armadura não precisa ser desmontada e limpa.

Stealth era uma estátua.

– Veja – disse Smith –, eles querem ajudar. É o trabalho deles, lembra? Proteger civis norte-americanos. Não há com que se preocupar. – Ele deu de ombros. – Querem visitar a base do Krypton primeiro? Tenho certeza de que posso arranjar.

– Talvez não seja má ideia – disse St. George, olhando para Stealth.

Smith concordou.

– Certo. Querem ir vocês mesmos ou mandar outra pessoa? – O rapaz olhou para Barry. – Acho que vi num especial na TV que você pode voar na velocidade da luz, não é? Pode ir até lá e voltar durante a manhã, certo?

– Não sou assim tão rápido, mas posso sim.

Smith chacoalhou a cabeça afirmativamente de novo e olhou dos heróis para Freedom.

– Então, o que acham? Mandamos embora os três Apaches, assim todo mundo fica mais tranquilo. Trazemos outro Black Hawk amanhã de manhã. Enquanto colocamos e ajeitamos Cerberus a bordo, Zzzap vai até Krypton, dá uma olhada, aprova ou não. Se não aprovar, ele volta para nos contar antes mesmo de estarmos prontos para partir. Assim fica legal pra todo mundo?

Todos concordaram. Até mesmo Stealth fez um ligeiro aceno com a cabeça.

– Sempre quis ir até Krypton – disse Barry, sorrindo.

– Ótimo. – Smith voltou-se para o soldado grandalhão. – Freedom, pode fazer contato com alguém e pedir um helicóptero para amanhã de manhã?

Freedom virou-se e ladrou um comando para Monroe. Este o passou para mais alguém e um soldado desprendeu-se da multidão e dirigiu-se ao Black Hawk. Quando Freedom retornou, Barry estava à sua frente.

– Você já pensou em usar escudo? – Barry fez um gesto desenhando um círculo no braço. – Talvez com um tema patriótico. Talvez ficasse legal em você.

– Se ajuda – disse Danielle –, a gente ignora metade do que ele fala.

Stealth desaparecera. Ocorreu a St. George que ela já devia estar a meio caminho do escritório. Ele não sabia dizer se aquilo tudo era bom ou ruim. Quando a visse novamente, teria que lhe perguntar.

– Isso é incrível – disse Smith. O rapaz se aproximara de St. George, e ficaram ambos observando a multidão, que celebrava. – Desculpe-me soar feito disco riscado, mas é mesmo. Checamos tantos lugares, e era sempre um milagre encontrar vinte ou trinta sobreviventes.

– Não sabia que éramos assim especiais – disse o herói. – Achava que toda cidade tivesse uns milhares de sobreviventes escondidos em algum canto.

Smith fez que não.

– Quem dera. Phoenix parece uma cidade fantasma, o mesmo em Scottsdale, Mesa, Tucson. Nunca encontramos ninguém em White Sands nem em Camp Pendleton. – Ele balançou novamente a cabeça. – Vocês devem ser os únicos sobreviventes da Califórnia.

– Não – disse St. George. – Tem um grupo de cerca de duzentas pessoas em Beverly Hills. São o que sobrou de uma gangue de rua chamada South Seventeens. Uns encrenqueiros que se recusaram a ficar conosco aqui no Monte. – Ele deu de ombros. – Vamos visitá-los uma vez por semana, mais ou menos, pra ter certeza de que estão bem. E encontramos uns sobreviventes aqui e ali, que conseguiram se manter sozinhos, porém... – Ele olhou além dos helicópteros, para o portão. – Faz tempo que não encontramos ninguém.

– Olha – disse o rapaz –, sei que tem sido difícil, mas hoje não é dia de ficar chateado. Hoje é o dia em que tudo melhora. Vocês salvaram todas essas pessoas. Tiraram-nas do inferno e as levaram para casa.

St. George fitou Freedom, que conversava com Danielle e Barry, viu os Black Hawks em frente ao Portão Melrose e a multidão em torno dos soldados.

– Acho que sim – disse.

– É claro que sim – Smith deu-lhe um soquinho no braço. – Bem-vindo de volta aos Estados Unidos da América.

O ESPÍRITO DE LIBERDADE

ANTES

Meu tataravô nasceu escravo. No aniversário de quatro anos, ele e todos os seus conhecidos se tornaram cidadãos livres dos Estados Unidos. Quando fez dezoito, mudou o nome da família para aquela que julgava ser a melhor palavra do inglês. Não o conheci, mas meu pai sim. É uma coisa forte pensar em como faz pouco tempo tudo isso.

Agora tem um negro na Casa Branca. E um negro foi escolhido para ser o símbolo do novo Exército norte-americano. Foi um processo longo para nós dois.

Meu primeiro posto como soldado foi no Iraque. Dezembro de 2003. Estava lá fazia oito semanas, segundo tenente recém-formado, quando um soldado da minha seção, cabo Adam James, encontrou, numa ronda, um artefato explosivo improvisado bem construído. Foi morto instantaneamente. Pelo que me disseram depois, os dois soldados que estavam junto morreram na hora seguinte. Tiveram sorte de jamais recobrar a consciência. O sargento James Cole perdeu a perna esquerda e três dedos da mão esquerda. Fui arremessado cinco metros distante de nosso jipe.

Três homens mortos. Um aleijado para sempre. Sofri uma concussão, quebrei um braço, que levou dois pinos, fraturei cinco costelas, hoje suportadas por fios de aço, e onze estilhaços que precisaram ser removidos em cirurgia. Um dos médicos disse que tiraram a mesma quantia de metal que colocaram. Conheço homens e mulheres que guardam essas coisas como troféus. Já eu não queria ser lembrado de ter falhado com as pessoas sob meu comando.

Passei três meses num hospital na Alemanha, recebi um Coração Púrpura e fui colocado em campo novamente. Sempre preferi estar em campo, e na época um oficial que quisesse ir a campo, por vontade própria, era uma raridade.

Seis anos depois, estava eu perante a mesa do coronel, no Projeto Krypton, pedindo para ser colocado em campo. Era 14 de maio de 2009. Lembro de pensar, mais tarde, que deveríamos marcar a data como o dia em que o mundo acabou, mas esse tipo de pensamento negativo é ruim para o moral.

– São coisas sem mente – Shelly me disse. – Esse vírus transforma as pessoas em legumes ambulantes. Não representam ameaça, a não ser que sejam muitos. A mídia só está exagerando com tudo, como de costume.

Fazia muito tempo que eu não servia sob o comando do coronel. Nem sabia se ele havia se casado ou não naquele momento. Mas sabia que era um péssimo mentiroso. Mentir é jogo de político, não de soldado. Todos os bons soldados são ruins na mentira. Os melhores são piores ainda.

Shelly estava mentindo. Havia sublevações em toda grande cidade. Até Yuma relatara haver dezenas zanzando pelas ruas. Se havia dezenas zanzando nas ruas em um estado em que mais da metade dos cidadãos portavam armas regularmente, a coisa não devia estar melhor nos outros lugares. Mas ele era um bom soldado, e fora informado de que não se tratava de uma crise, e que não éramos necessários.

– Independente de como as coisas estão, senhor – eu disse –, requisito ser enviado a algum dos pontos críticos. Os Indestrutíveis estão prontos.

– Ainda é muito cedo para acioná-los. Sorensen acha que vocês todos precisam de um mês ou mais de observação. Principalmente você, capitão. Faz três semanas que terminou o tratamento.

– E me sinto ótimo, senhor. Mais que ótimo.

Os cantos da boca dele torceram. Era o que se passava por um sorriso polido na sala do coronel.

– A resolução oficial, capitão, considera que você e seus homens seriam um exagero.

Os Indestrutíveis estavam sob o meu comando fazia apenas um mês. Mas eu sabia que eram bons soldados. Quando fui apresentado a eles, Shelly e Sorensen garantiram que não tinham sido escolhidos pelo nome. Acho que o doutor viu graça na coisa. Com certeza, coincidências similares ocorreram em todo braço do serviço, vez por outra.

Além disso, ouvira muita brincadeira espirituosa sobre o meu nome ao longo dos anos. Não posso falar pelos outros. Segundo minha mãe, fui nomeado em homenagem ao pai dela e ao presidente da época em que nasci. Já pelo que conta meu pai, fui nomeado em homenagem ao herói de sua infância, um homem de honra, o maior soldado de dois mundos. Eu costumava confirmar a história do meu pai quando o tópico surgia.

– Pelo que ouvi dizer, senhor – eu disse –, os heróis de fato estão tentando intervir, não tendo muita sorte. Não seríamos um "exagero".

– É mesmo? – disse Shelly. Sua voz era dura. – O que tem ouvido exatamente, capitão?

– Por canais oficiais, senhor, ouvi dizer que o exoesqueleto Cerberus foi acionado em Washington, DC.

– Por fontes oficiais você se refere ao agente Smith falando pelos cotovelos de novo, certo?

– Sim, senhor.

– O que mais ouviu?

A base havia sido fechada, mas os rumores ainda entravam. Algumas fontes diziam que os heróis arrebentavam os zumbis por onde passavam, mas a maioria das notícias dizia que não vinham fazendo progresso algum. No máximo estavam contendo a propagação da infestação. E havia notícia de que alguns tinham morrido. Dizia-se até que tinham voltado, e que havia zumbis com superpoderes dominando a polícia em algumas cidades. Ocorreu-me que ninguém soube dizer quais heróis haviam morrido.

– Mais nada, senhor.

Ele assentiu. Certamente tinha ouvido tudo o que eu ouvira.

– Isso é tudo, capitão?

– Senhor, peço permissão para falar livremente.

– Concedida.

– Pelo meu entendimento, toda a companhia B está sendo retirada de Yuma e acionada em centros civis.

– Sim, está. Ainda há forças estaduais mais do que suficientes para lidar com essa epidemia, principalmente com alguns pelotões regulares do Exército como apoio.

– Mesmo assim, senhor, não foi foi exatamente para isso que os Indestrutíveis foram criados? Se o grupo controle acabou, os testes também acabaram. Se acabaram os testes, não há motivo para que não façamos nosso trabalho.

O coronel Shelly considerou minhas palavras, enquanto uma bolha vermelha se formava embaixo de uma de suas narinas. No clima desértico, é comum ter sangramento nasal. O primeiro sargento Paine me contava que dois ou três soldados da companhia A sempre tinham. Abri a boca para dizer algo e a bolha atingiu o pico de contenção, grande demais para sustentar o próprio peso. Tornou-se um fio vermelho que desceu sobre os lábios do coronel. Algumas gotas caíram na papelada.

– Droga. – Ele apertou o nariz e deitou a cabeça para trás.

– Posso ajudar, senhor?

– Não, obrigado – ele suspirou. – Capitão, neste momento, você e seus homens não são necessários na ação. Você continuará alocado na base de testes. Essas são as suas ordens. Fui claro?

– Sim, senhor.

E foi isso. Ele tirou a mão do nariz e devolveu minha continência. Voltou sua atenção para a papelada que tinha sobre a mesa. Sacou um lenço de uma gaveta e limpou o nariz. Eu já estava abrindo a porta quando ele me chamou.

– Capitão Freedom.

– Sim, senhor?

Ele me entregou o aviso manchado de sangue, no qual vinha trabalhando.

– Leve os Indestrutíveis para Yuma amanhã de manhã e veja se encontra civis precisando de assistência. Leve três transportadores com você para o caso de precisar evacuar o local. Dê um jeito em qualquer infectado que encontrar.

– Sim, senhor. Obrigado, senhor.

Saí da sala e recebi um cumprimento curto do sargento que conversava com o primeiro sargento Paine. Este me acompanhou e saímos da antessala. Andando lado a lado, ocupávamos todo o corredor.

– Ordens, senhor?

– Ordens – respondi. – Finalmente. – Entreguei a Paine o aviso. – Prepare o primeiro pelotão. Saímos às seis e meia. Alguma dúvida?

O rapaz esquadrinhava o papel.

– Nenhuma, senhor. – Ele bateu continência e mudou de direção. Virei à direita e quase amassei o Dr. Sorensen. Ele olhou para mim.

– Capitão.

– Doutor.

– Como está se sentindo?

– Bem, senhor.

– Quanto peso levantou na academia ontem?

– Meu máximo agora é mil e vinte no supino, senhor. Estou limitado a quanto consigo pôr na barra.

Ele compreendeu.

– Eu devia ter pensado nisso antes – disse. Ele ergueu a mão e apertou meu bíceps com dois dedos. Subiu a mão e tentou afundar o dedão no ponto em que o peitoral encontrava o ombro. – Sente dor muscular?

– Nada, senhor. Nem mesmo depois do exercício.

– Excelente. – Olhou-me nos olhos, por cima dos óculos. – E como está o apetite? Vai bem?

– Estou repetindo as refeições, senhor, mas acho que estou queimando tudo.

– É mais provável que esteja convertendo tudo em músculo e massa óssea. Pesou hoje?

Eu havia passado a me pesar diariamente desde a época do West Point. Para um homem do meu tamanho, é importante evitar quilos a mais. Assim que começara a participar dos procedimentos de Sorensen, passara a ganhar peso sem parar.

– Cento e cinquenta quilos.

– Você se mediu?

– Senhor?

– Sua jaqueta parece um pouco apertada. Acho que pode ter ganhado uns centímetros.

– É possível, senhor.

– Lembre-me de checar isso durante o próximo exame.

– Sim, senhor. Se me permite, senhor, preciso me preparar.

Ele ergueu as sobrancelhas.

– Para o quê?

– Nada com que se preocupar, senhor. Missão padrão de reconhecimento em Yuma, à procura de refugiados e infectados.

– Entendo – disse ele. Deixou o assunto em suspensão. – O coronel Shelly está aí, então?

– Acredito que sim, senhor. Falei com ele agora há pouco.

– Obrigado, capitão.

– Obrigado, senhor.

O doutor andara distraído nas semanas anteriores. A família retornara à costa leste. Esposa e filha, pelo que eu sabia. Como a situação vinha piorando por todo o país, ele começara a pensar em trazê-las para junto dele, em Krypton.

Eu tinha dado alguns passos pelo corredor quando ele disse:

– Não se esforce demais, se puder evitar. Pare se sentir qualquer dor.

Perguntar se eu sentia dor tinha quase se tornado piada entre mim e o Dr. Sorensen. Assim que fui aceito no programa, ele me explicou o processo todo. As injeções de hormônios e esteroides. As cirurgias. Eu passei batido por quase tudo, para ser honesto. Não era algo que eu precisava entender, e eu sentia que ele me contava tudo do mesmo modo que faziam outros oficiais durante uma palestra, fosse esta relevante ou não. Ele destacara como seria dolorido quando meus músculos começassem a se desenvolver. Lembro-me de que o coronel Shelly deu outro daqueles sorrisos sutis ao ouvir isso.

Eu vinha servindo no Afeganistão por sete meses quando, numa bela manhã de quarta-feira em 2005, minha equipe foi emboscada numa vila entre Farah e Shindand. Um homem foi baleado na garganta. Dois levaram tiros nas laterais do corpo, que rasparam na armadura. Outro levou um tiro na coxa. Foi proposital. Forçou-nos a largá-lo ali, em campo aberto, ou ir atrás dele. Quando um segundo tiro o pegou no ombro, mandei o esquadrão dar cobertura.

Sou grande, mas surpreendia as pessoas com a velocidade com que me movia, mesmo antes de passar pelo processo de Sorensen. Essa surpresa e a cobertura atrapalharam três disparos dos *snipers*. O quarto não errou, e senti um chute no meio das costas que me mostrou que a armadura salvara minha vida.

Nem senti o quinto tiro. No relatório, o sargento Drake disse que o som foi de um grande ovo quebrando, e o capacete explodiu na minha cabeça. Despenquei na areia, a cabeça coberta de sangue, bem ao lado do soldado que tentava salvar. O restante do esquadrão lutou contra os *snipers*, perdeu mais dois homens, e me deixou lá por uma hora antes de alguém resolver checar minha pulsação.

Após certo número máximo de vezes em que você é "o único sobrevivente", as pessoas começam a se sentir desconfortáveis perto de você.

Se eu fosse supersticioso, teria deixado meu posto no fim da passagem pelo Afeganistão. A ideia me passou pela cabeça, e eu ia mesmo terminar essa época no hospital, de todo modo. Mas pensei bem. Meu lugar era no Exército, e eu pretendia servir até morrer. Tinha uma missão para com meu país. Os Estados Unidos travaram uma batalha contra si mesmos, deram seu sangue para que meu tataravô pudesse ser livre. Para que eu pudesse ter seu nome, com orgulho. Poderia eu fazer menos pelo meu país?

CATORZE

AGORA

Trouxeram Cerberus em pedaços. Cada componente foi selado em caixas pesadas de madeira. Um time de voluntários os transportou com carrinhos de mão e empilhadeiras, da Avenida E ao estacionamento da praça. Danielle ficou na intersecção com a 3ª Rua, reagindo a cada solavanco e chacoalhada com uma chuva de palavrões.

– Calma – disse St. George. – Está bem empacotado. Nada vai ser danificado.

– Eu sei, eu sei – ela suspirou. – Desculpem – ela gritou para os homens, que ouviram e acenaram. Dois soldados juntaram-se a eles, e içaram a caixa para dentro do Black Hawk. Uma caixa camuflada substituiu a anterior na empilhadeira. A segunda leva de soldados trouxera suprimentos médicos, munição e uma diversidade de coisas. St. George vira uma caixa que continha nada mais do que chocolates.

– Tem certeza de que quer fazer isso?

– Tenho – ela respondeu. – Se eles tiverem metade dos recursos que John diz que têm, vou poder fazer uma bela vistoria na armadura. Implementar umas ideias que tive.

O herói olhou para o fim da Avenida E e viu Cesar e Lee trazendo uma das caixas menores. Estava escrito HELMET, em letras azuis. O rapaz mais novo olhou feio para ele quando se aproximou.

– E aí?

– E aí o quê?

Ele apontou o helicóptero com a cabeça.

– Você vai voltar?

Ela olhou na mesma direção.

– Talvez. Não sei. Estava falando com John ontem à noite. Ele acha que eles podem querer ficar com a armadura. Se ela ficar, eu fico.

St. George franziu o cenho ao ouvir isso.

– Ele não tem certeza – ela acrescentou. – Pelo que entendi, os militares estão com tantas baixas que provavelmente vão pedir que continuemos a fazer o que fizemos até agora. Você vai acabar tendo que me aturar mais.

Ele sorriu.

– Não vem sendo tão ruim.

– Então você nunca prestou muita atenção – ela disse. Pregou os olhos nos soldados quando eles pegaram a última caixa de Lee e Cesar. – Ei! – gritou. – Com cuidado! Esse capacete custa mais do que o helicóptero.

St. George riu.

– Ei – disse Smith. Ele foi até os dois. O capitão Freedom vinha logo atrás. – Perdi alguma coisa engraçada?

Eles fizeram que não.

– Então – Smith continuou –, parece que está tudo indo bem. Vocês decidiram quem vai vir conosco?

– Vou acompanhar vocês até Yuma – disse Stealth. Ela apareceu, saída das sombras. – Seu coronel Shelly e eu temos muito o que discutir.

Smith assentiu.

– Excelente. Fico contente de estar conosco.

– Ainda não estou com vocês – disse Stealth. – Isso é uma das questões que vamos discutir. Não me agrada a ideia de remover um de nossos itens mais poderosos do Monte.

– O coronel não vai deixá-los com defesas fracas, senhora – disse Freedom. – Vamos dar algum jeito.

Smith voltou-se a St. George.

– Gostaria que viesse conosco.

– Temos uma expedição marcada para esta tarde – disse o herói. – Vamos até Larchmont colher as frutas das árvores dos jardins residenciais. Vou acompanhá-los, e encontro vocês à noite.

Freedom viu os batedores carregando um caminhão do outro lado do jardim.

– Está forçando os civis a irem procurar suprimento, senhor?

– Não forçamos ninguém a nada – disse Stealth.

– Você não corre risco algum – disse o oficial a St. George. – Não faria mais sentido que fosse sozinho?

O herói fitou o soldado e abriu um meio sorriso.

– Eu iria se tivesse um jeito de trazer sozinho duzentos quilos de frutas – respondeu. – Não dá pra colocar tudo em duas sacolas de supermercado e carregar uma em cada braço.

– Fui levado a crer que poderia carregar pelo menos três em cada braço, senhor.

A expressão de Freedom não se alterou, mas um brilho sutil envolveu seus olhos ao falar.

– Acredite – disse St. George –, ninguém sai se não quiser, e minimizamos todos os riscos que podemos.

– É o que querem que você pense.

Christian estava a alguns metros dali, com as mãos na cintura. Danielle lembrou-se da pose do xerife Gorgon. A vereadora ignorava os heróis e falava diretamente a Smith.

– Essas pessoas colocaram nossas vidas em perigo repetidamente e se recusaram a nos dar qualquer direito de voz sobre como governar nossas vidas aqui. Estamos numa ditadura fascista, e queria me certificar de que as autoridades adequadas ficassem sabendo.

St. George conteve a maior parte do suspiro, mas um filete de fumaça saiu de suas narinas. Danielle fechou os punhos. Stealth ficou muito imóvel, o que o herói sabia ser mau sinal.

Smith deu um passo adiante e segurou a mão de Christian.

– Agente Smith, Departamento de Segurança Nacional. Estou ajudando o Exército como contato do governo. Você deve ser uma das líderes da comunidade local. É um prazer conhecê-la.

Ela correspondeu ao cumprimento após um segundo de desconcerto, e aprumou-se ainda mais ao proceder à cachoeira de palavras.

– Christian Nguyen. Fui eleita pela maioria local para falar pelas pessoas do Monte.

– A maioria de pessoas no seu distrito não significa maioria local – zombou Danielle.

– Uma vez que sua diretoria se recusa a promover eleições democráticas, tivemos que improvisar.

– Sinto muito em saber que tiveram problemas – disse Smith. Ele puxou a mulher alguns metros longe dos heróis. – Esperávamos ouvir falar de problemas quando encontramos sobreviventes, mas gostaríamos de receber um relatório completo de tudo que vem acontecendo nos últimos anos.

– Ficarei feliz em oferecer um – ela respondeu. – Sob juramento.

– Certamente isso não será preciso.

Ela olhou desconfiada para os heróis.

– Só quero ser bem clara quanto a quem tem feito o quê.

Ele assentiu.

– Fico feliz em saber que há gente como você aqui no Monte. Pessoas com quem poderemos contar até mesmo quando a situação se complicar. – Ele fez uma pausa. – Posso contar com você quando a situação se complicar, não posso, Christian?

Ela sorriu. Ocorreu a St. George que esse fora o primeiro sorriso honesto e contente que ele vira brotar no rosto da mulher.

– É claro que pode. Sinto-me sempre honrada de servir ao povo.

– Excelente – disse ele. O sorriso treinado estampava seu rosto novamente. – Entrarei em contato quando visitá-los de novo. Importa-se se terminarmos os arranjos para a viagem de hoje? Temos ainda algumas coisas para resolver.

– É claro, agente Smith.

O agente tomou a mão da mulher e a balançou.

– Por favor, me chame de John.

Christian estava radiante. Os olhos brilhavam, triunfantes.

– Claro, John.

Ela apertou a mão do rapaz e saiu andando.

– Retiro o que disse – St. George murmurou a Danielle. – Talvez não seja ruim ter ele por perto afinal.

Um soldado deu um passo adiante e saudou Freedom.

– Pronto para partir, senhor.

– Excelente.

O soldado gesticulou para que todos fossem ao helicóptero.

– Hora de apertar os cintos – disse Smith.

Danielle puxou St. George de canto.

– Tem certeza de que acha isso certo? Todos nós sairmos e deixarmos o Monte assim?

– Não seremos todos nós – ele respondeu. – Vocês vão agora. Vou ficar aqui mais algumas horas, e Barry já terá voltado antes de eu partir. Se tudo for conforme planejado, mesmo que você prefira ficar lá, Stealth e eu voltaremos amanhã à noite.

– E ela concorda com isso?

– É. Meio estranho, eu sei, mas... – ele deu de ombros.

– É tão estranho. Faz tempo que não temos que nos despedir.

Ele sorriu e a trouxe para perto do Black Hawk.

– A não ser que vocês encontrem Zzzap no caminho ou que eu o veja antes de sair, encontro vocês lá hoje à noite.

Smith ajustou-se dentro da cabine com a ajuda de um dos soldados. Ele torceu a cabeça para olhar para fora.

– Será que ele já chegou a Krypton?

– Ele saiu faz meia hora – disse St. George –, então, é, o pessoal lá já deve estar de saco cheio dele.

Povo de Krypton, Zzzap gritou num zumbido profundo, *devo dizer que seu mundo está condenado. Devemos nos refugiar na Zona Fantasma!*

– Difícil acreditar, senhor – disse o coronel –, mas já ouvimos todas as piadas de Superman que você conhece. – Shelly era um homem de quase cinquenta anos, e estava em grande forma.

Droga, disse a figura brilhante. Flutuava a uns dez metros do piso do heliporto. Pouco mais de uma dezena de soldados ocupava a laje de concreto. *Que tal um dos clássicos? Figura misteriosa chega à base militar no deserto?* O zumbido em sua voz soou uma oitava mais baixo. *Eu venho em paz. Levem-me a seu líder.*

– Já terminou, senhor?

Plateia difícil, ele suspirou. *Já, já terminei. Obrigado pela diversão.*

– Disponha. Em nome do Exército dos Estados Unidos e do Projeto Krypton, gostaria de desejar boas-vindas à Base de Yuma, senhor. Sou o coronel Russel Shelly.

Sou Zzzap, mas você já deve saber disso. Como vamos proceder?

– Podemos fazer um tour em torno da base – disse Shelly. – Mostro o perímetro, nossos suprimentos, qualquer coisa que queira ver, senhor, que não seja secreta ou restrita por motivo de segurança. Pensei que podia querer tomar café da manhã primeiro. Nada especial, infelizmente. Acho que temos ovos mexidos e bacon, talvez um pouco de rabanada. O café não deixa a desejar, no entanto.

Você disse bacon e *café? Coronel, você está prestes a se tornar minha pessoa favorita em todo o mundo.*

Shelly sorriu, educado.

– Por aqui, então, senhor. Tenho roupas e seus outros equipamentos esperando por você na minha sala.

Pode falar "cadeira de rodas". Não seria muita surpresa pra mim, na verdade.

– Desculpe. Para ser sincero, fui pego de surpresa quando Smith me contou.

Ah, acredite, a ironia não me passa batida também.

Um par de soldados esperava por eles na entrada do prédio. Escancararam os olhos ao ver o espectro brilhante. Tinham uma cadeira de rodas simples, com assento feito de couro batido. Um deles carregava um par de botas e um conjunto camuflado sobre o braço.

Zzzap desceu e baixou a cabeça.

Será que vocês podem me arranjar um cobertor, algo assim?

O coronel fitou os homens abestalhados.

– Podemos arranjar, sim. É importante?

O outro suspirou.

Não muito. Só pra não engatinhar sem roupa em cima desse piso quente.

– Se dermos a volta no prédio, senhor, tem um pequeno gramado. Não é muita coisa, mas é...

Não se preocupe. Pode colocar as roupas aí no chão?

O soldado obedeceu. Zzzap parou perto do chão, abriu bem os braços e as pernas. O espectro brilhante escureceu, o ar assentou e o som seco de vácuo sendo preenchido ecoou por entre os prédios. Barry despencou na lajota ardente com um baque.

– Filhadamãe!

– Tudo bem com você?

Ele rolou para o lado e pegou as roupas.

– Raspei a mão – disse ele. – Nada que não tenha acontecido antes.

Ele puxou as calças sobre o piso e girou as pernas para dentro delas. Brigou para vestir a camisa cor de areia, dispensou as botas e engatinhou até a cadeira. Os soldados se adiantaram e ergueram o rapaz, ajudando-o nos últimos passos, ajustando-o em seguida no assento de couro. Um deles lhe entregou a jaqueta. A posição fora rasgada fora, mas o nome ZZZAP vinha escrito numa tira de velcro acima do coração. Ele sorriu.

– Tudo certo, senhor?

– Sim. Obrigado pela ajuda. Bela jaqueta – disse ele, deitando-a sobre o colo.

– Vai precisar de acompanhante, senhor?

O rapaz levou um instante para entender que se tratava de alguém para empurrar a cadeira.

– Seria ótimo, obrigado.

Subiram a rampa e entraram no prédio. Estava impecável, e o cheiro de produtos de limpeza flutuava no ar. Mais de metade das luzes estava apagada. O coronel Shelly tirou o quepe, revelando cabelos penteados. Ele seguiu o olhar de Barry para o teto.

– Economia de energia – disse ele. – Tentamos usar o mínimo possível de luz elétrica, mesmo à noite.

– Entendi.

– Fico feliz por confiar em nós desse jeito, senhor.

– A gente sempre tem que começar de algum lugar – disse Barry. – E não precisa me chamar de senhor. Parece que estou carregando meu pai nos ombros.

– É força do hábito, mas farei o possível. O que prefere?

– Barry. Sr. Burke, se achar o outro muito casual.

– Posso falar Sr. Burke, então. O agente Smith disse que vocês têm quase 24 mil pessoas em Los Angeles.

– Mais ou menos.

Um homem mais velho esperava por eles em meio à bagunça do escritório. A barba desgrenhada era uma baderna grisalha, e parecia que ele não trocava de roupa fazia muito tempo. Corria o dedo por sobre o tampo da mesa, feito um cego lendo uma notícia em braile sem parar.

– Esse é o Dr. Sorensen – disse Shelly. – É o diretor científico do Projeto Krypton. O capitão Freedom e os demais Indestrutíveis são o resultado do trabalho dele.

Barry estendeu a mão ao homem.

– Você deve estar muito orgulhoso. Eles são incríveis, pelo que vi. Nem todo mundo consegue enfrentar o St. George mano a mano, sabe?

Sorensen ergueu a cabeça, ainda sentado à mesa. Seus olhos lacrimejantes encontraram os de Barry, e ele ergueu a mão para cumprimentá-lo. Movia-se em câmera lenta, como se cada ação demandasse horas de um ensaio do qual ele não participara.

– Olá – ele murmurou.

– Prazer em conhecê-lo.

O homem mais velho abriu a boca algumas vezes, começando meia dúzia de palavras, e voltou a examinar a toalha da mesa.

Havia um pequeno bufê arrumado para eles. Bacon e ovos num recipiente desgastado, bolinhos e rabanada em outro. Duas jarras grandes de café. O soldado guiou a cadeira de rodas ao longo da mesa, enquanto Barry amontoava comida num prato. O rapaz aproveitou e enfiou um pouco de comida na boca no meio do caminho.

– Ah, meu Deus – disse Barry. – A gente não nota como ama bacon até acontecer um apocalipse zumbi.

– Nós estamos acostumados, acho – disse Shelly. Ele e Sorensen seguiram o rapaz com seus pratos. – O Exército mantém esses lugares bem supridos, e mesmo com o esquema de racionamento que implementamos, há comida aqui e em Yuma para mais vinte e oito meses ou mais.

Tomaram lugares à mesa. Shelly parou para fazer uma curta oração e acenou aos outros que começassem a comer.

Barry comeu com o afinco de costume, enquanto o coronel dava garfadas rápidas e precisas.

Sorensen botara uma única colher de ovos mexidos no prato. Remexia o preparado com o garfo, ainda em câmera lenta. A cada terceiro ou quarto movimento, um dos dentes do talher riscava a louça feito unhas numa lousa. Barry olhava do doutor para o coronel. O oficial não parecia registrar o comportamento do outro.

– Quanto tempo levou para chegar até aqui, Sr. Burke? – perguntou o coronel Shelly após alguns minutos comendo. – Causou uma explosão sônica, não?

– Cerca de vinte minutos – disse Barry. Ele mastigou outro pedaço de bacon e o deixou parado na língua por um momento. – A explosão sônica é meio que um truque, na verdade.

– Como assim?

Sorensen interrompeu-os, derrubando o talher.

– A energia que você desprende está relacionada à ingestão de calorias? Seu corpo começa a canibalizar o próprio músculo e massa óssea após certo ponto?

– Sim e sim.

O doutor começou a tamborilar os dedos da mão esquerda contra o dedão.

– É perigoso para você entrar em contato com outros objetos?

Barry dobrou um pedaço de rabanada num quadrado, comeu em duas mordidas, e pôs tudo abaixo com uma golada de café.

– O que quer dizer?

– Suponho que estar perto de você poderia gerar excitação molecular até determinado grau. Algumas coisas poderiam pegar fogo ou ligações covalentes poderiam se quebrar. Talvez até... – Ele parou de tamborilar os dedos e, com um gesto, representou uma explosão.

– Já fiz coisas explodirem, sim – disse Barry. – Fico um pouco enjoado se entro em contato com muita matéria sólida. Acho que deve ser algum tipo de aviso psicossomático. – Ele enfiou outro pedaço de bacon na boca e parou para bocejar. – Desculpe. Pequeno coma alimentar em ação. Faz tempo que não me empanturro desse jeito.

Shelly deu um gole no café.

– Estão com falta de suprimento em Los Angeles?

– Não falta, mas é fato que não temos em excesso. A munição está acabando, então os batedores têm usado muito mais as facas e as machadinhas ultimamente. Conseguimos criar um jardim de bom tamanho no Monte, e temos criado galinhas num dos lotes, então temos carne e ovos.

O coronel limpou a boca com um guardanapo.

– Onde encontrou galinhas no meio de Los Angeles?

– Havia um monte de famílias do México e da América do Sul que criavam galinhas nos fundos. Muitos em Chinatown e Little Tokyo, também. Alguns deles encontraram abrigo com um grupo que se chamava Seventeens.

– Seventeens?

– Eram uma gangue de rua que sobreviveu. Viram o Zumbocalipse como uma chance de dar uma de *Mad Max 2* e começar seu próprio reinado. Quando um bando deles veio morar conosco, trouxeram umas cinquenta galinhas.

– Se me permite – disse o doutor. Sua voz se perdeu enquanto ele dobrava o guardanapo uma, duas vezes. Ele deitou o papel ao lado do prato e amassou cada dobrinha nas pontas com o dedo. – Hmmm, como você adquiriu suas habilidades?

Barry tomou mais um gole de café e pigarreou.

– Houve um acidente envolvendo um acelerador de partículas, um shake e um par de elásticos de borracha.

Shelly sorriu. O doutor ergueu a cabeça. Pela primeira vez durante a refeição ele pareceu notar que Barry estava sentado ali.

– O que foi que disse? – perguntou, os olhos escancarados.

– Foi uma piada. Nunca leu *A vida, o universo e tudo mais*?

– Do Carl Sagan?

– Douglas Adams – ele respondeu, bocejando mais uma vez. – Estão sentindo calor aqui dentro?

O doutor e o coronel trocaram um olhar.

– É sempre um pouco quente durante o dia – disse Shelly. – A maldição de estarmos no deserto. Você se acostuma após um tempo.

Barry olhou para a entrada de ar. Pequenas tiras de papel colorido tremulavam devido à brisa bombeada por ali. Ele respirou fundo e conteve um terceiro bocejo.

Shelly e Sorensen o fitaram. Os olhos deste voltaram-se para a caneca de café.

– Seus malditos – disse Barry.

O rapaz focou sua atenção dentro de si mesmo, procurando pelo gatilho em suas células que o transformaria de novo em Zzzap, mas o bocejo conseguiu abrir caminho. Ele tentou empurrar a cadeira de rodas para longe da mesa, mas suas mãos escorregaram e sua cabeça despencou. Ele ergueu o queixo, apertou os olhos e tentou forçar a transformação. O gatilho continuava fora de alcance, e ele percebeu que não conseguiria abrir os olhos de modo algum.

Ouviu um clique e sentiu algo quente na testa. O último pensamento claro que teve foi que sua cabeça caíra por cima dos ovos mexidos, e que aquilo era desperdiçar um perfeito bacon.

Ouviu vozes que não conseguiu entender, sentiu-se movimentado, e seus últimos retalhos de consciência desvaneceram na escuridão.

QUINZE

AGORA

Smith ajudou Danielle a sair do Black Hawk e a guiou para fora, sob os rotores, que giravam lentamente. Freedom estendeu a mão a Stealth, mas ela o ignorou e seguiu Smith. O jorro das lâminas da hélice sacudiram a capa dela feito uma fogueira de chamas negras.

O Projeto Krypton era uma coleção de edifícios de tijolo aparente pintados de branco no meio de quilômetros de areia e morros rochosos. À primeira vista, a base não parecia diferente dos diversos colégios e *campi* corporativos que Danielle frequentara, a não ser por ter formações vulcânicas no lugar de grama. Foi somente quando ela registrou que as roupas de todos eram marrons que o lugar começou a parecer "militar" para ela.

Um sargento acenou para Smith, e ele deixou Danielle sozinha. A ruiva fitou o pátio amplo, o espaço aberto entre as estruturas, e do outro lado dos prédios, a poucas centenas de metros a oeste, as três cercas de arame com figuras lúgubres pressionando para entrar. Mesmo com tanto espaço aberto, o som de dentes rangendo dançava na entrada de seus ouvidos.

A moça se abraçou apertado. Virou-se para checar a armadura, pensando em quando poderia voltar para dentro dela, e viu Stealth um pouco distante.

– É tão estranho – disse Danielle – estar do lado de fora sem a armadura. Num lugar diferente, sabe?

A mulher de capa olhou para Smith, depois para um dos prédios próximos.

– Talvez possamos conseguir que você espere lá dentro enquanto eles terminam de descarregar.

Ela fez que não.

– Vou esperar até acabarem.

– Ficarei com você, neste caso.

– Estou bem – disse a ruiva.

– Você passa o tempo inteiro dentro da armadura – disse Stealth – e dorme num canto, sob a mesa da cozinha. Estou certa de que essa situação de exposição está lhe causando estresse considerável.

– Eu disse que estou bem – Danielle repetiu. – Pare de tentar ser legal. É esquisito.

Um tenente com uma faixa branca no braço se aproximou, acompanhado de outros dois.

– Senhora – disse ele a Stealth –, vou ter que pedir que entregue suas armas enquanto estiver na base.

Ela voltou-se para ele.

– Não vou entregar.

O militar encostou a mão em sua arma, e os colegas ergueram seus rifles alguns centímetros. Danielle notou que Stealth se preparava para agir também.

– Isso não é um pedido, senhora – disse o oficial. – Entregue as duas armas.

– John – Danielle chamou. – Estamos com problemas.

Smith veio correndo.

– O que está havendo?

– Essa mulher se recusa a entregar as armas, senhor.

Smith fitou os elaborados coldres duplos de Stealth e voltou-se ao militar.

– Ela é convidada do coronel, tenente... Furber – disse ele, dando uma olhada desajeitada para o nome do oficial. – Não acho que seja necessário.

A mão do soldado ainda segurava o revólver.

Smith virou-se para Stealth.

– Olha, sabe como são os militares. O cara está disposto a deixar você dar uma sova nele contanto que não tenha que quebrar o protocolo e desobedecer uma ordem que recebeu seis meses atrás. Alivie agora e tenho certeza de que vamos resolver isso em menos de uma hora.

A mulher de capa não desgrudava os olhos do oficial.

– Não vou entregar.

– Pode entregar apenas por um momento? Eu juro, o coronel Shelly vai resolver tudo isso em pouco tempo.

O rosto sem expressão da máscara dela fitou Smith, depois voltou para Furber.

Quando as mãos dela se moveram, foi tudo muito rápido para dar tempo de ver. Os revólveres foram retirados e entregues ao soldado, coronhas à frente, antes que os demais pudessem registrar o movimento. Um dos soldados sacudiu o rifle para o alto, por puro instinto, alguns momentos atrasado.

– Nossa! – Danielle murmurou.

Furber respirou lentamente e recebeu as duas armas.

– Glock 18C – disse ele. – Legal. Não pensei que desse pra arranjar dessas nos Estados Unidos.

– Não foi nos Estados Unidos – Stealth retrucou.

– Munição?

Ela puxou dois pentes extensos de cada um dos coldres ligados às coxas e quatro mais estocados num par de bolsas rígidas em cada lado dos quadris. Furber olhou de cima a baixo, para o uniforme colado à pele.

– Existe mais alguma coisa que queira entregar antes que...

– Se você tentar fazer uma revista em mim, quebrarei seus polegares.

Smith entrou no meio.

– Acho que agora está tudo certo, não? – Ele sorriu para o soldado. – Tenho certeza de que o coronel vai concordar que você cumpriu sua missão. Obrigado, tenente.

– Sim, senhor – disse Furber. O soldado e seu esquadrão retiraram-se rapidamente.

– O coronel está um pouquinho atrasado – disse Smith. – Deve chegar aqui quando terminarmos de descarregar, e então poderemos falar com ele sobre pegar suas armas de volta.

O rapaz tocou Danielle no ombro e voltou ao helicóptero.

Stealth examinou a linha tripla de cercas de arame localizada a cem metros dali. Danielle viu a mulher de capa acompanhar a trilha do bloqueio com o olhar.

– Alguma coisa está te incomodando? Além de estar desarmada?

– Nunca fico desarmada, Danielle. Devia saber disso. Contei vinte e oito sentinelas ao longo dessa seção do perímetro. Há mais quatro nas torres e dez patrulhando entre as cercas.

Danielle deu de ombros e viu os soldados darem uma cutucada numa das caixas que continham as peças de Cerberus para se certificarem de que ela estava segura no carrinho.

– Não muito mais do que temos na muralha a maior parte do tempo.

A mulher de capa virou-se para examinar a cerca em direção ao leste, quase meio quilômetro dali.

– Parece que esses números são constantes ao longo de todo o perímetro.

– No que está pensando?

– Quando Zzzap fez sua inspeção, ele informou que a base tinha poucos recursos humanos. As palavras exatas que usou foram "equipe franzina".

Danielle olhou para a cerca, à distância, e tentou não pensar no espaço aberto lá fora.

– Talvez tenham colocado todos pra trabalhar para nos impressionar.

– Se eles realmente tivessem recursos humanos para colocar esse número de pessoas em seu perímetro, por que prefeririam não fazê-lo regularmente?

A ruiva deu de ombros.

– Tenho certeza de que eles têm motivo pra isso. Além do mais, têm somente talvez trinta ou quarenta ex's lá fora. Nada perigoso contra quarenta soldados bem armados.

– Sim – disse Stealth –, eu havia notado que são poucos.

– Uma vez que ficou clara a extensão total da epidemia, o Exército tomou medidas muito mais agressivas no sentido de controlá-la – disse Freedom. O soldado se aproximara delas. A alguns metros dali, um par de soldados empurrava um carrinho com as pesadas caixas da Cerberus. Danielle foi até eles para inspecionar como haviam carregado. – Houve tentativas de contê-los, inicialmente, mas passaram a matá-los. Usamos uma retroescavadeira para cavar sepulturas gigantes lá longe, nas colinas, e queimamos a maioria dos que já havíamos contido.

– Claro – disse Stealth, com um aceno discreto de cabeça.

– Levou pouco mais de um ano, mas limpamos um pedaço grande da região ao redor. Até abrimos caminho para Yuma. – Ele olhou para ela. – Para ser honesto, senhora, estou surpreso que não tenham conseguido fazer mais na sua base.

Danielle fitou-os de perto das caixas.

– O que quer dizer com isso?

– Não pretendia ofender, senhora – disse Freedom. – Só pensei que, bem, com todas as suas habilidades combinadas, imaginava que Los Angeles estaria muito mais limpa agora. Parecia que tinha mil ex's em torno da sua base.

– Estimamos mil e quinhentos num dia comum.

– Eu insisto, sem querer ofender, senhora, mas por que não fizeram nada com relação a isso?

A mulher de capa encarou o soldado. Danielle reconheceu o olhar e logo imaginou o que aconteceria em seguida.

– Estamos numa sub-base do acampamento de testes de Yuma, correto? A cidade de Yuma está a cem quilômetros ao sul de nossa posição atual.

Freedom hesitou por um instante. Os cantos de sua boca torceram, em sinal de respeito.

– Está correto, senhora.

– Portanto, a área que vocês "limparam" com seus pelotões e armamento superiores consiste no território quase vazio de uma instalação militar e nos arredores de uma pequena cidade, com população de nove mil pessoas, dentre as quais cinco mil teriam partido segundo todas as estatísticas conhecidas acerca do ex-vírus.

O sorriso do rapaz sumiu.

– Correto novamente. Senhora.

– Existem mais de cinco milhões de ex-humanos dentro dos limites da cidade de Los Angeles. Isso representa cem vezes os números com os quais vocês lidaram, e não inclui a área do condado de Los Angeles. Se tivéssemos matado cem ex's por dia, todos os dias, durante os últimos dezenove meses, teríamos eliminado apenas um por cento da população morta-viva da cidade. – Ela fez uma pausa para que o rapaz assimilasse os números. – Temos uso melhor para nosso tempo e recursos.

– Peço desculpas, senhora.

– Por que você disse "a maioria"?

Freedom pareceu confuso.

– Senhora?

– Quando estava explicando o posicionamento agressivo do Exército, você disse que queimaram a maioria dos que já haviam contido. O que fizeram com os que não queimaram?

Ele fechou a cara e encarou a máscara vazia. Visto que ela não recuou, o soldado grandalhão cedeu.

– O diretor do projeto, Dr. Sorensen, pediu-nos que lhe déssemos alguns espécimes vivos, digamos assim.

– Para que ele pediu esses espécimes?

Freedom aprumou-se e ficou mais alto ainda.

– O doutor é um gênio na área de neurologia e bioquímica, senhora. Ele estava tentando determinar a natureza do ex-vírus e verificar se algo poderia ser feito para as pessoas que foram afligidas.

– E o que ele descobriu?

– Eu não saberia dizer, senhora. Sou um soldado, não um doutor.

– Isso é tudo, certo? – interrompeu Smith. Ele voltou para as caixas e ficou examinando-as. – Nove caixas ao todo. Parece que não perdemos nenhuma no caminho de Los Angeles para cá.

Ninguém retribuiu o sorriso amplo do rapaz.

Danielle checou as caixas e pareceu satisfeita.

– Parece que está tudo bem.

– E aqui está o coronel – disse Smith. Ele acenou para um grupo de homens. Freedom enrijeceu as costas e executou um aceno firme, como fizeram os soldados em torno dele.

– Descansar – disse o oficial. Ele estendeu a mão. – Coronel Russel Shelly, comandante do Projeto Krypton. Em nome do Exército dos Estados Unidos, é uma honra receber vocês ao campo de treinamento de Yuma.

Danielle cumprimentou o homem. Stealth o ignorou.

– Quase encontraram seu companheiro, Zzzap – disse Shelly. – Ele partiu faz uns quinze minutos. Receberam suas mensagem?

– Se ele se empanturrou de comer, deve ter se esquecido de enviar – Danielle zombou.

– Bem – disse Shelly –, que tal irmos à sombra? Podemos almoçar, se quiserem. Ou então arrumamos uma oficina para você, Dra. Morris. Quer dar uma olhada e ver se aprova?

Smith pigarreou.

– Senhor, temos que resolver uma questão referente a algumas armas e munição. A Srta... Stealth teve as armas confiscadas quando chegou.

O coronel fitou a mulher e seus olhos seguiram para os coldres vazios.

– Sinto muito por isso, senhora. Procedimento padrão em época de guerra, entende? Meu pessoal anda tão impaciente quanto o seu com relação a estranhos.

– Visto que ela é uma convidada – disse Smith –, pelo interesse da diplomacia, eu disse que lhe devolveríamos as armas. Tudo bem pra você, senhor?

Ele fez que sim.

– É claro. Sargento, encontre o soldado em serviço – disse ele a um dos militares. – Assim que essas armas forem processadas no arsenal, desfaça o registro e devolva-as a nossa convidada.

– Sim, senhor. – O soldado saudou-o e saiu andando.

– Qual tal darmos uma olhada na oficina? – perguntou Danielle. – Assim posso abrir as caixas e checar a armadura.

– Se quiser – disse o coronel. Ele apontou para um caminho poeirento de concreto. – É uma caminhada de dez minutos, se não se importarem de economizar um pouco de gasolina. O Sr. Smith nos deu uma lista do que achava que vocês precisariam. Conseguimos arranjar tudo hoje de manhã.

O carrinho com as caixas passou por uma pedra e empacou. Os dois soldados lutaram com ele por um instante. Danielle parou para confirmar se nenhuma das caixas saíra do lugar.

– Nem todos os seus soldados têm habilidades aprimoradas – disse Stealth.

– Correto, senhora – disse Shelly. – O ex-vírus nos pegou em meio ao programa. Quando o presidente declarou estado nacional de emergência, mal tínhamos passado cinquenta soldados pelo processo, além do capitão Freedom. Tivemos uns cento e cinquenta que não deram certo, além de outros cento e oito que serviam como grupo controle. Desde então, perdemos metade desses números.

– Entretanto, parece que vocês têm mais do que essa quantidade servindo na base.

– Alguns deles são sobreviventes de outras sub-bases, como o tenente Gibbs aqui. – Ele apontou para um homem que os acompanhava, vestido de uniforme camuflado em tiras estilo tigre. – Há pouco mais de 21 mil quilômetros quadrados nos quais se perder aqui em Yuma. Quando as coisas pioraram, todos se trancaram onde puderam. Muitos não conseguiram. Tivemos sorte por Krypton ter sido construída para ser segura e autocontida. Quando a situação foi estabilizada, começamos a expandir, defender outras áreas e encontrar outras unidades que sobreviveram. Atualmente, tudo indica que sou o oficial mais experiente ainda vivo, então o pessoal de todos os seguimentos está sob o meu comando.

– E civis?

– Não sobraram muitos civis, senhora – disse o coronel. – Salvamos cerca de mil e cem pessoas de Yuma.

Danielle tossiu.

– Só isso?

– Infelizmente, sim. Houve muita gente que achou que ficaria mais segura em casa, com uma espingarda e uns revólveres, do que sob controle militar. Com nosso poderio limitado, passamos a escolher as lutas. Podíamos salvar três ou quatro famílias dispostas no mesmo tempo que levávamos para tirar um teimoso irracional de casa. Então fizemos o que tínhamos que fazer, ainda que com isso tenhamos deixado alguns para trás.

Stealth olhou para o lado.

– Onde estão esses civis agora?

– Aqui mesmo, senhora. – Shelly apontou para os soldados empurrando o carrinho. – Foi por volta do fim do ano passado que nos ocorreu a solução para nossos problemas. Tínhamos poucos soldados, e mais de mil civis que precisavam de organização e um modo de contribuir. Dois coelhos.

Danielle fitou os soldados, atônita.

– Vocês recrutaram todos?

Shelly fez que não.

– Ninguém foi recrutado. Smith explicou a situação, então ninguém se sentiu coagido. Ele fez a oferta e setecentos se alistaram. Coordenamos quatro centros de treinamento diferentes.

– Eu julgaria que a maioria dos civis não seriam candidatos viáveis – disse Stealth.

– Não, normalmente, não mas estamos numa época anormal. Aceitamos todos acima de dezesseis e abaixo de quarenta e cinco anos. – Ele tossiu. – Cá entre nós, mais de metade deles alistou-se só para entrar em forma. Chegamos.

O prédio era uma garagem grande, a primeira de uma fileira de estruturas quase idênticas. Smith foi adiante e digitou um código no teclado perto da porta principal, que começou a se abrir, rolando para cima.

– Usei todos os seus códigos antigos – disse ele a Danielle. – Ainda se lembra deles?

– Alguns – disse ela. – Faz tempo que não uso código de confirmação que não tenha a ver com a armadura.

– Entendo. Ainda usa as mesmas senhas?

Ela tentou olhar Stealth pelo canto dos olhos.

– Não. Mudei a maioria faz um ano.

Shelly olhou para as duas mulheres.

– Por quê?

Danielle deu de ombros.

– Eu estava entediada. Estava desfragmentando o sistema certo dia e acabei trocando as senhas, só por trocar.

– Por ora – disse Stealth –, talvez seja melhor que essas senhas permaneçam secretas.

O sorriso de Smith sumiu, e o coronel olhou duro para ela.

– Senhora – disse ele –, entendo que os últimos vinte e dois meses não foram fáceis para ninguém, e nos forçaram a assumir padrões de comportamento que não seguiríamos em épocas de paz. Mas não há como eu não pensar que você é como um desses civis que se sentem mais seguros em casa com espingarda e revólver.

– Se fosse esse o caso, coronel – Stealth retrucou –, eu correria o risco de ser deixada para trás?

Seguiu-se um breve silêncio. Então a porta estancou com um baque.

O espaço era amplo, tão grande quando o ateliê de cenários que Danielle transformara em oficina, nos fundos do Monte. O teto era vazado por vários tetos solares, preenchendo o local com luz natural. Um trio de grandes caixas de ferramentas ficava no centro do recinto, perto de plataformas de trabalho. Ao longo da parede havia ferramentas maiores e tanques de gás para serviço de solda.

– Muito bom – disse a ruiva.

– Se precisar de algo mais, podemos tentar arranjar pra você. Qualquer mesa ou estante para a armadura pode ser construída segundo suas especificações.

– Bem, isso já é um bom começo – disse ela. – Posso usar os moldes de espuma de dentro das caixas por enquanto.

A moça encontrou um pé de cabra numa das caixas de ferramentas e abriu a caixa menor. Era o capacete. Seus ombros relaxaram ao ver o equipamento.

O coronel Shelly olhou para a cabeça blindada, direto nos olhos.

– Aceitaria fazer uma demonstração, Dra. Morris? O Sr. Smith vem elogiando sua armadura faz anos. Já vi alguns vídeos, mas adoraria vê-la em ação.

Danielle fitou Stealth. A mulher de capa acenou discretamente, de dentro do capuz.

– Eu precisaria de ajuda – disse a ruiva. – Talvez umas seis pessoas com experiência em eletrônica. Ou pelo menos um pessoal forte que saiba obedecer ordens.

Shelly olhou para Freedom e o soldado abriu um sorriso irônico.

– Acredito que os agentes especiais Wilson e Garfield se enquadram nessa descrição – disse ele. – Vou chamá-los. Conseguiremos uma equipe pra você em dez minutos, senhora.

– Quer ir se trocar em algum lugar? – perguntou Smith. – Tem um escritório com banheiros lá na frente.

– Não precisa – disse Danielle. Os dedos dela correram botões abaixo na camisa e a abriram. Logo abaixo estava a malha colada de Lycra preta ao corpo, permeada de micropontos reluzentes. Ela jogou a camisa ao lado.

Freedom sorriu.

– Você usa seu uniforme por baixo das roupas do dia a dia, senhora?

– É mais conveniente – ela respondeu. – E é como um cobertor de segurança.

Metade das caixas haviam sido abertas quando o grupo de soldados chegou. Quatro deles ajustaram as pernas enquanto Danielle trabalhava com o tenente Gibbs na montagem da região do quadril. Ela encontrou uma escada, içou-se para dentro das pernas e os dois supersoldados de Freedom encaixaram o torso em torno de seu corpo. O braço esquerdo entrou sem problema, mas houve certa dificuldade com o direito. A essa altura, havia armadura demais em volta de Danielle para que ela visse o problema, então tentou ditar instruções.

– Uau – disse Smith. O rapaz passou os dedos pelo metal retorcido acima do braço da armadura. – O que aconteceu aqui?

– Alguns meses atrás, arranjei briga com um super-humano chamado Peasy – disse Danielle. – Ele arrancou esse pedaço fora e usou-o para me bater na cabeça. Destruiu a arma e o suporte, quase quebrou a parte ótica também.

Stealth examinou o equipamento danificado.

– Por que não foi possível consertá-lo no Monte?

– Não foi isso – disse Danielle. Ela tentou dar de ombros, mas, enterrada dentro da armadura inativa, apenas o que apareceu foi um movimento curto de sua cabeça. – Não foi. É que pareceu perda de tempo reconstruir depois que o Peasy arrancou. O tambor ficou torto, não tínhamos muita munição para as armas e...

Smith olhou para ela.

– E...?

Ela deu de ombros.

– Pareceria que eu estava desistindo. Se eu fosse construir coisas em condições ruins com material porcaria, seria como se estivesse aceitando que as coisas continuariam assim.

O braço entrou no lugar, e os soldados apertaram os parafusos. Um dos supersoldados, Hancock, equilibrou o capacete sobre uma escada, enquanto Gibbs fez as últimas conexões. O rapaz fitou Danielle:

– Isso é tudo?

Ela fez que sim.

– Termine os parafusos do colarinho e se afaste.

A cabeça blindada ajustou-se em cima da moça, e os soldados giraram suas chaves Allen. Hancock saltou da escada e a puxou para longe. O titã soltou um zumbido de energia e dezenas de escotilhas se fecharam com pequenos cliques, escondendo os parafusos. O colarinho se fechou e os olhos da armadura brilharam, renascidos.

Cerberus flexionou os dedos.

– Muito melhor – disse ela. Ela fez questão de fitar Freedom. Em seguida, deu um passo em direção à luz. O coronel Shelly seguiu a armadura até lá fora. Todos os soldados a acompanharam, exceto Freedom. O capitão extragrande ficou parado feito estátua, do lado oposto de Stealth.

– Depois de você, senhora.

A capa girou ao seu redor conforme ela foi andando para fora da oficina.

Cerberus sustentava um jipe em frente ao peito, com os braços esticados. Ela deitou o veículo no chão.

– Fiz alguns ajustes, mas no último teste registrado a armadura conseguiu levantar 19,4 toneladas. Ela pode aguentar tiros de calibre 50 e sobreviver a um tiro direto de RPG com prejuízo mínimo para si e para o piloto.

– Impressionante – disse o coronel Shelly. Ele correu os olhos pelas placas blindadas da armadura. – Imagine se essa armadura fosse produzida em série. Sabe o que um grupo dessas coisas poderia ter feito no Iraque ou no Afeganistão?

– E esse ainda é o sistema Mark One – disse o titã. – Tínhamos planejado umas melhoras para o Mark Two quando...

– O que fica alojado naquele prédio?

Todos olharam para Stealth. Ela apontava para a terceira estrutura da fileira, a contar da oficina.

Smith reabriu o sorriso.

– Não sei bem do que está falando...

– Você trocou olhares com o coronel Shelly toda vez que Cerberus virou-se na direção desse prédio. Da primeira vez, os dois olharam para o prédio logo em seguida. Pelo menos um de vocês olhou a cada movimento, desde então. O que está alojado nesse prédio que não querem que descubramos?

– Senhora, essa visita começou não faz nem uma hora – disse Shelly. – Não pode esperar que sejamos francos...

– Cerberus – Stealth chamou.

De dentro do traje, Danielle trocou as lentes.

– Está frio a ponto de eu não captar nenhum traço de calor lá dentro – informou o titã. – Posso ouvir certa movimentação, no entanto.

– Abra – ordenou a mulher de capa.

A armadura deu dois passos adiante e logo Freedom entrou na frente. Ele colocou sua manzorra contra o peito blindado.

– Senhora, sugiro que fique aqui.

– Sugestão anotada – disse Cerberus, afastando-o. Freedom preparou-se para lutar, mas Shelly acenou que ele se contivesse.

Quando o teclado não respondeu aos códigos digitados, o titã blindado pegou o canto da porta com as mãos gigantescas. Os grandes painéis deslizaram com um rangido metálico. Um ar gelado escapou do escuro armazém.

Mais de cem figuras viraram-se de frente para a porta. Nenhuma delas piscou ao receber a luminosidade do entardecer em seus olhos mortos. Oscilaram por um curto instante, e então os ex's cambalearam em direção a Cerberus.

SENSO COMUM

ANTES

Por favor, considere este um adendo a meu relatório original, e peço desde já a quem for revisar este material que perdoe meu linguajar informal. Cito circunstâncias extenuantes.

Acho que essa missão foi a que me fez finalmente pensar que o capitão Freedom era um verdadeiro ímã de morte. Eu tinha ciência do histórico dele quando foi recrutado, e me tornei seu primeiro sargento. É uma superstição idiota. Mas do jeito que as coisas aconteceram, a gente começa a pensar.

Yuma estava dominada. Recebíamos notícias de diversos grupos de sobreviventes escondidos por toda a cidade. Havia um grupo grande na zona sul. O coronel Shelly nos passara os números e nos enviou para buscá-los. Esperávamos encontrar umas dezenas de ex's por vez. Talvez cerca de duzentos. Seria uma boa missão para os Indestrutíveis, uma chance de trabalhar em equipe e queimar um pouco do tédio.

Deixamos o centro de treinamento num longo comboio, como planejado. Três seções dos Indestrutíveis estavam nos cargueiros frontais, acompanhados pelo mesmo número de soldados comuns. Atrás de nós havia uma dúzia de jipes. O capitão Freedom liderava junto à seção Onze. Eu estava com ele. Ele gosta de estar à frente, dando exemplo e compartilhando do perigo com os soldados. Não são poucas as pessoas que acham que ele aspira à morte.

Esclarecendo, Freedom é um bom homem para ser soldado. Como a maioria das pessoas, os militares dividem-se em dois grupos. Metade deles se acha superior a qualquer homem alistado, independente de quantos anos de experiência tenha a mais, enquanto eles mal saíram da sala de aula. Freedom se encontra na outra metade. É decidido e confiante, mas não tão dominado pelo ego a ponto de ser um imbecil. Ele dá ouvidos à inteligência. Dá ouvidos ao primeiro sargento. Dá ouvidos à intuição. E dá ótimas ordens por causa disso. Ele vira a ordem do coronel Shelly e ouviu as direções de segurança selecionadas de informações vindas de todo o país. Nada de tiros pelo corpo. Nada de granadas. Nada de intimidar. Só tiros na cabeça.

Se posso fazer um comentário, entretanto, existe um ponto em que tudo isso se torna inútil. É isso que os militares nunca entendem. Não há como passar anos treinando um soldado para fazer A e depois querer que ele troque para B, certo dia, só porque a inteligência mandou. Ah, ele vai fazer direito nos treinamentos da semana, mas assim que sair em missão esses anos de treinamento vão voltar com tudo e passar por cima dessa semana.

Eu conheço o treinamento. Coordenei treinos durante sete anos, antes de entrar para o Projeto Krypton. É um momento especial quando um novato descobre que foi alocado junto ao sargento Paine. Dá para ver o receio no rosto deles antes mesmo de começar a falar. Então eu sabia, e ainda sei, que estávamos confiantes demais e que nossos cérebros foram abarrotados com o tipo errado de treinamento. Fomos para Yuma, e todo esse treinamento voltou com tudo.

É, até mesmo para mim. Eu era um ex-sargento que conseguia arremessar uma geladeira a cinco metros. É óbvio que eu era bem treinado e estava confiante demais.

O comboio seguiu adiante pela Autoestrada 95, no trecho longo da rodovia que liga leste a oeste, mas antes do que os locais chamam de Condado. Os primeiros ex's foram avistados aproximadamente às 9h45.

Cambaleavam de trás dos carros e se espremiam para fora das valas. Dava para ouvir os dentes clicando antes mesmo de vê-los. Foram derrubados.

Todos os Indestrutíveis portavam M240 Bravos. Uma destas podia atravessar um crânio com um trio de balas sem problema. A desvantagem da Bravo é que faz muito barulho. Sabíamos que o barulho atrai os ex's. Em vez de quatro ou cinco alvos por vez, lidávamos com mais de dez cambaleando em nossa direção a um quilômetro por hora. Não achávamos que seria complicado. Ainda que algum deles se aproximasse, todos os Indestrutíveis vestiam os uniformes mais avançados. Ainda tinham espaço para almofadas para joelho e cotovelo, mas tinham camada tripla nos ombros, braços e panturrilhas, os pontos em que eles mais mordiam.

Encontramos o primeiro grupo maior, com cerca de dez ex's, entre dez e onze horas. Vinham em nossa direção, cambaleando pela 95, saltando para fora de carros e caminhões abandonados. Freedom já tinha mandado as seções Onze e Trinta e Um flanqueá-los quando viu o movimento. Acho que vi na mesma hora, mas não tenho certeza.

Havia outro grupo alguns metros atrás do primeiro; deviam ser quinze. Estavam perto o bastante para compor um grande grupo. E havia dois ou três ex's avulsos tropeçando ao longo das laterais da via. Freedom lançou o Doze e também chamou duas seções do pelotão de Charlie para dar apoio. Este tem a maioria dos excluídos do programa, e o Delta é o único pelotão de controle que sobrou no Krypton. Haviam começado a se autointitular Homens de Verdade. Vai pegar, pelo jeito.

A seção Doze e os Homens de Verdade começaram lá de trás e foram em frente. Levaram cerca de dois minutos para derrubar todos os ex's com tiros na cabeça. Lembro-me de ter visto alguns tiros no peito e rugi uma ordem, para confirmar o alvo. Pensando agora, logo ali eu devia ter visto para onde a coisa ia.

O capitão Freedom fez questão de pegar o último ex e torcer-lhe o pescoço com as próprias mãos. Era um homem pesado de cabelo comprido e bigode grosso. Ele jogou a cabeça para longe, deixando-a rolar pela rua feito uma bola de boliche. Alguns soldados acharam graça. Foi um bom incremento no moral. Precisávamos disso. A estrada estava ficando apertada demais para os jipes.

Por volta de 10h35 o comboio havia cruzado mais um quilômetro e matado mais trinta ex's. As seções Doze e Trinta e Três recuaram para recarregar. Outra desvantagem da Bravo, para nós, era que a arma comia munição feito pipoca. Era esquisito para um soldado ficar carregando as caixas vazias de balas. Até mesmo para soldados que podiam erguer quatrocentos quilos.

Também encontramos quatro sobreviventes num trailer. Família de três pessoas mais a namorada do filho. Foram colocados no último jipe. Levamos três jipes conosco apenas para o caso de haver sobreviventes.

Desse ponto, dava para ver o cruzamento da 95 com a East County 9 1/2 cem metros adiante. Havia um posto de gasolina e uma loja de conveniência. Todo mundo parava ali quando voltava para o centro de treinamento depois de uma noitada em Yuma.

Havia um monte de carros ali. Não dava para dizer se era um acidente múltiplo ou se todo mundo naquela parte da cidade resolvera sair dirigindo e abandonara os carros no mesmo local. Havia dois ou três caminhões dos grandes também, inclusive um parado bem no meio do cruzamento. Víamos alguns ex's rondando os veículos. Nove, talvez dez. Um ou dois deles nos viram e ouviram as armas.

Seguimos em frente, bem devagar. Mais quatro ex's apareceram por entre os carros nesse momento. Procuravam caminho por entre a pilha de carros. Chegamos tão perto que ouvíamos os dentes estalando.

Mas eram muitos estalos. Estalos demais para a quantidade de ex's que estávamos vendo.

Com dois ou três olhares e alguns gestos, Freedom mandou o Doze e o Trinta e Um flanquearem cada lado do cruzamento. As seções Vinte e Dois e Trinta e Três foram para trás, tomar conta da traseira. Os jipes estavam uns quarenta metros atrás de nós. A seção Vinte e Um foi adiante, indo de encontro ao grupo de ex's.

Nesse momento, quase todos nós sabíamos como éramos fortes e rápidos. Tivéramos a fase das maçanetas quebradas, camisas rasgadas e muitos e muitos laços de sapato arrancados. Tínhamos que repor tanto cadarço que não dava para acreditar. Mas isso era passado. A seção Vinte e Um varreu o espaço aberto e eliminou os ex's. Agarravam-nos pela cabeça, giravam, e seguiam para o próximo antes que os mortos pudessem erguer os braços. Dava para matar somente dois ou três desse modo, mas seis pessoas cuidando de dois ou três cada era muita eficiência e levamos menos de dez segundos. Nenhum disparo foi feito.

O último ex caiu no solo, e o Vinte e Um saltou no ar, um por vez, como se fosse a coisa mais natural do mundo. Um pulo vertical de cinco metros. Pousaram sobre o trailer.

– Ah, que saco – disse o Taylor. Dava para ouvi-lo a dez metros. Ele não disse "saco". Não vejo sentido em usar a frase exata, mesmo num relatório informal.

Uma voz crepitou pelo meu rádio. Sargento Harrison, líder do Vinte e Um.

– Indestrutível Sete – disse ele. – Aqui é o Indestrutível Vinte e Um.

– Indestrutível Vinte e Um, aqui fala o Sete – respondi.

– Sete, aqui é o Vinte e Um. O Seis vai querer dar uma olhada nisso aqui, senhor.

O capitão Freedom deu três passos à frente e saltou no ar. Dez metros saltados do nada, o maldito. Eu tive que correr mais, mas acabei pousando sobre o trailer logo depois dele. O restante do Onze veio logo atrás de mim.

Um mar de gente morta. Eu já tinha lido essa frase em alguns relatórios. Uma vez, num livro que alguém tinha me emprestado no começo dos surtos, uma história de ficção sobre a Morte caçando zumbis. Sempre achei a frase uma porcaria. Algo que as pessoas diziam para não serem exatas. Eu lidara com centenas de soldados nos campos de treinamento e nunca tive problema em mantê-los separados. Estivera em cerimônias com mais de dois mil homens e mulheres presentes e nunca me pareceu um mar de gente.

Havia uma droga de um *oceano* de gente morta do outro lado da pilha de carros. Uma coisa é ler relatórios sobre os mortos-vivos, sobre quantos havia. Ver é como ser mergulhado em água congelante. Sete, talvez oito mil ex's. Talvez mais. Depois de uma das primeiras reuniões nas quais participamos juntos, Freedom me disse que a mente humana não pode compreender números acima de cem. Como o parágrafo anterior pode sugerir, na época eu achei que era bobagem. Agora, não tenho tanta certeza.

Eles haviam sido atraídos àquele caminho pelo som dos motores e das armas, e vieram cambaleando em nossa direção por uma hora, vindos de todo canto da cidade. O trailer parado no meio do cruzamento funcionava como um divisor de águas. Os ex's haviam se acumulado em volta dele, ocupando um quilômetro da autoestrada. Não dava para ver o pavimento. O ranger dos dentes era alto feito estática. Rangia e rangia e você sabia que não ia parar jamais. Flutuava no ar feito moscas em cima do lixo.

Os que estavam mais perto do trailer nos viram e atacaram. Arranhavam as laterais da caçamba. A maioria ainda parecia gente normal. Vi um que parecia ter pegado fogo. Não dava para dizer se era homem ou mulher. Outro parecia ter tido o braço arrancado por um tiro. Havia uma moça de cabelos pretos parecida com a minha irmã. A mandíbula fora arrancada fora. Fios de músculo e pele pendiam da sua arcada superior. Os fios se contorciam quando ela tentava morder sem uma mandíbula.

– Que droga – Taylor repetiu. – Que droga.

– Cala essa boca, agente – ralhei.

– Sim, senhor. – Ele parou de fazer barulho, mas os lábios continuaram se movendo.

Melhor assim. Taylor era um babaca arrogante, mas sabia calar a boca quando ordenado. Ver todas aquelas coisas o tirara do sério. Ora, me tirou do sério também. Eu devia ter dito alguma coisa. Uma mensagem veio do Doze. Havia ex's circundando a pilha de carros o bastante para que agissem. Freedom deu a ordem e eu transmiti. Ouvimos um rugido quando as Bravos do Doze detonaram os mortos-vivos. A seção Trinta e Um entrou na luta um instante depois.

Foi como pôr gasolina na fogueira. Mais ex's começaram a cambalear em direção ao som. Quando o eco dos primeiros tiros cessou, mais trinta, sem dúvida, haviam passado pelo labirinto de carros. Os monstros traçavam seu caminho aos poucos.

– Esperem aqui – disse Freedom.

O soldado deu poucos passos sobre o teto do trailer e lançou-se sobre o teto da loja de conveniência, cinco metros acima. Alguns dos ex's na multidão viraram para segui-lo em seu movimento pelo ar. Arranhavam a entrada da loja. Um deles caiu por sobre uma janela quebrada, entrando no prédio.

O capitão avaliou sua localização e olhou para o leste com um par de binóculos. Viu a igreja e as casas a cerca de um quilômetro da rodovia.

Esta parecia desaparecida sob todos aqueles ex's. Ele balançou a cabeça. Sabia o que eu sabia. Ainda que cada bala de cada arma derrubasse um zumbi, não tínhamos o suficiente. Munição suficiente. Tempo suficiente, caso tivéssemos munição.

Olhei para o meu relógio. Eram onze horas em ponto. Nesse ponto eu soube que não alcançaríamos os possíveis sobreviventes no lado sul da cidade. Eles teriam que aguentar as pontas por mais alguns dias.

Verdade seja dita, como eu disse antes, o capitão tinha um cérebro dentro daquela cabeça. Alguns oficiais preferem enterrar seus soldados a admitir que precisam mudar de tática. Não muitos, mas vários. Freedom está sempre disposto a jogar um plano fora se o senso comum lhe indica que as coisas têm de ser feitas de outro jeito.

Também quero registrar que ele tomou a decisão certa. Se o leitor tiver alguma dúvida, o capitão Freedom fez uma escolha difícil, mas a única viável. Eu teria feito o mesmo se estivesse no comando.

Ele pulou de volta ao trailer. Todos nós sentimos o teto tremer. Era um cara grande.

– Primeiro sargento Paine – ele me disse –, vamos recuar e nos reagrupar com o transporte. Diga ao Vinte e Dois e ao Trinta e Um para nos dar cobertura até que voltemos ao solo e limpemos esse engarrafamento. Os demais podem ir.

– Sim, senhor. – Mandei a ordem pelo comunicador e recebi uma série de confirmações. Do outro lado do cruzamento, o sargento Pierce, junto ao Vinte e Dois, acenou, mostrando que copiara e que sua equipe estava pronta.

Os ex's se acumulavam em torno do trailer. Fluíam por entre os carros como água seguindo pelo caminho que oferece menor resistência. Os corpos que a seção Vinte e Um derrubara para chegar até ali estavam sendo esmagados por centenas de pés vacilantes. O capitão poderia ter saltado para longe, para se salvar, mas os outros não conseguiriam.

– Os carros – disse ele. – Não pulem para o chão, pulem para os tetos dos carros. É alto demais para eles alcançarem. – Ele sugeriu um caminho, de um SUV para uma van, depois para uma minivan e outra minivan, e de outro SUV para um brilhante Lexus, para então chegar ao solo perto da seção Vinte e Dois. – Quando sairmos, vão o mais rápido que puderem. Não parem, ou eles terão tempo de agarrá-los e dominá-los.

Repito, o treinamento sobe à cabeça. Discutir a tática bem na cara do inimigo em voz alta. Parecia errado. Difícil levar a sério.

– Seção Vinte e Um e, logo depois Onze – eu disse. – Ouviram o capitão. Pulem, desviem e saltem. Em fila, sejam rápidos.

Alguém disparou tiros no solo. Um fluxo constante de ex's seguia em direção à seção Trinta e Um, de duas direções. A seção de apoio, os Homens de Verdade, entrou em cena e deitou mais fogo. Alguns dos mortos-vivos mudaram de direção ao ouvir o barulho. A maioria continuou em direção à Vinte e Dois e às seções que recuavam.

Hayes, Polk e Taylor saíram pulando. SUV, van, minivan, minivan, SUV, Lexus. Todos os três estavam a salvo, e alguns dos ex's ainda começavam a erguer os braços. Lentos demais para pegá-los, lentos demais para trocar de alvo. O sargento Harrison deu-lhes um segundo para certificarem-se de estar a salvo. Então foi a vez dele.

Franklin, Truman e Jefferson, da Vinte e Um, eram os próximos. Truman escorregou o pé quando pousou no segundo SUV e hesitou por um instante. Nesse momento, imaginei Jefferson dando um encontrão nele, pelas costas, e os dois caindo sobre a multidão de ex's. Acho que não fui o único a imaginar essa cena. Mas ele não parou. Usou o desequilíbrio para lançar-se adiante. Caiu praticamente de quatro no Lexus e jogou-se para fora o mais rápida e vigorosamente que pôde. Empurrou-se para o ar com os braços. Ali, na minha frente, superforça valendo a pena, salvando vidas. Ele pousou no pavimento, junto à Vinte e Dois, de cabeça e rolou. Jefferson veio em seguida, caindo em cima dele. O sargento Monroe pousou alguns segundos depois.

Restaram eu, o capitão Freedom e o Indestrutível Dezessete, sargento de pelotão Kennedy, em cima do trailer. A moça é outro grande soldado.

– Primeiro as damas – brinquei com ela.

Seus lábios se contorceram entre uma careta e um sorriso malicioso.

– Com todo o respeito, vá se ferrar, primeiro sargento.

– Anotado. Vá lá para baixo.

– Sangramento. – Eu olhei para ela, sem entender. Ela fez um gesto, como se limpasse acima do lábio superior, e apontou o dedo para mim. – Está sangrando. Bastante.

Minha luva ficou toda vermelha quando passei os dedos embaixo do nariz. Não me lembrava de ter sido atingido ou ter batido em alguma coisa. O ar estava tão seco lá fora. Passei os dedos de novo e mandei Kennedy sair do trailer.

Ela pulou para o primeiro SUV. Foi um pouco mais difícil para ela. Os ex's já estavam reunidos em torno dos carros, com as mãos para cima. E havia muito mais deles vindo por entre as pilhas de carros. Ela era rápida, no entanto. Bangue, bangue, bangue. Os ex's tentaram alcançá-la. Só pegaram ar.

– Primeiro você, Paine – disse Freedom.

– Primeiro você, senhor.

– Está ficando mais difícil. Melhor você ser o próximo.

– Senhor, não me faça empurrá-lo.

Ele me fitou e lançou-se no ar. Os amortecedores do trailer gemeram devido à oscilação. O capitão alcançou o pavimento, pousando ao lado de Monroe.

Freedom virou para me ver. Notei sua expressão mudar. Olhei para o que ele estava vendo.

Os ex's haviam encontrado um caminho em torno da parede de carros. Generosidade minha. Não quero superestimar o inimigo. Eles encontraram um caminho do mesmo modo que a água encontra um jeito de sair da pia quando você deixa a torneira aberta. Começaram a jorrar para fora da estrada, sobre os campos do lado sul. Eram uns vinte quando olhei pela primeira vez. Depois, já eram cem. Igual a uma pia.

A seção Trinta e Um era a que estava mais perto desse grupo. Estavam atirando, enquanto a Doze se alocou atrás para dar apoio. Pude ver que alguns deles já viravam, e mandei o sargento Boyle, do Trinta e Um, manter a posição.

Então, alguém da seção errou o tiro. Vi o peito de um morto-vivo abrir logo abaixo do pescoço. O tiro seguinte veio um segundo depois. Foi um pouco mais alto e rasgou o pescoço do defunto. A cabeça dele ficou pendurada por alguns segundos, presa por pele e músculo, e depois se soltou. O zumbi caiu para trás.

– Indestrutível Trinta e Um – disse eu –, aqui é o Sete. Apenas tiros controlados.

Mais um tiro do Trinta e Um. E outro. A seção Doze estava em posição e passou a executar sequências mais longas de disparos com suas Bravos.

– Indestrutíveis Trinta e Um e Doze, aqui é o Sete. Tiro único, apenas. Boyle, Washington, controlem seus soldados.

Tentei mapear outro caminho por cima dos carros abandonados, então vi que Freedom já estava a caminho dali com boa parte da Onze.

Foi então que cometi o erro. Pulei para o SUV, depois para a van. Na segunda minivan, no entanto, mudei de rota. Quis cortar caminho por uma picape. Passei para outro SUV. Dali, para um Volkswagen. Precisava voltar para perto de Freedom antes que ele fizesse alguma bobagem. Militares são bons em fazer bobagem, às vezes. Se o leitor for militar, não se sinta ofendido.

Não devia ter mudado o plano. Não sei o que me fez fazer isso. Resolver mudar objetivos no meio da execução do plano é uma imbecilidade. É assim que as pessoas acabam mortas.

Uma mão agarrou-me pelo calcanhar no Volkswagen. Sacudi o pé por instinto. Segundo o treinamento. Fui derrubado. O pulo seguinte me jogou bem no meio de um grupo grande de ex's. Estavam tão concentrados na Doze que não me notaram. Levantei-me e saí empurrando em questão de segundos.

Foi então que me pegaram por trás.

Forcei-me à frente, tentando me afastar o máximo possível daquelas coisas mortas. A pele deles parece papel antigo. Me dá arrepios. Derrubei dois deles quando passei correndo. Um deles persistiu e foi de cara na coronha da Bravo do sargento Washington. A porção posterior do crânio do monstro afundou para dentro.

Os ex's sobrepujavam nosso bloqueio. A seção Trinta e Um tinha a situação sob controle, com Freedom ali, mas deixava os defuntos se aproximar demais. Estávamos sendo encurralados, o que não é algo que queremos que aconteça quando lutamos contra essas coisas.

Disparei à frente para chegar ao capitão. Ele tinha sacado a Lady Liberty, uma arma de braço monstruosa que confeccionara a partir de uma AA-12 e fazia purê de crânio. Os soldados de Washington usavam suas Bravos como tacos de golfe. Vi cabeças voando.

Alguém da Trinta e Um gritou. Agente especial Richards. Um dos últimos a serem descartados do programa. Tinha sido mordida na mão, por cima da luva. Um soldado adiantou-se para puxá-la para trás. Foi pego também. Meia dúzia de mãos esticaram-se e o puxaram para dentro da multidão de ex's. Não consegui ver, mas ouvi seus gritos. Freedom lutou, abrindo caminho. Quando chegou, era tarde demais.

Esmaguei o joelho de um ex com minha bota e quebrei seu pescoço conforme a coisa ia ao chão. O tambor da Lady Liberty estava vazio, então Freedom pôs-se a usar aqueles pernis que ele chamava de mãos, dando socos de dar inveja a qualquer lutador profissional. Quebrou pescoços e rachou crânios de todos que encontrava.

Recebemos um comunicado do Indestrutível Vinte e Sete, sargento Johnson. Todos os outros esquadrões haviam embarcado e estavam levando o transporte até nós. Cinco minutos de luta mais tarde e estávamos todos a bordo de um jipe.

Havíamos cruzado menos de um quilômetro além dos limites da cidade. Perdêramos onze soldados. Oito Homens de Verdade, três super. Metade da munição já era. Freedom teve de recuar, o que o matou. Dava para ver no rosto dele.

Obviamente, não havíamos chegado nem na metade do caminho quando comecei a sentir enjoo. Tentei ignorar, mas Freedom me olhou bem e chamou Franklin, médico da Onze. Ele me examinou. Encontrou um arranhão na nuca, bem entre o colarinho e a traseira do capacete. Marcas de dentes. Superficiais. Profundas o bastante para arrancar sangue. Na hora, eu estava tão alucinado que não senti nada.

A culpa foi minha. Devo ser claro nesse ponto, novamente, para o registro. Desobedeci ordens e desviei do caminho que o capitão Freedom nos designara. Ele não pode ser culpado de modo algum por isso.

Freedom foi quem me deu a notícia. Contaram mais de trinta infecções diferentes no meu sangue. Espalhadas por todo o meu corpo graças a esse coração incrível, extramusculoso que tenho. Se tratarem todas, a cura me matará. Se escolherem alguma, há uma grande chance de que eu acabe aleijado ou inútil. Ou morto mesmo.

Estou lotado de tubos já faz nove dias. Estou atrasado com a papelada. Três dias atrás, minhas mãos começaram a tremer demais para segurar uma caneta. O pessoal do Sorensen fuçou por aí e encontrou um notebook que ninguém estava usando. Queriam ter certeza de que ele não me arranjasse outra coisa.

Ontem, tive de começar a dar pausas no uso do notebook. Venho trabalhando neste último relatório desde às seis e meia, e já está na hora do jantar. Sinto náuseas e cansaço o tempo inteiro, mesmo depois que trocaram minhas bolsas. E meu sangramento de nariz não para mais. As orelhas também. Tudo isso que fizeram com a gente, e ninguém aqui consegue conter um sangramento de nariz.

Estamos sitiados, agora. Vi as cercas quando cheguei de carro. Poxa, me deram uma cama perto da janela. Não posso ver lá fora, mas posso ouvi-los. Posso ouvir os dentes.

Sei que nunca mais vou sair desta cama. Vou ficar aqui deitado e gastar recursos até empacotar.

Então a questão é: até quando serei o elo fraco? Por quanto tempo vou atrapalhar a companhia e consumir suprimentos de que eles vão precisar?

Recebi algumas visitas. A maioria foi formal e polida. Uma delas foi bondosa o bastante para me trazer algo de que eu precisava dos quartéis. Não chequei, mas sei, pelo peso, que o pente não está cheio.

Mas tudo bem.

DEZESSETE

AGORA

Os ex's cambalearam à frente. Cerberus varreu para longe a primeira leva e o ar crepitou em torno dos seus punhos quando o campo de força se ativou. Ela gritou, olhando para trás:

– Quem estiver armado, à frente! Os demais, recuem!

Um dos primeiros ex's, um jovem com um buraco na bochecha, tropeçou nos pés da armadura e caiu dando com a cara na panturrilha blindada. Cerberus agarrou um morto-vivo pelo ombro e jogou o ex contra a multidão. Ele derrubou uma dúzia de formas vacilantes antes de bater com tudo nos fundos da garagem. Perto do titã, Stealth já quebrara dois crânios com seus bastões.

– Mantenham a posição – gritou Freedom. A voz dele ecoou por entre os prédios.

Os ex's pararam. Alguns deles se desequilibraram, em meio a um movimento, e caíram. Ficaram deitados no chão.

Alguns segundos depois, ainda não se mexiam.

– O que foi que aconteceu? – rugiu Cerberus.

– Estão programados a sair quando a porta da Tumba se abre – disse Shelly. – Só precisavam receber uma ordem contrária.

Stealth ainda empunhava os bastões.

– Programados?

– Sim, senhora.

O titã blindado deu um passo atrás.

– Esses são... o que, ex's domesticados?

Freedom fez que sim.

– Mais ou menos, Dra. Morris.

– Cerberus.

– Desculpe, senhora.

O soldado grandalhão deu um passo adiante, ergueu um ex caído pelo pescoço e levantou-o. A criatura não tentou agarrá-lo. Não fez nada.

– Não estão nem mexendo a mandíbula – disse Stealth.

Smith concordou.

– É um dos primeiros comportamentos que o Dr. Sorensen eliminou – disse ele. – Não ficam mais rangendo os dentes. Isso ajuda também a diferenciar os nossos dos demais.

Os ex's usavam uniformes militares. Alguns usavam camisetas ou regatas marrons. Naqueles que vestiam jaquetas, as plaquetas com ranques haviam sido rasgadas, deixando retalhos eriçados de velcro exposto. Não se moviam. Cerberus via-os todos em pé, quase alinhados em colunas. Eram cento e cinquenta, todos imóveis. Tinham as cabeças raspadas, independente do sexo. Alguns tinham resquícios de cabelos no couro cabeludo, e ela se lembrou de ler em algum lugar que cabelos e unhas continuavam crescendo por alguns dias após a morte. Jamais considerara que isso valeria também para ex's.

– Chamou isso de Tumba – disse ela.

Freedom assentiu.

– Onde mantemos todos os nossos soldados desconhecidos.

Acima da orelha esquerda, cada um deles tinha uma placa de plástico do tamanho de um maço de cigarros. Havia sangue seco onde os parafusos penetravam o crânio. Um feixe de fios finos se espalhava da placa para um punhado de soquetes distribuídos pelo couro cabeludo.

O campo de força crepitante se desativou. O titã blindado deu um passo à frente e examinou o ex mais próximo, o que Freedom colocara de pé. Stealth já estava ali. Dava para ver os dentes pelo buraco amplo na bochecha dele.

A mulher de capa ergueu a mão e apalpou os cantos da caixa verde. O painel frontal abriu-se para ela, revelando um arranjo de circuitos e LEDs.

– Cuidado – disse Shelly. – Danifique isso aí e terá um assassino à sua frente.

– Talvez esses componentes não devessem estar protegidos por uma placa destravada – Stealth retrucou.

– Não é muita coisa – disse Cerberus. O titã tinha agachado e inclinado para ver de perto o homem morto. – Uns cartões de memória, microtransistores, baterias... – O dedo grosso de metal traçou fios por alguns momentos até que o crânio blindado virou-se para Freedom. – É com essa coisa que vocês os controlam?

– Senhor – Smith disse ao coronel –, eu poderia ver se o Dr. Sorensen pode dar um tempo na atividade em que está agora.

– Por favor, Sr. Smith. O capitão e eu responderemos da melhor forma possível, enquanto isso.

Smith ajustou sua gravata, deu um sorriso rápido para Cerberus e saiu pela porta. Um dos sargentos o seguiu.

– Companhia – disse Freedom. – Volver.

Depois de um momento, todos os ex viraram.

– Cinco passos, marchem.

Os mortos deram cinco passos vacilantes e pararam.

– Volver.

Stealth ficou tensa. Mesmo com a armadura, a reação de Danielle foi aparente. O coronel as fitou.

– Algum problema?

– Da última vez que vimos um grupo de ex's se movendo em sincronia, não foi... não deu muito certo para um de nossos amigos.

– Já os viram agir assim antes?

– O mesmo super-humano que danificou a armadura – disse Stealth – também tinha a habilidade de controlar ex-humanos.

– Onde está essa pessoa agora? – Shelly quis saber.

– O que sobrou dele se encontra em Melrose e Gower – disse Cerberus. – Queimei todos os pedaços maiores.

– Senhor – Freedom dirigiu-se ao coronel –, se me permite, tenho um treino em dez minutos.

– Claro, capitão. Dispensado.

Os dois trocaram saudações, e Freedom acenou para Stealth e Cerberus.

– A questão imediata seria – disse a mulher de capa –: por quê?

– Por quê?

– Por que desenvolveu um método para controlar os ex's?

– Por que não? – contrapôs o coronel. – Se não podemos conter o ex-vírus, precisamos de um jeito de controlá-lo.

– Mas por que usá-los como soldados?

– Estamos com pouco pessoal – disse Shelly. – No começo do ano, estávamos com apenas novecentos soldados, e mais de seiscentos deles eram civis recrutados, mal treinados. Eles melhoraram muito desde então, mas isso ainda nos deixa com muito menos do que uma base dessas precisa. O trabalho do Dr. Sorensen representará grande benefício para os Estados Unidos.

– Parece-me que o risco de perder o controle anularia qualquer possível benefício.

– Não há risco. Além disso, no momento, estamos usando-os apenas para trabalhos simples, como o de sentinela.

– É claro – disse Stealth. – O grande número de soldados em seu perímetro.

– Isso explica por que Zzzap não viu ninguém – murmurou o titã. Ela olhou de volta, para as fileiras de ex's silenciosos. – Adoraria ver com mais calma essas caixas de controle.

– Não vejo problema – disse Shelly. – Estou certo de que você terá tempo suficiente para ver cada detalhe com o Dr. Sorensen, assim que se instalarem. Podemos até mudar seu laboratório para o prédio principal, perto do dele.

– É melhor eu ficar aqui fora, para o traje ter fácil acesso – ela disse.

O coronel a fitou.

– Bom, isso não lhe diz respeito, não é mesmo?

– Senhor?

– Dra. Morris, nunca houve a intenção de que fosse você o piloto de Cerberus – disse Shelly. – Sabe disso tanto quanto eu. Não fosse uma época tão intensa, uma situação de crise, você nunca o teria usado em batalha. – Ele balançou a cabeça. – Agora, podemos colocá-la de volta no laboratório, para trabalhar em melhorias para o sistema. É isso que você quer também, não?

– Mas... – O gigante blindado fitou Shelly, depois Stealth. – Vai levar meses até que alguém alcance meu nível de proficiência. É melhor manter Cerberus no fronte de batalha, não é?

– É claro, e o tenente Gibbs vem estudando as especificações do traje há algum tempo. Chegamos até a colocá-lo para treinar numa cópia do simulador que você desenvolveu.

O tenente da Força Aérea deu um passo adiante.

– Treinei por mais de mil e quinhentas horas, senhora – disse ele. – Você construiu um sistema de armas impressionante.

– Não sabia que o simulador tinha sido construído.

O coronel sorriu.

– Alguns de nossos rapazes da tecnologia tiveram muito tempo para trabalhar. Acredito que compreenderá que Gibbs está qualificado e pronto para assumir o posto de piloto de Cerberus.

– Se – disse Stealth – decidirmos deixar a armadura com vocês.

Shelly respirou fundo para responder, mas se conteve.

– Sim. Se for consenso de todos.

A mulher inclinou a cabeça, sob o capuz.

– Acho um tanto suspeito essa questão não ter sido tratada ainda, coronel.

– É mesmo, senhora? – Ele olhou para a armadura. – Se bem me lembro, Dra. Morris, o único motivo pelo qual você concordou em vestir o traje e lutar durante o surto foi preocupar-se que outra pessoa danificaria Cerberus, correto?

– Bom, sim, mas eu queria ajudar...

– Não esperava que seria você quem o usaria quando o construiu, certo?

– Não, mas eu era a única pessoa que sabia usá-lo em todo o seu potencial.

– Antes de ter sido acionada em Washington, estivera alguma vez em batalha?

– Lutei várias vezes pelos requerimentos para...

– Não argumentos, doutora – ele interrompeu. – Lutas. Já saiu na mão com alguém? Já deu um soco em alguém?

– Disparei mais de mil tiros com os M2s do traje no *stand* de tiro.

– Atirou em alvos de madeira – disse ele. – Recebeu algum treinamento que seja sobre como lidar com situações de combate? Táticas básicas? Prioridade de alvo? Qualquer coisa.

Um sibilo áspero saiu da armadura. Um suspiro.

– Não.

– Então – disse Shelly, voltando-se para Stealth –, a plataforma de armas mais sofisticada do planeta passou os últimos dois anos nas mãos de uma civil sem treinamento que não queria nem usá-la, para começo de conversa, e você acha suspeito que eu queira colocar um soldado experiente atrás dos controles?

– Acho suspeito – disse Stealth – que a questão não tenha sido levantada até estarmos aqui, desarmadas.

O coronel fitou o imenso traje de guerra.

– Acha que ela está desarmada? Acho que se a Dra. Morris discordasse de mim, não haveria ninguém para contê-la, haveria?

XXX

– É muito simples – disse Sorensen. O cientista perscrutava a junta do cotovelo da armadura Cerberus. Encontrava-se à altura de seus olhos, e ele erguera os óculos à testa para ver melhor. – Não os treinamos porque estavam mortos.

– Diz isso porque é médico – murmurou Cerberus.

Sorensen afastou-se do traje de guerra e foi até um dos ex's, em posição de sentido. Era uma mulher morta de queixo quadrado.

– O corpo leva de três a quatro horas para fazer a transição para a ex-humanidade – disse ele. – A falta de oxigênio destrói a mente e as memórias, deixando apenas padrões de sobrevivência nucleares, como comer, emoções básicas e reações a estímulos crus como som ou movimento. – Ele devolveu os óculos ao lugar e deu um tapinha na testa da mulher. – Não há nada aqui para ser treinado. Seria mais fácil ensinar um gafanhoto a datilografar.

Então, ele ficou em silêncio, fitando o vazio.

– Doutor – disse o coronel.

– Madelyn tinha um babador com um gafanhoto desenhado – disse Sorensen. Ele olhou para Shelly. – Eva e eu o salvamos. Tenho certeza de que ainda está em alguma caixa no sótão lá de casa.

– Os ex's, doutor.

– Sim – murmurou o homem mais velho. – Os ex's. – Ele os fitou por um momento, depois cutucou novamente a mulher na testa. A ex vacilou para a frente e para trás. – A estrutura física do cérebro ainda existe – disse ele. – Como um processador de computador sem energia. O Nest restaura a atividade elétrica em áreas-chave, permitindo que memórias simples se formem e que reflexos sejam redesenvolvidos.

Stealth o interrompeu.

– O Nest?

Sorensen virou a cabeça da mulher morta para o lado antes de apontar para a caixa verde.

– Estimulador neural – explicou ele. Parecia incomodado com a pergunta. – Levei quase um ano para encontrar precisamente as regiões certas do cérebro, a amperagem e a voltagem corretas.

– Imaginava que o apodrecimento dentro do cérebro impediria que um aparelho desses funcionasse por muito tempo.

O cientista mexeu a cabeça.

– Não, não, não – disse. – Sim, há um apodrecimento inicial. Temos que dar muitos EEGs para haver certeza de que será viável. Mas uma vez que o ex-vírus toma conta, o nível de apodrecimento cai a quase nulo, então nossa maior preocupação é a desidratação.

Stealth inclinou a cabeça para Sorensen.

– De acordo com a nossa pesquisa, os mortos continuam a decair, apenas em menor ritmo.

Ele balançou a cabeça.

– Sua pesquisa está errada. Muito trabalho foi feito antes... antes... – O cientista perdeu-se em seus pensamentos por um instante. – Antes que as coisas piorassem. Uma das últimas coisas determinadas sobre o ex-vírus era que ele é letal.

Stealth discordou.

– É inofensivo. O indivíduo morre de infecções secundárias, não devido à ação do vírus em si.

– Humanos – disse ele, concordando. – Esse não é o problema. O ex--vírus é um bacteriófago letal. Ataca bactérias necróticas e as usa para se reproduzir. Todas as bactérias necróticas. A taxa de apodrecimento no ex cai em 87,8%.

– Eles fedem como se estivessem apodrecendo – disse Cerberus.

– Devido ao material em seu trato digestivo ou sobre as roupas – disse o cientista. – Note que nenhum desses ex's tem cheiro podre. Assim que são limpos, tendem a cheirar assim como... bom, como pele limpa. Quando consideramos a resistência que o vírus cria nas membranas celulares e nas temperaturas mais nucleares dos afligidos...

– Os ex's poderiam permanecer ativos por anos – completou Stealth.

– Quase onze – disse Shelly –, segundo as últimas estimativas que formulamos aqui.

– É uma magnífica aberração evolutiva – disse Sorensen. – Nunca ouvi falar de organismo algum na natureza tão perfeitamente capaz de manter o hospedeiro vivo. Ou o mais perto de vivo possível, suponho. – Ele deu de ombros e começou a examinar os fios do velcro no ombro da ex-mulher.

Cerberus olhou para Stealth enquanto mexia numa placa de metal num dos ex's.

– Eles se lembram de alguma coisa? De, sei lá, quem eram.

Sorensen desviou o olhar do velcro e fez que não de novo.

– Essa era a minha esperança, no início, mas não. São folhas em branco. Nem um traço de individualidade ou pensamento independente resta neles. Na verdade, toda vez que a bateria acaba, eles perdem qualquer treinamento que tenhamos passado e voltamos ao início.

– Tem certeza? E se eles... estiverem em coma, algo assim?

– Positivo. Já fizemos diversos EEGs e RMs. Nenhum atividade nas regiões de Broca nem na límbica, o que significa linguagem e emoções mínimas. Creio que seu QI é menor do que o de um rato de laboratório.

– Um rato não pode ser treinado para obedecer a comandos complexos – disse Stealth.

– Nem os ex's – disse Sorensen. – Só se pode enviar um comando por vez, e tem de ser uma ordem a que eles foram treinados para seguir. A coisa mais complexa ao alcance deles é uma escala de prioridade, em que alguns comandos podem sobressair-se a outros.

– Prioridade?

– Em poucas ocasiões conseguimos que eles diferenciassem os soldados dos civis, e os oficiais dos alistados. Precisamos trabalhar mais. E por falar nisso – ele virou-se a Shelly –, se eu puder voltar ao meu laboratório, coronel. Estava ocupado.

– É claro, doutor. Obrigado pela atenção.

– Se me permite, senhor – disse Smith. Quando o coronel assentiu, o rapaz guiou Sorensen para fora da Tumba.

– Ele é meio avoado – disse o coronel Shelly –, mas acreditem, é brilhante.

Stealth examinava a unidade Nest de novo.

– Quem é Madelyn?

– A filha dele – disse Shelly. – Ele perdeu a família no início da epidemia. Tentamos trazê-los aqui para Krypton, mas houve um acidente. A esposa e a filha foram mortas.

Stealth inclinou a cabeça, sob o capuz.

– Mortas?

– Como prefere que eu coloque, senhora? Comidas vivas? Quando ele ficou sabendo, desabou. Passou meses em choque, e continua negando. É comum encontrarmos o doutor sentado num canto, no laboratório. Poderia, sem dúvida, ter concluído o Nest sete ou oito meses mais cedo, mas tem dificuldade de se concentrar.

A mulher de capa deu as costas aos ex's e caminhou até o sol.

– Se não se importa que eu diga, Dra. Morris, sua companheira não é muito sociável.

– Não é mesmo – disse Cerberus. O titã deu meia volta e acompanhou Stealth para fora.

A mulher de capa era um pilar negro sobre a estrada coberta de luz solar.

– Vai entregar-lhes o traje de guerra?

Outro suspiro metálico saiu dos alto-falantes da armadura.

– Ainda não resolvi.

– Eles filmaram o procedimento de montagem – disse Stealth. – Há quatro câmeras em seu espaço de trabalho. Duas visíveis, duas escondidas. Suponho que o escritório também é monitorado.

– Vou me lembrar de tomar cuidado no banheiro também – disse o titã. – Olha, eles já sabem como montar o traje. Aquele tenente disse que tem todos os meus registros. E não há nada que pudessem tirar de mim que não aprenderiam sozinhos depois de fazer uma ou duas vezes mais.

– Cerberus pode ter sido apenas uma plataforma de armas – disse a mulher da capa –, e você, apenas uma engenheira. Mas não é mais assim. Você se tornou um símbolo para o povo de Los Angeles. Um herói. Se entregar o traje de guerra agora, isso tudo vai embora também. E ele será apenas uma plataforma de armas. E você, apenas uma engenheira.

As lentes gigantes fitaram a heroína.

– Talvez isso não seja tão ruim.

DEZOITO

AGORA

O sol atingiu o horizonte assim que St. George cruzou o cercado de Krypton. Circulara a base uma vez para ter certeza de que sabia onde estava. Um grupo de soldados esperava por ele. Não apontaram as armas contra o herói quando este pousou, mas também não fizeram questão de virá-las para o lado oposto.

– Oi – disse ele, tirando os óculos de ciclista dos olhos. – Acho que estão me esperando. Sou o St. George.

Um dos soldados deu um passo adiante. Tinha mais ou menos a mesma idade que o herói e usava uma única divisa no peito.

– Senhor – disse ele –, esperávamos que chegasse mais tarde, à noite.

– Terminei mais cedo o que tinha que fazer em Los Angeles. Decidi ver se podia chegar antes de escurecer.

Nenhum dos soldados parecia relaxado.

– Tem documentos, senhor?

St. George fez cara de surpresa.

– Falando sério? Tem tanta gente assim tentando chegar voando à base?

– Procedimento de rotina, senhor. Se não tiver documentos, alguém aqui da base terá de confirmar sua identidade.

Dois fios de fumaça saíram espiralando das narinas de St. George.

– Bom, perdi minha carteira faz um ano e meio, então acho que alguém vai ter que confirmar minha identidade. Freedom está por aí?

– O *capitão* Freedom está numa reunião – disse outro soldado. Este beirava os cinquenta anos e tinha um tufo grisalho nos cabelos. Novamente, o herói viu apenas uma divisa. Se a memória não falhava, isso significava que o homem era cabo.

– Olha – disse St. George. – Posso ser sincero?

Os soldados hesitaram.

– Acabo de voar mais de seiscentos quilômetros em alta velocidade. Estou cansado, com fome, e nenhum de vocês têm nada que poderia me atrapalhar se eu resolvesse entrar naquele prédio ali. – Ele apontou para um escritório qualquer. – Então alguém poderia encontrar o capitão Freedom ou o agente Smith?

Eles trocaram olhares e murmuraram palavras bem baixinho. O soldado grisalho afastou-se e voltou sua atenção para o rádio. O primeiro soldado fez um aceno polido para St. George.

– Peço que aguarde um instante, senhor.

– Obrigado.

O herói meteu as mãos nos bolsos da jaqueta e olhou ao redor. Nunca estivera numa base militar, mas Krypton se parecia muito com o que ele vira nos filmes. A maioria dos edifícios parecia ter sido desenhada considerando-se sua função, mais do que sua forma, e pareciam todos um pouco gastos.

Obviamente, tudo andava começando a parecer um pouco gasto.

St. George virou o rosto e notou que um dos soldados, o mais moço, fitava-lhe na testa. Ele levou a mão lá e deu um tapinha nos óculos.

– Para voar – disse. – Não me machuca, mas levar um inseto bem no olho a 250 km/h é bem nojento.

Todos sorriram.

– Não é isso, senhor – disse o cabo. Tinha no máximo dezenove anos.

– O que, então?

– É que... nada.

– O quê?

O cabo deu de ombros.

– Bom... sempre pensei que você fosse verde. E que tivesse uma barbatana na cabeça.

St. George sorriu.

– Esse é o Savage Dragon. Eu era o Mighty Dragon.

– Ele era seu parceiro, algo assim?

– Não, ele é um personagem dos quadrinhos. Eu sou real.

– St. George é um cavaleiro, não? – Um dos outros soldados acenou com a cabeça. – É por isso que você usa esse corte de cabelo?

O herói suspirou.

– Não, é que não temos bons cabeleireiros lá em Los...

– St. George – chamou Freedom. O oficial saiu de um edifício, ao lado de uma mulher bem mais baixa que ele. O herói a vira antes no Monte.

Os soldados em torno de St. George se afastaram e se organizaram em fila. O oficial cruzou o espaço em poucos passos e cumprimentou o herói com um aperto de mão que quebraria os ossos de uma pessoa normal.

– Bom vê-lo de novo, senhor.

– Bom vê-lo também, capitão. – Ele tentou devolver o aperto, mas Freedom tinha feito um daqueles apertos de macho para prender seus dedos nos dele.

– Seu pessoal está esperando por você na nova oficina da Dra. Morris – disse Freedom, soltando a mão do herói. – É uma caminhada de uns dez minutos, se estiver tudo bem pra você.

– Claro. É bom esticar as pernas depois de tanto tempo voando.

– Descansar – Freedom disse aos soldados. Eles deram algumas saudações e o oficial voltou-se para a mulher. – Vejo você no escritório, primeiro sargento.

A moça entregou-lhe o pacote que carregava. Fez uma saudação e acenou discretamente para o herói.

– Nunca entendo muito bem como funcionam as coisas entre os oficiais e os alistados – disse St. George. – Ela é sua assistente ou algo assim?

– Primeiro sargento Kennedy? – Ele fez que não, e gesticulou indicando o caminho. – O jeito mais fácil de explicar é dizer que sou o responsável pelos Indestrutíveis, mas é ela quem cuida de tudo.

– Entendi.

– Tenho um pequeno presente de boas-vindas para você – disse Freedom. Entregou-lhe o pacote. – Notei que sua jaqueta estava meio rasgada. Esse é o casaco no mais recente uniforme de combate do Exército. Reforçado com camada tripla de malha Kevlar. Dura um pouco mais do que o que você andava usando.

O herói abriu o casaco.

– Obrigado.

Era um emaranhado de pequenos quadrados. Alguém havia costurado um rótulo de velcro em que se lia DRAGON, em negrito.

– Me diga depois se não servir. O sargento Johnson estimou seu tamanho. – Os dois caminharam em silêncio por alguns metros até que Freedom continuou a falar. – Também espero que aceite minhas desculpas, senhor, quanto a nossas ações apressadas em Los Angeles. Não era nossa intenção, definitivamente não a minha, começar nosso relacionamento com pancadaria.

– Estamos numa fase tensa – disse St. George. – Acho que não é assim tão fora de cogitação alguém sair atirando numa situação como aquela.

– Você não faz ideia – disse o grandalhão. – Mas mesmo assim, me desculpe, senhor. Estávamos todos muito tensos, e não ajudou o fato de aquele dia ter sido o primeiro em quase seis meses em que meus soldados viram um pouco de ação. Causa uma impressão ruim.

– Não tem acontecido muita coisa por aqui?

– Ah, há muito que fazer – disse Freedom. – O campo de treinamento é a maior instalação militar de testes do mundo. Não ocupamos nem um terço das sub-bases e estações daqui. Até descobrimos duas que ninguém sabia que existiam. Mas acaba sendo meio...

– Monótono?

Ele sorriu.

– Acho que essa é a palavra, senhor. – Ele ergueu as manzorras e fechou os punhos. – Os aprimoramentos do Dr. Sorensen parecem um desperdício quando não temos chance de fazer nada com eles.

– É – disse St. George. – Sei como se sente.

Caminharam por mais alguns metros. Os prédios de tijolos brancos abriram caminho para uma série de estruturas com aparência mais industrial. St. George avistou o cercado, a distância, entre dois edifícios, e viu sentinelas andando de um lado a outro.

– Se importa se eu fizer uma pergunta, senhor?

– Depende.

Freedom andava com as mãos atrás das costas. Os olhos focalizaram abaixo do queixo de St. George.

– Por que usa esse dente? Notei em Los Angeles.

O herói olhou para sua lapela.

– Ah, isso aqui. – Ele passou o dedo pelo item de marfim. – Acredite ou não, é um dente de demônio.

– Como é?

– Um dente. De demônio. Sério.

Freedom contorceu o canto dos lábios.

– Desculpe o linguajar, senhor, mas isso é besteira.

– Olha, não te culpo. Se eu não tivesse visto pessoalmente, também não acreditaria. – St. George puxou a manga da jaqueta, revelando uma linha de cicatrizes. – Foi aqui que ele me mordeu. O dente quebrou no meu braço.

O capitão parou de andar.

– Está falando sério?

– Já ouviu falar de um herói chamado Cairax?

– O homem monstro? Já.

– Homem demônio, não monstro.

– Pensei que Cairax fosse um herói.

St. George parou de andar e olhou para o oficial.

–Você é religioso, capitão?

– Por que pergunta, senhor?

– Porque tentei falar sobre Cairax com algumas pessoas religiosas e nem sempre deu muito certo. Podemos continuar chamando ele de "monstro", se você preferir.

– Estou bem com a minha fé, senhor.

– Certo – disse St. George. – Max, o cara dentro do demônio, era um feiticeiro. De verdade, um feiticeiro tipo os do Harry Potter. Como ele me explicou, ele prendeu o demônio com um medalhão especial que fez. Ou dentro do medalhão. – O herói deu de ombros. – Não entendi muito bem. Enfim, às vezes, os demônios possuem as pessoas e as fazem fazer coisas ruins. Ele encontrou um jeito de possuir um demônio e forçá-lo a fazer coisas boas.

Os dois retomaram a caminhada, enquanto Freedom digeria os fatos.

– Ele morreu perto do fim do surto, não foi, senhor?

– Sim, morreu. Mas todos nós sabemos que a morte não tem mais o mesmo significado. O ex dele fazia parte de um grupo que atacou o Monte há alguns meses. E foi assim que eu consegui isso. – Ele deu outro tapinha no dente.

– Então ele virou... o que, um zumbi monstro?

– É. Parece bobagem, eu sei.

–Você acabou com ele?

St. George deu de ombros.

– Trapaceei um pouco, mas sim.

– E o medalhão, senhor? O que aconteceu com ele?

O herói estudou o rosto de Freedom. Era um rosto firme, mas honesto.

– Foi destruído – disse St. George. – Eu mesmo o quebrei. O demônio foi embora de vez. E Max também.

O capitão assentiu.

– Esperemos que sim.

O herói o fitou novamente.

– Como você disse, senhor, morrer não tem mais o mesmo significado. Seus amigos estão lá dentro.

Chegaram a uma garagem muito ampla. Ou um pequeno hangar. St. George estendeu a mão novamente.

– Obrigado pela companhia.

– Sem problema, senhor. Acredito que o coronel arranjou um jantar com a Dra. Morris e Stealth para as oito e meia. Com certeza você também está convidado.

O herói bateu um pouco da poeira que tinha na manga da jaqueta.

– Acho que ainda não estou pronto para um jantar.

Freedom sorriu.

– Que bom que ganhou um casaco novo, senhor. É só lavar o rosto, sacudir a poeira, e pronto.

– Obrigado, mais uma vez.

– Outra coisa. Suas amigas têm novidades para você. Concordamos que é melhor que elas mesmas contem, mas espero que entenda o nosso lado.

– Certo – disse St. George. Ele fitou novamente aquele rosto sincero. – Isso não soa nem um pouco ameaçador.

XXX

St. George avaliou o peso do conjunto de placas blindadas, de cento e trinta quilos.

– E você disse que eles têm mais de mil desses... sei lá, ex-soldados?

– No mínimo – Danielle disse, de dentro da armadura semidesmontada. – Fiz uma varredura antes de voltarmos aqui pra dentro. Outros quatro prédios desse setor da base têm as mesmas unidades sobrecarregadas em resfriamento, e vi mais duas lá longe. São cento e cinquenta por prédio... – Ela voltou o rosto para ele e ergueu as sobrancelhas. – Tem muitos ex's do lado de dentro da cerca.

O herói depositou a parte das costas da armadura sobre a plataforma de trabalho, ajustando-a no suporte de espuma.

– E esse tal de Nest os deixa dóceis?

– Ele ativa o cérebro o bastante pra dominar comportamentos centrais que se manifestam, sim – disse Stealth. – Pelo menos é o que Sorensen diz. – Ela desenhava diagramas de circuito.

– Se ele estiver mentindo, se saiu muito bem ao convencer os ex's a fingir por ele – Danielle cutucou.

St. George alçou voo por trás da armadura e passou os braços por baixo dos ombros de Danielle. Ergueu a moça, retirando-a do traje de guerra, e flutuou para o piso. Ela chacoalhou os braços e as pernas e deu uns passos vacilantes.

– Tudo bem?

– Sim. Fiquei só algumas horas. Mal tive tempo de me adaptar. – Ela mancou pela oficina, dentro do uniforme, cada passo mais confiante, e pegou um cabo de energia grosso. Inclinou-se sobre ele, trouxe-o junto ao corpo e o plugou num soquete escondido acima do quadril da armadura. – Isso vai ser um saco sem o Barry. Nada de recargas rápidas.

– Outra questão pra você levar em conta – disse Stealth. Ela não desviava os olhos do bloco de notas.

– Onde estão seus revólveres?

A mulher de capa desviou o rosto do que fazia. St. George a fitava. Ele apontou para os coldres vazios.

– Foram tomados assim que chegamos. Protocolo militar de rotina para visitantes civis, e, pelas definições deles, nós somos civis.

– Não te incomoda? Ficar desarmada?

– Não. Por que pergunta?

– Pergunto porque esperava que eles não te provocassem.

Ela retornou a atenção para o desenho.

– O coronel Shelly pediu que elas fossem devolvidas a mim. Fiquei satisfeita.

O herói olhou para Danielle. A ruiva devolveu o olhar, de perto do capacete blindado, e deu de ombros. St. George retribuiu o gesto e apontou para o cabo.

– De onde eles tiram energia?

– De uma grande fazenda solar, a uns cinco quilômetros para o norte – disse Stealth. Ela apontou com a mão esquerda, sem tirar os olhos do diagrama. – Dava pra ver quando chegamos aqui, no Black Hawk. Sem dúvida um projeto de energia renovável das Forças Armadas. Estimo que ofereça à base seis ou sete vezes mais eletricidade do que nossas próprias fontes solares.

– Para menos de mil pessoas – disse St. George. – Nada mal.

– Mas com pelo menos duas vezes mais equipamento e recursos – argumentou Danielle. Ela puxou um segundo cabo do traje de guerra para seu notebook. – Nada mal, mas nada ótimo. Definitivamente, nada demais.

Um terceiro cabo ligou o notebook à espinha blindada no setor traseiro do torso. Os dedos da ruiva tamborilaram sobre o teclado do computador.

St. George olhou por cima do ombro de Stealth.

– Pronto?

– Acho que sim.

– Fez tudo de memória?

– É claro.

– Isso é bem impressionante.

– Obrigada, George.

A mulher de capa colocou o diagrama em frente a Danielle.

A ruiva parou de digitar.

–Você agradeceu?

Stealth se aprumou.

– Sim. Que que tem?

– O que está acontecendo com você? Nunca me agradeceu por nada.

–Você nunca me elogiou.

– Ah. Certo, acho justo. – Ela deu de ombros e tracejou os padrões do circuito com os olhos. – Como eu disse antes, é muito simples. Só uma fonte de energia monitorada para os componentes orgânicos.

– Pelas pequenas variações nos dois que vimos – disse Stealth –, suponho que as unidades Nest são montadas individualmente.

St. George fitou o diagrama.

– Então o que está preocupando vocês? Não é uma coisa boa?

– Talvez seja – disse a mulher de capa. – Contudo, Cerberus e eu ficamos impressionadas com quão simples parece ser essa tecnologia.

– Isso é ruim?

– Talvez – disse Danielle. – Não é que essas coisas façam milagres, mas estão no limite de serem simples *demais*. Não desacredito que funcionem porque, bem... – Ela acenou para a porta, com a cabeça, na direção da Tumba – porque funcionam. Só que é difícil acreditar que algo tão pequeno possa fazer tanto. Quero dizer, você já viu algum equipamento usado para o cérebro que não ocupe um carrinho inteiro, no mínimo? Em geral uma sala inteira?

O notebook começou a tocar uma peça de Wagner. A moça murmurou baixinho e deslizou o dedo para a frente e para trás sobre o mousepad.

Stealth tombou um pouco a cabeça, por debaixo do capuz.

– Algum problema?

Danielle meneou a cabeça.

– Os sensores ficaram um pouco lentos depois que ergui aquele jipe. O tempo de resposta estava grande o bastante pra eu sentir a lentidão, mas os diagnósticos não estão indicando problemas.

St. George fitou as pernas e o meio torso sobre o outro lado da plataforma de trabalho.

– Quer continuar trabalhando nela?

– Não, quero comer alguma coisa. Vamos a esse jantar. Podemos aproveitar pra agradecer aos nossos salvadores e apreciar a primeira refeição como cidadãos norte-americanos em eras.

A moça pegou os jeans e os vestiu por cima do traje de Lycra.

– Não vai sentir calor assim?

– Vou ficar bem.

– Estava usando o uniforme por baixo das roupas quando partiu, hoje de manhã?

– George – ela disse –, foco. – Abotoou as calças e pegou a camisa. – Sabe, eu acabei de descobrir o que me incomoda em todos esses ex's.

– O que é?

– Bom, é que... – Danielle parou de abotoar e dobrou as mangas da camisa. – Estavam todos de uniforme, certo?

– É o padrão para o pessoal militar nessas condições – disse Stealth.

– Sim, essa é a questão. Não achou meio esquisito que cada um deles vestisse uniforme do Exército?

– Provavelmente foram vestidos assim – disse St. George. – Sabe, para parecerem... bom, uniformes.

Danielle ajustou o colarinho.

– Tem certeza?

– De quê?

– De que foram vestidos assim depois de terem sido mordidos?

Barry acordou com uma dor de cabeça lancinante. O que, ele supôs, foi melhor do que acordar com o rosto afundado num prato de ovos mexidos. E eram uns ovos mexidos péssimos, ele se lembrou. Ficara tão animado com o bacon que não notara.

Definitivamente melhor do que não acordar nunca mais.

Onde quer que estivesse, o teto abobadado era de concreto com placas de metal. Luzes fosforescentes brilhavam sobre ele de *spots* embutidos. Uma delas piscava.

Ele se sentou e esfregou fora o que restava de turvo nos olhos. Estava numa sala simples de madeira com um colchão aceitável e lençóis brancos novos. Quarto militar, notou. Ainda usava as calças e a camiseta que lhe deram do lado de fora. Não havia sinal do casaco. Ou da cadeira de rodas.

– Malditos – murmurou.

Acalmou-se, concentrou-se e alcançou o gatilho sem dificuldades. Preferiu usar mais tarde. Bom saber que poderia alcançá-lo se precisasse.

A sala era um grande domo, mais de trinta metros de comprimento, e um pouco mais da metade de altura. Era tudo de concreto. Na frente dele havia uma grande janela, arredondada, para caber na parede. A sala, do outro lado, estava escura. Bem distante, à esquerda, havia uma grande porta que se parecia com um cofre de banco. O lado errado de um cofre de banco.

Não era de todo estranha, mas ele não conseguia se lembrar de onde a vira.

Pegou as pernas e as girou para fora da cama. Sair daquela cama frágil foi um desafio, mas ele conseguiu fazê-lo sem derrubá-la, ou a si mesmo, no chão. Parou um pouco para tomar fôlego e olhou ao redor de novo.

Parte do concreto, um grande círculo em torno da cama, era novo e limpo. O restante era antigo. Ele viu alguns pontos de ferrugem onde parafusos haviam sido cortados e lixados para sumir no piso. Algo havia sido retirado do centro, onde novo concreto foi depositado para aplainar o piso.

Assim que compreendeu onde estava, luzes piscaram na outra sala.

– Ah, claro. Só aparecem depois que eu já me joguei no chão. Que gracinha.

Três homens e uma mulher entraram na sala, vindos de uma porta que ele não conseguia ver. O primeiro homem e a mulher vestiam uniformes militares. De onde estava, não dava para ler os nomes e posições. E não reconhecia nenhum deles.

O terceiro homem era Sorensen, seguido por Smith.

Sorensen passou algumas ordens que Barry não conseguiu ouvir, depois inclinou-se para um microfone.

– Boa noite, Sr. Burke. – Sua voz fininha ecoou por alto-falantes escondidos em torno da janela. – Espero que tenha dormido bem.

Houve uma longa pausa, e Barry percebeu que o cientista esperava uma resposta.

– Muito. Igual a um bebê.

– Que ótimo. Não sei se está lembrado de mim. Sou o Dr. Emil Sorensen. Nos conhecemos no café da manhã. Acredito que já conhece o agente Smith, da Segurança Nacional. Queria confirmar que você está a salvo.

– Olha só, graças a Deus – disse Barry. – A última coisa de que me lembro é que um maluco colocou drogas na minha comida.

– Peço desculpas por isso. O sargento em serviço achou que teria sido melhor usar a arma de eletrochoque, mas eu tive receio de que um assomo de eletricidade no seu sistema nervoso engatilhasse a transformação.

– É, isso não seria muito legal.

– Precisamente – disse o homem mais velho, com um aceno de cabeça.

– Eu estava sendo irônico.

– Na verdade, estava sendo jocoso – disse Sorensen. – Mas eu ignorei mesmo assim. Posso fazer algumas perguntas?

– Isso é um antigo reator, não? – perguntou Barry. – Você me trancou na câmara nuclear.

O cientista assentiu.

– Um dos diversos projetos das Forças Armadas nos quais eu trabalhava. Era um reator regenerador, construído sob o campo de treinamento para mantê-lo isolado caso algo desse errado. Não há perigo de radiação. O núcleo nunca chegou à fase de testes.

– A radiação não me preocupa muito – disse Barry. – Foi uma dose acidental de radiação gama que alterou a química do meu corpo e fez essa incrível metamorfose acontecer.

– É mesmo? – Sorensen pegou uma prancheta. – Nada a ver com o elástico de borracha que você mencionou antes?

Barry suspirou.

Smith cobriu o microfone com a mão e inclinou-se para a frente, falando no ouvido do cientista. Os dois conversaram um pouco, apenas por mímica. O rapaz do governo deu um passo atrás, e Sorensen fez uma cara feia que atravessou o vidro.

–Você precisa sempre falar usando tantas referências à cultura pop?

– Preciso, sim, mas ninguém mais tem feito nada de cultura pop, então estou começando a me sentir ultrapassado. Não vejo um filme novo faz dois anos. E sabe o que eu acabo de sacar?

O cientista apenas o fitava.

– Eu jamais vou descobrir que diabos estava acontecendo em *LOST*. Quer dizer, será que foi mera coincidência que o avião deles caiu na ilha ou era aquele tal de Jacob controlando tudo o tempo inteiro? E como é que todos eles foram parar nos anos 1970 com o pessoal do Dharma?

– Sr. Burke – disse Smith, vindo adiante mais uma vez. Com a ligeira distorção do comunicador, a voz dele pareceu a de um personagem de desenho animado. – Sei que isso é frustrante para você. Provavelmente um pouco assustador também. Peço desculpas por termos tido que fazer isso assim, mas se você trabalhar conosco, vai compreender que estamos todos querendo a mesma coisa aqui.

Barry fez um biquinho e assentiu.

– Posso ser sincero com você, John?

– É claro, Sr. Burke. Posso chamá-lo de Barry?

– Por favor. O negócio é o seguinte, John, a Danielle diz que transar com você era uma porcaria, sendo bem generosa. Foi ela mesma quem me disse, assim que você apareceu.

O sorriso de Smith desapareceu. Ele tapou o microfone novamente com a mão. As poucas palavras que Barry compreendeu por leitura labial o deixaram muito satisfeito.

– Bom – disse Sorensen, assim que Smith afastou-se. – Talvez seja melhor passarmos logo para as perguntas.

– Quer dizer, interrogatório.

–Você é o mesmo Barry Burke que trabalhou no Programa de Energia Pulsada, nos Laboratórios Sandia, no Novo México, de julho de 2002 a janeiro de 2008?

– Culpado.

– Como conseguiu suas habilidades? Foi um processo deliberado ou acidental?

– Receio que isso seja uma informação que você não precise saber.

– Bem – disse Sorensen –, preciso saber para poder...

– Eu passo. Próxima pergunta.

– Pare de ser tão infantil, Sr. Burke.

– Ou o quê? Vai pôr droga no meu jantar também? Desculpe se eu não estou com vontade de entrar nesse seu joguinho.

Barry fitou Smith. O rapaz esfregava as têmporas.

– Madelyn adora jogos – disse o cientista.

– O quê?

Ele olhava por cima de Barry, para a parede dos fundos do núcleo do reator.

– Minha filha, Madelyn. É muito competitiva. Adora jogos. Minha esposa, Eva, acha incrível que nos demos tão em, por sermos tão diferentes.

Barry analisou o homem. O rosto de Sorensen parecia uma folha em branco, um corpo com piloto automático.

– Onde estão agora? Sua esposa e sua filha. Estão aqui em Krypton?

– Eu as trouxe aqui para salvá-las. Sempre procuro protegê-la, mesmo quando a mãe pede que eu não o faça. Vivo fazendo coisas para ela ficar segura.

Smith tampou o microfone novamente. Os dois trocaram palavras, e a expressão de Sorensen recobrou a sobriedade. Ele se inclinou para o microfone e olhou para Barry.

– Eu ficaria grato se você deixasse minha vida pessoal fora disso.

– Ah... mas foi você quem...

– Apenas responda à pergunta – Sorensen ralhou. – Quanta energia você pode gerar?

Barry tamborilava os dedos sobre a coxa.

– Em calor ambiente ou em disparos direcionados?

– Ambos.

– Ambiente, bastante. Direcionado, mais ainda.

Sorensen apertou a caneta.

– Olha, tive uma ideia – disse Barry. – Que tal eu demonstrar?

Imediatamente ele apertou o gatilho em sua mente.

Luzes atravessaram a janela, e Sorensen e Smith se contraíram. A cama foi incinerada, e o concreto, queimado. A janela foi tomada por chamas novamente quando Zzzap lançou outra rajada de energia na grande porta, e um sibilo ensurdecedor de estática explodiu pelo comunicador. Ele fez outro disparo, e a energia borbulhou em contato com o aço.

Filha da mãe, disse o espectro brilhante. *Que porta grande.*

– Como você mesmo comentou – disse Sorensen –, você está no núcleo de um reator. É bastante resistente a calor e radiação.

Bom, eu tinha que tentar.

– Foi tolice.

Ei, sabem quanto prejuízo podem causar esses raios? Uma das minhas rajadas mais fracas concentra três ou quatro vezes mais energia pura do que um relâmpago.

– 1,21 gigawatts – disse Smith, com um sorriso bobo.

Ponto pela referência, mas, como eu disse, é um pouco mais que isso.

– No café, você sugeriu que sua energia focalizada era derivada de sua própria massa – disse Sorensen. O cientista parou e tateou o polegar com o indicador. Girou a cabeça para trás e olhou para Smith. – Lembre-me de checar seus folículos e unhas quando ele voltar à forma humana. Por que não faz disparos menores, então, e economiza energia?

Não funciona desse jeito. É tipo uma mangueira de bombeiro. Você abre ou fecha, e é melhor não ficar na frente quando estiver aberta. Não tem a opção "umidade leve". O espectro flutuou para a frente da janela. *Quid pro quo, Clarice. O que querem com tudo isso?*

– Pensei que fosse óbvio – disse o cientista. Mesmo através dos óculos, ele conseguiu lançar um olhar de menosprezo para Zzzap. – Você é o super-humano mais poderoso do mundo, Sr. Burke. Se eu descobrir como replicar suas habilidades, isso significaria o renascimento deste mundo. Energia limpa e ilimitada para os Estados Unidos e seus aliados.

É, disse Zzzap. *E como é que você vai descobrir isso? Quer dizer, considerando que um monte de gente inteligente já quebrou a cabeça.*

– Pelos métodos usuais. Exames. Testes fisiológicos e neurológicos. Se tudo mais falhar, fomos autorizados a executar procedimentos mais invasivos. Tenho certeza de que não precisaremos de tanto, porém.

O espectro em chamas parou em frente à janela por um momento.

Então tá. Acho que é hora de ir embora. Obrigado pelo bacon e pela dose cavalar de sedativos. Não *vamos marcar outro encontro.*

– Parece que você está se esquecendo de uma coisa – disse Sorensen, cutucando o vidro da janela com o nó do dedo. – Você está dentro de um reator nuclear desativado. Toda esta câmara foi projetada para conter energias como a sua. Você pode passar os próximos seis...

Não como a minha.

O cientista parou.

– Como?

Zzzap olhou para a esquerda, depois para a direita.

Isto aqui é um reator de fissão nuclear. Neste estado, eu estou numa escala totalmente diferente de magnitude. Milhares de vezes mais poderoso. É como dizer que óculos de sol podem protegê-lo da luz visível que desprende uma bomba de hidrogênio.

– Eu não me engano – disse Sorensen. – Como eu dizi...

Quer dizer, eu poderia simplesmente pisar fundo e abrir um buraco no alto pra sair.

– Poderia – disse Sorensen –, mas e quanto aos soldados?

Que soldados?

– Há uma base militar acima de nós com quase mil homens e mulheres. Pode haver um quartel bem acima desta câmara. Ou uma capela. Talvez um depósito de gasolina que poderia explodir, ferir e matar dezenas de pessoas.

Zzzap concentrou-se no teto.

E pode não ter nada.

– Mas você não tem como saber, certo? A proteção do reator filtra qualquer raio x ou infravermelho que poderia lhe informar do que existe acima.

É, nessa você ganhou. Não que isso importe.

O cientista ficou calado de novo, boquiaberto.

Você fica pensando em mim como se eu fosse um homem. Como matéria, sou energia pura.

– Como assim?

Veja isso. O espectro brandiu o braço em torno de si. *A porta grande. As paredes. Você arrumou tudo isso pensando que precisava prender um corpo que solta um monte de energia.*

Smith meteu-se na frente do microfone.

– Acho... que não estamos entendendo.

Não te culpo. É difícil mesmo, no começo. Eu não sou um corpo. Sou bizilhões de trilhões de joules de energia limitados numa forma humana graças à minha consciência. Droga, vocês só conseguem me escutar porque eu aprendi a estimular as moléculas do ar pra imitar ondas sonoras.

Durante um longo momento, os dois se encararam através do vidro.

– Está mentindo – disse Sorensen. – Tenho vinte e três relatórios confirmados nos meus arquivos informando que você causou explosões sônicas. Fez isso hoje de manhã, quando chegou. Não há como causar uma explosão sônica se você não tiver massa para deslocar o ar.

A não ser que eu desloque o ar de outro modo. Ele ergueu o braço reluzente novamente e agitou os dedos. *Dentro da área visível da forma de energia a temperatura é um pouco mais de 950 °C. Mantenho toda essa energia contida, mas o ar se aproxima de mim mesmo assim, se aquece e se afasta. É assim que ocorre essa explosão sônica. Não sou sólido, mas a atmosfera reage como se eu fosse.*

O cientista coçou a barba.

– Supondo que eu acredite em você, Sr. Burke, o que quer dizer com tudo isso?

O que quero dizer, Emil, posso te chamar de Emil? O que quero dizer é que, para um ser de energia pura, um grande quadrado de vidro claro é o mesmo que uma porta aberta.

As sombras desapareceram quando Zzzap atravessou a janela de observação.

Sorensen e Smith tombaram para trás. Os soldados sacaram suas armas. Zzzap ergueu a mão e a temperatura aumentou vinte graus.

Não façam nenhuma bobagem, disse ele. *Vocês não podem me ferir, e eu não quero ferir vocês.*

Sorensen tirou os óculos e fitou o espectro com os olhos escancarados.

–Você podia ter feito isso a qualquer momento.

Sim.

– Então por que passou todo esse tempo falando?

Porque eu queria ouvir o que você tinha a dizer sobre tudo isso. E odeio ser o estraga prazeres, doutor, mas seu Elvis particular acaba de deixar o recinto. Se é que você me entende. Agora, se me dão licença, acho que meus amigos estão em algum lugar aqui por perto e eles precisam ficar sabendo que vocês todos são um bando de malucos.

Ele disparou em direção à porta, causando um baque ensurdecedor. Zzzap vacilou no ar, depois foi para a porta de novo. Houve um segundo estrondo, e o espectro foi rebatido novamente. Seu contorno ficou borrado por um momento, depois retomou a silhueta crespa.

O cientista limpou os óculos na manga da camisa e equilibrou-os de volta sobre o nariz.

– Certamente você já ouviu falar do conceito de Gaiola de Faraday, Sr. Burke – disse ele. – Elas eram muito populares entre cientistas e agências de espionagem porque bloqueiam todos os sinais e interferência exteriores. Uma como a que foi tão bem construída em torno desta câmara pode bloquear qualquer tipo de sinal eletromagnético. Celulares, televisão, ondas de rádio... pode manter tudo isso do lado de fora. – O homem amarrotado sorriu para o espectro brilhante. – O que significa que pode manter dentro tudo que está dentro.

Smith pigarreou.

– Sei que não quer ferir ninguém – disse ele. – Mas imagino que ficar dando sopa dentro de um espaço apertado desses com você não é muito... bom, não deve ser muito saudável para nós, mortais, a longo prazo. – Ele acenou para os soldados. – Definitivamente, não para esses dois, que vão ficar aqui monitorando você. Talvez seja melhor voltar para o núcleo.

Sorensen continuava sorrindo. Zzzap o fitou. O espectro não tinha olhos, mas todos sentiram o olhar. Ele flutuou em direção à janela.

– Se te faz se sentir melhor – disse Smith –, acabei de perder uma aposta com o coronel Shelly. Eu tinha certeza de que você sairia.

Tá, valeu. Já me sinto bem melhor.

CANÇÕES TRISTES

ANTES

Eu nem queria entrar para o Exército. Queria tocar numa banda de jazz. Sair da faculdade, ganhar um pouco de dinheiro ensinando trompete para crianças e passar as noites tocando meu instrumento em algum lugar do distrito de Gaslamp como Harry Harrison e os Estelares ou algo assim. Esse era meu sonho de verdade.

É, eu sei. Havia um escritor chamado Harry Harrison também. Só umas dez mil pessoas mencionaram isso, obrigado.

Então a Casa Branca tinha que começar essa guerra idiota no Oriente Médio enquanto eu estava no colegial e parecia que eu seria convocado. As pessoas falavam sobre isso, dá para acreditar? Foi o que ouvi durante toda a faculdade. Não havia convocação fazia quarenta anos, e a última vez foi para uma guerra idiota e sem motivo. Se os republicachorros continuassem no poder depois da eleição, todo mundo no *campus* sabia que eles manteriam a guerra em andamento.

Meu pai sentou-se comigo. Ele passou um tempo na Marinha logo depois do colegial e me explicou por quê. Quando ocorre convocação, eles decidem para onde você vai. Se você se alistar por vontade própria, consegue opinar mais sobre para onde vai. Ele passou a Guerra do Vietnã a bordo do *Will Rogers*, dormia numa cama quente quase toda noite e nunca levou um tiro sequer.

Então eu fui até o escritório de recrutamento antes de me formar na faculdade, e o oficial do Exército me disse que havia uma banda lá. Eles me pagariam, de fato, para tocar trompete durante quatro anos. Eu me alistei e disse ao meu pai que foi uma das melhores decisões que eu já tomara na vida.

É, entrei no Krypton assim que virei sargento. Que jeito melhor de ficar longe do fronte do que sendo voluntário num experimento nacional? E havia uma chance decente de que eu acabasse no grupo de controle, então eu nem teria que lidar com os efeitos colaterais nem nada disso, certo?

Mal sabia eu.

Passei nos cortes. Fiz cirurgia. Três semanas depois, levei o trompete à boca, segurei firme e acabei chanfrando os cilindros de fora. Gus e Wilson acharam superengraçado. Wilson arranjou uma corneta para mim alguns dias depois, deixou-a na minha cama.

Bobocas.

É claro, a história da banda era meio hipotética. No fim das contas, ninguém é somente músico quando existe uma guerra acontecendo. Primeiro foi no Oriente Médio, depois foi em todo lugar. O principal instrumento que eu tinha de tocar era meu rifle, e desde que os ex's apareceram eu fui me tornando cada vez mais proficiente nele. Solos, duetos, cheguei até a liderar alguns números de seis peças que receberam ótimas críticas sob o nome de Sargento Harry Harrison e os Vinte e Um Indestrutíveis.

Quando tudo ficou maluco, fazia seis semanas que tínhamos feito a primeira tentativa de entrar em Yuma. Quatro semanas desde que o primeiro sargento Paine estourou os miolos e boa parte das comunicações parou de funcionar. A última informação fora de que os federais haviam enviado uma espécie de super-robô até Los Angeles, e isso deixou o capitão Freedom furioso. Ele vinha argumentando que deveríamos estar no fronte desde o início, e que o Projeto Krypton acabara se perdendo no caos do Zumbocalipse.

É, Zumbocalipse. Legal, né? Foi o Gus quem inventou essa.

Trezes dias depois que o primeiro exército de ex's mancou por alguns quilômetros no deserto para se pendurar no nosso cercado e encher o ar com o *stacatto* do ranger de esmalte e marfim.

Por mais difícil que seja de acreditar, esse não era nosso maior problema na época. Era parte do problema, sim, mas a questão mesmo era como poderíamos trabalhar em torno disso. O grande problema era o Dr. Sorensen. O doutor estava maluco de preocupação com a família. Acontece que ele tinha esposa e filha adolescente esperando em casa. Pegamo-lo duas vezes tentando roubar um jipe para buscá-las. Freedom colocou para o cara que não havia jeito no mundo de ele passar por mais de mil quilômetros e voltar, mas ele não ligava. Argumentou que eles não podiam dar ordens a um civil e ameaçou largar o programa.

Foi quando o Smith entrou na jogada. O moleque finalmente começara a cumprir com a parte dele. Só Deus sabe como, mas ele juntou uns pauzinhos e colocou a família do Sorensen num avião para cá. O único problema é que não havia pista de pouso na base do Krypton. Existem sete aqui no campo de treinamento, inclusive uma da qual ninguém pode ficar sabendo, e a mais próxima fica a cerca de trinta quilômetros a noroeste de nós.

Ao contrário de Krypton, ela não era cercada. Havia ex's por todo canto lá. Muitos deles usavam uniforme camuflado e macacão de piloto. Eu sabia que o lugar estava numa lista de áreas prioritárias para serem recobradas assim que as coisas se estabilizassem. O fato é que precisávamos dela na hora.

O capitão criou um plano. Um plano bem sólido. Coordenaríamos o tempo do pouso com uma unidade móvel. O Indestrutível Doze, sob comando do sargento Washington, levaria um veículo blindado para a pista de pouso e entraria nela junto com o avião. Coletariam a esposa do doutor, a filha e o piloto assim que tocassem o solo, e os trariam de volta a Krypton sãos e salvos.

Esse era o outro problema, porque sair da base significava ter de abrir os três portões. Duas vezes. E não os tínhamos aberto desde que a parede de ex's chegara ali.

A maioria de nós ficava nos portões. Minha seção, a Vinte e Dois, e a Trinta e Dois ficavam dentro do primeiro círculo cercado. O capitão Freedom nos ordenara que usássemos M16s com tiros únicos. Pareciam brinquedos depois de carregarmos Bravos por meses. Muito leves e muito pequenas. O volume não chegava a sete, que dirá oito. Tudo o que faríamos seria andar de um lado a outro, meter nossos rifles na cerca e derrubar ex's conforme eles se aproximassem dos portões. O problema é que tínhamos apenas dois pentes cada. O contramestre já andava racionando munição, por via das dúvidas. Então, um pente para a saída, um pente para a volta.

As seções Onze e Trinta e Três ficavam no segundo círculo. Quando os portões se abriam, elas formavam uma fila única entrando na base. Cuidavam de quaisquer ex's que passassem por ali. O sargento Monroe, novo sargento do pelotão, estava junto da Onze, com uma coceira nas mãos para dar cabo de alguns mortos. E acima de todos nós, sobre uma das caixas d'água, o capitão conduzia a orquestra com um lançador de granadas Mk 19. Haviam retirado o suporte para veículo e ele tinha uns três ou quatro pentes de munição. Dava quase para usar o troço feito revólver. Ele faria muito barulho, afastando-se da base. Em tese, os ex's o seguiriam.

O coronel Shelly não estava muito de acordo com nada disso, mas ele e Smith conversaram e o agente o convencera que cuidar de Sorensen era interesse de todos. Talvez ainda houvesse testes finais a serem feitos, e se o cientista fosse embora, todo mundo iria explodir ou coisa pior. Smith também falou com os soldados da Doze por meia hora, reforçando a importância do evento para eles, perguntando repetidamente se eles se consideravam aptos para a tarefa, se saberiam como lidar com possíveis contratempos. No fim da palestra, acho que estavam prestes a socar a cara dele.

Na verdade, tenho certeza de que estavam prestes a socar a cara dele. Foi o que Britney me contou quando nos encontramos no arsenal para uma rapidinha, só para dar sorte, antes de ir embora. É, não é permitido, mas, acredite, depois que você faz sexo sobre-humano ou desenvolvido ou sei lá como chamar, você tem vontade... bom, a gente não ia parar enquanto ninguém mandasse que parássemos. Além disso, na época, eu tinha quase certeza de que a primeiro sargento Kennedy não sabia. Ela levava a sério o novo posto, e certamente teria aplicado em nós as devidas punições. Descobri um pouco mais tarde que ela sabia, sim, e descobri do pior jeito.

O esquadrão Doze saiu sem dificuldade. Foi tudo tranquilo e de acordo com o planejado. O capitão Freedom detonou um punhado de granadas cerca de cem metros da cerca, e metade dos ex's foi saindo para ver o que fazia todo aquele barulho. Estavam a meio caminho quando ele detonou outro punhado para manter sua atenção.

É, eu sei o que você está pensando. Por que ele simplesmente não usou as granadas contra os ex's? Fiz a mesma pergunta, quando discutíamos o plano. Kennedy me deu um tapinha na cabeça e me lembrou de que as coisas mortas já estavam mortas (com essas palavras). A explosão pode destroçá-los, talvez até destruir algum se pegar em cheio, mas é mais provável que seja apenas desperdício de granadas. Ter o peito esmagado, dilacerado, vai matar uma pessoa, mas num ex pode apenas retardá-lo.

Em cinco minutos, nossos times do círculo exterior derrubaram cerca de duzentos ex's que não deixavam o cercado. Os postes do portão foram puxados, e a Doze saiu. Estavam a bordo de um dos cinco transportadores da base, com Adam no volante. Ele pisou fundo e levantou um monte de poeira, disparando em direção ao deserto. Em tese, alcançariam a pista de pouso em trinta minutos, momento em que o avião estaria pousando no solo.

Duas horas se passaram. Longo intervalo.

Ainda tínhamos contato por rádio, e Kennedy se certificou de que receberíamos todas as atualizações de que precisássemos. O avião estava vinte minutos atrasado. Tempo suficiente para o veículo blindado atrair atenção demais na pista de pouso. Depois de muita luta corpo a corpo, a Sra. Sorensen e a menor de idade entraram no Transportador. O sargento Grant não sobreviveu. Nem o piloto. Outro Doze foi mordido feio e sangrava, mas não sabíamos quem era. Mas estavam com a encomenda e seguiam para casa.

Sorensen estava a meio caminho entre os portões e o heliporto. Dava para vê-lo pelo cercado. O cabelo era bastante ralo no topo da cabeça;

lembro-me de imaginar se ele tinha passado filtro solar. Quando Kennedy contou-lhe as novidades, ele aplaudiu.

Cerca de quinze minutos depois, vimos a nuvem de poeira erguida pelo Transportador, vindo do deserto. Todos assumiram seus postos. Os esquadrões Vinte e Um, Vinte e Dois e Trinta e Dois colocaram pentes novos nos rifles. Os dois portões internos foram abertos.

Nas duas horas anteriores, a maioria dos ex's voltara à cerca. Estavam bastante determinados em entrar, vendo todos aqueles soldados apetitosos logo ali, do outro lado. Freedom mandou outra saraivada de granadas pelo deserto, cerca de noventa graus acima do local por onde vinha o Transportador. Um monte de ex's do fundo da multidão virou-se e mancou em direção ao barulho. Não tantos quanto da outra vez, mas mesmo assim, uma boa quantidade. Ele mandou o segundo punhado, que atraiu mais alguns.

Então o Transportador parou. Estava ainda a uns bons duzentos metros do portão exterior. Ouvimos o som do motor falhando, depois morrendo, por entre o ranger de dentes. Era contra o protocolo, mas mudei para o canal do comandante.

– O tanque é de cinquenta galões – ralhou Kennedy. – Como assim, estão sem combustível?

– Sete, aqui é o Doze. Não sei – disse Britney. Sargento Washington, lembro-me disso também. Tentando forçar uma distância entre nós bem naquele momento. A voz demonstrava tensão. – Estamos sem nada. O tanque deve ter sido golpeado ou algo assim.

– Golpeado como?

Olhei para a Kennedy, em pé, ao lado de Freedom, sobre a caixa d'água. Dava quase para vê-la rangendo os próprios dentes.

– Eu não sei, primeiro sargento!

Havia vozes ao fundo, enquanto ela falava. Ouvia alguém murmurando, e outra mulher. A esposa de Sorensen; queria saber por que haviam parado. Havia preocupação em seu tom de voz.

Uma figura pequena saltou do lado do passageiro do Transportador. Havia um latão de gasolina extra em cima do teto. Não se portava um desses em conflito, mas sabemos que ex nenhum tinha *snipers* apontados contra nós de alguma cobertura. Ela olhou ao redor por um instante, antes de mergulhar de volta no carro, batendo a porta.

Os ex's viram a cena. Ouviram a porta. Começaram a desviar do show de granadas do capitão e mancar em direção ao veículo blindado. Alguns dos que estavam mais perto do cercado deram-nos as costas, e atiramos neles, bem na nuca.

Washington voltou ao rádio.

– Sete, aqui é o Doze. Não tem gasolina.

– Doze, aqui é o Sete. Explique.

– Sete, aqui é o Doze. Não tem latões extras. Estamos sem gasolina.

Vi Kennedy olhar para Gus e Wilson. Eu seria o primeiro a pensar que foram eles que deram a mancada, mas eu mesmo os vi colocando dois latões no Transportador uma hora antes da missão. Era para estarem no veículo.

Freedom soltou outra leva de explosões longe do Transportador. Alguns ex's pararam, mas a maioria continuou na direção do Transportador. O movimento chama mais atenção do que o barulho em seus pequenos cérebros.

As granadas não ajudaram em nada no veículo, também. Civis não lidam bem com explosões que acontecem fora da TV. Washington voltou ao rádio, com uma menina gritando no fundo.

– Liga o carro! – ela gritava. – Por favor, liga esse carro!

– Sete, aqui é o Doze – disse Washington. – O que devemos fazer?

O primeiro dos ex's alcançou o Transportador. Conseguiam ver os ocupantes pelos vidros estreitos. Começaram a tatear as laterais do veículo.

– Doze, aqui é o Sete, mantenham a posição – disse Kennedy. – Vamos encontrar um jeito de tirá-los daí.

– Sete, aqui é o Doze. Mãe e filha não estão lidando muito bem com tudo isso.

O som abafado dos dentes rangendo veio junto com a voz dela pelo rádio.

– Doze, aqui é o Sete, entendido. Mantenham a posição.

Havia cerca de vinte ex's em torno do carro blindado. Em cinco minutos, haveria o dobro.

– Doze para Sete. Câmbio.

– Não me faça ir correndo – disse Adams, no banco de trás do Transportador. Nunca pensei que ele fosse entrar em pânico. Nervosismo de principiante. – Por favor, não me faça ir correndo.

– O que está acontecendo? – perguntou Sorensen, perto de mim. – Por que pararam lá fora?

Freedom jogou mais algumas granadas sobre os ex's que rumavam para o Transportador. Amassou alguns deles, mas assim que a névoa se dissipou, vi coisas sem pernas arrastando-se para o Transportador blindado. Um deles tinha um buraco no estômago pelo qual passava a luz solar.

Adams surtou. Abriu a porta do Transportador com tudo, derrubou alguns ex's e tentou correr. Era um Indestrutível, afinal. Tinha uma chance. Não era das maiores, mas tinha.

Então, ele abriu a porta de trás e puxou a garota para fora. A filha do Sorensen. Ia tentar, mesmo assim, levar a menina até a base. Saía sangue do nariz dele; a menina devia ter se debatido, algo assim.

O cientista grudou no cercado. Puxei-o para trás, para que os ex's não lhe mastigassem os dedos.

– O que ele está fazendo? – Sorensen berrou. – O que está fazendo?

Adams derrubou um monte de ex's. Foi batendo neles com o ombro. Chegou a abrir alguns com sua Bravo. Devia estar a uns trinta metros do Transportador, puxando a menina, que berrava, quando tropeçou. Tropeçou não é a melhor palavra. Ele parou, mesmo. Primeiro eu pensei que ele tinha escorregado em meleca zumbi resultante das explosões. Eddie Franklin tinha um ponto de vista privilegiado e me contou depois que foi como se ele tivesse tido câimbra nas pernas, alguma coisa que aconteceu bem em meio à corrida. Algumas pessoas, de cima das caixas d'água, tentaram dar cobertura, atirando, mas não foi suficiente.

A menina gritava pelo pai. Ele a ouviu. Todos nós ouvimos.

Os ex's os cobriram feito um enxame de abelhas. Mesmo a distância, víamos lampejos de vermelho sobre a menina. Adams lutou por alguns momentos, mesmo depois que o uniforme foi coberto de vermelho também. Ficaram cobertos por um monte de ex's, então não os vimos morrer. Mas com certeza ouvimos, mesmo com todo o ranger de dentes.

Sorensen começou a urrar. Não há jeito melhor de explicar. Fazia um som gutural mesmo.

Alguém tentou fechar a porta de trás do Transportador e foi arrastado para fora. Três ou quatro mortos forçavam entrada pela porta do motorista ao mesmo tempo. Lembro-me de ouvir gritos pelo rádio, e os mesmos gritos ao longe. Bizarro efeito estéreo que me deu um nó no estômago. Gritos, tiros e dentes.

Fiquei esperando que Washington, Britney, saltasse do transporte, para a relativa segurança do teto. Teria durado uma ou duas horas lá em cima. Tempo suficiente para que levássemos outro Transportador ou um jipe até lá.

Sorensen estava aos prantos, nos meus braços.

– Faça alguma coisa! – Ele olhou para mim e gritou para o Freedom. – Por que ninguém os ajuda?

Alguém puxou o rádio do meu ouvido. Era Kennedy, bem ao meu lado. Saltara da caixa d'água.

– Sargento Harrison – ela me disse –, leve o doutor para longe da cerca.

Sorensen a pegou pela manga.

– Você precisa ajudá-las – gritou. Chorava tanto que a barba tinha dois riachos por cima. – Tem que fazer alguma coisa!

– Vou liderar um grupo de resgate – eu disse. – O Vinte e Um pode chegar lá em dez min...

– Sargento – Kennedy ralhou –, estou ordenando que leve o doutor para longe da cerca, para dentro daquele prédio. Entendido? – Ela apontou por cima do meu ombro.

– Sim, primeiro sargento. – Foi quando entendi que Britney estava morta. Estavam todos mortos. – Entendido.

Levei o cientista dali. Eu podia erguer quatrocentos quilos na musculação, mas ele se contorcia, açoitava e guinchava demais, tentando voltar ao portão. Se você já tentou segurar uma criança de quatro anos das bem determinadas sabe do que estou falando. Nem olhei para trás. Meu comunicador ficou pendurado em torno do pescoço, e mesmo assim eu ainda ouvia os gritos. Havia menos, mas uma das vozes era de mulher.

Abri as portas do prédio administrativo num chute, quebrando uma das dobradiças, e depositei Sorensen numa cadeira. O cara já era. Estava imóvel. Tinha um olhar vago típico de quem faz o primeiro treino de tiros com balas de verdade. Não estava processando o que acontecera. E quem poderia criticá-lo? Acabara de ver a filha sendo morta na frente dele.

Pensei em Britney. Três horas antes, estava viva. Senti um frio repentino. Frio e vazio, como se tudo o que tinha na barriga tivesse sumido, deixado um buraco. Quis me sentar, mas senti que não conseguiria me levantar depois se o fizesse. Encostei na parede.

Britney estava morta. Todos do Doze estavam mortos. Não haveria mais uma banda no exército. Nada de lições de trompete para crianças. Nada de passar às noites tocando jazz no Gaslamp. Nada.

– Sargento Harrison? – A voz do cientista soou fina e débil. Rouca de tanto grito.

– Sim, senhor?

Ele olhou para mim. Foi como cruzar o olhar de um cachorro abandonado. Ele me chamou pelo nome, mas não acho que sabia mesmo quem eu era.

– Eles vão... – ele começou. Tossiu, pigarreou e sussurrou: – Eles vão sair logo pra buscar Eva e Madelyn?

VINTE

AGORA

St. George enfiou o restinho de torrada na boca. Não se lembrava de há quanto tempo não comia manteiga. Quase se sentiu culpado por estar comendo.

Em frente a ele, Stealth encarava um prato vazio, de braços cruzados. Não soltara um pio desde que foram levados ao refeitório dos oficiais para tomar café da manhã sozinhos.

O herói empurrou o prato para a frente.

– Não vai comer nada?

– Não.

– Não comeu nada ontem à noite também.

– Como sempre, George, sua atenção aos detalhes está aquém de comparações.

– Devia comer alguma coisa pra manter as forças. Talvez fique menos rabugenta também.

Ela tombou a cabeça sob o capuz.

– Está fazendo piada com a minha cara.

– No bom sentido. Mas você precisa mesmo comer.

– Comi ontem à noite, em meus aposentos.

– Comeu o quê?

– Comida do jantar com o coronel Shelly.

– Surrupiou comida pro quarto?

– Sim.

– Não ficou preocupada de alguém ficar assistindo você comer com todas essas câmeras?

– Tem três no meu quarto – ela disse. – Eu desativei as duas visíveis e deixei que pensassem que eu não tinha descoberto a que estava escondida na entrada de ar. Comi de costas para ela.

– E aí? Dormiu de uniforme?

– É claro.

St. George levantou-se e espreguiçou-se.

– Então ainda não confia neles?

– Mantenho um ceticismo saudável, sim.

Um sargento entrou no refeitório.

– Bom dia, senhora, senhor – disse. – Tenho mensagens para vocês. O coronel Shelly pediu que o encontrem às onze e meia para discutir a reintegração de Los Angeles ao território controlado. A Dra. Morris também pediu que a fossem ver no laboratório D assim que terminarem de comer.

– Onde fica?

– Do outro lado do complexo, senhora. Lado leste, indo para o norte. É o único prédio alto sem satélites na cobertura. – Ele entregou à mulher um pedaço de papel. – Também recebemos uma mensagem do seu pessoal no Monte. O coronel pediu que entrem em contato assim que possível.

Stealth olhou para o pedaço de papel e entregou-o a St. George.

Só checando. Espero que esteja tudo bem aí, com nossos novos amigos. Juntaram umas nuvens escuras aqui desde ontem à noite, parece que vai chover. Fora isso, tudo bem. Hiram Berinjela Jarvis

– Quando isso foi recebido? – ela perguntou.

– Cerca de vinte minutos atrás, eu acho, senhora.

– Obrigado, sargento.

O rapaz saudou-a, polido, e saiu.

A máscara sem expressão fitou o herói.

– Temos um problema, George.

– Eu reparei – disse ele, segurando o papel. – A não ser que berinjela seja mesmo o nome do meio de Jarvis, deve ser um código.

– É, e tenho certeza de que os militares também perceberam.

– E isso significa...?

– Que a mensagem é autêntica. Jarvis devia usar o nome de um legume que não plantamos no jardim principal como nome do meio, trocando por outro a cada novo comunicado. Zzzap não retornou ao Monte.

Stealth saiu do refeitório.

O herói deu alguns passos rápidos para acompanhá-la.

– O quê?

– Antes de sairmos, passei para Jarvis uma série de frases e palavras combinadas para usar em qualquer comunicado. Referências a clima referem-se a nós. A menção do sol, ou falta dele, indica que Zzzap está desaparecido.

– Acho que você está exagerando um pouco.

– A mensagem indica que ele está ausente desde ontem à noite. Foi-nos dito, quando chegamos, que ele acabara de sair para retornar ao Monte. Já que você não o viu lá, a suposição lógica seria que ele sumiu em algum momento depois de ter saído da base. Supondo que ele saiu mesmo.

Abriram um par de portas e saíram para a luz da manhã. Stealth parecia-se ainda mais com uma sombra ambulante sob a brilhante luminosidade.

– Supondo que ele não foi só dar um volta – disse St. George. – Ele já andou saindo por aí, pelo mundo. Sabe o que ele me disse na manhã logo após o Quatro de Julho? Que andava pensando em ir até a Lua. Só pra dar uma olhada. Tem certeza de que consegue chegar lá em menos de uma hora.

– Ele sempre fez questão de nos dizer aonde ia e quanto tempo demoraria.

– A nós, sim. Talvez não tenha ocorrido a ele contar para outras pessoas. Pelo menos não até voltar. Você precisa admitir, o Barry às vezes fica um pouco aéreo.

Ela parou e voltou-se para o herói.

– Não acha isso estranho?

– Um pouco, sim – ele respondeu. Olhou ao redor e falou mais baixo: – Mas não vou declarar guerra contra o Exército dos Estados Unidos só porque acho um pouco estranho. Se discordo de algumas escolhas deles? Sim. Estão fazendo coisas estranhas com os ex's? Sim, e muito. Mas ainda estamos falando dos Estados Unidos. Pelo que Shelly dizia ontem à noite, parece que o presidente ainda deve estar vivo e escondido no NORAD.

– NORAD poderia ser tanto um esconderijo como uma armadilha caso uma única pessoa infectada entrasse. Além disso, Shelly não disse que o presidente ainda está vivo.

– É, mas também não disse que ele está morto, e disse que ainda estava recebendo ordens de cima.

– Espero que tenha razão, George. Mas há pessoas demais dependendo de nós para não fazermos planos alternativos.

X X X

– Não sei – disse Danielle. Ela desviou o olhar dos circuitos que soldava. – Talvez ele só esteja checando outras cidades de novo.

St. George jogou a cabeça para trás e suspirou de alívio.

– Foi isso que eu disse.

A ruiva inclinou-se sobre seu trabalho.

– Além disso, o que eles poderiam fazer com ele? Ele deve ser invulnerável a tudo que eles têm nessa base, até mesmo aos supersoldados.

– Zzzap é – disse Stealth. – Mas Barry não.

– Olha – disse St. George –, vamos perguntar ao coronel sobre ele novamente nessa reunião. Até lá, acho que devemos encerrar o assunto. Não quero bagunçar as coisas com acusações e ver o Barry chegar meia hora depois se gabando por ter passado a noite voando do Hubble para a estação espacial. Tá bom?

Stealth lançou-lhe um olhar que dava para sentir mesmo embaixo da máscara. Indicando que ela achava que ele estava sendo um tolo.

– Tudo bem, George. Se acha que o melhor caminho é esse, vou aceitar seu julgamento.

Danielle terminou o que fazia no quadro de circuitos, assoprou-o e removeu-o dos pequenos grampos. Pousou-o sobre uma caixa parecida com um pequeno caixão de metal e enfiou uma chave de fenda para prender o quadro no lugar.

– Tenho boas notícias: percebi uma coisa.

– Por favor – disse St. George –, conte as novidades.

A ruiva fitou Stealth.

– Lembra daquilo que eu disse ontem sobre não querer fazer todos esses reparos e melhoras porque achava que me sentiria como se estivesse desistindo?

A mulher de capa assentiu.

– Bom, começar hoje à noite não me fez sentir como se desistisse – disse Danielle. – Me fez sentir culpada.

St. George inclinou a cabeça.

– Culpada?

– Eu deveria estar fazendo isso tudo há meses. É trabalho simples. Eu tinha peças suficientes. – Ela fitou seu trabalho novamente. – E as pessoas estavam dependendo de mim. Essa ideia ficou na minha cabeça a manhã toda.

Danielle removeu a chave de fenda e pegou uma placa de metal cravejada do tamanho de um livro de capa dura. Havia um cano na parte de trás que se acoplava a algo dentro do pequeno caixão. A peça fez um *claque* alto quando ajustou-se no lugar.

– Shelly tinha razão – ela disse. – Não deveria ser eu a usar o traje. Mas eu me ofereci. Eu queria ser Cerberus, e é isso que eu sou agora. E acho que sou necessária no Monte muito mais do que aqui.

– Fico satisfeita de ouvir sua decisão – disse Stealth.

St. George bateu com o nó do dedo na caixa de metal.

– Então, o que é isso, afinal?

A ruiva abriu um sorriso malicioso.

– É um suporte para armas novo, para substituir o que Peasy arrancou. Eu venho brincando com essa ideia na cabeça e no papel faz quase dois anos. Pode ser que eu consiga construir outro e instalar os dois até amanhã.

St. George sorriu.

– Bem a tempo de irmos para casa.

– Sim – ela disse. – Acho que sim.

* * *

– O coronel Shelly ficou preso numas questões administrativas – disse Smith. O traje do dia era terno grafite com gravata carmesim. – Ele pediu que eu passasse as informações pra vocês no lugar dele.

Stealth cruzou os braços.

– Esta reunião tem tão pouca prioridade que ele não pôde comparecer pessoalmente nem enviou alguém da própria equipe?

– Isso é um problema?

Stealth encarou o rapaz por um instante. Ela virou o rosto, de dentro do capuz, e olhou para George. O esforço da moça para acalmar-se era visível.

– Não – disse ela. – Não é.

– Bom – disse Smith. – Obrigado.

– Temos algumas questões a fazer também – disse St. George. – Algumas coisas que queremos checar novamente.

– Se importa se fizermos isso primeiro? – Smith ergueu uma prancheta coberta com uma lista de frases e sentenças. – Respondo a qualquer coisa que quiserem saber depois. É que tenho muito disso aqui fresco na mente e não quero esquecer nada.

Uma espiral de fumaça cinza saiu do nariz do herói.

– Acho que sim.

– Obrigado. – Smith pesquisou suas notas. – Agora, o que vai acontecer durante as próximas semanas é uma avaliação, como eu mencionei lá no Monte. O Exército vai analisar suas defesas e se certificar de que são adequadas para a ameaça que vocês estão enfrentando. Se forem, ótimo. Se não, eles ajudarão a melhorar. É bem provável que eles deixem vocês administrando tudo do modo que vêm fazendo até agora. Vocês têm ido bem, então por que mexer em algo que não está quebrado, certo?

St. George olhou para Stealth, intrigado.

– Certo – disse.

– Podemos contar com o Exército para obter suprimento e munição?

– Recursos já são mais complicados – Smith respondeu à moça –, mas suprimentos médicos, com certeza. Isso inclui um pouco de comida e vitamina, também. Os militares farão um inventário para ver o que vocês já têm. Vão dar suprimentos para o Monte, mas vão precisar de algo em retorno, espero que saibam.

Stealth ajeitou-se na cadeira.

– Como o quê?

– Bom, pessoas, pra começar. Vão ter vontade de recrutar, como quando resgataram esse pessoal de Yuma. O Exército precisa de soldados agora, e é possível que existam umas milhares de pessoas adequadas na população de Los Angeles.

– Adequadas – repetiu Stealth. – Pretendem começar a convocar?

– Não – disse Smith. – Desculpe. Escolha pobre de palavras da minha parte. É totalmente voluntário. Mas, vamos pensar, se só 10% da sua população resolver se alistar, são mais de duas mil pessoas.

– Estimativa generosa.

– Na verdade, considerando como os sobreviventes de Yuma reagiram, pode ser baixa. Fiquei sabendo também, graças a alguém da sua segurança, sargento Billie Carter, que há certo número de fuzileiros navais vivendo no Monte e nos complexos circundantes.

– Sim – disse St. George. – Uns doze, contando ela. O pelotão deles voou para LA com Cerberus e ficou conosco porque... bom, não tinham mais para onde ir. Alguns morreram, desde então. Temos também dezessete homens da Guarda Nacional, dois da Marinha e um general aposentado da Força Aérea.

– Não sabia sobre esses últimos – murmurou Smith, checando sua lista. Rabiscou uma nota na margem. – Enfim, o fato é que todos serão chamados para voltar ao serviço e retornar ao comando militar. É política de stop-loss.

– A política de stop-loss aplica-se somente a oficiais ativos atualmente – disse Stealth – e pode ser apenas acionada pelo presidente.

Ele meneou a cabeça.

– Situação especial. Eles podem puxar de volta qualquer um que serviu se a situação assim demandar. Quando a lei marcial foi declarada, isso entrou em efeito automaticamente.

– Infeliz, mas nada surpreendente – disse Stealth. – Continue.

Smith brincava com o dedo com a ponta da prancheta.

– Certo, como eu disse, eles não veem problema algum em deixar vocês no comando, mas querem ter certeza de que está tudo sob controle.

St. George suspirou.

– Isso tem a ver com Christian Nguyen?

– Um pouco. Os advogados do Exército vão visitá-los para ver como estão administrando as coisas, ver como é esse governo que vocês estão organizando, para ter certeza de que não viola os direitos de ninguém.

– O Exército tem advogados?

– Ah, sim. Muitos. Três aqui em Krypton. Vão também trazer qualquer prisioneiro que vocês tenham, para custódia, e conferir-lhes julgamento sob o sistema judiciário militar.

– Não.

St. George fitou Stealth, e ficou tenso também.

– É – disse ele –, talvez tenhamos um problema nisso. Alguns dos nossos prisioneiros são... casos especiais.

– Não é opcional – Smith afirmou.

– Não é mesmo – concordou a mulher de capa. – Os prisioneiros serão libertados de acordo com análises caso a caso. Isso está fora de discussão.

O rapaz ergueu as mãos e ajeitou a gravata.

– Terei de conversar com o coronel Shelly sobre isso. – Ele virou a página. – Acho que também ficou claro que eles querem o sistema Cerberus.

– É, sobre isso – disse St. George. – O fato é que estávamos agora mesmo falando com Danielle e ela...

– Ela decidiu retornar conosco para Los Angeles – disse Stealth. – Com Cerberus.

– Ahhh – disse Smith. – Isso... isso é uma pena.

– Por quê? – Stealth ajeitou-se na cadeira e ficou ainda mais tensa.

O rapaz segurou a prancheta com ambas as mãos.

– O Sistema Armadura de Batalha Cerberus foi desenvolvido sob contrato da DARPA, pago com fundos militares. É propriedade do governo. Vai ficar aqui.

Stealth deu um passo à frente. Smith deu um passo atrás, trombando na mesa de conferência. St. George pôs a mão no ombro da mulher de capa.

– Sinto muito – disse Smith. – Sei que não acreditam em mim, mas eu não queria ter que fazer essa jogada. Cheguei até a brigar por vocês. Mas o coronel está firme nesse ponto. Quer que o traje fique aqui e quer que ela construa mais.

–Vocês podem até ficar com a armadura – disse St. George –, mas não com ela. Danielle quer voltar para o Monte. É uma cidadã comum. Não podem impedi-la.

– Na verdade – disse Smith –, podemos. Ela é funcionária do governo desde 2006. Foi convocada pela política de stop-loss também.

– Stop-loss aplica-se apenas a militares – disse Stealth.

– Graças a uma pequena cláusula no Ato Patriótico, aplica-se a qualquer empregado do governo acima de certo nível de segurança. O mesmo distintivo que permitiu que ela fuçasse em todos aqueles projetos de exoesqueleto enquanto construía Cerberus é o que vai mantê-la aqui sob o comando do coronel Shelly.

– Isso é um absurdo – disse St. George.

– É aprisionamento também – disse Stealth. – Fomos trazidos até aqui com pretextos falsos apenas para que obtivessem Cerberus. – Ela inclinou o rosto para St. George. – Como eu tentei lhe dizer.

– Olha, gente – disse Smith. – Moço e moça. Vocês precisam acreditar em mim, nunca pensei que teríamos que conversar sobre nada disso. Pensei que Danielle ia querer ficar aqui em Yuma. Não quis mencionar nada disso porque sabia como vocês reagiriam.

– Não vamos aceitar assim tão fácil – disse St. George.

– Não podem fazer nada. Se resistirem, vão colocar a etiqueta de traidor em vocês e levá-los à corte marcial.

– Não podem nos levar à corte marcial. Somos civis.

– Lei marcial – disse Smith. – O que acha que significa? O Exército é a lei neste momento. O juiz, o júri e o carrasco em todas as questões legais.

– Gostaria de vê-los tentar.

– Olha, sei que tudo isso parece ruim no início, mas vocês não precisam de Cerberus em Los Angeles se vocês têm um pelotão ou três de soldados desta base. Poxa, eles poderiam revezar um esquadrão do pessoal do Freedom, que seria muito mais eficiente que Cerberus.

– Cerberus não é o problema – disse St. George. – Danielle é nossa amiga. Não vamos abandoná-la.

– Sinto muito. Gostaria de poder fazer mais, mas o coronel não vai mudar de ideia nessas questões. Acho que vocês deviam...

– E o que mais?

Smith a fitou.

– Não entendi o que...

– Sua linguagem corporal indica relutância contínua. Tem mais coisas para nos dizer.

Ele suspirou.

– É, tenho mesmo. A outra coisa que eles querem, a coisa maior, é... – Smith flexionou os ombros e estudou os sapatos por alguns instantes.

– É...?

– Bom... querem seu suprimento de energia.

Houve um momento de silêncio. Então, Smith sentiu o chão ser retirado de seus pés e sentiu a parede chocar-se contra suas costas. A prancheta voara longe. Suas roupas apertavam-lhe, causando dor. St. George prendera camisa, gravata e casaco dentro do punho ao agarrar o rapaz.

– Onde ele está?

– Ei, ei, ei! – Smith ergueu os braços o mais que pôde dentro do casaco retorcido. Acenou com as mãos. – Eu não... não tenho liberdade pra falar.

– O que quer dizer com isso? – Firulas de calor e fumaça fluíam da boca de St. George.

– Recebi ordem para não contar.

– Estamos dando novas ordens – Stealth afirmou.

– Olha, não é assim tão simples. Eu também não gostei, mas vocês precisam enxergar o todo. Têm que se acalmar e escutar, já que vamos trabalhar juntos, OK? Querem cooperar comigo, certo?

St. George soltou o rapaz, e Smith escorregou para o chão.

– Estou escutando.

– Obrigado. – O rapaz alisou os amassados sobre a camisa, ajustou a gravata e pegou a prancheta com as anotações. – Gostaria de poder ajudar. Faria isso. Mas acaba sendo considerado traição, e traição pode te fazer levar um tiro por aqui.

– Há cidadãos sendo executados? – Stealth perguntou.

– Não, claro que não. Nossa, a cadeia está cheia de gente que provavelmente seria executada pelas burradas que fez. Mas isso é ruim para o moral. É assim que acabam acontecendo rebeliões. E esse tipo de coisa só vai atrapalhar a reconstrução dos Estados Unidos.

St. George estalava os dedos.

– Onde está o Zzzap?

Smith suspirou.

– O importante é que ele está bem e a salvo. Ninguém vai machucá-lo. Mas ele é valioso demais para os militares. É um reator ambulante, pelo amor de Deus, e se esses caras vão reconstruir os Estados Unidos, vão precisar de energia.

Stealth cruzou os braços.

– Ele também foi convocado segundo a stop-loss?

– Não – disse Smith. – Estão detendo-o como pessoa de interesse.

– Ah, por favor – St. George ralhou. – Isso é ridículo.

– O coronel Shelly deve entender que, se decidirmos libertar Zzzap, há muito pouco que suas forças possam fazer para nos impedir.

– Eu não teria tanta certeza disso – Smith disse à moça. – Ele tem uma brigada inteira de soldados, mais o capitão Freedom e sua companhia de supersoldados. Ora, tem uns dois tanques por aqui, em algum lugar.

– Não seria o bastante para nos impedir – Stealth insistiu.

– Certo, pense por um minuto. Pense no que acontecerá se vocês conseguirem pegá-lo e fugirem. Los Angeles será considerada território hostil. Nada de comida, suprimentos, nada. E assim que eles reunirem forças suficientes, vão entrar e tomar conta de qualquer jeito. E voltamos às cortes marciais. – Smith balançou a cabeça. – É melhor vocês entrarem no jogo.

– Como você fez? – Stealth perguntou.

– É, como eu fiz. Precisam entender. Os Estados Unidos estão em pedaços, e esses caras são a cola. Estão tentando salvar o país que juraram proteger. Não é nada pessoal. – Ele suspirou e jogou a prancheta sobre a mesa. – A melhor coisa que têm a fazer é aceitar. Amanhã, vocês dois voltam pra Los Angeles. Todo mundo lá vai continuar considerando-os heróis.

XXX

St. George caminhava ao longo do cercado. Uma aura de fumaça preta cercava sua cabeça, as mãos fechadas em punhos.

– Eu devia ter deixado você arrancar tudo dele na porrada – disse. – Se soubéssemos onde eles prenderam o Barry, poderíamos invadir o lugar e libertá-lo. Nós três poderíamos detonar esse lugar. Como pude ser tão idiota?

Stealth caminhava ao lado dele. Não dissera nada desde que deixaram a sala de conferências.

– Você tem razão – ele lhe disse. – Não deveríamos ter confiado nele. Droga, o Barry tinha razão. Os militares sempre viram maus num apocalipse zumbi.

– Não são maus – ela ponderou. – Estão fazendo o que acreditam ser o certo, de um modo condizente com o treinamento e as ordens que receberam. Já partilhei de muitos desses pontos de vista. Ao longo dos últimos dois anos, você foi me convencendo do contrário.

– Trancaram o Barry em algum lugar e você não acha que são maus?

– Isso é tão diferente assim do que nós fazemos? No Monte, ele passa dezoito horas preso à cadeira elétrica a cada vez.

St. George balançou a cabeça.

– Ele faz isso voluntariamente.

– Faz voluntariamente porque nós o colocamos numa posição de responsabilidade inevitável. Só de ficar sentado, comendo uma maçã, na cadeira, ele oferece energia a mais de vinte mil cidadãos de Los Angeles, para terem luz, segurança, para cozinhar, se divertir e mais. Se ele sai da cadeira, todos têm de ficar sem tudo isso.

– Não é a mesma coisa.

– É sim, George – ela disse. – É por isso que construímos a cadeira. Assim que ficasse pronta, eu sabia que ele não nos desapontaria.

– Mas é diferente. Estamos numa pior. Tentando sobreviver. Não era pra ser assim. Pensei... – Ele suspirou e soltou outro punhado de fumaça no ar.

– O quê?

O herói chutou uma pedra, que atravessou o cercado e acertou a bota de um ex-soldado.

– Acho que eu era como Danielle – disse St. George. – Sempre imaginei que algum dia tudo voltaria ao normal. Alguém sairia pelos portões e voltaria pra dizer que está tudo bem, que poderíamos todos voltar pra casa. Eu poderia voltar a ser o zelador que comprava comida tailandesa do restaurante da esquina e vestia fantasia pra prender assaltantes. Você poderia voltar a... sei lá o que você fazia da vida.

– Eu era uma modelo aposentada com diversos campeonatos atléticos ganhos e diplomas de doutorado – disse Stealth. – Para todos os efeitos, eu era independente e rica.

– Uau – ele disse, após um instante. – Você é mesmo o Batman, não?

– Você está fugindo do assunto, George. O que faremos agora?

– Como assim?

– Precisamos libertar Zzzap e garantir que Danielle e Cerberus voltem conosco para Los Angeles. Como faremos isso?

Ele parou de andar e a fitou.

– Não podemos – suspirou. – Também não gosto da ideia, mas como você disse, eles não são maus. São os caras do bem.

– Eles pretendem desfazer boa parte do trabalho que fizemos no Monte e trazer uma quantia razoável da nossa população para seu controle direto.

St. George olhou ao redor. Estavam a poucos metros da torre de observação mais próxima. Havia um soldado nela, de olho neles.

– Parece que estamos no meio dos turnos – ela disse. – Há muito poucos guardas patrulhando para ouvir nossa discussão, e levei a gente para longe das câmeras e microfones do perímetro.

– Olha – ele disse, abaixando o tom de voz –, não se trata de um vilão de filme, nem nada disso. É o Exército dos Estados Unidos, agindo segundo ordens do presidente. É como o Smith falou, seria traição.

– É mesmo? Não podemos trair um país que não existe. Ainda moramos nos Estados Unidos?

– Claro que sim.

– Geograficamente, talvez, mas uma nação é definida por mais do que meras fronteiras. – Ela se virou para o cercado e olhou para a poeira e os arbustos do campo de treinamento. Três ex's cambaleavam na direção deles, sobre a areia. – Toda essa terra já foi território dos nativos americanos, certo?

Ele deu de ombros.

– Certo...

– Suponha que um indivíduo chegasse para você afirmando ser representante desse território. Se requisitasse que você seguisse as regras dele, você seguiria?

– Estamos numa reserva, por acaso?

– Não.

– Então eu seria o mais educado possível, mas continuaria seguindo as leis atuais o máximo que pudesse.

Ela concordou.

– Assim como você fez no Monte.

Os dois fitaram a areia do lado de fora por alguns minutos. Um trio de ex's tentava rasgar o cercado exterior. Um deles era uma mulher com os seios à mostra e cabelos sujos. Outro, um homem mais velho sem um braço, tinha os óculos pendurados em volta do pescoço por uma correia.

– Me sinto péssimo.

– É compreensível. Passou os últimos dois anos esperando a chegada das autoridades. De alguém que aliviaria a sua responsabilidade para com o Monte. Acabou de perceber que não virá ninguém. Você é a autoridade. Você é e sempre será responsável pelo povo de Los Angeles.

– E isso não te deixa morta de medo?

– Como eu disse antes, George, não sou otimista. Nunca esperei que seríamos salvos ou aliviados do dever. Aceitei essa responsabilidade dois anos atrás.

Ela se virou e continuou a acompanhar a cerca interior. St. George deu alguns passos rápidos para alcançá-la.

–Você já tem um plano, não?

– Você vai voltar até Danielle e levá-la até a oficina onde Cerberus está guardado. Por sua vez, ela vai ensiná-lo a chegar até Sorensen. Estou certa de que ele sabe onde Zzzap está preso. Assim que Danielle vestir a armadura, requisitaremos transporte para Los Angeles. Se recusarem, teremos que roubá-lo.

– Isso seria ótimo se algum de nós soubesse pilotar um Black Hawk.

– Eu sei – disse ela –, mas acredito que um caminhão de transporte M35 pode nos levar de volta a Los Angeles em quatro dias no máximo.

– Certo. O que você vai ficar fazendo nesse tempo todo?

– Darei ao coronel Shelly uma última chance de apresentar provas das alegações de que o governo federal ainda está funcionando e de me convencer de que o plano dele representa nossa melhor opção. Depois disso, pretendo convencê-lo a nos deixar partir sem problemas.

– Só pra esclarecer – disse St. George –, quando você diz "convencê-lo", está se referindo a atacar um militar norte-americano?

– É claro que não.

– Não foi muito convincente.

– George, não temos tempo para isso. São 12h43. Você precisa se esforçar para colocar Danielle na oficina e libertar Zzzap até uma e meia. – Ela fitou o colega, debaixo do capuz. – Está confortável com o plano? Não quero influenciar sua decisão.

– Você influencia a maioria das minhas decisões – disse ele, com um sorriso carinhoso. Respirou fundo. – Não, não me sinto confortável com nada disso, mas às vezes a coisa certa a fazer não é a confortável. E isso parece a coisa certa.

– Então deve ser mesmo.

– Como pode ter tanta certeza?

Ela parou e voltou-se para ele.

– Porque você acha que é, e você é a única pessoa, de todas que já conheci, que sempre faz a coisa certa.

O casal se entreolhou por um instante, e George percebeu o momento oportuno que acabara de perder novamente. Pigarreou e tentou esquecer a ideia.

– Espero que sim – disse. – Daqui seis meses, não quero ver ninguém do nosso povo andando entre os cercados feito o Zé ali. – Ele apontou para um ex mancando de um lado a outro, patrulhando.

– Zé?

Ele assentiu, fitando o ex-soldado balançando seu rifle.

– Barry me faz assistir um filme do George Romero todo mês. O zumbi com arma se chama Zé.

– Não entendi.

– Deixa pra lá.

VINTE E UM

AGORA

Os soldados marcharam para o corredor mal iluminado com passos leves e constantes. Eram dois dos recrutas mais antigos, ambos com mais de trinta anos, especialistas. Um ano cuidando da segurança com nada mais desafiador do que lidar com um punhado de ex's os deixara tranquilos, mas mesmo assim eles hesitaram ao virar à direita e dar de cara com o corredor escuro.

Um dos tubos fluorescentes piscou por um instante, depois tudo se apagou de novo.

– Luz queimada – disse um deles. Apontou com a cabeça para a porta do escritório. – O coronel vai ficar uma arara na próxima vez em que trabalhar até tarde. Lembre-se de avisar à manutenção.

– Lembre você.

– É sua vez de escrever relatório.

– Babaca.

– Ei, você perdeu, foi honesto.

Viraram no corredor seguinte, ainda tentando empurrar serviço um para o outro. Stealth caiu, vinda do teto.

A sala do coronel era segurada por uma fechadura Medeco3, mas ela vira esquemas do mecanismo de trava num seminário em Las Vegas, muitos anos antes. Seis minutos de trabalho e ela estava dentro da área de recepção da sala de Shelly. A porta se fechou quando ela passou, sem fazer ruído, e ela travou a fechadura novamente.

Seus dedos percorreram a mesa do ajudante. Ela pesquisou por cartas e e-mails impressos, folheou a agenda e o calendário de mesa. Considerou o computador. Baseando-se nos itens pessoais sobre a mesa e gavetas, estava certa de que poderia descobrir a senha do ajudante em menos de dez tentativas. Contudo, havia muito pouca chance de que o material que procurava estivesse no disco rígido.

A porta da sala interna não estava trancada. Ela parou para escutar algum movimento ou respiração pesada, sinais de que alguém trabalhava ou até dormia ali. Se havia alguém na sala, fazia questão de ficar tão quieto quanto ela.

Ela abriu a porta e deslizou para dentro.

O coronel Shelly estava sentado à mesa, o rosto metido numa pilha de relatórios disciplinares. Linhas vermelhas corriam de suas narinas, dos ouvidos e do olho esquerdo. Havia líquido o bastante para formar uma poça mais ampla que sua cabeça.

Ouviu-se o roçar de pelos sobre linho atrás da heroína. O sibilo baixo de alguém ajeitando-se sobre o assento de uma cadeira.

– O que houve com ele? – Stealth perguntou num tom claro.

– Se fosse supor – murmurou Sorensen –, diria que ele sofreu uma hemorragia cerebral massiva. Três ou quatro vasos estouraram de uma só vez. Ele nem teve ciência do que aconteceu. Foi como apertar um interruptor. Vivo. Morto.

O cientista estava sentado numa cadeira na parede oposta, à meia luz. Não era possível dizer com certeza se ele estava tranquilo ou assustado. Fitava o cadáver.

– Acredite ou não, deve tê-lo salvado do ex-vírus – Sorensen continuou. – Se certas partes-chave do cérebro dele foram destruídas pela hemorragia, não haverá nada para o vírus reanimar.

Stealth deslizou por trás da mesa e examinou o corpo. Ainda estava quente. Morto em algum momento desde duas horas antes. Não havia ferimento de bala visível na cabeça, e o cientista não parecia estar armado, mas ela não descartou a possibilidade de um tiro de calibre menor na boca.

– O que está fazendo aqui, doutor?

Os olhos dele a fitaram por um momento, olhando por cima dos óculos.

– Eu ia perguntar se já haviam encontrado Eva e Madelyn.

Ela passou para a frente dele.

– Sua esposa e sua filha?

Ele fez que sim com a cabeça, várias vezes.

– Foi-nos dito que sua família foi morta por ex's durante a missão de resgate.

Sorensen virou a cabeça e a fitou.

– O capitão Freedom não conseguiu recuperar os corpos – disse ele –, então elas devem ter escapado.

– É bem mais provável que tenham sido devorados ou desmembrados a ponto de não serem mais reconhec...

– Elas escaparam! – Sorensen gritou.

O homem levantou-se num salto, e Stealth posicionou-se para preparar um chute.

– O coronel Shelly estava enviando patrulhas para procurá-las. Ele me prometeu. Madelyn é uma menina esperta, especial. Ela escapou. – O cientista pendeu a cabeça. – A questão, na verdade, é o que *você* está fazendo aqui?

– Eu pretendia falar com o coronel sobre suas afirmações acerca de contatos com um suposto governo atuante. Por que acredita que ele sofreu hemorragia?

– Ele não foi o primeiro – disse o cientista. Ele foi até a mesa. – Três pessoas morreram do mesmo jeito. Todos tinham muito na mente. Muito conflito, assim como o coronel.

– Conflito?

– Ele não queria nenhum de vocês por aqui. Queria apenas estabelecer contato, certificar-se de que estavam fazendo um bom trabalho, de que estavam a salvo... – A voz do cientista se perdeu de novo e ele passou os dedos sobre a mesa, para a frente e para trás. As pontas passaram a centímetros da poça de sangue.

– Doutor?

– E então ele mudou de ideia – disse o homem. Tamborilou os dedos da outra mão sobre o dedão. – Entre o café e o almoço. Como se pressiona um interruptor.

Stealth o fitava enquanto ele tracejava a mesa.

–Você teve algo a ver com isso, doutor?

– Não, não, não. – Ele parou de tracejar e a fitou por um momento, feito uma criança malcriada. Depois fez cara de bobo. – Não quis que acontecesse deste jeito – sussurrou por entre os dedos. – Nada disso. Só queria que me deixassem em paz.

– Quem?

– Os mortos. Os mortos ficam falando comigo. Só queria ficar sozinho, mas ficam todos falando comigo.

A heroína ouviu passos e virou-se. Um trio de soldados estava à porta. Cada um usava o rótulo que indicava serem supersoldados. O mais próximo era um sargento de nome PIERCE. Ele olhou para o corpo. Os outros dois olhavam para ela.

– Sinto tanto – disse Sorensen. Voltou a seu posto na cadeira. – Não era pra ser assim.

Stealth socou o soldado ao lado de Pierce, mas o homem bloqueou o impacto do golpe. Era rápido demais, ela notara, e estavam prontos para ela. Ela girou o salto num amplo chute. Eles desviaram novamente, mas a manobra deu-lhe tempo para acessar os bastões ASP alojados nas costas.

Ela ergueu as armas, e Pierce e outro homem, Hancock, agarraram-na pelos braços. Ela chutou com as duas pernas para o alto, agarrou o terceiro soldado por baixo do pescoço com a bota e conseguiu dar um salto mortal para trás. O movimento os surpreendeu o bastante para que soltassem os pulsos da moça.

O terceiro soldado cambaleou para trás. Ela girou e chutou Hancock bem no estômago, ao mesmo tempo que abriu os bastões e fraturou o pulso de Pierce. Ela girou a perna contra Pierce, mas foi contida por

Hancock. O chute o desequilibrou, mas ele segurou-se na perna dela. Ela podia libertar-se, mas isso a fez perder o *timing*. Só por um instante.

O terceiro soldado pôs-se em pé. Ela liberou a perna e mandou dois chutes no rosto de Hancock.

O punho de Pierce atingiu-a bem abaixo da axila, e ela sentiu o abalo percorrer todo o braço. Foi como ser golpeada com um taco de beisebol. Situação pela qual ela já havia passado.

Ele retraiu a mão boa e socou o mesmo braço, agora no bíceps. A heroína sentiu a mão ficar dormente, mas forçou os dedos a segurarem o bastão. Ela brandiu o outro braço, socou o terceiro soldado, mas o punho de Pierce a atingiu bem na lateral da cabeça. Ela ouviu os bastões caírem no chão.

Foi somente um pouco após a uma da tarde que Freedom entrou na sala de Shelly.

– É verdade, senhor?

Smith estava em frente à mesa, observando a poça escura.

– É – disse ele. – Acabei de falar com Sorensen. Ele entrou e pegou a mulher, Stealth, espancando o coronel Shelly. Foi sorte haver três de nossos homens por perto, que ouviram tudo.

Freedom estava imóvel feito estátua.

– Qual é a situação do coronel, senhor?

– Não o vi, mas Sorensen diz que é crítica. Pode haver... – Smith respirou fundo. – Pode haver danos cerebrais. Ela bateu no crânio dele com aqueles bastões dela.

Freedom não disse nada, mas contraiu a mandíbula e fechou os punhos com muita força.

– Há grandes chances de que ele não sobreviva – disse Smith. – Desculpe-me por dizer isso, capitão, mas de qualquer modo, isso significa que você está no comando.

– Tenho ciência disso, senhor. – Freedom respirou fundo, por sua vez. – Temos ideia de por que ela fez isso?

– Se eu tivesse que supor... sei lá, vai ver que ela ficou irritada porque vamos segurar a Dra. Morris e Cerberus aqui em Krypton. Talvez tenha pensado que poderia matá-lo e eles escapariam no meio da confusão. – Ele deu de ombros. – Não sei, algo que eu disse parece plausível pra você?

– Mais do que plausível – disse o soldado grandalhão. Ele fechou a cara. – Ela está sob custódia?

– Pierce e Hancock a colocaram na cadeia há cinco minutos.

– Excelente – disse Freedom. – Então vamos pegar os demais.

XXX

– Droga – disse St. George quando as sirenes foram acionadas. – Acho que isso é pra gente. Parece que a conversa de Stealth com o coronel Shelly não foi muito bem.

– Bom, ela é uma diplomata fantástica – murmurou Danielle.

Os dois saíram correndo entre os edifícios. Ele se ofereceu para levá-la voando, mas ela comentou que ficariam expostos demais. Permaneceram no solo, procurando não serem vistos.

Chegaram a uma intersecção mais ampla, onde as estradas eram pavimentadas.

– É aqui – disse Danielle, apontando para a esquerda. – Pelo que me disseram, o laboratório de Sorensen é por aqui. Prédio dezenove, quarto andar. O prédio tem o mesmo layout que o meu, o laboratório dele fica bem em cima de onde seria o meu. Acha que consegue encontrar?

– Vou dar um jeito. Certeza que consegue chegar sozinha à oficina?

Ela ajeitou o colarinho da jaqueta camuflada.

– Não parece haver muitos soldados ainda. Vou me misturar o bastante com o cabelo embaixo do boné. Cerberus vai estar pronto pra briga quando você encontrar o Barry.

– É melhor que esteja – disse ele. – Acho que nosso tempo está acabando.

– Por acaso alguma vez eu demorei pra voltar pra dentro da armadura?

– Te vejo em uma hora ou menos, então.

Ela apertou o boné, fez uma saudação seca e marchou pela via com os braços firmes ao lado do corpo. St. George observou até que ela passou dois prédios e mudou de direção.

Sozinho, ele podia ir mais rápido. Focalizou o ponto entre seus ombros no qual sentia a gravidade enfraquecer. Isso permitia que andasse mais rápido, longas passadas. Agachou atrás de um caminhão estacionado quando um jipe passou voando pela estrada.

O prédio dezenove tinha um teclado de segurança. St. George xingou-se por não ter perguntado se precisaria de senha para entrar. Tinha certeza de que poderia abrir a porta à força, mas estava igualmente certo de que isso acionaria o alarme. Então xingou-se novamente pela burrice.

A trava pulou para fora quando ele arrombou a janela. Como suspeitara, os construtores do Exército não se importaram em colocar alarmes nas janelas do quarto andar. Ele deslizou o vidro, abrindo-a totalmente, girou no ar e deslizou para dentro do cômodo.

Não dava para ouvir muita coisa lá de dentro. O zumbido discreto do ar condicionado. Um tubo fluorescente crepitava em algum teto. Até o momento, não ouvira vozes, telefones tocando nem quaisquer sons de vida que se esperaria de um edifício habitado. St. George passou para o corredor vazio.

Levou cerca de dez minutos para encontrar o laboratório de Sorensen. O nome do cientista decorava uma pequena placa, junto de três longas palavras que o herói não conseguia pronunciar, duas *bio* e uma *neuro*. Também tinha teclado de segurança. Ele considerou rodear o exterior do prédio até encontrar uma janela que desse para o laboratório, depois supôs que Danielle já devia ter chegado à oficina. Se tivesse acertado nas contas, terminaria de preparar o traje para a montagem em vinte minutos.

Ele firmou o pé, colocou a palma da mão logo acima da maçaneta e puxou. A peça de metal soltou um pequeno gemido. A fechadura dobrou-se na direção da sua mão, e o metal ficou todo enrugado em torno dos dedos. As dobradiças soltaram quatro estalos secos, ouviu-se um guincho do metal e a porta voou para dentro do laboratório.

St. George esperava que a sala estivesse cheia de produtos químicos borbulhantes e tivesse uma Bobina de Tesla. Havia mais computadores, inclusive uma tela gigante da qual Stealth jamais admitiria ter ficado com inveja. Cérebros boiavam dentro de pequenos tanques perto de tabelas e secções mostrando sua estrutura.

Cinco ex's estavam presos a macas inclinadas, todos encostados contra a parede dos fundos. A fileira de figuras semiverticais o fez pensar num brinquedo de parque de diversões, aquele que gira as pessoas. Quatro deles tinham faixas de nylon sobre a testa e estavam amordaçados. A cabeça do quinto estava livre e girava de um lado a outro, tentando morder o vazio.

Sorensen estava sentado no meio do laboratório, num banco alto. Ele olhou para trás e viu o herói.

– Está aberto – disse ele. – Não tranco há meses.

– Onde está Zzzap?

– A salvo.

St. George flutuou pela sala e ergueu o cientista pelo colarinho.

– Chega de jogos – disse. Uma fumaça quente escapou-lhes por narinas e boca. – Você vai me levar até ele agora e vai soltá-lo.

– Ele está muito mais seguro onde está – disse Sorensen. – Eles não têm como alcançá-lo lá.

– Eu disse chega de jogos.

– Pode me soltar – disse o cientista. – Não vou fugir. Se é isso o que quer, vou levá-lo a seu amigo. Mas ele está mais seguro onde está.

– Desculpe-me se não acredito em você.

O cientista tentou dar de ombros, mas pendurado como estava pela mão de St. George, o máximo que conseguiu foi balançar o avental.

– Vou precisar pegar o *pen drive* azul que está na minha mesa.

– Pra quê?

– Chave de segurança. O Sr. Burke está dentro de um esquema de gaiolas de Faraday. É isso que o mantém preso. A chave desliga tudo isso.

– E pronto?

– Existe uma chave irmã que deve estar com um dos soldados em serviço. Em tese, precisamos das duas. Mas tenho certeza de que você poderia destruir todas as gaiolas, se precisasse.

St. George colocou o homem no chão. Os sapatos do cientista tocaram o piso de linóleo, fazendo um ruído mais suave do que o do ranger de dentes.

–Você ficou tão solícito de repente.

Sorensen deu de ombros de novo e ajustou os óculos. Depois, tentou alisar os muitos amassados das roupas.

– Não importa mais nada. Nada de nada.

– Do que está falando?

– Está tudo acabado agora. Com o coronel Shelly morto, vai haver confusão. Eles não têm motivo pra continuar fingindo. Principalmente com vocês aqui.

– Peraí – disse o herói. –Volta. Como Shelly morreu? O que aconteceu?

– Muita pressão na cabeça – Sorensen respondeu. – É um dos maiores problemas de ficar aqui. Essas pessoas são boas. Boas, corajosas. Carregam muita coisa na cabeça.

– Pressão na cabeça? Espere um minuto. Isso... isso tem alguma coisa a ver com o Nest?

O cientista balançou a cabeça.

– Não, é claro que não – disse, suspirando. – O Nest nem funciona.

St. George fitou o homem e acompanhou os olhos dele, que focavam uma grande tabela na tela gigantesca. Reconhecera o esquema feito por Stealth no dia anterior. O simulador neural.

– Esse foi o trato, entende? – disse Sorensen. – Eu fiz um esquema com os mortos. Não diria nada se algum de vocês viesse até aqui. Se eles encontrassem vocês e vocês viessem até aqui, eu não poderia dizer nada. Principalmente para ela.

St. George não entendeu.

– Ela quem?

– Ela. A Dra. Morris. Esse era o trato. Os mortos seguiriam ordens, agiriam como se o Nest estivesse funcionando. Mas eu não poderia avisar a pessoa que o matou.

– Do que está falan... ah, droga.

Do outro lado da sala, o quinto ex parou de ranger os dentes. Ele olhou para St. George. E sorriu.

Danielle estava presa do outro lado da estrada onde ficava sua oficina, escondida atrás da Tumba. Assim que chegara ao edifício, um jipe parou ali. Dois soldados entraram na oficina para verificar o local. Outros dois esperavam do lado de fora e olhavam ao redor, sem muito compromisso. Eram recrutas novos. Um deles tinha no máximo uns dezessete anos. O outro parecia ter quase cinquenta.

Depois do que pareceu ser um século, os soldados saíram e balançaram suas cabeças. Deram uma olhada final nas laterais do prédio, e o sargento digitou algo no teclado ao lado da porta. Os quatro subiram no jipe, que seguiu para outra área da base.

Em situação similar, ela sabia que Stealth teria esperado pelo menos três minutos antes de sair do esconderijo. Danielle esperou o dobro. E mais dois minutos, só por garantia, ainda que quisesse desesperadamente entrar.

Não havia sinal de mais soldados. Nem dava para ouvir outro jipe.

Cruzou a estrada aos tropeços, abaixada, ainda que estivesse em plena vista e isso não pudesse escondê-la. O boné escorregou, e ela o atirou para longe, deixando o cabelo cair nas costas. Assim que se aproximou da oficina, tentou meter-se numa das sombras cada vez menores devido ao sol, cada vez mais a pino.

Esperou outro minuto e deslizou até o teclado. Até onde sabia, nada tinha mudado. Parecia que o soldado havia apenas reacionado as travas e o sistema de segurança.

Se tivessem mudado a senha, usar o teclado alertaria os soldados da sua localização. Se não, ela conseguiria entrar, mas eles seriam alertados do mesmo modo. Mas se eles não tivessem alterado a senha, talvez ainda não lhes tivesse ocorrido rastreá-la desse jeito. A não ser que tivessem deixado a senha ativa justamente com essa intenção.

Seus dedos dançaram sobre o teclado. A porta abriu num clique. Nenhuma sirene soou.

Ela fechou a porta atrás de si e suspirou, aliviada, finalmente separada do mundo exterior. Então deu meia volta e conteve um grito.

Um círculo de vinte ex's contornava as mesas onde Cerberus estava espalhado, iluminado pela luz do céu. Mais quatro estavam no centro do cômodo, perto das pernas e torso do traje. Todos vestiam uniforme militar. Cada um segurava um rifle M16 contra o peito.

Nenhum se mexeu.

Danielle levou um instante para controlar a respiração e deu um passo à frente. Fez questão de meter o tênis com tudo no chão, roçando no piso de concreto. O som ecoou pela oficina.

Eles não reagiram.

Ela deu mais passos cautelosos à frente, pé ante pé. Se eles começassem a se mexer, ela tinha certeza de que ganharia a corrida até a porta. Claro, se eles soubessem atirar, não precisariam de velocidade.

O notebook dela estava perto do círculo de soldados mortos. Os cabos corriam entre dois deles até o capacete e a espinha da armadura. Dava para ver que o traje ainda estava conectado e carregado. Ninguém o tocara. Estavam apenas tomando conta.

Ela estava a poucos metros do círculo quando os dois ex's mais próximos deram um passo à frente. Bateram ombro com ombro ao bloquear o caminho da moça. Danielle saltou para trás, e eles pararam de avançar.

A senha dela ainda estava ativa. Shelly dissera que os ex's programados obedeciam a ordens simples. E às vezes tinham noção de prioridade.

Danielle respirou fundo e encarou o ex mais próximo. Era um homem de cabeça raspada, vestia uma camiseta cor de areia e tinha um buraco de bala no peito. Ela pigarreou.

– Soldado – disse –, ordeno que me deixe passar.

O ex não se mexeu. Ela foi para a frente, e o monstro deu outro passo desajeitado. Suas mãos se ajeitaram no rifle.

– *Ordeno* que me deixe passar – ela insistiu.

O bicho não se moveu. Continuou segurando o M16 do mesmo jeito. Fitava algo atrás dela, com olhos de peixe morto.

– Repito, isso é uma ordem direta de Cerberus 033-alfa.

A coisa morta começou a se mexer, tremelicou e parou. A cabeça seca virou-se e trancou o olhar no dela. A sobrancelha pareceu curvar-se.

– Eu disso, isso é uma or...

O M16 caiu no chão. O monstro a atacou com muita velocidade e agarrou-a pelo pescoço. Ele encarou a ruiva e a levou para trás, desequilibrando-a, até que a mesa de trabalho a pegou em cheio na lombar. Com o braço, ele a empurrou, e ela caiu de costas, perto do notebook. Seus pés ficaram balançando um pouco acima do chão.

Os lábios rachados da criatura mostraram os dentes.

– Puta maldita – rosnou o bicho. – Cadê a valentia sem a armadura?

Ela golpeou o braço dele, mas estava fraca. Pele e ossos fracos.

Os soldados mortos respiraram fundo e falaram todos de uma vez:

– SE EU SOUBESSE QUE ERA VOCÊ – disse o coro de ex's –, TERIA ARRANCADO *SUA* CABEÇA ONTEM MESMO!

FANTASMA NA MÁQUINA

ANTES

Pensar faz mal. Foi a lição que aprendi ano passado. Não quero mais pensar.

O capitão Freedom me contou a história mais incrível, um tempo atrás. Foi muito cauteloso ao contar. Sabia que o assunto ainda causava comoção na época. Gelo fino, como dizem.

Faz quinze meses, sete dias e duas horas e meia que Eva e Madelyn sumiram durante a tentativa de resgate. Continuo checando relógios e rotulando mentalmente cada data. Um mês desde que desapareceram. Dez semanas desde que se perderam. Seis meses desde que se perderam. Um ano desde que

Mencionei isso ao John, outro dia, e ele disse que fazia a mesma coisa havia dois anos, desde quando o pai falecera.

Dois anos? Como posso viver assim por mais um ano? Ainda sinto frio e vazio o tempo todo. Será que vai levar o dobro do tempo por eu não saber o que aconteceu com elas? Não vou aguentar quatro anos disso.

Freedom veio falar comigo. Faz quase um ano, lembrando agora. Fazia três meses que elas haviam desaparecido. Trouxera uma charada, por assim dizer. Haviam saído naquela manhã para buscar o veículo blindado, o jipe, como chamavam. Ficara largado lá esse tempo todo. Desde que elas

Elas

Preciso concluir mais trabalhos. Ainda não consegui colocar o Nest para funcionar nem reiniciar os ex's. Eles são mais do que necessários agora. Preciso focar nisso. Preciso impedir que minha mente fique vagando tanto. Eles não estavam aqui no laboratório antes, então não vai ser difícil trabalhar agora que elas estão

Agora que elas estão

Madelyn Sorensen. Todos dizem que fomos muito cruéis ao dar-lhe nomes que rimam. Que éramos pais ruins. Será que ela me achava um pai ruim? Me culpava? Deus, espero que ela saiba como eu me esforcei. Quis ir até elas. Quis estar junto delas.

Freedom disse que trariam o jipe para dentro, mas que não precisavam fazê-lo. Ainda tinha meio tanque de combustível. Parado lá, sob o sol, por quatro meses, e ainda tinha mais de vinte galões de diesel no tanque. Não havia motivo para ter parado.

Lembro-me que, no início, fiquei muito contente, porque se o Transportador ainda tinha gasolina, talvez isso significasse que Eva e Madelyn não tinham... que a coisa toda fora um engano. Talvez ainda estivessem na pista de pouso. Talvez nunca tivessem entrado no avião.

Freedom foi muito gentil, tentando me acalmar. Era um bom rapaz. Ainda é, acho. Não o vejo mais com muita frequência. Eles me deixam em paz. Estão todos com muito na cabeça.

A charada referia-se ao fato de que metade dos soldados dele ainda insistia que o tanque estava vazio. Ele fizera uma dúzia deles olhar para o indicador, e apenas cinco viram a agulha acima do zero. Mesmo depois de terem entrado dirigindo o veículo, alguns deles continuaram afirmando que não havia gasolina. Nada que o capitão fizesse os convencia do contrário. Alguns deles não conseguiam nem ligar o motor.

Ele quis saber sobre alucinações. Se eram um efeito colateral do processo sobre o qual eu não falara ao Exército. Ele ainda não havia relatado, mas deixara bem claro que não podia colocar seus soldados em risco.

– Não quero que mais ninguém morra – disse ele.

Acho que isso faz um ano hoje. Ou talvez tenha feito um ano ontem. Não, há dois dias. Quando conversei com Freedom, fazia exatos noventa e nove dias desde que elas sumiram. Desde que um dos supersoldados que eu criei tentou trazer minha filhinha Madelyn, cruzando meio quilômetro de areia, e foi atacado por um exército de ex's, que o desmembraram. Desde que elas entraram a bordo do Transportador e

Preciso trabalhar. Preciso pensar em outras coisas. É tudo de que preciso ultimamente. Trabalhar e ficar sozinho.

Do outro lado do laboratório, havia seis ex's presos em macas. Estavam também algemados ao corrimão e amordaçados. Um dos soldados treinados para ser paramédico, Franklin, eu acho, teve a boa ideia de usar pranchetas e prendedores de cabeça para mantê-los imóveis.

Todas as minhas tentativas de devolver o estado cognitivo do cérebro falharam. Esse grupo de ex's já estava com os pontos de contato novos. Acho que estavam. Lembro que eu fazia buracos para os pontos nos crânios deles quando o capitão Freedom veio falar comigo. Tinha uma dúvida que estava tentando resolver. Esse foi o dia noventa e nove. Ainda não era o cem.

Prendi a caixa Nest nos contatos e enviei um novo padrão de eletricidade para dentro do cérebro morto. Nada. Nenhuma resposta. Chequei cada um dos seis sujeitos. Os EEGs não indicavam nada. Voltei ao primeiro. Era um rapaz loiro, de barba por fazer, com um buraco enorme na bochecha direita. Acho que tinha sido mordido, mas todos haviam sido limpos antes de chegar a mim. Durante os primeiros seis meses, foram todos do sexo masculino. Devia ser coisa do John.

Dava para ver os dentes do rapaz através do buraco. Não tinha uma obturação sequer desse lado da arcada. Madelyn também tinha dentes ótimos. Freedom disse que não havia encontrado os corpos. Não deixaram rastros. Nem mesmo dos tênis brilhantes da Madelyn. Foi bastante educado quando disse que elas haviam morrido. Insiste em enxergar os fatos por esse prisma. Tentei, durante semanas, dizer-lhe que elas podem ter escapado, mas ele não escutava. Continua não escutando.

Sonhei com esses tênis. Vejo-os correndo sobre o deserto, em direção ao portão. Acordo chorando, quase sempre.

Não, não, não. Não posso pensar assim. Preciso manter o foco.

Havia algo de estranho nos olhos do rapaz. Todos os ex's têm os mesmos olhos cinza. Acumulam poeira devido à falta de lágrimas, e acabam arranhados. É um processo de refração, do mesmo modo que um arranhão sobre o vidro tem a cor branca.

Os olhos dele eram cinza e esquisitos, mas eu não sabia dizer o porquê do estranhamento. Chequei um dos outros ex's para me certificar, depois voltei ao primeiro. Mexi minha cabeça, para a frente e para trás, para ver se não era um efeito de luz e sombra. Havia algo errado. Eu precisava focar mais nesse. Algo óbvio me passava despercebido.

Ah. É claro. Ex's sempre viram o rosto. Não têm o controle muscular fino para mover somente os olhos. Ainda não sei ao certo se eles precisam mirar com os olhos, do mesmo modo que pessoas cegas nunca miram.

O rapaz com o buraco na bochecha me observava. Seguia-me com os olhos. Concentrei-me bastante. Chequei o Nest novamente. Ainda estava ligado, ainda enviava o novo padrão.

– Oooonnn sssstooo?

O ex tentava falar. Isso foi mais do que eu esperava realizar. Fiquei tão impressionado! Mal podia esperar para contar para Eva e Madelyn, e então me horrorizou o fato de ter esquecido que elas

Como pude esquecer? Fazia apenas quinze meses. Que elas haviam desaparecido.

– Queeee poooorr eee eeesss – disse o rapaz. O rosto se contorcera numa careta. Eu podia ver as arcadas dentárias e a língua se movimentando através do buraco na bochecha, tentando retirar a mordaça.

Minha mente se embolou entre três ou quatro coisas para responder. Inclinei-me para o ex, e seus olhos cinza me focalizaram. Uma das íris tinha um pequeno rasgo.

– Você me entende?

– Quee quee isss? Tirr ess oisa a minn booc!

Eu sabia que não devia remover a mordaça. Devia mesmo chamar alguns soldados para ficar de sobreaviso. Mas parte de mim estava intrigada demais.

E a outra parte... a outra parte não ligava para mais nada.

Soltei a tira da nuca e joguei a mordaça ao lado. Um ex normal ficaria esticando a cabeça, tentando me morder. Esse apenas pareceu incomodado. Levei a mão à sua nuca e puxei as tiras de velcro que prendiam a mordaça.

O ex começou a falar assim que a barra de couro foi removida de sua boca.

– Demorou! – disse ele. – Que que tá acontecendo? O que você tá fazendo comigo, cara?

Olhava ao redor. Fazia comentários. Estava pensando.

– Qual é... – Tentei pensar na pergunta apropriada. Não esperava ter tal nível de sucesso. – Qual é a última coisa de que se lembra?

– Eu tava em Hollywood. Do lado de fora do Monte. Lutando contra aquele negócio de metal... – O ex pareceu perder-se em seus pensamentos, e por um momento eu pensei ter cometido um erro. – Não – continuou ele –, eu tava nas montanhas. Numa dessas cidades com pista de esqui.

Sua voz era familiar. Fiquei em dúvida. Hesitante. Percebi que ele falava como eu.

Tinha também um forte sotaque espanhol, o que era estranho para um rapaz loiro, caucasiano.

– Andei por um monte de lugares – disse ele. – Tipo, andei viajando, mas eu não...

Ele jogou a cabeça para a frente e fitou o próprio tronco. Virou-se para mim, e eu levei um susto. Olhava-me furioso.

– Que diabos tá acontecendo? O que está fazendo comigo?

– Não sei se entendo o que quer dizer.

– O que é isso? Cadê o meu corpo?

– O que... o que quer dizer? Não estou entend...

– Esse não sou eu – ele gritou. – Cadê o resto de mim? Você colocou minha cabeça em outro corpo ou... – Ficou sem palavras. Fitou-me novamente. – Peraí – disse ele. Falava rápido, como se misturasse as palavras. – Eu te conheço. Você é aquele cientista maluco.

Estremeci.

– O que quer dizer?

– Foi você quem me soltou. Eles queriam me levar à corte marcial e tal e você me liberou. Disse que aquelas drogas e tudo mais já tinham saído de mim, e que eu podia sair.

As frases flutuavam em minha mente. Eu sabia que aquilo não me era estranho, mas era de antes. Era a conversa mais longa que eu tinha com uma pessoa em um ano, e eu ali, travado.

– Isso aqui é o Projeto Krypton, né? Numa base do Exército.

Concordei.

– Isso. Você... você é aquele soldado. Casares. Dos testes anteriores.

– É. Que dia é hoje?

– Terça.

– Não, babaca, quero dizer do mês. A data.

– Dia catorze – eu disse. – De dezembro.

Ao dizer isso, ocorreu-me que eu não havia comprado nenhum presente. Eva e Madelyn ficariam muito chateadas. Sou bom em escolher presentes. E então me lembrei de que não teria que comprar presentes neste ano. E também não havia onde comprar. E as duas acabariam me odiando.

Preciso focar no trabalho.

O ex rosnou:

– Um mês – murmurou. – O pessoal deve ter se separado sem mim.

Somente nesse momento comecei a pensar no rapaz como um ser humano. Estava consciente. Senciente. Não era mais uma coisa.

– Sua mente foi reativada – eu expliquei. – Existe um aparelho do lado esquerdo do seu crânio que chamo de Nest. Ele opera estimulação neurol...

– Ei, mano – disse ele. – Seu brinquedinho não tá fazendo porcaria nenhuma, beleza? Isso aqui é 100% Rodney falando, saca? Quanto tempo faz que eu tô aqui?

– Seu corpo foi trazido para cá duas semanas atrás, com mais três...

– Não, doutor – disse ele, balançando a cabeça. – Eu. Minha cabeça. Mandaram num pacote ou algo assim?

– Eu... eu acho que não estou entendendo.

– Me dá um espelho, droga!

Havia um espelho de mão na sala ao lado. Eu usava para ter certeza que nada espirrara nas minhas roupas depois que eu fazia os furos. Trouxe-o para o ex e acabei vendo-me nele. Precisava cortar o cabelo. E fazer a barba também. Eva odeia quando deixo a barba crescer demais, porque era curtinha quando nos conhecemos, na escola.

– Que porra é essa? – disse ele. O ex inclinou a cabeça para um lado, depois para o outro. Levei alguns instantes para entender que ele esperava ver outro rosto. Ele virou o rosto e meteu a língua pelo buraco na bochecha. – Acho que vou poder praticar bastante com *las chicas*, né, doutor? – Sua boca se abriu num sorriso.

Expressão bastante bizarra para uma criatura morta.

Pigarreei.

–Você... você disse que o Nest não funciona?

O ex desviou o olhar do espelho.

– O quê? – Ele apertou o olho esquerdo algumas vezes, fazendo a unidade Nest mexer em sua têmpora. – Nada, isso é uma porcaria. Tá me dando um calor na cabeça, isso sim. E um pouco de dor de cabeça. – Ele ergueu o queixo e olhou ao redor da sala. – Que lugar é esse? Ainda estão tentando fazer as pessoas serem o melhor que podem e tal?

– Sim. E tentando devolver a alguns ex's, como você, um estado semicognitivo.

– Não como eu – disse ele. Os olhos dele focalizaram algo atrás de mim, depois agitaram-se, como se ele fizesse leitura dinâmica de um livro invisível em pleno ar. Ou como se estivesse no estágio REM do sono. – Três cercas. Estão com falta de guardas. – Ele pareceu ter visto alguém. – Cacete, aquele é o coronel Shelly? Eu odiava esse babaca.

– Como é que você...

– Estou em todo lugar, doutor. – Ele olhou para um dos demais sujeitos. – Então, o quê, você precisa controlar todos? É isso que tem que fazer?

– Sim.

Ele assentiu.

– Bom, saca só. Bota o pezinho e dá uma voltinha.

Os cinco outros ex's giraram o pé esquerdo de um lado a outro.

– Ou então isso. Que soem os tambores, *mi amigos*.

Um dos ex's estava sem uma mão, mas nove conjuntos de dedos batucaram o colchão das macas. Agiam em sincronia perfeita, como uma grande unidade militar. Pararam e deitaram os dedos ao lado das pernas.

O morto sorriu novamente.

– Vou fazer um trato com você, doutor. Você precisa que um bando de ex's faça o que mandar. Eu preciso ficar na minha por um tempo, enquanto resolvo o que fazer. Entende aonde quero chegar?

Não entendi.

O sorriso ficou maior ainda. Repuxou a carne em torno do buraco na bochecha, formando uma cratera oval no rosto dele.

– Parabéns, doutor – disse ele. – Seu brinquedinho funciona.

Então eu entendi.

– Por quê?

– Porque eu posso. Vai ver porque eu tô te devendo uma, e não gosto de dever nada pra ninguém. Você me transformou na morte encarnada.

– Não fiz nada além de aplicar alguns testes.

– Você disse que eles podiam me deixar sair. Isso já basta pra mim. Estou tentando te fazer um favor.

– Não seria assim tão simples – eu disse. – Se ele achar que funciona, o coronel Shelly vai querer que eu coloque o Nest em dezenas de ex's. Talvez centenas. Você não pode...

O sorriso do ex desapareceu.

– Não me diga o que posso ou não fazer. Se eu quisesse, todo bicho morto num raio de três quilômetros pegaria uma pedra e meteria na própria cabeça. Ou na de alguém.

Ele me encarava com aqueles olhos poeirentos, arranhados.

– Não quero nada...

– Posso encontrá-las pra você.

Ele falou com tamanha certeza que até estremeci.

– O quê?

– Os soldados no cercado – disse o ex – estão falando sobre você e sua filha. Você acha que sua filha e sua esposa escaparam, né? É isso que eles andam dizendo.

– O coronel Shelly está...

– Ele tá te enrolando pra fazer o que ele quer. Acha mesmo que ele vai mandar o pessoal dele procurar corpos?

– Elas não estão mortas!

– Sei que não, doutor – disse o ex, sorrindo. – E vou ajudar a encontrá-las. Tenho milhares de olhos no deserto. Se eu as vir, vou te contar onde elas estão.

– Você... faria isso?

– Ei, doutor, a família é a coisa mais importante da vida, né?

Eu sabia que estava errado e nem liguei. Eu sabia que ele me odiava do jeito dele, um jeito perigoso, e nem liguei. Só queria confirmar que Eva e Madelyn estavam a salvo e terminar o projeto Nest para que todos me deixassem em paz e não tivesse mais que pensar.

Olhei o morto bem nos olhos.

– O que você quer?

– Apenas diga-lhes que o treco funciona. Digam que ainda tô meio lerdo, então eles não vão esperar muita coisa. Daí fico livre pra andar por aí.

– Só isso?

– Talvez a gente tenha que passar uns detalhes mais tarde, mas por ora é só isso. Fechado?

Ele ergueu a mão direita, ainda presa pela tira, para que eu a apertasse. Um acordo entre cavalheiros. Peguei a tira e a desabotoei.

VINTE E TRÊS

AGORA

– Então – grunhiu o ex –, nos encontramos de novo e tudo mais, hein, dragão? Aposto que não contava com isso.

St. George protegeu Sorensen com o corpo.

– Como foi que você sobreviveu? – perguntou ao morto. – Cerberus o matou. Queimamos seu corpo junto de outros cem.

– E eu sarei – riu o ex. Uma risada seca. – Sou Peasy, bro. Paciente um. Pensou que eu morreria assim tão fácil?

– Não é o paciente um – disse St. George. – É a vítima do paciente um, um vagabundo assassino que deu sorte e ganhou superpoderes.

– Não foi sorte – disse Sorensen. O cientista limpou os óculos de maneira displicente. – Ele foi um dos sujeitos do Krypton antes de eu tomar o controle do projeto, alguns anos atrás. Pensei que havíamos removido todos os hormônios sintéticos e esteroides do organismo dele, mas quando ele foi exposto ao ex-vírus, a reação foi inesperada.

St. George olhou para trás, para o cientista.

– Foi você quem fez isso com ele?

O cientista deu de ombros.

– Não impedi que acontecesse, se você se importa em fazer essa distinção.

– A mim não importa – disse o ex. Os olhos do homem morto piscaram, tentando focalizar. – O que diabos aconteceu com a sua cabeça, dragão? Tá parecendo um coroinha doente, algo assim.

– Então, como você sobreviveu? Onde ficou escondido?

A criatura morta sorriu.

– Isso que é o legal. Estou em todo lugar e lugar nenhum. Estou assim desde que aquela maldita me arrancou a cabeça. Caramba, se eu soubesse que aquela ruiva era você, teria arrancado sua cabeça ontem mesmo.

– O quê?

Peasy sorriu.

– Peguei ela – disse. – E acredite, faz meses que venho pensando...

XXX

... em todas as coisas que vou fazer com você. Nem sei por onde começar.

Danielle golpeou o braço ressecado.

– Assassino maldito – ela rosnou. – Eu faria de novo. Me dê uma chance e eu te faço em pedaços.

O soldado morto a encarou com olhos poeirentos. Em algum nível ela sabia quão vulnerável estava. De pele nua num local cheio de ex's. Ele podia fazer qualquer coisa com ela. Qualquer coisa.

Mas ela só conseguia pensar em Gorgon. Sobre seu corpo retorcido jogado ao chão por um monstro gigantesco feito em guardanapo de papel usado. Sobre em encontrá-lo semidevorado na manhã seguinte e esmagar o crânio imenso da coisa que o matou.

Ela se ergueu e socou o morto bem no queixo. O bicho riu e a inclinou ainda mais sobre a mesa. Ela girou de novo, mas foi agarrada pelo pulso.

– Sabe o que vou fazer, puta? – Ele agitou o braço dela. – Vou dar suas mãos pra eles comerem.

Alguns dos ex's ao redor estremeceram. Abaixaram as armas e clicaram os dentes um par de vezes. Todos viraram-se para fitá-la.

– Vou deixar que mordam seus dedos, um por vez. Já viu um zumbi comendo carne fresca? Se estiver sangrando, eles vão ficar lambendo. É sopa pra eles.

Todos rangiam os dentes. Vinte ex's. Nenhum se mexia, apenas fitavam a moça.

– E se você começar a enfraquecer – disse Peasy –, vamos te queimar. O sangramento para na hora. Depois, acho que vou deixar que comam os dedos dos seus pés. Gosta assim, vadia? Aposto que você gosta de chupar os pés dos caras.

Ela soltou o braço preso por ele e gritou. Suas mãos voaram para trás, sobre a mesa, procurando por uma chave de fenda ou pé de cabra. Não havia nada. Ela tentava sempre manter tudo limpo e organizado.

– E quando eu me cansar de te ver sofrer – ele continuou –, vou dividir e conquistar. Arrancar suas pernas, seus braços, e...

X X X

... depois a cabeça. Talvez eu guarde o crânio, envolva num manto, algo assim.

– Você está com a Danielle, agora – disse St. George.

– Ah, sim. Os idiotas me colocaram pra tomar conta da armadura dela. Vocês deixaram o Exército muito irritado.

– Se você machucá-la – disse o herói –, vou esmagar sua cabeça.

O bicho sorriu para ele.

– Tenho cem mil cabeças, herói. E mais um bilhão esperando que eu entre.

– Em lugar nenhum vai estar a salvo.

– Bom, que bom que eu tenho andado em lugar nenhum já faz meses – riu-se o ex. – Sou o novo vírus zumbi, dragão. Agora, quais são suas últimas palavras... Cadela!

X X X

– Quais são suas últimas palavras...

A moça juntou os dedos no notebook e puxou-o para cima da cabeça. Os cabos o prenderam, apenas por um segundo, mas então os conectores USB se soltaram e ela meteu o equipamento de metal e plástico no crânio do morto. O impacto abriu a carne desde o centro da testa até a sobrancelha e forçou o olho a fechar.

– Cadela!

Ela não esperou para ver o tamanho do ferimento que causara. Largou o computador, mergulhou por baixo dos braços dele e disparou para longe.

O monstro grunhiu, e todos os dentes pararam de ranger. Os ex's viraram, todos ao mesmo tempo, e rastrearam seu movimento ao cruzar o piso. Ergueram os braços em perfeita sincronia e apontaram para ela. Peasy virou-se e rosnou. O rosto estava coberto de sangue escuro e viscoso. Ele deu um passo, e os ex's deram um passo para ele.

Danielle pegou o M16.

Ela rolou para a frente e atirou. O zumbi estava a poucos metros, inclinando-se para agarrá-la. Os dois primeiros disparos o acertaram no peito. O terceiro, no pomo de Adão. O último atravessou o nariz e saiu pela parte de trás do crânio. O rosto dele ruiu, e ele desabou de uma vez.

– Agora não é mais assim – disse um dos ex's. Esse era uma mulher. O cabelo era bem curto, e ela tinha uma marca de mordida no braço esquerdo. Ela zombou de Danielle, cercada pelos demais soldados mortos. – Não sacou, gatinha? Agora eu sou o maior. Grande demais pra você matar.

Ela atirou de novo. O primeiro disparo foi descontrolado, e ela se empenhou em respirar fundo e mirar corretamente o rifle. O segundo disparo atingiu o ex no ombro. O terceiro explodiu-lhe o olho esquerdo e parte da bochecha. Ela foi ao chão.

– Não sou mais só um cara – disse outro ex. Um negro magro com tatuagem de caveira no braço. – Sou todos os zumbis do mundo.

Ela atirou novamente e um pedaço de pele negra abriu-se na lateral do crânio do ex, bem acima do Nest. A arma soltou um clique, ela ajustou, e percebeu que o rifle não tinha mais munição. Estava vazio.

– Oito tiros – disse ele. – Eles não colocam mais do que isso para os ex's.

Danielle segurou a arma ainda quente como um taco de beisebol e saltou sobre o ex. Ela girou, golpeou e marcou um ponto. O ex caiu no chão com o crânio amassado.

– Sabe de uma coisa? – disse outro ex. – Peasy não me serve mais. Preciso de algo...

XXX

... maior. Um nome legal pra morte encarnada.

– Está falando comigo, agora? – perguntou St. George.

– Ainda não tenho muita prática – disse o homem morto sobre a maca. – Mas é como andar de bicicleta, sabe?

– Bom saber que ainda tem dificuldade em se concentrar – disse St. George. – É sempre bom detonar o vilão do mesmo jeito duas vezes seguidas.

– Você é religioso, Dragon? Minha mãe era, que Deus a tenha. Me fazia ir pra igreja, confessar, tudo isso. Eu não via sentido, mas fazia pra ela ficar feliz.

– É, você é um cidadão exemplar.

– Lembra da história de Jesus e os porcos? Era assim que eu lembrava dela. Havia um cara todo possuído e tal, e Jesus tirou os demônios dele e eles entraram num bando de porcos. Centenas. Lembra dessa?

– Sim – disse St. George. – A história de Legião.

– Legião. – O ex sorriu e dobrou as pernas presas pelas tiras da maca. Esquerda, direita, esquerda. O herói demorou um instante para entender que os ex's estavam...

XXX

... andando em direção a ela. Marchavam em passos idênticos feito soldados. Feito nazistas nos antigos curtas, com os rifles apoiados no peito.

Danielle correu para a porta. Não conseguia lembrar se era trancada por dentro ou não. Se a porta não abrisse, eles a alcançariam antes que ela pudesse se recordar da senha.

Ela apertou a maçaneta e a porta se abriu. A luz do sol banhou o local por um instante. Uma figura bloqueou o sol, uma sombra escura que os olhos dela não conseguiam discernir.

– De joelhos – gritou a figura. – De joelhos, ponha as mãos sobre a cabeça.

Outro soldado colocou-se atrás deste, e depois um terceiro.

– Atire – Danielle gritou. – Ele está controlando todos eles. Vocês tem que...

Os soldados a jogaram no chão e puxaram seus braços para cima. Com força demais para que ela impedisse. Ela olhou para trás, em pânico.

Os ex's estavam imóveis feito estátuas. As armas, para cima, exatamente como quando ela entrou. Estavam reunidos num círculo de novo. Tomando conta da armadura, como se nada tivesse acontecido. Havia espaços vazios na formação, ocupados anteriormente pelos faladores que ela derrubara.

A luz vinda da porta desapareceu quando Freedom entrou na oficina.

– Varram o lugar – disse ele. – De ponta a ponta. Vejam se ele está aqui.

Dois dos soldados entraram na oficina, procurando nas vigas e sob as mesas. Passaram pelo círculo, e os zumbis deram um passo desajeitado para a frente. Um dos soldados ergueu o punho e apontou.

– Descansar, soldados – Freedom latiu.

Os ex's abaixaram as armas na lateral do corpo. Alguns largaram os rifles, todos ao mesmo tempo. Gingaram por um instante e voltaram à imobilidade.

– Escuta aqui – disse Danielle. – Os ex's estão sendo controlado por outra pessoa. O super-humano do qual já falamos, Peasy, ele está...

– Dra. Morris, vou colocá-la sob custódia por possível envolvimento no ataque contra o coronel Russel Shelly – disse Freedom. – Os policiais militares chegarão aqui em pouco tempo para dar-lhe voz de prisão e ler seus direitos, visto que estão sob o código de conduta militar.

– Shelly foi atacado? – disse Danielle. – Como? Ele está bem?

– O *coronel* Shelly foi espancado por sua colega, Stealth, quase duas horas atrás, numa tentativa de forçar que liberássemos você e Cerberus.

Ela balançou a cabeça.

– Não pode ser.

– Temos uma testemunha que a encontrou junto dele.

Um dos supersoldados aproximou-se e examinou os corpos no chão.

– Droga – disse Kennedy. – Ela derrubou três deles. Sorensen vai ficar uma fera.

– Dane-se ele – disse Truman. – Só não vou querer ir buscar mais pra ele.

– Olha, esse não é o verdadeiro problema – disse a ruiva. – Estou dizendo, essas coisas não estão sob o seu controle.

– O prédio está limpo, senhor – informou um dos soldados. Ele cruzou a oficina, passando por entre os ex's em círculo. Deu um tapinha de leve na nuca de um deles, e o bicho balançou um pouco.

– Dá para ver se ela conseguiu sabotar a armadura?

Truman pegou o notebook do chão e o estudou.

– Nada visível, senhor. Parece que está tudo certo. Provavelmente vão querer checar o software antes de testar.

– Sei como funciona – Danielle disse. – Vocês têm que seguir algum tipo de protocolo caso o Nest falhe. Iniciem esse protocolo para que estejam prontos.

– Os ex-soldados vêm funcionando sem falha alguma há seis meses – disse Kennedy. – O que a faz pensar que vão parar de funcionar agora?

– Não disse que vão parar de funcionar – Danielle brigou. – Tô tentando dizer que eles nunca funcionaram. Não estão funcionando agora. Tem outra pessoa no controle, durante todo esse tempo.

– Essa é sua resposta pra tudo isso? – disse Freedom. – Existiu um supervilão aqui em Krypton esse tempo todo e ninguém percebeu?

Danielle olhou para a oficina ao ser carregada para fora. Um dos ex's piscou para ela.

XXX

– Ahhh – disse o ex. – Que pena.

St. George socou o zumbi no rosto, atravessando-o e a maca embaixo, entortando tubos de ferro pelo caminho. Sangue escuro e cérebro jorraram do crânio partido, pelo buraco recém-aberto, e caíram feito meleca no piso.

– Ai ee ooder, eu aldio fio a uuta – outro ex rosnou por cima da mordaça.

O herói puxou a tira de couro e arrancou o pino, levando junto alguns dentes.

– Espero que tenha doído – disse. – O que você fez com ela?

– Nada – ralhou o ex. – Ela foi levada pelo cara. Stealth espancou o coronel, é?

– Do que está falando?

– Parece que alguém aqui não sabe controlar a mulherada – riu-se o zumbi.

St. George voltou-se para Sorensen.

– Não vai me ajudar? Preciso saber de que lado você está.

O homem assentiu.

– Vou ajudar – suspirou ele.

– Doutor – disse o ex –, lembra-se do trato? Se ajudá-los, não lhe conto onde está sua filha.

Sorensen fitou o zumbi.

– Você nunca procurou. – Ele colocou os óculos sobre as orelhas. – Assim como Shelly. Ninguém nunca procurou. Todo mundo acha que sou louco.

St. George afundou o punho e esmagou o crânio do ex. Com alguns passos, seguiu para a maca seguinte, depois continuou o procedimento. Quando terminara de matar os outros três ex's, usou uma toalha azul-clara para remover a gosma dos nós dos dedos.

– Tem mais algum deles aqui dentro?

O cientista fez que não.

– Estes eram os únicos ex's neste setor da base, até onde eu sei.

– É – disse St. George –, é exatamente isso o que me preocupa. Estamos muito longe de onde você prendeu o Zzzap?

VINTE E QUATRO

AGORA

O ex abriu a porta da oficina e olhou para fora. Havia alguns soldados ao longe, mas nenhum perto o bastante para reconhecer sua natureza. Escolhera esse corpo por estar menos apodrecido do que a maioria dos ex-soldados, e tinha o uniforme mais completo.

Ele olhou para trás e fez os soldados mortos em torno da armadura ajustarem suas posições. Depois de algumas mudanças, ficou difícil dizer que algum deles tinha saído. Quando alguém percebesse, seria tarde demais.

O ex apertou o capacete na cabeça para cobrir os olhos, meteu as mãos nos bolsos das calças e tentou assoviar ao atravessar a estrada. Foi muito difícil, acabou desistindo após alguns passos. Um soldado no fim do bloco virou-se para ele; ele ergueu a mão e fez uma saudação rápida e casual. O soldado saudou-o em retorno e voltou a suas atividades.

Simples assim, ele atravessou a rua. Um zumbi andando naturalmente à luz do dia. Ele entrou no escuro cômodo que chamavam de Tumba.

A porta principal ainda estava amassada no ponto em que Cerberus forçara para abri-la no outro dia, mas haviam batido no local o suficiente para devolver-lhe a forma e conseguir fechá-la. Que idiotas. Trancavam a porta para não deixá-lo sair, mas digitaram os códigos bem na frente dele dezenas de vezes. Ele sabia metade das senhas e códigos de toda a base.

Dedos rígidos digitaram a senha. Ele abriu a porta de acesso. Dentro, viu-se através de cento e cinquenta pares de olhos. Toda uma companhia de soldados mortos sorriram para ele.

Queria esperar um pouco mais. Shelly e Sorensen planejavam produzir mais trezentos ex-soldados nos meses seguintes, mas não dava mais para ter certeza de que isso aconteceria. A esperança de conseguir infectar mais alguns supersoldados estava se esvaindo. Os malditos heróis estavam estragando tudo novamente.

Ele estendeu a mão e recebeu de um dos ex's o papel amassado que escondera no bolso deste. Enfiou-o no canto da fechadura, para que a trava não encaixasse. Testaram a porta dos dois lados, então ele seguiu pela rua para libertar mais de si mesmo.

A luz vermelha piscou e a porta girou. O Dr. Sorensen entrou na sala de observação do reator.

– Boa tarde, senhor – disse um dos soldados. Era um rapaz de vinte e poucos anos com o nome KING bordado na jaqueta. Não era um dos supersoldados. – Não esperávamos que viesse agora.

O cientista pigarreou e coçou o peito.

– Decidi inverter minha agenda, sargento King.

– Agente especial, senhor.

– Sim, é claro. – O cientista andou pelo cômodo e pegou uma das pranchetas. – Algum problema?

– Negativo, senhor – disse o outro homem. Ele tinha um tom grisalho nas têmporas e HARDY sobre o peito. – Tem estado tudo bem quieto a maior parte do tempo. O prisioneiro ficou um pouco agitado em alguns momentos, mas sem problemas.

– Ele não é um prisioneiro – disse Sorensen. – É um convidado.

– É claro. Desculpe, senhor.

– Agitado como?

Hardy levantou-se, ficando ao lado de Sorensen, e ambos observaram Zzzap pela janela.

– O convidado passou o tempo todo na forma de energia – disse o soldado. – Examinou quase a cela toda. Lançou mais alguns daqueles relâmpagos. Um deles queimou a câmera do sul e o microfone. Oferecemos o almoço faz mais ou menos uma hora, mas ele recusou.

– Disse que não gostava do sabor dos sedativos – completou King.

– Ele... – Sorensen parou e tamborilou os dedos contra o dedão. – Comeu alguma coisa ontem?

– Não, senhor – disse Hardy. – E também...

Sorensen virou a página na prancheta.

– Hum?

Os dois soldados trocaram olhares suspeitos.

– Ele fica falando sozinho, senhor – disse King.

– Como assim?

Hardy olhou para o espectro brilhante pela janela.

– Se ficávamos em nossos postos por um tempo, senhor, duas ou três horas, acho que ele se esquecia de que estávamos aqui. E começava a falar.

– Falar sobre o quê?

O soldado deu de ombros.

– Sobre o fato de estar preso na cela. Coisas que devia ter feito. Coisas que podia tentar.

– Um pouco sobre não poder tocar em nada – acrescentou King. – Está tudo gravado.

– Pensando em voz alta, então – disse o cientista. – Não tão incomum, não é?

– Não é bem assim, senhor – disse Hardy. – As frases e o tom são bem específicos. É como se estivéssemos ouvindo metade de uma conversa dele com outra pessoa.

– Tem certeza de que ele não está transmitindo para alguém?

– Deixamos o microfone desligado aqui, como ordenado, senhor. Ele não tinha contato conosco, e a gaiola de Faraday bloqueia todos os sinais que entram e saem. Fizemos até alguns testes de rádio, só pra confirmar.

King virava-se para apontar o display com indicadores quando a porta explodiu para fora do batente. Sorensen pisou em falso, tapando os ouvidos, conforme a porta veio ao chão com um baque. Hardy e King sacaram as armas.

– Desculpe, doutor – disse St. George. O herói jogou um chumaço de circuitos do tamanho de uma caixa de cereal no chão. – Demorou demais, e não temos muito tempo.

– Senhor – gritou King. – Fique de joelhos e coloque as mãos na cabeça.

– Se começar a atirar – disse o herói –, é bem possível que alguém se machuque devido a uma bala ricocheteada. E não serei eu. Então por que não abaixam as armas? – Dois filetes de fumaça saíram das narinas do herói, apenas para enfatizar a fala.

Os soldados não se mexeram.

– Tá bem – disse St. George. – Doutor, fique atrás de mim.

Os soldados preparavam-se para a defesa quando as sombras do cômodo mudaram de lugar.

Pensei ter visto você aqui, disse Zzzap. Ele atravessou a janela de observação e se aproximou. *Já não era sem tempo.* King apontou sua arma para Zzzap. O espectro passou um dedo brilhante sobre o revólver, e o bocal da arma ficou branco de tão quente. *Eu não atiraria agora,* avisou ele. *Vai explodir na sua cara.*

St. George estendeu a mão, pedindo o outro revólver. Hardy resistiu por um momento, depois entregou a arma. O herói a pegou com ambas as mãos, dobrou-a ao meio e a devolveu ao soldado.

Então, que foi que eu perdi?

– Shelly está morto. Mas Peasy não. Está controlando todos os ex's da base. Provavelmente todos os que estão no raio de alguns quilômetros, caso ele tenha o mesmo alcance.

Tem ex's na base? perguntou o espectro. *É mesmo? Eu não vi nenhum.*

Empurraram Danielle ao longo de um corredor. Um dos pés escorregou, a garota não conseguiu equilibrar o peso no tempo certo e deu um encontrão na parede. Estudara cinética o suficiente para saber quanto estar algemada pode atrapalhar o senso de equilíbrio da pessoa. Teria sido melhor saber disso apenas pela leitura dos livros e não por experiência própria.

– Olha – disse ela –, se vão me prender, pelo menos me escutem primeiro.

O policial a colocou de pé e a empurrou para a frente. Estavam em três. Dois a mantinham sob a mira das armas e ficavam cutucando-a. Ela reconhecera o líder, Furber, o tenente que tomara as armas de Stealth. A civilidade diminuíra bastante desde então.

– As unidades Nest não funcionam – disse Danielle. – Cada um desses monstros é esperto, e é inimigo de vocês. Vocês estão em sérios apuros. Já enfrentamos esse cara uma vez, ele é um psicopata assassino.

Chegaram até uma porta de metal e um quarto soldado digitou uma senha. A cela abriu-se discretamente, com o ranger de travas magnéticas se desconectando. Um dos policiais torceu os braços dela para abrir as algemas.

– Vocês têm protocolos. Que têm que ser seguidos. Agora!

Empurraram a ruiva para dentro da cela e fecharam a porta com um estrondo. Um dos soldados apertou o botão de trancar, e as travas magnéticas se conectaram de novo.

A voz abafada de Danielle veio através da porta.

– Não tenho direito a uma ligação telefônica, nada?

– Caramba – murmurou um deles, guardando a arma. – Por que ela não fica quieta como a outra?

O policial do lado oposto riu.

– Por que ela não é gostosa como a outra?

– Vamos ter que cortar fora o uniforme daquela outra – disse Furber.

– É, com certeza.

O tenente balançou a cabeça.

– Não, falando sério. – Ele apontou para a cela de Stealth, no fim do corredor. – Tentamos tirar as roupas dela depois que a trouxeram, porque tem tanta faca e ferramenta naquela armadura que ela usa. Conseguimos tirar os cintos e coldres, e os aparatos todos, mas se existe algum zíper na roupa, não conseguimos achar. Deve ter sido costurado com ela dentro. Nem a máscara e as luvas conseguimos tirar.

– Caramba – disse um dos outros. – Não sei se isso é sexy ou bizarro.

– Um pouco dos dois – disse outro soldado, sorrindo.

Furber concordou, austero.

Um dos policiais passou todo zombeteiro por duas portas à frente, no corredor.

– Aquela roupa dela é tão apertada que aposto que deve dar pra ver os peitos direitinho agora, sem as faixas e os trecos no caminho. – Ele abriu o tampo do visor e espiou para dentro da cela iluminada. – Droga – murmurou. Ele olhou para os dois cantos da porta blindada. – Em qual cela ela tá mesmo?

– Na cinco – disse Furber.

– Não, a cinco tá vazia. Cheque o registro de novo.

Passou um instante. Então todos os quatro homens sacaram suas armas.

Furber abriu com pressa a escotilha e olhou dentro da cela. Era um cômodo de concreto cinza com cama de aço, privada de aço e um par de lâmpadas fluorescentes, três metros acima do chão, protegidos por uma gaiola de ferro presa ao teto. A luz das lâmpadas banhava tudo dentro da cela, tornando-a ainda mais pálida.

Estava vazio.

A cama se encontrava em posição que tornava impossível esconder-se atrás, e os lençóis ainda estavam enrolados em torno do colchão, sem um amassado sequer. A privada não era grande o bastante para alguém se esconder atrás, além de estar presa ao canto, de todo modo. A cela não era muito mais larga do que a porta, mas o policial apertou o rosto para ver se não havia alguém encostado nos cantos.

– Droga – disse ele. – Saco, saco, saco, droga.

– Diga o que fazer, tenente – disse um dos policiais.

Ele falou mais baixo.

– Preparem-se pra abrir. Jake, você vem comigo. Kenny, Greg, vocês ficam aqui fora, dando cobertura. Se virem qualquer coisa, não hesitem.

Ela estava apagada quando a trouxeram pra cá, mas essa vadia sabe lutar, acreditem.

– E se ela não estiver aí dentro? – perguntou Kenny, já livre das ideias lascivas.

– Reportamos e somos todos mandados à corte marcial – disse Furber.

Eles assentiram, e o tenente digitou sua senha no teclado. As travas clicaram, e a porta abriu uma fresta. Quatro dedos prepararam-se para puxar quatro gatilhos.

O tenente abriu um pouco mais a fresta. A porta recuou até abrir-se por completo, com um baque. Ele contou até três, sem fazer som, e entrou no pequeno cômodo junto com Jake. Nada.

Gesticulou para que Jake desse cobertura e agachou perto da cama. O raio de luz da lanterna varreu o piso abaixo da placa de ferro, realçando pontos já visíveis à luz das lâmpadas.

– Droga – Furber disse de novo. Ele se virou para os homens que estavam no corredor, para que dessem o alerta de fuga, e a viu por cima dos ombros de Jake.

A mulher de preto estava de cabeça para baixo no espaço de um metro acima da porta. As costas contra a parede, e os pés pressionando o teto. Equilibrava-se sobre os dois centímetros do batente da porta com as pontas dos dedos.

Quando ele compreendeu do que se tratava, ela já entrara em ação.

Suas pernas giraram para baixo, atingindo Jake entre os ombros. Ela o derrubou em cima de Furber e lançou-se para o corredor. Envolveu os braços em torno do peito de Greg e girou por cima dele. Jogando as pernas para suas costas, deixou que o impulso o erguesse do solo e arremessou-o contra a parede.

Ela girou e sua capa esvoaçou. Dobrando o pulso, agarrou a ponta e agitou-a feito um chicote, pegando Kenny bem nos olhos. Ele urrou e caiu de costas. Quando o rapaz se recuperou do susto, ela já o tinha desarmado e socado ambos os seus ombros.

Furber e Jake se soltaram um do outro. Ela agarrou Kenny pela nuca, tirou o cassetete do cinto dele e empurrou-o à frente. Os dois policiais colidiram, e o cassetete voou no ar para arrancar o revólver da mão do tenente. Ele se lançou contra ela, que se esquivou dos dois socos e escapou dos braços dele. Furber sentiu a palma da mão da heroína contra seu queixo e soube na hora que o golpe o apagaria.

Ela se voltou do tenente inconsciente e levou o salto à altura da têmpora de Jake. Ele se chocou contra a parede, seu quepe voou, e ele desabou. Devolvendo a perna para baixo, Stealth acertou um chute na nuca de Kenny. O golpe tirou-lhe os sentidos, e o rapaz foi com a cara no chão.

Stealth coletou as armas, revólveres Beretta 9 mm. Não caberiam corretamente em seus coldres, e por um momento ela se perguntou por que não fora mais incisiva quanto a recuperar suas próprias armas. Ela ajustou um dos cassetetes em posição defensiva, abaixo do braço.

– Stealth – gritou uma voz abafada. – Sei que é você que está aí. Abra essa porcaria de porta.

O cassetete amassou o tampo do teclado, e os dedos da heroína brincaram com os fios que havia atrás. A porta destrancou-se com um estampido seco.

– Que bom te ver – disse Danielle.

– Onde está St. George?

– Foi buscar o Barry. Íamos nos encontrar na minha oficina. – Ela fitou os policiais. – Você matou algum deles?

– Claro que não – disse Stealth. – Não deixaram de ser oficiais da Justiça. – Ela entregou dois dos revólveres a Danielle. – Vai precisar disso.

– Você não faz ideia. Duvido que adivinhe o que está acontecendo.

Stealth apontou para o fim do corredor.

– As unidades Nest nunca funcionaram. Rodney Casares, também conhecido como Peasy, está vivo, controlando os ex's.

– Como é que você sempre sabe de tudo?

– Você falou alto demais quando a trouxeram para cá, Danielle. Por acaso pareceu que algum dos policiais escutaria seus avisos?

– Nem um pouco – bufou a ruiva, enquanto contornavam o corredor. – Você atacou Shelly?

Stealth as guiou além do elevador, para uma escadaria.

– O coronel Shelly estava morto quando o encontrei.

– Morto? Tem certeza?

– Sim – disse Stealth. Ela enfiou a mão pelo canto da parede e agarrou um policial pelo pulso. Danielle sobressaltou-se ao ver a colega girar o braço do soldado, meter-lhe o cassetete no estômago e derrubá-lo no piso. Ela fez um movimento rápido com os dedos e o policial ficou inconsciente. – St. George sabe sobre a presença de Peasy?

Danielle deu de ombros.

– Não faço ideia. Acho que não.

Stealth abriu a porta da escadaria e espiou pelo corredor. Não havia nem sinal de guardas ou outros funcionários.

– Você precisa cumprir o combinado e esperar na oficina – disse ela a Danielle. – Vou tentar convencer o capitão Freedom da ameaça que Krypton enfrenta.

– Não acho que ele vá escutar. Está furioso por causa do Shelly.

– Pode ser, mas precisamos tentar. – Ela apontou para que entrassem no corredor e virou à esquerda. – Há mais de mil pessoas aqui que serão pegas de surpresa e mortas quando Peasy resolver atacar, e é provável que o fato de ele ter se revelado a você vá adiantar o processo.

– E se eu tentar falar com John? Ele não faz parte do Exército. Talvez tenha cabeça mais fria pra lidar com tudo isso.

– Acha que ele vai dar ouvidos?

– Acho que sim. Ele pode ser um babaca metido, mas não é burro.

Dois soldados montavam guarda no lobby. Mesmo de costas, Danielle soube tratar-se de dois zumbis. Ela se voltou para a colega para fazer uma pergunta, mas Stealth já estava em movimento.

A mulher da capa enfiou a ponta do cassetete na espinha dorsal de um dos ex's, bem na base do crânio. Ouviu-se o som de madeira rachando, e o homem morto tombou para a frente. O bastão girou na mão dela e golpeou o outro ex-soldado no queixo, ida e volta. Ela chutou o rifle dele para o ar, agachou suas mãos e varreu-lhe as pernas, por baixo. A coisa caiu de costas, e ela mergulhou o rifle dele bem no olho, colocando todo seu peso no golpe. Com o som ardido do osso quebrando, o M16 afundou no crânio do homem morto, que ficou imóvel.

Ela se voltou para Danielle.

– Volte para a oficina. Encontre St. George e Zzzap. Informe-os sobre a situação. Vou contatar o agente Smith.

– Talvez ele seja mais receptivo comigo – a ruiva ponderou.

– Talvez – disse Stealth –, mas você vai precisar de tempo para entrar na armadura.

XXX

– Prontos pra ir, senhor – disse o sargento.

O Capitão Creed assentiu.

– Tudo certo, então – disse. – Este é o teste de número um do Sistema de Armadura de Batalha Cerberus. O piloto é o primeiro tenente Thomas Gibbs. Horário?

– Uma e meia, senhor.

– Anote. Vamos ver o que essa coisa pode fazer.

Os oito componentes da equipe de montagem desceram e afastaram as escadas da figura blindada. O rumor da energia estabilizou-se assim que começou a ecoar pela oficina. O colar blindado apertou-se em torno da base do capacete e cobriu os parafusos que o fixavam. Os olhos do titã se acenderam.

Creed pôs-se em frente ao traje de batalha e fitou as lentes gêmeas.

– Algum problema com a inicialização, tenente?

Dentro da armadura, Gibbs checou as diversas telas e informativos.

– Negativo, senhor – respondeu. Ele viu os soldados em torno dele incomodados com o volume do áudio da armadura e procurou pelo controle. – Parece que tudo está ligado e funcionando.

Gibbs deu um passo à frente, cauteloso. Os sensores reativos pinicaram sua meia, como se ele andasse com um pé dormente feito de pinos e agulhas. Ele tamborilou os dedos e ouviu as placas do pé da armadura arranhar o piso. Outro passo, esse mais confiante.

– O simulador era bom, senhor – disse ele –, mas isso aqui é bem diferente.

– Era de se esperar.

– Sim, senhor. Acho que estou exagerando no que não é preciso.

– Vamos esperar um pouco para nos movimentarmos. Os sistemas estão todos OK?

– Um momento, por favor, senhor. – O tenente tentou navegar por menus usando o sistema óptico. O simulador era limpo e organizado, mas após dois anos de uso em campo, a Dra. Morris personalizara o desktop inicial do sistema para combinar com seu estilo e necessidades. Para ele, estava uma bagunça, e ele teve que procurar até encontrar cada ícone e arquivo. Ela também reconfigurara o sistema para responder a duas piscadas, não apenas uma, o que o incomodava muito. Ele precisava encontrar o menu que o permitiria reiniciar tudo.

Os braços foram estendidos para cada lado, e os dedos de metal se flexionaram. O traje deu uns soquinhos e jogou o peso sobre um dos pés. Olhou para a esquerda, depois direita, e para baixo, para Creed.

– Bom trabalho, Gibbs. Parece que está pegando o jeito.

– Não fui eu, senhor – disse a armadura.

– O que disse, tenente?

– Não fui eu, senhor. A armadura começou a se mexer sozinha. Estou sendo sacudido aqui dentro.

Um assomo luminoso veio do lado de fora, quase como um relâmpago num filme de terror. A armadura deu três longos passos confiantes. Parou em frente ao oficial e esticou novamente os braços. Creed compreendeu ainda mais o tamanho do titã.

– Isso é possível?

– Eu achava que não – disse Gibbs. – Deve ser algum protocolo de inicialização e aquecimento que Morris criou durante os últimos dois anos.

– Viu alguma coisa assim quando ela fez a demonstração?

– Não, senhor, não vi.

Gibbs tentou pesquisar entre os menus novamente. O sistema não respondia. O sistema óptico estava ligado, mas o cursor não registrava os movimentos dos seus olhos. Ele passeava e quicava de canto a canto do desktop inicial.

Um riso ecoou pelos alto-falantes e sumiu num sibilo grave.

– Como, senhor?

– O quê?

– Pensei ter ouvido algo, senhor.

– Ninguém disse nada, tenente.

– Ninguém riu? Tipo... uma risada contente?

Creed olhou para as lentes e fez que não.

– Ninguém riu aqui. – Ele olhou ao redor, para a equipe de montagem, e viu todos dizendo que não ou dando de ombros. – O traje tem captação aumentada de áudio?

– Acredito que não, senhor – disse Gibbs. – Devo estar pegando interferência de rádio pelos alto-falantes.

– Não exatamente – disse a voz. – Gente, cara, esse traje é tão incrível. Eu devia ter pensado nisso meses atrás.

O tenente tentou encontrar o rádio no display inicial.

– Quem é?

Creed ergueu uma sobrancelha.

– Tenente?

– Chegou uma transmissão, senhor. Só voz. Está se referindo ao traje.

– Velho – disse a voz –, você faz ideia de como foi esperar que alguém montasse esse negócio? Tipo, com os braços e as pernas enfiadas aqui, dormentes, desde ontem. – Outro sibilo baixo ecoou pelo alto-falante. – Tenho que ser honesto, quase enlouqueci, mano.

Outro flash de luz veio lá de fora.

– Este é um canal governamental restrito – Gibbs afirmou. Não sabia se havia acionado ou não o rádio, mas parecia que o alto-falante podia captá-lo. – Identifique-se imediatamente.

A voz dele não ecoou pelas saídas de áudio. Haviam sido desligadas. O tenente estava preso à armadura, sem comunicação com o exterior.

– Não saia daí, Comando em Ação. Preciso achar St. George, Stealth e a galerinha deles.

A armadura marchou, passando por Creed. O titã ergueu os braços e rasgou as portas como se fossem de papel. Disparou para fora, sendo banhado pela luz solar, com Creed nos calcanhares, mais o grupo de soldados, ordenando ao tenente que parasse.

Cerberus desatou a correr e Gibbs sentiu os braços e pernas puxados para frente e para trás como se ele fosse um boneco. Teve receio de que a armadura desse passadas longas e rápidas demais, deixando-o preso com um monte de ossos quebrados.

– Como está fazendo isso? – gritou. – Quem é você?

– Me chamam de o Motorista, e esse aqui, meu chapa, é o roubo de carro mais irado da minha vida.

VINTE E CINCO

AGORA

Acaba de me ocorrer, disse Zzzap, *que alguém provavelmente vai notar que estamos aqui em cima.*

Os dois heróis flutuavam algumas dezenas de metros acima do entorno de Krypton, com Sorensen metido, a salvo, sob um dos braços de St. George. Deixaram o antigo reator e colocaram-se a voar. Foram, então, procurar pontos de referência.

– Não é hora pra ser sutil – disse St. George. – Não sabemos quanto tempo temos antes que Peasy resolva começar a soltar os ex's pela base.

Devíamos ter ficado só nas coberturas. Todos os super-heróis legais usam as coberturas.

– Lá – disse Sorensen. – Acho que a oficina fica ali.

– Acha? – disse o herói.

Sorensen tentou dar de ombros. Não estava sendo muito fácil para ele ficar pendurado a trinta metros acima da base.

– Ali fica a Dust Road, com as Tumbas do lado oposto – disse ele, tracejando a estrada com o dedo –, e aquela deve ser a rua Sand. Entendam, nunca tinha visto nada deste ângulo.

Os heróis mergulharam para o chão. Ninguém gritou. St. George não sabia ainda como protegeria Sorensen se começassem a atirar.

– Parece tudo limpo – disse ele. – Foi quase fácil até agora.

Fácil demais?

– Talvez. – Ele olhou para os dois lados, para as ruas vazias. – Não devia haver umas centenas de pessoas procurando a gente?

– Os soldados devem estar fazendo exercício – disse Sorensen. – Eles praticam corrida toda manhã em torno do perímetro interno do cercado ou passam um tempo no campo de tiro.

Não estou ouvindo tiros, disse Zzzap. *Só que o alarme foi acionado. Por que eles não estão nas torres, usando holofotes e tudo mais?*

– Estamos em plena luz do dia.

Eu disse metaforicamente. Houve um alerta há mais de meia hora e não vejo ninguém em lugar algum.

– Aqui no centro da base as coisas são quietas, calmas e pacíficas. É por isso que os laboratórios ficam no centro. Costumo passar dias sem ver ninguém.

St. George franziu o cenho.

– Dias?

O cientista deu de ombros.

– Sou solitário – ele respondeu. Limpou o rosto com um lenço. – Tem certeza de que a Dra. Morris vai estar na oficina?

– A não ser que a tenham encontrado, ela vai estar lá, com a armadura pronta. Talvez leve uns quarenta, quarenta e cinco minutos pra ela entrar. E então estaremos prontos pra lidar com Peasy ou seja lá que nome ele resolveu adotar.

Acho que é tarde demais pra isso, disse Zzzap. Ele apontou com o braço brilhante para o chão, abaixo deles. *Está vendo o que estou vendo?*

No final da estrada, um fluxo de ex-soldados saiu cambaleando da última Tumba à esquerda, dezenas deles. O comboio se dispersou feito uma mancha tomando conta da base. O som dos dentes clicando vibrou pelo ar.

– Droga – disse St. George. – Acha que pode dar conta de todos eles?

Se não se importar que toda essa parte da base seja dizimada, claro.

O herói suspirou e desceu para a cobertura mais próxima.

– Doutor, tudo bem se eu deixá-lo aqui por uns minutos? Vai estar a salvo.

Sorensen assentiu.

– Eu entendo. Vou ficar bem.

Os dois heróis riscaram o ar, e St. George pousou no meio do enxame de zumbis, perto da Tumba cuja porta fora aberta. Agarrou uma mulher morta pelo braço e a girou, num amplo círculo, derrubando dezenas deles. Outro giro abriu caminho até a porta. Em sua mão sobraram um braço e um pedaço de ombro.

Ele deitou fora o membro decepado, e viu um ex que se aproximava pela porta. O herói empurrou o zumbi para dentro, derrubando um punhado de corpos. Com a outra mão, agarrou a imensa porta e a fechou. Lá dentro, os monstros arranharam os punhos dele e quebraram os dentes tentando morder-lhe os dedos.

Assim que encostou a porta, deu uma sacudida forte e tirou as imensas rodinhas do trilo. Apenas por garantia, pisou no trilho e girou o calcanhar. Estragou a bota, mas a porta não poderia ser aberta sem algumas horas de trabalho de uma equipe de reparos.

A luminosidade vacilou e um sibilo de ar superaquecido veio por trás dele. Zzzap vaporizara uma dúzia de ex's, e outro punhado que estava perto do disparo chamuscou e virou cinzas.

Ah, saco, disse ele. *Radio ga-ga. Eles tinham prendido Danielle e Stealth, mas elas escaparam faz alguns minutos. Já tem soldados dentro da oficina, e Freedom enviou um esquadrão de reforço.*

– Saco. – St. George esmagou o crânio de um zumbi e girou o punho para estilhaçar outro. Agarrou-os pelas jaquetas e jogou-os sobre os ombros.

A boa notícia é que parece que estão quase todos procurando você. Ainda nem sabem que escapei. A notícia ruim é que ninguém notou que os ex's ficaram malucos.

– Tem como avisá-los?

Vai ficar óbvio demais que não estou mais preso.

St. George torceu a cabeça de um ex-soldado e agarrou outro enquanto o primeiro caía.

– Faça.

Zzzap flutuou um pouco mais alto no ar e concentrou-se nos sinais que se entrelaçavam em torno dele.

Pronto. E ficaram todos muito calados.

O outro herói jogou mais alguns ex's sobre a pilha que improvisara.

– Se sabem que escapamos, sabem que podemos ouvir qualquer coisa que disserem. – Ele jogou o último ex-soldado. – Acho que isso é tudo. Pode queimar esses aí?

O espectro assentiu e ergueu as mãos. O cômodo perdeu todas as suas sombras por um instante, e o monte de zumbis virou poeira.

Uau, disse ele. *Fazer isso me drenou bastante.*

–Você tá bem?

Tô. É só que não como nada faz um dia ou mais.

– O quê? – St. George olhou para Sorensen, na cobertura ao lado. – Precisa ir embora?

Vou ficar bem.

–Tem certeza?

Vou ficar bem, ele repetiu. Apontou com a cabeça para uma das outras Tumbas. *O prédio vizinho está vazio. E também o do outro lado da rua.*

– Droga – disse St. George. – Ele vai atacar.

Voaram de volta para o Dr. Sorensen, e St. George o trouxe de volta ao solo. Sorensen olhou ao redor. As janelas tremelicavam.

– Isso é artilharia?

A meio quarteirão dali, Cerberus arrancava fora as portas da oficina, torcendo as placas de aço em torno de si como se fossem folhas de papel. St. George empurrou Sorensen para trás e protegeu o homem das lascas de metal que voavam para todo lado.

Assim que a armadura encontrou-se livre, disparou a correr. Os pés blindados deixavam buracos na estrada de concreto onde pisavam. Alguns instantes depois, já estava no fim da rua, seguindo adiante.

– Era Danielle?

Não sei quem está dentro, mas não é ela. Zzzap inclinou a cabeça, fitando a armadura. *Oras, aquele era o nosso robô gigante? Parecia outra coisa.*

XXX

Sessenta ex's mancavam, cruzando a base, no que se passava por uma formação organizada. O tenente na linha de frente, um homem magro de óculos escuros e quepe metido na cabeça, gesticulava para que o acompanhassem. Alguns dos soldados que por eles passavam, em suas rotinas usuais, notaram os zumbis, mas o Nest os tornava quase lugar-comum.

O tenente os encaminhou até o Quartel 8. Era o mais próximo do cercado, por isso os soldados que moravam ali haviam recebido o apelido de "Guardiões". A alguns metros da porta, ele acenou para o rapaz que fazia a guarda.

– Serviço de limpeza – brincou o tenente.

O agente especial Gorman fitou o grupo de ex's que se aproximava e deu de ombros, respondendo ao aceno.

– Boa tarde, senhor – disse ele. – Posso saber o que se passa?

O tenente virara-se para os demais ex-soldados nos últimos metros, acenando para que o seguissem. Gorman admirou-se por nunca ter visto ninguém guiar os ex's com gestos, e supôs que fosse uma novidade inventada pelo cientista. Logo o oficial chegou à frente dele, e os ex's pararam perante a porta.

– Eu avisei – disse o homem morto dentro da jaqueta do tenente. – Vim fazer uma limpeza.

A essa distância, Gorman pôde ver os olhos cinza por trás dos óculos de sol. O ex socou o rapaz bem na boca, enquanto outros ex's seguraram-lhe os braços e arrancaram-lhe as armas. Carregaram-no pelas portas sem nem errar o passo, uma verdadeira onda de mortos.

E assim os ex's marcharam para dentro do Quartel 8. Trinta deles seguiram para as escadas e foram se dividindo em grupos de dez a cada um dos quatro andares. A primeira porta à esquerda em cada andar era um pequeno arsenal onde os Guardiões guardavam rifles, revólveres e munição. Os ex's invadiram cada um, agarraram o soldado que tomava conta e mastigaram sua garganta. No quarto andar, o soldado Hesh deu um tiro cujo som foi abafado pelas paredes e pela pressão dos corpos. Apenas o agente especial Douglas, no segundo andar, conseguiu gritar, mas o grito foi interrompido de modo tão rápido quanto o ruído do disparo.

Se alguém ouviu o grito, ninguém reagiu.

Os demais permaneceram no térreo, e metade deles devorou o agente especial Gorman. O tenente morto manteve a mão sobre a boca do soldado, abafando-lhe os gritos durante os dois minutos que ele levou para morrer. Deixaram o corpo em estado bom o bastante para ser útil quando se levantasse e agarraram sua parceira, esbaforida, quando ela saía do banheiro. O tenente morto enfiou os dedos no lábio superior da mulher e tapou-lhe a boca com a palma da mão. Viu os cabelos vermelhos que escapavam do quepe.

– Malditos ruivos – murmurou ele enquanto os ex's abriam o estômago dela. – Todas vocês, vadias, vão morrer.

Segundo as caixas de correspondência no hall de entrada, o Quartel 8 abrigava cento e noventa e nove soldados. Pelo menos metade deles devia estar dormindo, enquanto não começavam as atividades noturnas. Os dez ex's no quarto andar separaram-se em dois grupos de três e um de quatro. Abriram as primeiras três portas depois do arsenal e entraram para pegar os soldados em descanso.

Todos os quartos estavam vazios. Havia camas empoeiradas e fotos cobertas de teias de aranha. Os papéis sobre uma mesa iluminada pelo sol estavam amarelados e apagados. Alguns dos ex's abriram armários e ergueram nuvens de poeira ao bater nas roupas penduradas.

O mesmo ocorreu nos três quartos seguintes. E nos outros três. E nos últimos seis.

A mesma coisa em todos os quartos do terceiro andar.

Os dois últimos andares estavam desertos. E deviam estar assim há meses, pela aparência. Talvez anos.

– O quê? – disse o tenente zumbi. – Como assim?

No segundo andar, encontraram uma dúzia de soldados tentando dormir em quartos quentes, com as persianas fechadas para bloquear a luz do dia. Morreram todos, grogues e desavisados, antes que pudessem notar o que estava acontecendo. Em meio à carnificina, o tenente zumbi se esqueceu dos andares superiores.

Smith abriu as persianas de sua sala. Freedom acreditava ter todos os heróis em custódia em coisa de uma hora, mas Smith não estava tão certo disso. Stealth já escapara uma vez, e ele sabia que Danielle era muito mais esperta do que as pessoas costumavam julgar. Ela não precisava da armadura para ser perigosa. É um erro clássico supor que o oponente está indefeso porque não tem uma arma na mão.

E não fazia ideia de onde colocar St. George. As celas reforçadas que construíram para o caso de algum supersoldado sair da linha não seriam fortes o bastante. Tinha esperança de que o herói não resistiria muito ao que Smith tinha a dizer e todos ficariam do mesmo lado muito em breve. Smith abriu a outra persiana e as sombras ganharam forma distinta.

– Bem – disse ele. Respirou fundo e reuniu seus pensamentos. – Isso é uma surpresa.

– É importante que conversemos – disse Stealth. Ela jogou a capa para trás. Sem as armas e o equipamento, era apenas uma silhueta esguia.

– Certo – ele disse. Sentou-se e repousou as mãos sobre a mesa. – Diga.

– Afaste as mãos do telefone.

Ele deslizou as mãos para perto da luminária.

– Pode falar.

– O Projeto Krypton está à beira de um ataque interno. As unidades de estimulação neural não funcionam, e na verdade nunca funcionaram. Os ex-soldados estão sendo controlados por um indivíduo chamado Rodney Cesares, também conhecido como Peasy.

Smith franziu o cenho.

– O super-humano que atacou vocês ano passado em Los Angeles. Pensei que estivesse morto.

– O corpo dele foi destruído, mas parece que sua habilidade de projetar sua consciência dentro dos zumbis o permitiu sobreviver. Ele está aqui e tem cerca de mil ex's dentro do cercado com os quais trabalhar. Você precisa instruir o Exército para colocar a base em alerta de emergência e começar a destruir todos os ex-soldados sistematicamente.

Smith tamborilava os dedos sobre a mesa.

– Meu primeiro instinto seria pensar que está tentando cobrir o fato de ter colocado o coronel Shelly numa cama de hospital.

– O coronel Shelly está morto – Stealth informou. – O Dr. Sorensen vem mentindo para você.

Smith pareceu confuso por um momento, mas logo seu sorriso ensaiado retornou.

– Prossiga, por favor.

– Parece que o cientista está aliado a Peasy, e sabia desde sempre que as unidades Nest não funcionam. Ele também parece ter manipulado diversos eventos aqui em Krypton para se adequarem a seus propósitos.

O agente balançou a cabeça.

– Sorensen tem dificuldade em manipular talheres. É um homem brilhante, não me leve a mal, mas não pode ser ele que está controlando tudo nos bastidores.

Ela ouviu o som de metal sobre metal no corredor e se virou. Harrison, Taylor e Polk invadiram o escritório, rifles em punho. Taylor e Polk miraram a heroína, enquanto o sargento aproximou-se de Smith.

–Você está bem, senhor?

– Bem, obrigado, sargento. – Ele se levantou e desamassou o terno. – Excelente tempo de resposta.

– Obrigado, senhor.

O rapaz fitou Stealth e apontou para a mesa.

– O botão de pânico fica na base da luminária, caso esteja se perguntando.

– Está cometendo um erro – ela disse.

Smith olhou para Harrison.

– Pode informar ao capitão Freedom que a pegaram? E que ela confessou o ataque na sua frente?

– Claro, senhor.

– Não fiz nada disso – disse Stealth.

Os olhos de Smith percorreram o corpo dela.

– Concorda que talvez precisemos substituir toda a polícia militar por supersoldados, por ora? Parece que ela escapou com muito pouca dificuldade da última vez, não é?

Harrison assentiu.

– Meu esquadrão pode tomar a frente imediatamente, senhor.

– Então leve sua prisioneira em custódia, sargento.

– Agente Smith...

– Senhora, sugiro que não diga nada até que alguém leia seus direitos – disse Harrison.

– Não vou...

Taylor pegou-a pelo braço e meteu-lhe a Bravo na testa.

– Me dê só um motivo, gatinha. Só me dê um motivo pra estourar seus miolos de puta na parede.

Ouviram o ecoar de gritos do lado de fora e todos se viraram para a janela. Aconteceu em menos de um segundo. Smith e Harrison demoraram alguns instantes para entender o que acontecera. Viram tudo, mas suas mentes precisaram de um tempo para transformar o borrão em movimento.

Num instante, Stealth tinha uma arma na cabeça. Quando voltaram seus olhares da janela, ela erguera a mão e colocara o cano do rifle sobre o ombro, mirando a parede. Com os dedos, deu quatro golpes na garganta do soldado. No último ataque, agarrou a cabeça dele por cima e puxou-a para baixo, saltando no ar. Stealth meteu-lhe o joelho na cara e girou em pleno ar, concluindo o giro com um chute no peito do rapaz.

Taylor colidiu com Polk e foi ao chão. Todos souberam que o soldado não acordaria tão cedo.

Perceberam, então, no tempo entre ver e compreender, que Stealth já havia cruzado os metros que separavam a porta da mesa.

Ela pousou com um pé sobre o rifle de Harrison, prendendo-o à mesa. Com a palma da mão, golpeou-o na garganta. Ele tropeçou para trás, e nisso ela agarrou Smith pela gravata, puxando o rapaz para si.

– Stealth! – ele gritou, erguendo as mãos. – Sei que não quer me machucar.

O punho dela congelou a centímetros do rosto dele. Tremeu um pouco, como se tivesse encontrado uma barreira invisível no ar.

– Ou quer? – Smith insistiu. O rapaz a encarava, olhos nos olhos. Sem piscar.

– Não – disse ela, abrindo a mão e baixando o braço. – Não quero.

Smith abaixou os braços. Arrumou a gravata e sorriu seu sorriso amplo e falso.

– Que bom.

UM NÔMADE INFLUENTE

ANTES

Não existe criminoso inteligente. Isso é mito. Sabe por quê? Porque se existisse, ninguém saberia que existe. Os criminosos de que se ouve falar são presos. Esses que roubam bancos e conveniências são todos uns idiotas. E pense nisso: a pessoa tem que ser uma completa idiota para vestir uma roupa chamativa e atrair atenção para si e o que pode fazer.

Não, os espertos fazem de tudo para não serem vistos nem ouvidos. Escondem-se em plena vista. São aquelas pessoas que quase ninguém nota no recinto. Os verdadeiros supervilões usam terno de executivo e gravata fina com nó impecável.

Quando ouvimos dizer que alguns dos super-heróis estavam vivos em Los Angeles – bom, super-heróis ou Bruce Springsteen, você que escolhe – acho que o piloto que trouxe a notícia nem me viu. Freedom também não. Ele não registra nem metade dos civis que conhece. Ele e Shelly conversaram com uns oficiais por uns cinco minutos antes de o coronel e eu trocarmos olhares. Sempre ficava irritado quando se esquecia de que eu estava por perto.

Principalmente quando eu o fazia esquecer.

Nunca fui notado, no entanto. O filho do meio que não precisava de muita atenção. O garoto quieto na classe que não chegava a ser tão calado a ponto de preocupar os professores. Apenas o cara normal com o nome normal, sentado ali, à vista de todos.

Ainda não sei se nasci com isso ou se fizeram algo comigo. Mas me lembro da minha primeira vez. Bom, talvez não tenha sido exatamente a primeira vez, mas foi quando eu soube que tinha forçado alguém a fazer algo que não queria ter feito. Segundo ano do Ensino Médio. Passei uma semana me preparando psicologicamente para convidar Phoebe Bradshaw para sair, e ela me rejeitou na frente dos amigos antes mesmo de eu terminar de falar. Tentei sair por cima, vendo todo mundo rindo de mim, perguntando se podia pelo menos ganhar um boquete. Tinha ouvido essa fala num filme e me pareceu apropriada.

Três minutos depois, estávamos numa sala de aula vazia e Phoebe desabotoava minhas calças.

Tem algo a ver com perguntas. Demorou um pouco, levei tapas e socos mais de uma vez por isso, mas acabei pegando o jeito. O jeito com o qual o cérebro recebe e processa uma pergunta é diferente de como ouve afirmações ou instruções ou música ou qualquer coisa. Não posso ordenar que as pessoas façam as coisas, mas posso pedir e obter a resposta que quero. E elas acreditam na resposta.

O restante do Ensino Médio foi muito bom para mim. Tirei notas excelentes, recebi ótimas recomendações de todos os professores e dormi com todas as líderes das torcidas de todos os esportes. Quando comecei a procurar faculdade, sempre que fazia entrevista, me ofereciam bolsa integral. Na faculdade tudo rolou como na escola, basicamente em todos os sentidos.

Foi também a época em que aprendi até onde poderia controlar as pessoas. Ou por quanto tempo. Assim, eu já havia sacado a coisa do sangramento no nariz, mas foi na faculdade que teve a história com a Christy. Era filha de reverendo, rezava toda noite e estava se guardando para o casamento. Isso até me conhecer. Depois de um mês, mais ou menos, usando-a de todo jeito que eu queria, resolvi fazer sexo a três com ela e a colega de quarto. O sexo foi ótimo, mas na manhã seguinte encontrei Christy morta, com o cérebro vazando sobre o travesseiro da outra menina. No fim das contas, cinco semanas fazendo a mente dela dar todo um giro de cento e oitenta graus acumulara uma energia que arrebentou graças ao sexo triplamente pecaminoso, e ela teve uns cinco ou seis aneurismas de uma vez. Pelo menos acho que ela não sentiu dor nenhuma.

É verdade, a propósito. Algumas escolas passam a dar nota máxima para o aluno quando o colega de quarto morre. E se eu soubesse o animalzinho em que a menina se transformaria na hora do sexo, na época em que ainda chorava por Christy, teria matado esta um pouco mais cedo.

Enfim, foi o incidente com Christy que me fez começar a pensar muito mais sobre o que eu fazia e o que poderia fazer com isso, além de tirar notas boas e fazer sexo profissional todo fim de semana. A faculdade não ia durar para sempre, afinal. Eu precisava de um plano para a pós-graduação. Algo mais do que o curso e as notas que eu escolhesse. *Summa cum laude* atrairia muita atenção, mas um *cum laude* sólido imprimiria crédito ao meu currículo ainda que não fosse digno de nota, não importa onde eu fosse parar.

É impressionante a quantidade de gente que ganha a vida dando facada nas costas, fazendo chantagem e ferrando com os outros para alcançar uma posição de quase poder, e é impressionante a quantidade de gente que deixa isso acontecer. Todos esses chupins e puxa-sacos que conseguem o máximo de benefício com o mínimo de esforço. A ideia é encontrar as pessoas mais poderosas e grudar nelas. Pensando assim, eu não estava fazendo nada muito diferente do que milhares por aí.

E o fato é que a maioria das pessoas são uns idiotas fáceis de manipular. Eles *desejam* que alguém lhes diga o que fazer, não importa quanto neguem. Basta prestar atenção às eleições para ver quão frequentemente os babacas são convencidos a votar contra seus próprios interesses. Oras, riem-se e cantarolam enquanto se ferram para tornar alguém rico e poderoso.

A Casa Branca foi, obviamente, a primeira opção. Muito chamativo, no entanto. Além disso, tem-se no máximo oito anos antes que outra pessoa chegue e limpe a casa. Ultimamente, boa parte dos políticos anda partidária demais para se ater a algo que tenha sobrado da administração anterior, ainda que o trabalho feito até então estivesse bom. Poderia fazê-los me manter por ali, claro, mas eu acabaria me sobressaindo feito um dedo machucado. E a ideia, como diria o Monty Python, é não ser visto.

Então passei um mês checando negócios na *Fortune 500*. Seria fácil fazer algum CEO me contratar como consultor pessoal ou algo do gênero. Acontece que muitos desses caras são ricos, mas seu poder é limitado a uma pequena esfera de influência. Pense nisso. Quantos altos executivos do cinema você conhece? Nenhum, certo? É pisar fora de Hollywood e se transformar num babaca qualquer de carro caro.

Então o que me restou?

Eu estava convencendo um cara a escrever um trabalho de bioquímica no meu lugar no último ano quando tive minha epifania. Estava perdendo meu tempo tentando encontrar alguém com as qualificações ideais. Eu não precisava encontrar gente poderosa.

Eu precisava *criar* gente poderosa.

Uma feira de empregos na faculdade depois e eu fui recrutado pelo Departamento de Segurança Nacional, com um bônus inicial generoso. O DSN era basicamente feito sob medida para mim. Que lugar melhor para um cara influente do que uma agência governamental criada para montar em cima dos ombros de todo mundo? Recebi um escritório legal e passei seis meses tentando descobrir o que queria da vida. O Sistema de Armadura de Batalha Cerberus pareceu o melhor ponto inicial. Eu podia dar sinal verde ao projeto, colocar em produção e depois ter um pelotão de seguranças blindados pondo-se à frente, todos me protegendo.

Além disso, para ser honesto, fazia um tempo que eu não comia uma ruiva. A Dra. Danielle Morris era rude e falava comigo como se eu fosse um idiota. Toda essa atitude superior fez a coisa ficar ainda mais divertida quando ela ficou de quatro na cama.

Claro, três meses depois que consegui entrar no projeto Cerberus, os super-heróis apareceram. Heróis de verdade voando por aí, enfrentando os criminosos, soltando raios e tudo mais.

Tenho que admitir, passei uma, duas semanas, vai, pensando em usar um uniforme. Imaginei que chegava perto do Mighty Dragon ou do Awesome Ape e os controlava. O Blockbuster e o Cairax também pareciam bem poderosos. Seria como colecionar bonequinhos.

Então recuperei a razão. Nada de máscaras. Nada de capas. Nada que envolvesse me revelar. Todos vão atrás do cara que conseguem ver. Ninguém vai atrás do cara por trás do trono.

Acho que foi um mês depois que ouvi rumores sobre um programa da era Reagan, o Projeto Krypton. Era o "Guerra nas Estrelas" do sistema de defesa – ninguém esperava que funcionasse. Era apenas algo para os soviéticos se matarem para tentar equiparar em pesquisa, indo à falência. Só que o Projeto Krypton funcionava. Tinham conseguido resultados sérios antes de o projeto ser engavetado no fim da Guerra Fria.

Quando todos aqueles super-heróis começaram a aparecer, no entanto, as pessoas começaram a repensar. Eu, principalmente. E o projeto foi reativado. Consegui ser transferido para ele.

Assim, a armadura era uma boa ideia, mas é um *objeto*. E objetos se quebram. Podem ficar sem bala ou bateria. E seu poder vai junto para o ralo. Mas se o poder for algo inerente, algo que o soldado *é*, não algo que veste, então não pode se esvair.

Além disso, o Exército era um lugar legal para mim. Depois que conheci, na faculdade, alguns alunos ávidos que treinavam para ser militares, vi que quase não precisava de poder para manipulá-los. Bastava falar terrorismo e patriotismo na ordem correta e metade dos soldados que conheci daria um tiro na própria mãe sem nem saber o motivo. A outra metade... bem, fariam o mesmo se eu pedisse.

Sem dúvida, o aparecimento dos ex's despejou um grande balde de água fria sobre os meus planos. Ninguém mais poderia ser excluído do programa. Eu ainda passava pelos candidatos, selecionando os que seriam mais facilmente manipuláveis sem o risco de terem os miolos estourados. Muita gente morrendo de aneurisma múltiplo começa a gerar suspeitas. Começa a chamar atenção.

Então tive que quebrar um pouco mais a cabeça para descobrir como me livrar dos supersoldados problemáticos. Aqueles cuja moral e senso de dever eram fortes demais. Mas não foi tão difícil. Afinal, eles faziam ou acreditavam em tudo o que eu dizia. Posso fazê-los achar que o carro vai ficar sem gasolina. Ou que deveriam correr a toda contra um monte de ex's, quando a coisa certa a fazer é ficar no lugar. Ou que deveriam botar uma arma na própria boca.

Agora, no entanto, parece que vou conseguir o melhor de dois mundos. Os heróis estão vivos, em Los Angeles, e têm um monte de civis com eles. Ora, Cerberus ainda deve estar por aí, em algum lugar. No início, Shelly estava todo permissivo, deixando que ficassem sozinhos, governando-se, mas uma palavrinha rápida o fez mudar de ideia. Então uma equipe está saindo agora para dar as boas-vindas de volta aos Estados Unidos. Vou pedir para acompanhá-los. Como consultor, é claro. Afinal, o que mais se consegue quando se é o poder absoluto por trás do trono?

Consegue-se o poder absoluto.

VINTE E SETE

AGORA

Havia, pelo chute do agente especial MacLeod, cerca de mil ex's em torno do cercado da Krypton. Ele era bom em chutar/estimar. Menos de três anos antes, trabalhara no departamento de produção da Albertsons, na West 24th, onde impressionava os colegas com a habilidade de adivinhar quantos abacates havia numa gôndola ou de pimentas num balde. Desde que se alistara, continuava impressionando, mas com cápsulas de balas no campo de tiro ou zumbis no cercado.

Mil eram mais do que o usual, mas não um número muito alto. Muitos deles pareciam ter passado os últimos dias cambaleando pelo deserto, unindo-se eventualmente aos grupos grudados no cercado. O espaço aberto abafava o estalar dos dentes, mas não tanto.

Entretanto, o barulho era menor nas torres de observação do que no solo. Correr em torno do perímetro, pela manhã, sempre lhe dera arrepios. Muitos dos monstros mortos grudados no cercado usavam o mesmo uniforme que ele, algo que ele não gostava de ver de perto. Ora, os ex--soldados que guardavam o perímetro já metiam medo.

Seu turno acabava às catorze horas. Mais quinze minutos e estaria livre. Cumprir o turno sozinho era um saco, ele mal podia esperar para terminar.

Olhou para o lado norte do cercado e acenou para D. B., que estava na outra torre. Este estava em turno, sozinho também. O soldado devolveu o aceno, e MacLeod andou pelo pequeno deque de sua torre, olhando para os portões. Três camadas de canos e grades de metal o separavam dos mortos-vivos.

Um movimento o fez olhar de volta para a base. Uma figura cruzava o espaço vazio entre o portão e o heliporto. No início, MacLeod julgou, pelo jeito de marchar, tratar-se da primeiro sargento Kennedy, mas ele logo notou que era mais um cambalear do que um trote suave. O rapaz ergueu os binóculos e confirmou que um dos ex-soldados se aproximava do portão. Ele pegou o comunicador da torre e clicou para falar com os soldados do solo.

– Short Bus, aqui é a Torre Dois. Acho que um dos seus alunos está matando aula. Está sabendo de alguma coisa?

– Negativo, Torre. É um Nest morto?

– Não sei. Não parece raivoso, só está andando.

– Copio. Alguém deve ter dado uma ordem vaga e o monstro vai tentar ir a pé a Washington, algo assim. Vou mandar alguém ir buscá-lo.

– Copio, Short Bus.

Abaixo dele, o ex havia dado de cara com o cercado interno e continuava tentando atravessá-lo. O zumbi tombou para o lado e deslizou rente à grade. Vacilava conforme sua cabeça e os ombros batiam contra a cerca repetidamente.

MacLeod suspirou e quis muito fumar um cigarro. Olhou para o oeste e viu mais figuras surgindo no horizonte. Droga, havia muitos ex's naquele dia. Ficou imaginando o que os fazia andar para a mesma direção.

Por sobre o estalar de dentes, ele ouviu um bipe. Depois mais dois. Mais um quarto e um quinto. Olhou de novo para o portão.

O ex solitário mexia no teclado que controlava os portões. Com um dedo de cada mão, clicou nas teclas com movimentos rápidos e precisos.

MacLeod levou alguns segundos para registrar o que estava vendo. Quando o fez, as luzes vermelhas começaram a piscar. Ele viu o movimento entre os cercados; eram soldados fugindo para se salvar. Os ex's de fora do cercado amontoaram-se perante o portão com intenção veemente. Seus dentes pararam de estalar. Depois de dois anos ouvindo o clique-clique--clique do esmalte, achava que nada poderia ser mais irritante. Um sibilo cortou o ar, o som de algo que suga, e ele entendeu que os ex's estavam respirando. Mil ex's puxavam ar para dentro de seus pulmões murchos.

Quando falaram, foi em uníssono.

– CHAMAM-ME LEGIÃO – rugiram os ex's –, POIS AGORA SOU MUITOS.

As vozes roucas ecoaram pela planície do deserto e por entre os prédios de Krypton, culminando num riso seco.

X X X

– É um robô vermelho, branco e azul de quase três metros, forte feito jogador de futebol – rugiu St. George. – Onde é que ele foi parar?

Depois de ver uma dúzia de soldados partir em busca da armadura, Sorensen pediu para ficar na oficina. Parecia contente em ser deixado para trás, e disse que tentaria contatar Freedom ou Smith pelos canais de sempre. St. George e Zzzap retornaram aos céus para caçar a pessoa que estava dentro da armadura.

Campo de invisibilidade?, disse Zzzap.

– Acho que se Danielle pudesse ficar invisível, já teria nos contado isso.

É, mas esse não é a Danielle.

O rugido de Legião ecoou pela base abaixo deles. Os heróis se entreolharam.

– É isso aí – disse St. George. – Nosso tempo acabou.

Ótimo.

– Percorra o perímetro, cheque se não há portões ou possíveis aberturas. Fique de olho para ver se encontra Stealth, Danielle ou Cerberus. Queime todo ex que encontrar.

Beleza. E você?

–Vou ao portão principal. Aposto que ele vai ser bastante óbvio de novo.

Zzzap assentiu.

Pegue um comunicador, se encontrar. Vou ficar escutando.

Separaram-se. St. George foi para o sul, para a entrada da base. Estava a alguns metros distante quando viu luzes fracas e o eco dos tiros o alcançou. Ele desceu para o chão, raspando as botas no concreto.

Um homem, um agente especial com MACLEOD na jaqueta, investia contra um painel de controle sem parar. O ex deitado aos pés dele quase não tinha mais crânio. O soldado golpeou a caixa, digitou o código mais uma vez e olhou, em pânico, para o portão.

Os três cercados abriram apenas uma fresta, mas foi o bastante. Estavam já emperrados com todos os ex's que empurravam e atacavam o portão. Pelo menos doze bloqueavam o portão interno, impedindo-o de fechar, e outros mais ocupavam as outras aberturas. Os motores rangiam por cima do estalar dos dentes.

Alguns soldados – os civis menos experientes, notou o herói – estavam nos portões. Batiam nos ex's com as costas dos rifles e tentavam forçá-los para trás. Alguns atiravam à queima-roupa, mas a maioria estava muito em pânico para mirar na cabeça. As balas arrancavam braços e abriam buracos nos peitos deles. Menos da metade dos ex's derrubados continuavam no chão, e muitos caíam dentro do portão.

– Para trás – gritou St. George. – Deem distância pra poder atirar.

O herói meteu-se entre dois soldados e enfiou o calcanhar no crânio de um ex adolescente que rastejava sobre o chão. Em seguida, agarrou um homem que usava um colete da Sam's Club e jogou-o por cima dos cercados. O corpo passou pelos dois primeiros, mas teve a perna enganchada no último, ao descer. Ficou pendurado lá, balançando em câmera lenta.

De uma só vez, os ex's pararam de estalar os dentes. Olharam para o herói, que avançava sobre o portão, e sorriram.

– Homem dragão – disseram. – Não vai salvar o dia esta vez, bro.

St. George bateu os punhos como se fossem martelos, esmagando dois crânios, depois girou-os, quebrando outros dois. Os monstros empurravam o cercado. Quase cinquenta deles jogavam seu peso contra o portão.

George olhou para os soldados.

– Anda – gritou. – Me ajudem a limpar o portão! Façam uma fila e atirem.

– Estão assustados demais – disseram os ex's. – Faz meses que eu venho assistindo. Esses soldadinhos são café com leite.

Os bichos caíram novamente na gargalhada.

St. George sugou o ar e espirrou chamas contra os ex's. O fogo queimou cabelos e derreteu olhos. Algumas roupas e peles pegaram fogo. Vacilaram e recuaram por um instante. Então, começaram a ranger os dentes novamente e avançaram. O herói brandia os braços à frente, quebrando crânios, mandíbulas e pescoços.

Conseguiu abrir espaço suficiente para agarrar uma ponta do portão e fechá-lo um pouco mais. Isso o levou perto o bastante para pegar a outra ponta e puxar. Aproximou as duas partes, esmagando ex's que estavam ali no meio. Foi quando sentiu um cheiro. Entre o odor de cabelo e carne queimados, um cheiro de fumaça metálica.

O soldado perto do teclado surtou.

– Os motores – MacLeod gritou. – Eles queimaram os motores do portão!

– Eu posso fechar – gritou St. George. – Derrube alguns deles!

Alguma coisa pesada deu passos ruidosos atrás dele, e duas mãos gigantescas agarraram com um baque os tubos das extremidades do portão. Engrenagens rangeram e Cerberus juntou as duas metades do portão. Os ex's foram amassados e partidos ao meio pelas cercas.

–Viu só? – rugiu a armadura. – Eu disse que podia ajudar, St. George. Você devia ter tido mais fé em mim.

– Cesar? – St. George fitou os grandes olhos que o miravam. – É você?

– Eu mesmo – disse o titã. Ele se virou e encostou contra o portão, usando seu tamanho para manter as duas partes unidas. Os ex's enfiavam os dedos pálidos pelas frestas da cerca, tentando arranhar as placas blindadas.

– Como foi que você chegou aqui?

– Foi fácil, mano – disse a armadura. – Sabia que iam precisar de mim, porque todo mundo sabe que não se deve confiar no governo, certo? – A palavra governo saiu com a letra r bem carregada. – Então eu invadi o helicóptero enquanto vocês colocavam a armadura a bordo lá no Monte. Depois saí do helicóptero e entrei num jipe, e então ela escolheu esse jipe pra levar a armadura e eu entrei nela. Foi bem fácil. Bem legal, né?

– Por que você não disse nada?

O titã deu de ombros, raspando-os na cerca de arame.

– Eu ia fazer isso quando estivéssemos sozinhos, mas a Stealth tava sempre por perto com a Dra. Morris, e daí ela fechou a armadura e eu fiquei meio sedado, sabe?

– Onde é que estão os Guardiões? – berrou um dos soldados. Ele olhou para o Quartel 8, a alguns metros dali. – Faz mais de dez minutos que os alarmes dispararam.

Um homem com uniforme de sargento e o nome STEWART separou-se dos demais.

– Yates, Benton – disse, com firmeza –, vão descobrir por que diabos estão demorando tanto. Os demais, assumam posição. Conhecem o exercício: tiro único, escolham os alvos, agora vão.

O oficial fitou St. George e sussurrou alguma coisa em seu comunicador.

– Ei – disse a armadura. Os alto-falantes crepitaram e as palavras de Cesar saíram feito um sussurro metalizado. A cabeça blindada apontou para o sargento. – Consigo ouvir aquele cara falando na minha cabeça. Eles vão vir nos pegar, velho. Temos que dar o fora.

Freedom e seu esquadrão saíram às pressas do complexo do antigo reator e cruzaram a base ainda com mais velocidade. Suas passadas deixariam corredores olímpicos com inveja. E mesmo assim não lhes pareceu rápido o bastante.

– Indestrutível Vinte e Um – o capitão disse, pelo rádio. – Aqui é o Indestrutível 6.

– Indestrutível Seis, aqui é o Vinte e Um – veio a resposta.

– Vinte e Um, aqui é o Seis – disse Freedom. – Portão principal, dupla corrida. Hostis dentro e fora.

– Seis, aqui é o Vinte e Um. Entendido. TCE cinco minutos.

O soldado levaria seis minutos para cruzar de novo toda a base. Smith sugerira que checassem Zzzap, e ficou bastante claro que o rapaz elétrico fugira. Sorensen desaparecera também. Ele deveria estar ajudando os médicos da base a cuidar de Shelly. De acordo com os soldados em guarda no reator, o cientista tomara o lado dos heróis. Levara St. George até o local e ajudara a libertar o prisioneiro.

Freedom tentou pensar em si mesmo como um homem racional. Era uma de suas qualidades como oficial. Sabia que o ódio era uma emoção irracional. Entretanto, havia coisas que odiava. Covardia era uma. Deslealdade, outra. E ele não podia imaginar uma forma pior de deslealdade do que a traição.

Era uma das coisas que tinha em comum com Smith.

O agente lhe passara as más notícias. Shelly não estava indo bem. O coronel persistia, mas os ferimentos eram muito sérios.

– Ele vai acabar entrando em coma – Smith dissera. – Acredita nisso?

Freedom segurou sua Bravo com mais força, e sentiu o peso confortante de Lady Liberty presa à sua cintura. Os super-seres de Los Angeles – já não podia mais chamá-los de heróis – pagariam pelo que fizeram ali.

X X X

St. George pulou quinze metros acima e pousou perto de uma placa avisando aos visitantes que declarassem armas e eletrônicos. Ele arrancou do chão o poste que ostentava a placa de metal. Seus dedos amassaram o concreto como se fosse uma bolota de argila.

– Cesar, escuta aqui – disse ele, voltando para perto da cerca. – Quer fazer parte do time?

– Se quero!

– Então você precisa fazer o seguinte. – O herói dobrou o poste, formando um grande U. A placa meteu-se no caminho, então ele quebrou os rebites e a arrancou fora. – Preciso que encontre Danielle. A Dra. Morris. Volte à oficina. Se encontrá-la, seu trabalho é mantê-la em segurança. Entendeu?

– Se eu entendi? E o resto do pessoal?

George enfiou o poste num dos lados do portão.

– Se encontrar soldados em perigo, ajude também. Se encontrar ex's, mate.

O titã tombou a cabeça.

– Matar? Sozinho?

St. George olhou para a cabeça blindada enquanto enrolava o poste em torno do outro lado do portão.

– Enquanto estiver controlando essa armadura, vai ser blindado feito um tanque de guerra e poderá rasgar um carro ao meio com as próprias mãos. Vai dar conta dos ex's sem problemas.

– Certo – disse o titã. – Tá bem. Ainda não me acostumei. E se eu vir Zzzap ou Stealth?

– Diga ao Zzzap pra checar suas baterias. Se ele perguntar, diga que... – Ele tentou pensar numa boa frase-código enquanto manuseava o poste como se fosse uma gravata de concreto. Os canos do portão rangeram e se curvaram até tocar-se. – Diga que eu disse que você é cinco por cinco.

– Que diabos isso quer dizer?

– É de um dos programas favoritos dele. Ele me fez assistir quatro temporadas. Vai saber do que estou falando.

– Tá. E a Stealth?

Por um momento, ele considerou mandar que Cesar ficasse no portão, mas sabia que o garoto seria muito mais útil explorando a base.

– Stealth pode cuidar de si mesma. Não se preocupe com ela. Encontre Danielle, encontre Zzzap, salve o máximo de pessoas que puder.

O portão ficou seguro, por ora. Se tudo desse certo, não teria que ser aberto tão cedo. Quase cem ex's alinhavam-se no cercado interno, e mais entravam pelos portões externos, ainda abertos. Os soldados haviam entrado num ritmo bom, e os corpos se empilhavam quase tão rápido quanto apareciam.

Quase tão rápido.

George deu um tapinha no ombro do gigante.

– Vai fundo!

A armadura fez sinal positivo e saiu correndo. St. George avistou Stewart.

– Sargento – gritou ele –, cadê os reforços, que não chegam?

O homem fitou-o com irritação e continuou a dar ordens aos soldados que continham os invasores.

– Ei! – St. George deu um pequeno salto e flutuou até o solo, perante o sargento. – Sei que não sou o líder por aqui, mas você está com um sério problema.

– Senhor – Stewart ladrou –, temos tudo sob controle. Por favor, afaste-se. – O rapaz apontava a arma para o herói e parecia saber o que fazer com ela.

St. George respirou fundo, contou até cinco e soltou um pouquinho de fumaça pelas narinas.

– Já viu ex's falarem, sargento?

O rapaz ficou atônito por um momento, mas logo se recobrou. Não respondeu.

– Eu já, e não deu nada certo. Perdemos um monte de gente. Amigos. – Ele olhou para a base. – Não quero que aconteça a mesma coisa aqui.

O sargento olhou para os soldados.

– Devia haver cem homens aqui – disse. E apontou para o Quartel 8. – São os primeiros que respondem a um alarme do perímetro.

– E não responderam até agora – entendeu St. George. – Faz quanto tempo que mandou aqueles caras pra investigar? Uns cinco minutos?

– Quase, mas ainda não ouvimos nada.

– Se não tivessem se comunicado por rádio, como é que você ouviria alguma coisa com todo esse barulho? – O herói apontou para os soldados que atiravam com os rifles enfiados na cerca. – Vou lá dar uma olhada. Pode me emprestar um comunicador?

Stewart abriu a boca, mas hesitou.

– Preciso mantê-lo em observação, senhor – disse, finalmente.

St. George assentiu novamente.

– Então fique à vontade pra me observar indo até o quartel. Quando o capitão Freedom chegar aqui, conte a ele onde estou.

– Sim, senhor.

O herói disparou para o ar e cobriu trinta metros em segundos. O Quartel 8 estava em silêncio. St. George tinha quase certeza de que deveria haver alguém guardando a entrada. Billie Carter chamava de patrulha anticagada. No quartel do outro lado da rua também não tinha ninguém tomando conta.

Ele entrou no prédio.

O hall de entrada estava coberto de sangue. Havia três cadáveres, dois homens e uma mulher. As gargantas foram rasgadas para que morressem rápida e silenciosamente. Viam-se marcas de mãos feitas com sangue no uniforme da mulher, onde alguém lhe segurara os braços, e uma mancha cruzando o rosto, onde haviam tapado sua boca. Um dos homens tivera a mandíbula aberta até soltar do crânio.

Um ruído de passos veio do fundo do hall. Dois ex-soldados cambaleavam na direção do herói. Cada um tinha um aparelho Nest inutilizado. Estalavam os dentes como um baterista batendo as baquetas antes de começar o show.

– Tem alguém aqui? – ele gritou. – Alguém? Vim ajudar.

Atrás dos ex's, as salas do primeiro andar estavam todas abertas. Ele viu poças de sangue saindo de algumas delas. Uma mão despontava de um dos cômodos.

Ele contou até dez, mas não ouviu nada além do clique-clique-clique dos dentes ecoando pelo edifício. Então ouviu um barulho atrás de si.

Freedom e um punhado de supersoldados encontravam-se na entrada principal.

– Sargento Pierce – disse o oficial grandalhão –, pegue seu esquadrão e retorne ao portão principal. Forneça suporte tático e mantenha sua posição.

– Senhor – disse o sargento com uma saudação curta. Os homens desapareceram dali.

Freedom deu mais um passo adiante e ergueu sua Bravo.

– St. George, fique de joelhos e coloque as mãos na cabeça.

– Tá falando sério? – O herói balançou a cabeça. Ouvia o caminhar bizarro dos ex's no hall, aproximando-se. – Com tudo isso acontecendo você quer lutar comigo?

Uma Bravo rugiu e o zumbi atrás de St. George ficou sem cabeça. A sargento Kennedy deu a volta no herói e quebrou o pescoço do outro monstro. Dois outros supersoldados, Franklin e Monroe, postaram-se cada um de um lado dela, dando cobertura.

E também, St. George notou, cercando-o.

– Já temos muito com o que lidar na crise atual além de elementos suspeitos rondando a base – disse Freedom. – Sua parceira está sob custódia. E você vai se render agora. Senhor.

O herói fechou a cara.

– Pegaram Stealth? Onde?

– Última chance de se render, senhor. – O oficial estendeu sua Bravo à frente.

– Sabe que isso não pode me machucar.

– Sei, senhor – disse Freedom. – Vamos fazer isso do jeito antigo.

Kennedy bateu com a traseira do rifle bem no meio das costas do herói. O golpe atordoou St. George mais do que ele imaginara ser possível. Ele se virou, e ela o acertou no queixo, com a arma. Ele virou a cabeça para o lado e levou um soco de Franklin bem no rosto.

Os supersoldados amontoaram-se sobre o herói.

VINTE E OITO

AGORA

Zzzap circulara a base três vezes. Ex's cambaleavam pelos morros e perambulavam sobre a areia. O amplo espaço aberto fazia sua quantidade parecer muito menor, mas ele sabia que via centenas e centenas deles. Em questão de uma ou duas horas, chutando por alto, haveria mais de cinco mil deles cercando a base.

Havia toneladas deles dentro, também. Ele incinerara dezenas de ex's (no canto de um prédio) com um disparo e descera para voar por entre um grupo de cerca de vinte ao lado da venda da base. A maioria ficou com tocos cauterizados na ponta dos ombros. O crânio de um explodiu feito uma granada quando foi atingido no implante coclear. Levou um tempo para o herói se recuperar de cena tão grotesca. Não avistara Stealth nem Danielle em lugar nenhum. Stealth não era surpresa, mas ser incapaz de encontrar Danielle o preocupava. Era tão raro vê-la fora da armadura, principalmente quando estava na forma de Zzzap, que nem conseguia lembrar-se direito da aparência dela.

E estava faminto. Quase nunca sentia muita fome na forma de energia. Seria pior ainda quando voltasse à forma sólida.

É, eu sei, ele falou consigo. O espectro parou em pleno ar e olhou para o leste. *Olha, por que não faz algo útil e descobre onde está Danielle?*

Após um momento, ele soltou um suspiro metálico e continuou voando ao longo do cercado. Fez a curva no canto nordeste da base e viu Cerberus. A armadura dava passadas pesadas numa pequena alameda entre os laboratórios e o hospital. Baseando-se em sua linguagem corporal, o titã parecia perdido e confuso.

Não era Danielle quem estava lá dentro, isso era certo. A armadura podia ser a mesma a olho nu, mas Zzzap via uma porção de coisas erradas. O padrão de calor era diferente, os sensores reativos pulsavam de modo estranho e havia um fulgor eletromagnético esquisito em torno de cada sistema.

Ele flutuou para perto do chão assim que a armadura passou para a rua que permeava o cercado leste.

Ei, disse ele, *você pediu permissão a alguém antes de pegar isso aí no armário da mamãe?*

A armadura ergueu a cabeça para vê-lo.

– Brother – disse o piloto da armadura, contente. – Velho, que bom ver você.

Certamente, o sentimento seria mútuo se eu soubesse quem é que tá aí dentro. Quem é você? Não é do Exército, já que eles estão te perseguindo.

– Sou eu, Cesar. Do Monte.

Quem?

– Cesar Mendoza. Trabalho com os caminhões. Eu era um dos Seventeens.

O espectro afastou-se alguns metros e ergueu a palma da mão.

Não é uma boa referência pra mencionar.

– Tá tudo bem, brother. Tô do seu lado. St. George pode confirmar.

Tem como provar?

O titã fez que sim com aquela cabeçorra.

– Tenho. Ele disse que eu... ai, alguma coisa de um programa de TV.

O gigante ergueu uma mão do tamanho de uma calota e coçou a cabeça.

– Ele disse que vocês assistiram várias temporadas juntos. E assim você saberia que ele tá bem.

Que programa era?

– Ah, para com isso, brother. Acho que ele nem me disse o nome. – A armadura estalou os dedos, fazendo o barulho de um martelo golpeando uma bigorna. – Sou cinco. Ele me disse pra te dizer que sou cinco. Faz sentido pra você?

Dá ensejo a algumas piadas sobre QI, mas é isso aí.

– Já era hora de você parar, seu maldito. – Danielle veio correndo da alameda. Ela fitou Cerberus e pareceu que ia socar Zzzap. – Faz quinze minutos que eu tô correndo atrás de você.

Ei, disse ele. *Eu tava procurando você também.*

– E eu também – disse a armadura.

– Uma dica – disse a moça ao espectro brilhante, ofegando –: quando quiser que alguém te alcance, tente voar a menos de quinhentos quilômetros por hora.

Ahhh. Nem me passou pela cabeça. Foi mal.

Ela descansou as mãos sobre os joelhos.

– Acho que vou vomitar. – Ela fitou o titã. – Que diabos você tá fazendo na minha armadura? É do Exército?

– Não – disse a armadura. – Sou o Motorista. Talvez o St. George tenha te falado sobre mim.

Ele disse que é do Monte.

– Do Monte? Como veio parar aqui?

– Ah, foi assim: eu entrei no helicóptero enquanto vocês colocavam a armadura a bordo ontem de manhã. Depois eu consegui...

Ele fala pra diabo. O espectro inclinou a cabeça, censurando a armadura, depois voltou-se para Danielle. *Quer que ele saia?*

– Ei, peraí – disse o titã. Ele ergueu os dedos de metal, abrindo-os num amplo sinal de pare. – Tô do seu lado, brother. Do seu lado!

– Eu não me importaria – disse ela. – Depois temos que pensar num jeito de eu entrar...

– Galera, sério – disse o titã –, vamos com calma, porque...

Saca só, disse Zzzap. Ele ergueu a mão. Houve um crepitar de estática, uma explosão de luz, e Cesar voou para fora da armadura. O rapaz voou de encontro à parede do prédio dos laboratórios e desabou no solo. Cerberus congelou feito estátua.

– Uau! – Danielle gritou. – Como é que você fez isso?

Uma brincadeira nova que estou testando. Cargas opostas atraem, equivalentes repelem. Então eu só tinha que encontrar a mesma frequência dele e...

– Não, quero dizer como foi que arrancou o menino da armadura?

Ah, disse Zzzap. *Pensei que estávamos na mesma página. Ele não estava vestindo a armadura, estava* dentro *dela, tipo um vírus ou acúmulo de estática, algo assim.*

Ela fitou o rapaz grogue.

– Então você esteve dentro da armadura esse tempo todo? – Ela franziu o cenho. – Estava na armadura quando eu a usei?

– Olha – disse Cesar –, sei que é um pouco esquisito pra todos nós, né, mas...

– De joelhos – gritou o titã armado. Ele se pôs em posição defensiva e ergueu os punhos. Arcos de eletricidade percorreram os nós dos dedos do gigante conforme as armas se prepararam. – De joelhos agora e coloquem as mãos na cabeça!

– É, eu tentei avisar – Cesar murmurou, deitado no chão. – Tem outro cara lá dentro.

X X X

Prenderam os zumbis no portão frontal. E ninguém mais havia morrido. Era o melhor que o sargento Stewart podia fazer.

Assim que St. George amarrou o portão com o poste, os soldados conseguiram botar os mortos-vivos sob controle. A munição era muito pouca para que pudessem tomar a dianteira, no entanto. Tudo o que os soldados podiam fazer era manter o equilíbrio, derrubando os ex's conforme alcançavam o cercado.

Além disso, o portão estava quase se partindo. Aos poucos. Sob o comando de Legião, os ex's colocavam seu peso bem no ponto em que St. George dera o nó, e as dobradiças frágeis do portão ficavam rangendo sem parar. O herói chegou a pegar alguns homens e mulheres mortos arranhando as dobradiças inferiores. Estavam tentando romper o metal parafusado.

Quando notaram que ele os observava, piscaram para ele com ar de zombaria.

Então o sargento Pierce apareceu com um esquadrão dos Indestrutíveis para dominar a situação, e Stewart suspirou, aliviado. Pelo menos os fardos gêmeos da liderança e da responsabilidade perderam um pouco do peso.

Os tiros cessaram para que os supersoldados pudessem reforçar o portão com sacos de areia retirados dos campos de tiro. Lançavam os sacos de vinte quilos como quem joga uma lata de cerveja para um amigo no bar, até mesmo Pierce, com o braço enfaixado na tala. Os sacos formaram pilhas contra o portão e o mantiveram firme. Braços apodrecidos tentaram arranhá-los.

Então o tiroteio recomeçou e os soldados de Pierce acrescentaram suas armas à sinfonia. As Bravos cortavam pedaços dos ex's com explosões rápidas e potentes. Os corpos caíam mais rapidamente do que chegavam ao portão.

Stewart ouviu o rugido de um motor atrás de si e sua confiança inflou-se ainda mais. O caminhão do arsenal chegara, com munição fresquinha. Em questão de minutos tudo ficaria sob controle.

Mas não era um caminhão. Nem um jipe. Era um dos transportadores vindo em alta velocidade. Um soldado que carregava um estojo de munição foi sugado para dentro das rodas do veículo num turbilhão de surpresos membros quebrados.

O carro blindado passou voando por Stewart, rumando direto para o nó dado por St. George. O soldado conseguiu ver o motorista de relance. Era um soldado sorridente, de pele pálida, que tinha uma caixa verde na lateral da cabeça.

XXX

No saguão do Quartel Oito, Truman, Franklin e Monroe se revezavam, espancando St. George com os cabos dos rifles. Começaram nas costas do herói, e quando ele tentou escapar, Jefferson pegou-o pela perna e virou-o de costas. Os cabos de metal ficavam afundados e rebarbados nos pontos em que colidiam com os ossos dele. Ele rolou para o lado, esquivando-se de um golpe de Truman. O rifle rachou o piso e o concreto embaixo.

Freedom o socara um vez, logo no começo. Um poderoso direto de esquerda no queixo. Se fosse um homem comum, o golpe teria quebrado o pescoço de George. Depois que foi ao chão, Kennedy chutou-o no abdômen, e Monroe, duas vezes na lombar.

– Fique onde está, senhor – disse Freedom. – Não temos ordens diretas para matá-lo, mas tenho autorização para tanto se você não se render.

O herói desferiu um soco, do chão, que esfolou o queixo de Monroe. O homem cambaleou para trás, depois disparou para o ataque com um olhar furioso. Meteu a bota na barriga de George, e o herói retraiu-se.

– Não vou me render pra um bando de moleques de uniforme.

Truman golpeou-o no ombro com o rifle, e ele caiu de novo.

– Eu juro, senhor – disse Freedom –, queria não ter chegado a este ponto. Tinha muito respeito por você.

– É, você parece mesmo chateado pra caramba – disse George, um instante antes de Kennedy meter-lhe um soco na nuca.

– Só estou seguindo ordens.

– Ordens? – Outro soco atingiu sua cabeça.

–Você deve ser detido, e depois você e seus companheiros nos acompanharão a uma instalação segura.

– Tem algum... – Ele soltou uma nuvem de fumaça quando alguém chutou-o bem no estômago. – Tem algum lugar além de Yuma?

– Temos, sim, senhor. A instalação da Força Aérea em Groom Lake. O agente Smith acha que lá vamos estar mais seguros.

St. George tentou erguer a cabeça e sentiu dor de novo.

– E o que, você vai colocar a gente num helicóptero e mandar pra lá?

Freedom fitou o herói.

– É exatamente isso que vai acontecer, senhor. Stealth já está algemada e tem um Black Hawk em preparação.

– Nesse caso, capitão, acho melhor contar que eu... – O herói tossiu fumaça e fogo quando outro chute acertou-lhe a barriga.

– O que dizia, senhor?

George ficou de joelhos e afastou os rifles com a mão.

– Eu ia dizer que estava fingindo.

Por um instante, ficaram todos confusos.

E então St. George, golpeando Truman com as costas da mão, arremessou o soldado para o outro lado do hall.

XXX

– Gibbs – disse Danielle –, é você aí dentro, não é? Não somos o inimigo.

– Dra. Morris – disse a armadura –, por favor, mãos ao alto. Até que eu receba outra ordem, vou tratar vocês três como inimigos.

– Com base em quê?

– Roubo – disse Gibbs. O titã virou-se para Cesar. O rapaz se levantou e bateu a poeira dos braços. – Estou certo de que o coronel Shelly e o capitão Freedom ficarão interessados em saber que vocês trouxeram outra pessoa com superpoderes com vocês.

Não o trouxemos conosco, disse Zzzap, aproximando-se.

– Mantenha distância, senhor – disse a armadura. – Pode ser que as armas não o machuquem, mas tenho certeza de que não quer que nada aconteça aos seus amigos.

– Gibbs, pare com isso – ralhou a ruiva. – Você deve ter visto os ex's dominando a base. Você tem que lidar com esse problema agora, não com a gente.

– Hmm – disse Cesar –, ouviram isso?

O ruído de um motor que se aproximava veio de trás da armadura. Cerca de meio quilômetro distante, um jipe pegou a estrada. Fez uma curva tão fechada que quase se ergueu em duas rodas. O veículo acelerou ao longo do cercado a quase 120 km/h.

Em questão de segundos ficou perto o bastante para que fosse possível ver o rosto por trás do volante. Era uma mulher de cabelo bem curto e pele macilenta. Havia um rasgo cruzando a testa até a unidade Nest que piscava na têmpora dela. Legião sorriu para eles por detrás dos seus olhos pálidos.

Danielle levou alguns instantes para compreender a situação, então Cesar a tirou do caminho, puxando-a para perto do edifício dos laboratórios.

Zzzap invocou suas forças, concentrou-se e lançou um disparo que quase pegou o veículo. Passou de raspão, conseguindo pôr fogo no tanque de gasolina e derreter um dos pneus traseiros, mas o jipe continuava correndo. O pneu fez o jipe tombar para o lado, o capô apontando bem na direção da armadura. Se fosse Danielle pilotando, não haveria dúvida. Ela conhecia a armadura e sabia do que era capaz. Arremessava carros, atravessava motores com os punhos e tirava prédios inteiros do lugar. Ela teria se esquivado e agarrado o jipe assim que ele passasse por ela, para depois lançá-lo ao ar ou rasgá-lo ao meio.

Já o tenente Gibbs conhecia o simulador. Não estava habituado às respostas delicadas da armadura. Já não se lembrava mais de que havia mais de mil quilos de armadura protegendo-o do mundo exterior. O rapaz agiu por instinto. Um veículo grande vinha em sua direção. Ele tentou saltar fora do caminho. O veículo em chamas atingiu a armadura no quadril. O titã girou, colidiu contra um prédio ao lado e desabou no chão. Parte da parede ruiu, e um naco de concreto e gesso caiu no chão a centímetros dos tênis de Danielle.

O jipe virou à direita, carregado pela inércia. Legião virou o volante, sem tirar o pé do acelerador. Dava para ouvir o riso quando ele passou.

A frente do veículo atingiu a cerca interna e a atravessou sem desacelerar. Atropelou um par de ex-soldados que perambulavam entre os bloqueios e atravessou o segundo cercado. Um pedaço de seis metros do cercado se soltou, dobrou e caiu. Um dos pneus do jipe foi rasgado pelo metal da cerca e explodiu, mas o veículo não parou e bateu contra um dos pilares da torre de observação. O motor rugiu, os pneus giraram em falso, e com seu último suspiro o veículo em chamas empurrou o pilar à frente.

A cerca cedeu para um dos lados e derrubou os ex's que a pressionavam. Ela vacilou um pouco para trás, mas logo veio ao chão com um baque metálico. Cerca de trinta ex's ficaram presos por baixo do cercado. O dobro destes passou por cima, pela abertura.

Maldito filho da mãe, disse Zzzap.

Truman saiu cambaleando da cratera na parede, tropeçou num dos soldados mortos e desabou no chão. No tempo que levou para dar de cara com o piso, St. George já havia derrubado Franklin com o golpe na testa. O herói fitou o capitão Freedom, do outro lado do cômodo.

– Chegou a pensar mesmo que poderia me vencer numa briga de braço? Nem mesmo todos juntos.

Kennedy tentou acertá-lo com o punho do rifle. Ele tomou a arma da moça e partiu-a ao meio. O pente de munição caiu, aberto, e o cinto de apetrechos rolou pelo chão. Ela meteu três socos no queixo dele e sentiu o nó de um dos dedos rachar no último.

– Assim, vocês não fazem ideia de que estão num nível muito inferior ao meu? – Ele conteve um soco de Jefferson com a palma da mão e torceu os dedos do soldado. Todos ouviram os ossos se partirem e quebrarem até o braço. O soldado gritou e caiu de costas, enquanto o herói se defendia de um chute de Kennedy. – Uma classe de primeiro ano de escola teria mais chance de derrotar o Mike Tyson. Se eu não precisasse fazer vocês falarem sobre onde Stealth...

O golpe de Freedom acertou St. George bem na bochecha. Ele se aproximou, acertou socos rápidos na barriga do herói e depois girou o cotovelo para o alto, acertando-lhe o queixo. St. George cambaleou para a parede. O capitão adiantou-se e deu um golpe com as costas da mão, o barulho do impacto lembrando o de um tiro. Completou o movimento com um soco capaz de entortar ferro.

St. George agarrou o capitão pelo pulso. Conteve o soco com facilidade.

– Certo – disse o herói, soltando lacinhos de fumaça pelas narinas. – Chega. – Ele se levantou, ainda segurando o outro pelo pulso.

Freedom cambaleou. Tentou gingar o braço para trás, para liberar a mão e dominar de novo a situação, mas os dedos do herói eram duros feito pedra. O capitão girou o braço livre e colocou seu peso no cotovelo, golpeando St. George no centro do antebraço.

O braço era duro feito pedra também.

Jefferson sacou seu revólver SOCOM com a mão esquerda e esvaziou o pente em St. George. As balas colidiram e ricochetearam nas laterais e ombros do herói. As últimas três acertaram a têmpora. Os cartuchos pingaram no ladrilho.

Pedra.

Kennedy saltou nas costas dele. Sufocou-o pelo pescoço e jogou seu peso no braço. Ele ergueu o braço livre e lançou a moça sobre o corpo inconsciente de Truman. Freedom bateu no braço de pedra e chutou o herói na barriga. Foi como chutar uma parede, e ele perdeu o equilíbrio. Teria caído para trás, não fosse a mão de ferro que lhe prendia o pulso. Ele tombou contra o peito de St. George e se aprumou.

– Sou acostumado a sair na mão com as pessoas, e você conseguiu dar uns bons golpes lá no Monte. Mas não confunda me pegar desprevenido com ser mais forte do que eu. – Ele balançou o braço de Freedom para frente e para trás, e o grandalhão balançou junto.

– Não disse que sou mais forte – disse Freedom. – Só mais esperto.

Ele envolveu, com a mão, a presa de dragão que arrancara da lapela de St. George e meteu-a no braço do herói, bem atrás do pulso.

O jipe deixara uma abertura no cercado de quase doze metros. Os mortos cambaleantes passaram por cima da cerca caída e foram para a base, rangendo os dentes.

– Brother – disse Cesar. Ele bateu com os nós dos dedos na testa de ferro da armadura. – Você tá vivo aí dentro?

A armadura se mexeu e um sibilo metálico saiu pelos alto-falantes.

– Legal. Quebrou alguma coisa?

– Eu... estou bem – disse Gibbs. – Que diabos era aquilo?

– Menina zumbi dirigindo um jipe – Cesar contou. – Olha, tem certeza de que você tá bem?

– Só um pouco tonto.

Danielle agachou perto do capacete para ver se algo havia sido danificado.

– A armadura tá legal? Nenhum problema com monitores ou sensores reativos?

A armadura vacilou por um instante, usando os braços para colocar-se sentada.

– A energia caiu pra 80%, mas pelo que sei, todos os sistemas indicam 100% de funcionamento.

– Ótimo – disse a ruiva. Ela suspirou. – Desculpe por tudo isso, mas acho que sua lealdade agora está um pouco confusa demais pra que a gente possa contar com você.

Cesar abriu um sorriso.

Ela o fitou.

– Um arranhão, um circuito que eu tenha que substituir e você nunca vai se ver livre de mim. Fui clara?

Ele envolveu a armadura com os braços. O ar crepitou quando ele desapareceu, e arcos de energia dançaram em torno do capacete e do peitoral.

– Que nem água, senhora – disse a voz pelos alto-falantes. – Cerberus, pronto pra ação.

– Vamos esclarecer uma coisa desde já – disse ela, enquanto a armadura se levantava. – Você é só um garoto com um poder legal. Eu sou Cerberus.

A presa rasgou a jaqueta e a pele de St. George. A ponta saiu pelo outro lado do braço. Um jorro de sangue cobriu a manga da roupa. O herói rugiu, soltando uma labareda de fogo que cegou a todos no lobby. Ele soltou o braço de Freedom, e o oficial escapou das chamas.

Quando ele olhou para trás, St. George agarrou-o pelo pescoço. Ainda tinha a presa fincada no antebraço. Sangrava, mas o sangramento não era fatal. Só doía demais. Ele ergueu o braço, e os pés de Freedom deixaram o solo.

– Não vamos nos render – grunhiu o capitão.

– Não estou pedindo que se rendam – disse St. George, entre dentes. – Pode até dizer que venceu. Só não quero perder mais tempo lutando. Meus amigos e eu queremos ajudar.

– Um dos seus amigos espancou o coronel Shelly quase até a morte.

– Não sei do que está falando – disse o herói –, mas a questão não é essa. Esta base enfrenta uma ameaça que precisa ser contornada. Por todos nós. Ninguém vai pegar helicóptero nenhum. Você tem pessoal, mas nós temos experiência em lidar com esse cara. Assim que isso for resolvido, você, eu e todos os nossos amigos podem sentar pra conversar e ver quem fez o quê.

Freedom o encarava. Pelo canto do olho, St. George viu Kennedy esforçando-se para levantar e Jefferson tentando recarregar o revólver com uma só mão. Franklin e Truman voltavam a se mexer. O mesmo deviam estar fazendo os soldados mortos, ele percebeu.

Um ruído chegou pelos comunicadores, e o herói notou que as expressões dos soldados se transformaram. Franklin e Truman acordaram, e trocaram olhares com Kennedy e Freedom. O capitão mantinha o rosto imóvel, mas St. George percebia o conflito em seu olhar.

– O que está havendo?

Os soldados fitaram Freedom.

– O portão principal acabou de ceder – disse ele. – Alguém o arrebentou com um jipe. Eles estão entrando.

St. George apontou com a cabeça para os ex's que se levantavam e o salão ensanguentado.

– O que vai ser, capitão? Vai nos ajudar a salvar todo mundo, ou vai continuar tentando me algemar?

Freedom relaxou os ombros. Só um pouco.

– Qual é seu plano?

St. George baixou o braço e abriu os dedos que enforcavam o oficial. Tentou não fazer uma careta quando flexionou os músculos em torno da presa.

– Peasy, Legião, seja lá que nome ele está usando, ataca por diversos lados. Quando tentou tomar o Monte, foi assim que agiu. Aposto que ele vai fazer a mesma coisa aqui, se é que já não está fazendo.

Freedom e os outros soldados assentiram.

– Pede e receberás – disse Kennedy, pressionando o ouvido com o dedo –, a mesma coisa aconteceu na Torre Nove. O cercado inteiro caiu entre a Nove e a Oito. – Ela fitou St. George. – Parece que seu pessoal já está lá. Zzzap e o robô.

– Ex's? – perguntou Freedom.

– Cerca de cem, e tem mais chegando.

St. George pareceu preocupado.

– Alguém tem um comunicador?

Um dos cadáveres deitados ali estalou os dentes, então Truman meteu-lhe a bota, esmagando-lhe o crânio. O soldado arrancou o rádio do cinto do corpo decapitado e removeu os fones e o microfone, para depois entregá-lo a St. George. Pegar o aparelho fez a dor no antebraço arder de novo.

– Zzzap, está me ouvindo?

– Ei, bravo líder – disse o rádio. – Isto aqui virou um inferno. Como vão as coisas por aí?

– Ele parece normal – disse Kennedy. – É ele mesmo?

– É porque você não está ouvindo ele mesmo, está ouvindo ele transmitindo a própria voz. – Ele ergueu o rádio. – O que está acontecendo?

– Nosso amigo Peasy derrubou o cercado no canto noroeste da base. Ficou um buraco de uns dez metros de largura.

– Estou sabendo – disse St. George. – Tudo sob controle?

– Os soldados e Cerberus, opa, quero dizer, o Motorista estão conseguindo contê-los até agora.

– Entendi. Danielle está com você?

– Sim.

– Ótimo. Vou ver se consigo mandar gente aí pra ajudar. Se puder me dar um minuto, me encontre aqui.

– Beleza.

O herói meteu o rádio no bolso da jaqueta. Jefferson desviou os olhos da tala improvisada que Franklin envolvia em seu braço.

– Como ele sabe onde você está?

– Ele consegue ver de onde vem o sinal – disse St. George. O herói fitou Freedom. – Onde Stealth está presa?

– Deve estar ainda na detenção. A última coisa que ouvi foi que Smith tinha colocado todo o seu pessoal pra tomar conta dela.

– Vamos precisar dela.

Freedom fechou a cara mais uma vez.

– Ela atacou o coronel Shelly.

– Deixa pra lá, capitão. Por enquanto, ela é a melhor e mais inteligente combatente que você poderá arranjar num raio de cem quilômetros, e precisa estar aqui, nos ajudando.

Dava para ouvir Freedom rangendo os dentes, mas ele pegou o rádio.

– Indestrutível Vinte e Um, aqui é o Indestrutível Seis.

– Indestrutível Seis, aqui é o Indestrutível Vinte e Um.

– Vinte e Um, aqui é o Seis. Você deve soltar a prisioneira chamada Stealth. Acompanhe-a até o portão principal. Encontraremos você lá. Fique sabendo que a situação é de combate, estão entrando em zona de perigo.

O sargento Harrison franziu o cenho e fitou Taylor e Polk.

– Seis, aqui é o Vinte e Um – disse ele. – Pode repetir, por favor?

– Vinte e Um, aqui é o Seis – disse a voz de Freedom. – Solte a prisioneira e acompanhe-a ao portão principal imediatamente. Fique sabendo que a situação é de combate, estão entrando em zona de perigo.

– Seis, aqui é o Vinte e Um – disse Harrison. – Senhor, o senhor Smith foi muito preciso com suas ordens quanto à prisioneira. Ele acredita que ela será útil contra o...

– Vinte e Um, aqui é o Seis – Freedom ladrou. – Você não obedece ao *senhor* Smith, obedece a mim. Fui claro?

Os supersoldados se entreolharam, confusos. Olharam, em seguida, para a cela onde estava Stealth. Depois, fitaram o homem de terno, sentado na mesa, na frente deles.

Smith escancarou os olhos, como se algo acabasse de lhe ocorrer.

– Será que eles o forçaram a dizer tudo isso?

Os soldados escancaram os olhos também.

– St. George – disse Polk –, o Mighty Dragon, ele deve ser forte o bastante pra forçar o capitão a fazer alguma coisa.

– Aquele maldito – disse Taylor. Ele limpou outro filete de sangue do nariz. Não parava de sangrar desde que a mulher o chutara no rosto.

– Mas... – Harrison hesitou, balançando a cabeça. O que Smith dissera fazia todo o sentido, mas havia algo errado. Algo pinicava-lhe o fundo da mente. – As palavras combinadas – disse ele. – Por que o capitão não usou os códigos combinados?

Taylor franziu o cenho.

– Qual é a palavra de hoje?

– Chocolate, acho – disse Polk.

– Seis, aqui é o Vinte e Um – disse Harrison. – As coisas estão tão ruins assim, senhor? Você disse que a missão seria só bolo e sorvete, lembra?

– Vinte e Um, aqui é o Seis. Entendido e negativo. Solte a prisioneira e ponham-se a caminho.

Smith balançou a cabeça.

– Será que eles descobriram o código de algum jeito? Ou talvez tenham um refém com uma arma na cabeça. Ele mentiria para proteger alguém, certo?

– Droga, é mesmo – disse Taylor.

Harrison fitava o vazio, tentando botar algo no cérebro para funcionar. Seu nariz também sangrava, e ele não se lembrava mais se a causa fora o ataque de Stealth ou não.

Smith fitou-o.

– Sargento Harrison?

Ele piscou duas vezes.

– Sim, senhor?

– Acho que precisamos levar a prisioneira ao heliporto e nos preparar pra partir, concorda?

– Claro que sim, senhor – disse Harrison.

Smith meneou a cabeça conforme os soldados entraram na cela.

– Ela estava falando a verdade sobre o zumbi supervilão. Não esperava por essa.

X X X

– Não disseram mais nada – disse Kennedy.

Freedom entortou uma sobrancelha.

–Vamos resolver isso – disse St. George. Ele apertou os dentes e puxou a presa fora do braço. Estava vermelha e pegajosa. Mais sangue pingou no chão. Ele colocou a presa no bolso e apertou a palma da mão em torno do ferimento. – Acho que todos que estavam neste prédio estão mortos. Deve ter acontecido o mesmo no prédio vizinho. Quão prejudicados ficamos em termos de números?

Freedom trocou um olhar com Kennedy.

– Se estiverem todos mortos – disse ela –, ficamos sem quase um quarto de nossas tropas.

– Mas dá pra organizar uma defesa? Vocês têm planejamento para lidar com algo desse tipo, certo?

Freedom assentiu.

– Vai ser difícil, mas não impossível. Primeiro sargento – disse ele a Kennedy –, acionar operação Areia Vermelha.

– Sim, senhor.

– Deixe bem claro à sua equipe que não estamos combatendo ex's normais – disse St. George. – Estamos combatendo o Legião. Ele vai fazer seus próprios planos e reagir conforme sua equipe agir. Ou como não agirem.

Kennedy compreendeu e começou a ladrar comandos pelo microfone.

Freedom fitou o herói e acenou rapidamente para Franklin.

– O que mais pode nos dizer sobre esse Legião?

– Já o derrotamos uma vez dividindo sua atenção. Ele não tinha muita experiência com seus poderes, e ter que lutar em muitas frentes o fez perder o controle. Então pudemos nos focar nele mesmo. Mas parece que seu controle melhorou.

– Ótimo – murmurou Franklin. Ele puxou para cima a manga da jaqueta de St. George.

– Cuide disso, sargento.

– Sim, senhor. – Ele tirou um vidro de desinfetante de uma bolsa e limpou o sangue do ferimento. Era um buraco feio do tamanho de uma moeda. – Não devia ter tirado o dente – murmurou.

– O problema maior, na verdade – disse St. George – são os ex-soldados. Já que ele está no controle, já tem mil pessoas na base. Agentes, guerrilheiros, sabotadores, o nome que quiserem. Ele tem muitos desses, mas aposto que vão todos pro mesmo lugar. Ainda que ele tenha melhorado, não deve arriscar se dividir em muitos frontes complexos.

– Não deve?

O herói deu de ombros.

– Ele é só um cara normal, dos não muito inteligentes.

Franklin arrumou gaze sobre o buraco ensanguentado e enrolou o braço com fita branca.

– Sargento Monroe – disse Freedom –, pegue o restante do Onze e limpe este prédio. Não queremos ter surpresa nenhuma daqui a algumas horas. Se estiver no chão, faça com que não se levante mais.

– Sim, senhor. – Ele agachou por cima do outro cadáver, que começava a se mexer, e girou-lhe a cabeça em direção ao piso. O defunto ficou imóvel.

– Jefferson, você vem comigo. Precisamos fortificar o arsenal e garantir a sustentação do perímetro. Vai escurecer em cinco horas, e essa situação precisa ser estabilizada antes disso.

Uma luz intensa invadiu o quartel, cegando todos por um instante.

Então, disse Zzzap, *como é que vão as coisas neste lado dessa presepada militar?*

Freedom e alguns soldados fitaram o espectro.

– Quero que vá com eles ao arsenal – disse St. George. – Fique por lá e faça tudo o que puder por eles.

E depois?

– Pegamos as armas, acabamos com os ex's, depois vamos atrás de Smith.

Smith?

– Ele prendeu Stealth. Está tentando fugir pra uma base mais segura. Vai mantê-la como refém pra nos controlar.

Smith escolheu logo ela pra ser refém?, Zzzap perguntou. *Uau, mas que má esco...*

Ele se calou no meio da frase e ficou ali parado em pleno ar, feito uma estátua de luz.

– Barry?

Só pra esclarecer, disse Zzzap. *Precisamos pegar armas, muitas armas, e depois resgatar nossa líder ultracalma, que foi capturada pelo agente Smith?*

St. George suspirou.

Ah, isso vai ser muito legal!

VINTE E NOVE

AGORA

Lá longe viam-se o buraco no cercado e os flashes dos tiros. O estalar de dentes dos mortos-vivos ecoava pelo ar, mais próximo do que antes.

– Vou ajudar no portão – disse St. George. – Vocês vão até o arsenal; façam o que for preciso.

– Encontraremos você lá em dez minutos – disse Freedom. – Diga ao sargento Pierce que você tem minha aprovação. Se ele perguntar, diga que eu disse que você é cinco por cinco. Ele vai saber o que isso significa.

Zzzap soltou um riso metálico. St. George tentou não sorrir.

– Entendido.

Freedom fez um aceno curto e saiu com Kennedy e Jefferson. Os três andavam muito rápido, o herói teve de admitir, até mesmo o de braço quebrado. Em segundos, cruzaram mais de cem metros e sumiram, contornando um edifício.

Tome cuidado, disse Zzzap. *Apesar das referências à Buffy, ainda não confio nesses caras.*

– Não é como nos seus filmes.

É, até agora foi muito pior.

O espectro saiu voando na direção dos soldados.

St. George alçou voo e pousou em meio a um grupo de ex's que tropeçava, atravessando a cerca do meio. Brandindo o braço, o herói arremessou vários para longe; com as costas da mão, esmagou o crânio de outro. Dezenas mudaram o trajeto em sua marcha bizarra, rumando para ele, em vez da base.

Ele agarrou uma mulher de uniforme militar e a girou contra a multidão feito um mangual, usando seu corpo para golpear vários. As botas dela esmagaram vários crânios estalantes antes que o ombro pelo qual ele a segurava se partisse. Ele deixou que a inércia levasse a zumbi embora, para dentro da multidão. Ela derrubou mais meia dúzia de ex's em sua trajetória.

À sua esquerda, a cabeça de um ex explodiu com o chicotear de uma bala em alta velocidade. O tiroteio cessou, e o herói ouviu gritos atrás de si. Olhou para trás e viu que os soldados o fitavam.

– Não parem de atirar! – ele gritou. – Não se preocupem comigo, continuem atirando!

Um ex agarrou-o pelo pulso e tentou meter os dentes em seu bíceps. Ele flexionou o músculo, quebrando a mandíbula do monstro, depois girou o cotovelo e o arremessou para longe. Outro subiu em suas costas e foi logo repelido.

O festival de balas ergueu-se no ar mais uma vez em torno dele, soando como os dentes a estalar. Um ex de camisa xadrez tentou alcançá-lo, mas caiu quando o topo de sua cabeça simplesmente desapareceu. Um zumbi de bigode grosso estalou os dentes duas vezes, mas teve as arcadas dentárias debulhadas quando uma bala rasgou-lhe a boca e o topo da espinha. Uma mulher em uniforme de garçonete desabou depois que sua nuca explodiu, deixando um ferimento do tamanho de uma bola de beisebol.

St. George abriu bem os braços, agarrou meia dúzia de ex's e marchou para longe dos soldados. Essa meia dúzia capturou outros quatro, e mais seis entraram no emaranhado dos outros dez. Quando ele alcançou o cercado exterior, já devia ter coletado uns quarenta. Os monstros se contorciam por entre seus braços, pescoço e ombros. Passavam os dedos por entre seus cabelos. Um deles tentou morder-lhe a bochecha e teve três incisivos arrancados.

Bem ao lado do cercado havia um veículo blindado alto com casco similar ao de um bote. Parte da cerca encontrava-se amassada embaixo dele. George cruzou o limite da base e lançou os ex's contra o jipe. Alguns deles colidiram com o veículo, outros apenas vacilaram para trás e caíram no chão. Mais mortos-vivos cambalearam em torno do veículo, tropeçando em cima dos colegas derrubados.

O herói chutou alguns corpos do caminho e conseguiu fechar o portão exterior quase por completo. O metal reclamou o tempo inteiro. Ele pensou em forçar um pouco além, mas não quis correr o risco de rasgar a cerca. George saltou para trás e fez o mesmo com o portão do meio, mas esse parou na metade do caminho.

– Acho que foi sorte estes já estarem abertos – disse Pierce, logo atrás dele –, ou o Transportador teria derrubado todos.

O sargento levara os supersoldados para o cercado, enquanto os demais davam-lhes cobertura. Passavam pelos corpos, analisando um por um, para ter certeza de que haviam sido liquidados de fato.

St. George socou um ex que tentava atravessar a abertura e ele voou de encontro a um poste de ferro.

– Se isso é o melhor que vai nos acontecer, estamos mesmo em apuros.

Eles recuaram de volta à base conforme os mortos-vivos retomavam sua marcha incansável. O sargento apontou para eles com a cabeça.

– Por que você não queima todos de uma vez?

– Se pudermos ficar esperando mais de duas horas pra que queimem por inteiro, ótimo. Precisamos de alguma coisa pra bloquear essa abertura, um caminhão, algo assim.

– Sargento Stewart – Pierce gritou. – Entre em contato com a garagem e traga um caminhão ou van imediatamente. Não se preocupe em abastecer, ande logo.

St. George agarrou um zumbi de uniforme da Marinha e o arremessou contra a multidão com uma das mãos.

– Quanto tempo vão levar pra trazer algo pra cá?

– Três ou quatro minutos, se tiver alguém lá – disse Pierce. – Talvez dez ou quinze, se mandarmos alguém correndo. Isso se eu mandar alguém da minha equipe.

– Eu faria isso, se fosse você.

O sargento concordou.

– Enquanto isso, vamos ficar aqui treinando tiro ao alvo. – Ele ergueu sua Bravo e conectou outro pente de munição nela.

XXX

Danielle agachou atrás dos soldados, com as costas na parede. Um esquadrão aparecera e compusera uma linha de fogo razoável, contando principalmente com os homens nas torres que derrubavam ex's com tiros de sniper. Ela usava os revólveres que Stealth lhe dera, mas não podia esticar o braço para mirar.

Havia tanto espaço aberto em torno dela. Espaço aberto e mortos-vivos.

No buraco do cercado, o Motorista fazia um bom trabalho lidando com os ex's no corpo a corpo. Ela tinha de admitir, a armadura movia-se num modo fluido e natural que ela jamais imaginara ser possível. Esmagava crânios e lançava ex's para longe com graça casual. Parecia viva.

Assim que essa ideia lhe cruzou a mente, a figura blindada virou-se e veio para perto da linha de fogo. Dois dos soldados mergulharam para fora do caminho, evitando serem atropelados. Ela parou na frente de Danielle feito um cachorrinho gigante.

– Hmmm, olha – disse o titã. – Vem vindo uma multidão enorme de zumbis. Tem alguma dica pra me dar?

Ela apontou para o buraco no cercado. A uns cinquenta metros dali, um grupo grande de ex's avançava. Havia pelo menos duzentos deles, com dezenas mais mancando ao redor do enxame. Os soldados viram o grupo também, e uma onda palpável de receio lavou a linha de fogo.

– Use os estonteantes – disse Danielle. – Isso vai dar tempo pra esses caras atirarem.

A armadura pendeu a cabeça para o lado.

– Os o quê?

– Estonteadores. Os campos de força acoplados aos punhos – ela explicou. – Eles derrubam o ex por alguns segundos, tempo suficiente pra ganharmos vantagem.

Um raspar seco de vento preencheu o ar quando os ex's tomaram fôlego.

– VOU PEGAR VOCÊ, VADIA – gritaram. Dezenas de braços apontaram, do outro lado do deserto, para Danielle. – VOU ENFIAR SUA CABEÇA NUM POSTE E CARREGAR PRA TODO CANTO!

O titã olhou para trás, depois de novo para ela.

– É ele, não é? Peasy não morreu.

– É – ela disse. Não havia nada separando-a dos zumbis. Ela procurou parecer calma. – Parece que não.

A armadura congelou por um instante.

– Certo, estonteantes – disse. – Como faço isso?

– Pensei que era você quem controlava a armadura!

– É, mas isso não significa que eu saiba tudo o que ela faz. É como comprar carro novo, sabe? Eu sei fazer o básico, mas nada dos acessórios especiais.

– Ótimo – Danielle murmurou. – Certo, vou te ensinar...

Zzzap esperou ao lado da porta do arsenal enquanto o grupo de Freedom o alcançava. À primeira vista, o edifício era semelhante a qualquer outro. Com seu ponto de vista único, Zzzap vira a porta de metal e o concreto duplamente reforçado.

Por trás deles, três conjuntos de ex-soldados uniram-se, formando uma multidão razoável. Cambalearam adiante, estalando os dentes repetidamente, como se chovessem seixos de madeira. Alguns deles ainda tinham as tiras dos rifles enroladas nos braços.

Ahhhh, você encontrou uns amiguinhos, disse o espectro. *Que bom.*

Kennedy liderava o grupo. Ela correu até a porta e abriu o painel que protegia o teclado. Jefferson chocou-se contra a parede, ao lado dela, e contorceu o rosto quando seu braço bateu no concreto. Freedom atirou mais duas vezes com sua Bravo, que ficou sem munição. Ele jogou o rifle para as costas e sacou Lady Liberty do coldre. A espingarda modificada berrou e um trio de cabeças desapareceu numa nuvem de sangue e meleca.

– Um pouco de ajuda seria bom – gritou o capitão para a figura brilhante. Lady Liberty rugiu mais uma vez e o ex mais próximo foi feito em dezenas de pedaços. Kennedy digitou uma senha. Uma luz vermelha piscou no teclado, e a moça soltou um palavrão.

O espectro suspirou e flutuou para perto dela, colocando-se entre os soldados e os mortos-vivos.

Protejam os olhos.

Ele ergueu as mãos, respirou fundo e se concentrou. Surgiu um jorro de luz, o ruído de ar superaquecido em expansão, e então os ex's desapareceram numa nuvem de fogo e cinzas. O mesmo ocorreu a um jipe estacionado por ali, um bom naco de pavimento e o cascalho sob ele.

Zzzap vacilou no ar por um instante, enquanto a brisa do deserto espalhava a poeira recente.

– Tudo bem com você, senhor? – Jefferson perguntou, apertando os olhos para enxergar a figura brilhante. Dava quase para ver através dela em alguns pontos. – Você parece... pálido.

Não me venha com essa de senhor, disse o espectro. *Faz poucas horas que vocês estavam superfelizes me trancando numa caixa.*

– Não estou sabendo nada disso – disse Freedom. Ele passou por Kennedy e digitou a senha no teclado.

É claro que não.

– Não mesmo, e se soubesse, teria concordado. O presidente foi muito firme quanto ao tratamento de prisione...

Ah, tanto faz. Você é mesmo o verdadeiro herói americano. Vá pegar suas armas. Ele balançou a cabeça, ouvindo o estalo da porta ao abrir-se. Então, retomou o assunto. *Eu estou bem. Não venha me encher você também.*

A sargento Kennedy olhou para cima enquanto abria a porta.

– Desculpe, o que foi, senhor?

Nada. Vá pegar suas armas. Eu fico de olho aqui fora.

Os três soldados entraram no arsenal.

– Jefferson – disse o capitão –, você não está apto ao combate com o braço desse jeito. Arranje uma tala de verdade num kit de primeiros socorros e depois o máximo de munição que conseguir colocar naquela M35 lá de fora. Depois disso tudo, vá pras armas.

– Entendido, senhor.

Freedom pegou uma caixa nova de munição para a Bravo e guardou mais no coldre. O lançador de granadas Mk19 tomou sua atenção por um instante, mas ele desistiu. Olhou ao redor e encontrou um trio de pentes para a Lady Liberty, já presos a um coldre.

Do outro lado do cômodo, Kennedy terminava de fechar a tala no braço de Jefferson. Ela recarregou sua Bravo com um pente novo e encheu uma sacola com muitos outros. Duas caixas de 9 mm foram para os bolsos das coxas.

O capitão estava saindo quando viu a caixa de plástico sobre a estante. Abriu com os dedos as presilhas, destravando a tampa, retirou duas Glocks e seus pentes, e meteu-as nos bolsos das coxas.

Kennedy observou-o guardar as pistolas.

– Pra que servem essas, senhor?

Ele torceu os lábios.

– Caso tenhamos que sacrificar alguém.

XXX

Harrison cruzava a toda uma das passagens subterrâneas que ligavam os prédios principais de Krypton. Estava quente como no inferno, mas ele sabia que estava mais seguro ali do que na superfície, onde tudo caía aos pedaços. A ideia cruzou-lhe a mente, e ele sentiu uma pontada de ansiedade. Já tivera a mesma sensação antes na vida. Sentia isso quando sabia que estava fazendo algo errado. Stealth estava algemada. Depois de vê-la movimentar-se na sala de Smith, achou melhor colocar dois pares de algemas. Um prendia os pulsos da moça, o outro prendia os braços, alguns centímetros acima do primeiro. Prenderam as pernas dela também. Polk e Taylor mantinham-na sob a mira das armas enquanto marchavam pelo túnel. As correntes roçavam uma na outra, tilintando, conforme ela se arrastava ao longo do caminho.

Harrison virou-se para Smith. O agente caminhava entre ele e Stealth. Parecia não temê-la nem um pouco.

– Senhor, posso falar com você?

Smith fitou o relógio.

– Sabe que estamos bem apertados com o tempo, não, sargento?

– Sim, senhor. É claro, senhor. É só que... – Estática zumbiu em sua mente, e ele chacoalhou a cabeça para se livrar dela. Esfregou a mão no rosto e notou que seu nariz voltara a sangrar. Viu o líquido vermelho na mão, o que o ajudou a retomar o foco. – Achei que fez sentido um pouco o que ela disse, sobre as unidades Nest não funcionarem. Talvez devêssemos contatar o capitão Freedom e nos certificar...

– Certificar do quê?

– Que estamos fazendo... que deveríamos estar...

Smith viu o sangue jorrar do nariz do sargento e tentou não sentir muito prazer com a cena.

Ele estremeceu ao ouvir uma voz bem no pé do ouvido.

– Ele está resistindo à sua tentativa de controlá-lo – disse Stealth.

Polk agarrou-a pelo ombro e a puxou de volta. Smith continuou sentindo os olhos dela o encarando. A mulher tinha uma força de vontade incrível. Ele já mandara que ela ficasse quieta duas vezes. Esperava que seu nariz estivesse jorrando sangue por baixo daquela máscara.

– O sargento só precisa de um momento pra processar as ordens – disse o agente. Ele fitou os outros soldados. – Não precisamos nos lembrar desse momento de fraqueza, certo?

Eles concordaram com o rosto sereno de um cavalheiro discreto.

– É claro que não, senhor – disse Polk.

– Excelente. Muito obrigado. – Ele se voltou para Harrison. – Vamos seguir as últimas ordens do coronel Shelly, lembra-se? Vamos levar essa prisioneira a Groom Lake e estabelecer uma base lá. Isso é muito mais urgente do que esse "Legião" que está atacando a base.

Stealth girou e jogou os braços sobre a cabeça de Polk. Dois golpes nas clavículas deixaram o rapaz tonto; ele ficou preso entre os dois pares de algemas. Ela pulou por cima dele, lançou o quadril para o alto e caiu no chão. As algemas apertaram o pescoço do soldado.

– Solte-me, ou eu mato ele.

Taylor mantinha sua Bravo a centímetros da cabeça dela, roçando o tecido do capuz. Harrison e Hayes estavam a alguns metros de distância, com armas em punho.

– Não seja boba – disse Harrison. – Você sabe que não pode sair daqui.

Ela apertou as algemas ainda mais e tapou, com os dedos, a boca e o nariz de Polk.

– Ele vai morrer asfixiado em dois minutos se vocês não colocarem as armas no chão e me derem as chaves das algemas.

– Protocolo padrão para transporte de prisioneiros – disse Harrison. – Nunca repassar as chaves, apenas no fim do...

– A chave está no bolso da frente da sua perna esquerda, num anel de prata. O soldado Polk tem, agora, um minuto e quarenta e seis segundos de vida.

– Você não é dos mocinhos? – inquiriu Hayes. – Não vai matar um soldado em serviço.

– Um minuto e trinta e três segundos.

– Ah, pelo amor de Deus – disse Smith, balançando a cabeça. – Não vai matá-lo, vai, Stealth?

A mulher de capa avançou um centímetro à frente, apenas o bastante para afrouxar a corrente. Polk respirou fundo, fazendo muito ruído.

– Não – ela respondeu.

– Se importa de soltá-lo, então?

Ela soltou os dedos e ergueu os braços, passando-os por cima da cabeça do rapaz. No processo, removeu os fones de ouvido dele, bagunçou seu cabelo e derrubou seu quepe. O rapaz tomou fôlego novamente.

– Bruxa maldita – murmurou ele.

Smith fitou-a, irritado.

– Podemos seguir até o fim do caminho, para o helicóptero, sem mais contratempos?

– É claro – ela disse.

– Obrigado.

– Não espere que eu me submeta às suas vontades – disse ela. Sua voz soou clara e alta dentro do túnel.

– Senhora, você já se submeteu – disse ele. – Agradeça por eu apenas querer sair daqui, ou eu teria feito você dar um showzinho pros soldados.

Taylor riu.

– Você demonstrou uma pequena porção de controle quando eu estava despreparada. Sua influência limitada força você a usar métodos mais indiretos. Se pudesse exercer controle direto, teria feito isso.

– Tenho metade da base sob meu controle direto – Smith retrucou.

– Mas não nós – disse Stealth. – St. George e eu temos muita força de vontade para que nos controle diretamente. Imagino que o capitão Freedom deve ser também forte demais para você.

– Freedom apontaria uma arma contra a própria boca se eu mandasse – disse Smith. Erguera a voz para fazer frente à dela. – Todos o fariam. Você não entendeu? Faz quase dois anos que esta base é minha.

Harrison ergueu a cabeça e trocou olhares com os outros soldados.

– É por isso que você matou o coronel Shelly? Ele se tornou uma ameaça pra você?

– Shelly foi meu fantoche até morrer – disse Smith. – Ele tinha força de vontade suficiente só pra fazer purê de batata do próprio cérebro, tentando resistir a mim. Sorte dele que eu o deixei viver até...

– Senhor – Harrison ladrou. Ele ergueu a mão. Os soldados trocavam olhares ansiosos entre si. O sargento estalou os dedos uma vez, depois outra e mais uma. Taylor ajeitou o colarinho e Hayes esfregou-o entre os dedos.

Polk colocou o quepe na cabeça. Todos olharam para Smith. Ele não entendeu.

– O que foi?

– Está transmitindo – disse Harrison, fitando Stealth. – Ela ligou seu microfone!

XXX

Hmmmm... será que todo mundo ouviu o que acabei de ouvir?

Acabavam de retornar ao portão principal. Freedom e Kennedy trocaram olhares. Todos os supersoldados se entreolharam, ansiosos. St. George olhou para o espectro brilhante.

Nunca gostei daquele cara.

Sorensen, sentado na oficina, observava as figuras que passavam aos tropeços pelo lado de fora. Ele permanecera escondido na sala dos fundos por uma hora, mas, em certo momento, resolveu sair dali sem saber por quê. Daquele canto, escondido nas sombras da oficina, via grupos de soldados correndo, ou as mais frequentes aglomerações de ex's. Muitos deles usavam suas inúteis unidades Nest, mas muitos já não usavam mais.

O cientista tamborilava os dedos da mão esquerda no dedão. Com os da direita, tracejava linhas soltas sobre o tampo de uma das mesas de trabalho. Tinha ciência do que estava fazendo. Era um daqueles momentos raros de clareza em que notava que parecia um maluco. Também lhe ocorria que precisava fazer a barba. Eva odiava quando sua barba ficava muito comprida.

Ouvia os gritos e lamentos, o estalar dos dentes e várias ordens e pedidos gritados. Alguém provavelmente viria buscá-lo em pouco tempo.

Tudo parecia distante. Os pensamentos de culpa com relação ao Nest e os ex-soldados que vinham pesando em sua mente desapareceram. Pela primeira vez em um ano, ele se sentiu em paz.

Um trio de ex's entrou cambaleando pelas portas destruídas. Não eram do grupo que ele manipulara. Esses tinham sido civis. A mulher usava terno, alvejado por anos sob o sol. Os dois homens usavam jeans e camisa xadrez. Um deles tinha barba grossa. O outro tropeçou no canto da porta e caiu para a frente. Seu crânio bateu no chão com um baque surdo, mas Sorensen podia ouvir seus membros se mexendo sobre o piso, tentando levantar o resto do corpo. A queda não fizera dano suficiente no cerebelo, mas ele devia ter quebrado a mandíbula, a contar pelo som abafado que seus dentes faziam.

A mulher morta o viu e avançou. Sua pele era como couro, e havia gravetos e folhinhas presos em seus cabelos escuros. O cientista enxergou uma teia de aranha bem arquitetada entre uma orelha rasgada e o ombro. Os lábios ressecados abriram-se num sorriso.

– Eu sabia que você viria – disse ele. – Eu vivia dizendo a todos que você estava lá fora em algum lugar. Ninguém acreditava.

Ele abraçou a mulher, sua esposa. Ela o envolveu nos braços e mergulhou os dentes em seu pescoço.

TRINTA

AGORA

– Até quando isso vai durar? – Centenas de rostos mortos abriram centenas de sorrisos. – Se quer saber, vão ficar sem munição muito antes de eu ficar sem corpos.

–Vamos começar pelo principal – disse St. George. –Vamos bloquear esse portão.

Freedom fez três gestos curtos e o motor do caminhão narigudo foi acionado. Era um veículo longo de oito eixos com um guindaste acoplado na ponta. Ele foi encostado no portão, enquanto os soldados atiraram em todos os cantos em torno dele para que o motorista escapasse ileso.

St. George ajustou os dedos sob o chassi do caminhão e o içou. O lado da caçamba se levantou, e o herói grunhiu. Aquela porcaria era blindada e pesava o dobro do que ele imaginara. Ele ergueu os pneus a um metro do chão, depois mais um pouco. Ouviu o barulho que algumas das correntes fizeram ao deslizar para o canto da caçamba, mas ele ainda não tinha alcançado o local ideal.

Seu antebraço latejava. Dava para sentir a pulsação no ferimento e na bandagem úmida por cima dele. Sentiu como se a presa lhe rasgasse novamente.

Legião riu através de centenas de bocas.

– Indestrutíveis – gritou Freedom, dando um passo à frente –, ajudem o homem.

O capitão meteu suas mãos extragrandes na borda do caminhão, perto das de St. George. Pierce, Kennedy e Garfield acrescentaram suas forças também. A lateral do caminhão subiu mais um pouco, depois mais, então os cinco rolaram a pesada caçamba de lado, ao longo do portão. Os soldados atrás comemoraram.

– Isso não vai contê-los pra sempre – disse St. George.

– Concordo – disse Freedom. – O cercado foi comprometido em pelo menos três pontos, e enfraquecido além de cada um. – Ele apontou para os dois lados do portão, onde a cerca cedera. – Sem tensão, sem força.

– Senhor – disse Kennedy –, não conseguimos contatar o capitão Creed. Se o coronel Shelly estiver morto... – Ela olhou para seu superior com uma expressão neutra.

– Agora é você que manda? – adivinhou St. George. – Então, o que vamos fazer?

Freedom ajoelhou-se e desenhou um retângulo na areia.

– Estamos aqui – disse ele, apontando. Ele fez duas cruzes pequenas do lado oposto e mostrou uma no canto. – Temos falhas aqui e aqui. É aqui que estão seus amigos.

– E isso aqui?

– A maioria da terceira companhia está aí. Mais dois esquadrões a caminho.

– Quanto isso significa? Cinquenta, sessenta soldados?

– Mais ou menos – disse Kennedy.

– Algum deles é do seu pessoal?

Freedom fez que não.

– Temos o Vinte e Dois aqui. O esquadrão Onze ainda está resolvendo o quartel. Então é o Vinte e Um que está acompanhando o agente Smith.

– Ele fitou o portão. – Primeiro sargento, agora que estamos aqui com St. George, vamos mandar o sargento Pierce e o pessoal dele para o canto sudeste.

– Sim, senhor.

– Você conhece esse lugar – disse St. George. Ele apontou para a caçamba virada. – Vamos conseguir bloquear os outros buracos?

O capitão olhou para o mapa desenhado no solo.

– Talvez – disse ele, após um momento. – Depende de quantos Legião mandou nos atacar.

– Zzzap?

O espectro reluzente disparou para o céu. Quando se encontrou a quase cem metros acima da base, traçou um pequeno círculo, observando toda o perímetro. No momento seguinte, voltou correndo ao solo.

Muitos ex's vindo. Acho que são uns dois mil ou mais vindos de todas as direções.

– Isso não faz sentido – disse Kennedy. – A maioria deveria estar vindo do sudoeste, Yuma. Todas as outras direções não vão dar em lugar nenhum. De onde eles vêm?

– Estão vindo de Yuma – disse St. George. – Esses aí não são daqueles que ficam vagando. Foram colocados em posição. Não me surpreenderia se ele estiver reunindo-os aqui há meses. Deve ter trazido metade da população pra cá.

Tem também uns grupos grandes dentro do cercado. Um vem vindo pra cá, do norte. Ele olhou para Freedom. *Não vi muito do seu pessoal, no entanto.*

O oficial ergueu uma sobrancelha.

– O que quer dizer?

Quero dizer que não vi ninguém. Eles não deveriam estar nas torres de vigilância ou montando bloqueios, algo assim?

– Já devem estar em posição.

Mesmo assim, eu seria capaz de vê-los.

– A maioria dos prédios tem proteção contra calor e radiação – disse Kennedy. – As pessoas que estiverem em seus postos serão protegidas.

As torres têm escudo antirradiação?, exclamou Zzzap. *Mesmo assim, não devia haver alguns lá fora? Gente zanzando por aí?*

– No Exército não há muita gente que gosta de ficar zanzando – disse Kennedy.

St. George pediu silêncio com um gesto.

– E uma evacuação, então? Vocês devem ter um planejamento disso. Não contavam com um ou outro cercado pra protegê-los pra sempre.

– Não podemos abandonar nossos postos – disse Freedom.

– Tem certeza?

– Isso está fora de questão.

– Tudo bem, então – disse St. George. – Última coisa. Vocês podem tomar conta do portão aqui enquanto eu vou ao heliporto?

– Senhor – disse Freedom –, acho que o Sr. Smith merece mais atenção nossa.

Harrison levou seu esquadrão escada acima, entrando no prédio de registros. Smith vinha logo atrás. Taylor e Hayes ladeavam a prisioneira, com Polk atrás dela. O sargento entrou no corredor escuro, checou cada lado e acenou para que seguissem. Da escadaria até o lobby, a distância era pequena, e as portas ficavam a algumas centenas de metros do heliporto.

A jaqueta de Harrison tinha uma mancha grande de sangue abaixo do queixo. Havia gotas em seu colarinho também, logo abaixo das orelhas.

– Senhor, se vamos levar o Black Hawk, como fica o restante dos homens? Vão nos encontrar depois?

Smith suspirou.

– Acho que vamos ter que deixá-los pra trás.

– Não sei se compreendo, senhor.

– Levar a prisioneira até Groom Lake é nossa prioridade. E você não se lembra? O coronel Shelly me deu ordens cruciais que precisam ser repassadas para lá.

– Sim, mas... Senhor, tem milhares de soldados e equipe de apoio aqui. Não podemos abandonar todos.

– Perdas necessárias, infelizmente. Você entende, não?

Harrison ergueu a mão e limpou mais sangue. O líquido fluía por seus ouvidos e nariz, num conjunto de fluxos contínuos. Ele piscou, e verteu lágrimas pintadas de rosa.

– Isso... com todo o respeito, senhor, não podemos fazer isso.

– Eu entendo – disse o agente com uma expressão simpática. Ele fitou a mulher de capa. – Conflito moral – disse, balançando a cabeça. – É isso que detona o cérebro. Um círculo vicioso, na verdade. A degradação de áreas afetadas os liberta do meu controle, o que significa que preciso exercer mais influência, o que leva a mais degradação.

O sargento desviou os olhos de suas mãos ensanguentadas.

– Senhor?

– É sempre bom saber que existem homens como você nas Forças Armadas – disse Smith. – Homens que não seguem ordens às cegas, sem pelo menos questionar a moralidade delas. Pode me dar sua arma, sargento?

– É claro, senhor. – Harrison puxou a arma do coldre, checou o tambor e a trava de segurança, e entregou-a ao agente. – Está pronta pra usar, senhor. Só tem que tirar a trava.

– É isso aqui, né? – Ele apontou para a pequena alavanca acima do pontinho vermelho.

– Sim, senhor.

Smith acionou a alavanca com o dedão e meteu quatro tiros no peito de Harrison. O sargento caiu de costas, contra a parede, e derrubou sua Bravo. O colete recebera a maior carga, ele continuava respirando.

O agente olhou para os lados e puxou o gatilho mais algumas vezes. Um tiro atravessou Harrison na garganta. O seguinte abriu sua bochecha, bem acima da linha da mandíbula. Os últimos três fizeram de sua cabeça um mingau branco e vermelho.

Os soldados ergueram as armas. Jogaram Stealth no chão e apontaram para Smith.

– Não se mova, filho da mãe – rugiu Taylor.

O jovem agente soprou a fumaça que escapava do cano da arma.

– O sargento Harrison estava colaborando com o inimigo – disse ele. – Vocês sabiam disso, certo?

– É claro, senhor – disse Polk, abaixando sua arma.

– Queria ter eu mesmo atirado nesse traidor maldito – murmurou Taylor.

– Não vamos conseguir nada enquanto os reforços não chegarem – o sargento disse a Danielle. Teve de erguer a voz para ser ouvido por entre o estalar de dentes. – Vamos ter que recuar.

Ela olhou para trás.

– Recuar pra onde?

O soldado viu a horda de mortos-vivos atravessando a cerca.

– O mais longe possível. Nossa munição não vai durar muito. Acho que seu robô está ficando sem energia também. Vamos torcer pra encontrar reforços e formar outra linha de defesa.

– Então quer bater em retirada?

– É – murmurou ele. – Basicamente.

Os olhos do rapaz se perderam por um instante, e duas ou três expressões tomaram-lhe o rosto. Subitamente, ergueu o rifle e mirou atrás dela. Ela estremeceu quando ele atirou. Algo foi ao chão.

Um grupo de ex-soldados se aproximava por trás deles. Quase vinte. O sargento matara o que estava prestes a alcançá-la. Ele a puxou para fora do caminho e soltou uma dúzia de balas. Três zumbis homens e uma mulher caíram.

Os soldados montaram um círculo. Quatro na frente, três atrás. Danielle compreendia que não havia o suficiente deles. Estavam expostos.

Ela separou uma das Berettas do corpo e tentou se lembrar de cada comentário avulso que Stealth fizera sobre usar uma arma de fogo. Apertou o gatilho. Um ex-soldado, distante alguns metros, levou a bala de raspão e ficou de ombro mole. Ela atirou mais duas vezes e derrubou o zumbi.

Um dos soldados em frente à cerca gritou. Um ex se jogara em cima dele. Ele tentava chutar o bicho para erguer seu rifle, mas a arma estava enroscada nos membros da mulher morta. Danielle meteu as costas da arma no crânio do ex e o partiu ao meio, mas outro já vinha subindo pelos pés do soldado. Ela recuou e se encostou na parede, em segurança.

O som dos dentes ofuscava todos os demais. Ela mal pôde ouvir o sargento gritando depois que sua munição se esgotou e ele golpeou a ex com o rifle. Um soldado envolveu as mãos no pescoço de um zumbi e tentou arrancar o crânio, girando sua cabeça. O círculo foi dominado.

Havia ex's em todo lugar.

Ela esvaziou a primeira pistola, sacou a segunda e procurou um alvo. Havia muitos deles, e estavam muito perto. Havia pelo menos cem cruzando o cercado. Outros dez vinham da base. Ela atirou até que sentiu dor nos dedos e o cano travou. Metade dos soldados foi derrubada; lutavam contra os zumbis no chão. Ela tinha quase certeza de que dois deles já haviam morrido. Um dos ex's estendeu as mãos apodrecidas para ela. Danielle arremessou seu revólver, que quicou na boca de um deles. Estava exposta. Fraca. Pele. A mão do ex apalpou-lhe o braço, subindo para a pele exposta de seu rosto.

Uma mão de metal entrou em cena e esmagou o crânio do zumbi, que foi jogado de volta ao tumulto.

– Vamos – disse Cesar. – Temos que sair daqui.

Ele arrematou mais dois ex's com um baque de ombro.

Dedos de metal envolveram a moça pela cintura e a ergueram no ar. Ela se sentiu ainda mais exposta. Quando os dedos a colocaram sobre os ombros da armadura, ela se agarrou ao capacete para se equilibrar.

– Me ponha no chão – gritou. Bateu com o punho na cabeça de metal. – Temos que ir a um lugar seguro. Todos nós.

– Dra. Morris – disse a armadura –, não sobrou ninguém. Somos só nós.

Ela olhou para baixo.

Os ex's haviam derrotado a singela linha de defesa. Os soldados estavam todos mortos. Um ainda se contorcia, mas um trio de ex's devorava sua carne. Ela teve certeza de que um deles enfiara o rifle na boca, mas o som do disparo havia se perdido em meio ao tiroteio.

Um par de ex's tentou puxar o pé de Danielle, mas ela estava tão alta que eles conseguiam apenas roçar-lhe o calcanhar. O titã os afastou. Ela envolveu o capacete com mais força, enquanto a armadura foi andando rua abaixo.

Ela viu as torres de vigilância que defendiam o buraco na cerca. Os soldados ainda tentavam derrubar os ex's um por um, mas era como usar seixos para conter uma inundação. Um deles a fitou, e ela pôde ver seus olhos a metros de distância.

–Vamos voltar – ela gritou. – Eu prometo. Aguentem firme!

Ele fez um aceno discreto para ela, que pareceu terminar num sinal de positivo. O outro continuou atirando nas dezenas de ex's que passavam pela torre.

XXX

Smith havia colocado Polk na frente, substituindo Harrison, e deixou Taylor e Hayes para brigar com Stealth. Eles marcharam pelo lobby do prédio de registros e abriram as portas. Smith tomou fôlego, ajeitou a gravata, mais por costume, e contemplou a cena diante deles.

O Black Hawk repousado sobre o ponto, a cem metros dali. Os motores rugiam, ainda que as hélices estivessem paradas. Um soldado de capacete de piloto que colocava combustível nos tanques da aeronave olhou para trás.

Num dos lados do heliporto havia um grupo de ex's. Sessenta, talvez setenta. O piloto parecia muito preocupado com eles. Smith viu a faixa verde em suas cabeças, e alguns tinham rifles pendurados por tiras. Os dentes estalavam, mas, misturado aos motores, o som era mais um tremor do que um barulho de fato. Devia haver uns trinta metros entre os primeiros zumbis e o heliporto.

O sargento Monroe, flanqueado por Truman e Jefferson, vinha da outra direção. Deviam estar tão distantes do heliporto quanto Smith e seu grupo. Corriam, mesmo carregando rifles imensos.

Uma sombra passou pelo chão. Smith olhou para cima e viu St. George mergulhando do céu. As botas do herói encontraram o piso a seis metros deles. Um dos pés tinha o calcanhar rasgado.

– Bom – disse Smith –, isso vai ser interessante.

– Stealth – o herói gritou por cima do ruído do helicóptero –, você está bem?

– Não estou ferida. Acredito que recebeu a mensagem?

St. George olhou Smith nos olhos.

– Ah, sim. Todo mundo ouviu.

Smith sorriu de volta.

– Você não acha que pode me vencer, acha?

O herói se conteve. A indecisão ficou clara em seu rosto. Ele viu Stealth rodeada pelos soldados. Franziu o cenho, concentrando-se.

Smith marchou com seu grupo e passou pelo herói. Ele parou para dar um soquinho amigável no braço de St. George.

– Tenho certeza de que vamos nos ver de novo – disse. – Você tem potencial demais pra ficar por aí sem um guia.

St. George ergueu o punho e encarou o agente.

Monroe e seus homens chegaram ao Black Hawk, de armas prontas. Smith gritou para eles, apontando o dedo para os ex's.

– Não quer que eles alcancem o helicóptero, quer? Vá lá e proteja a propriedade dos Estados Unidos.

Um filete de sangue despencou do nariz de Monroe, depois do de Truman. Os três supersoldados se afastaram e colocaram-se em posição em torno do heliporto. O tiroteio irrompeu em torno da aeronave. As Bravos rasgaram os ex's ao meio, um após o outro. Alguns deles pararam de estalar os dentes e ergueram as próprias armas.

Smith virou-se para Taylor e Hayes.

– Levem-na a bordo. – Ele fitou sua prisioneira. – Você disse que não ia causar problemas, lembra?

– Sim.

– Ótimo. – Ele os acompanhou até o Black Hawk. – Gente, isso é fácil demais.

– Ele vai acabar com você – Stealth disse, enquanto caminhavam.

Taylor a golpeou nas costelas com seu rifle, e ela tropeçou. Ele a levantou em seguida.

– Não vai, sua pu...

O soco de St. George o pegou bem na nuca. O herói agarrou Taylor pela jaqueta, girou e lançou-o contra as portas do edifício de registros. O soldado atravessou três grandes painéis de vidro e deu de encontro com a parede oposta do lobby.

George se voltou para o grupo de Smith e foi alvejado por Polk, que esvaziou sua Bravo contra o herói. Os cartuchos das balas caíam no chão feito gotas de chuva metálica. Ele tentou apoiar o pé atrás de si, escorregou e tropeçou para trás. Polk mandou outra leva de tiros contra St. George, depois atirou o próprio rifle contra o herói, por via das dúvidas.

Smith aproximou-se do piloto.

– Levante voo.

– Senhor, não sei se temos combustível suficiente – disse o rapaz. – Vamos ter que ir pingando se quiser chegar até Groom Lake.

– Você consegue pôr essa porcaria no ar ou não?

– Claro que sim, senhor.

– Então ande logo.

– Sim, senhor.

Hayes forçou Stealth a se sentar no banco. Não foi fácil posicioná-la, com os braços esticados para trás, mas ele a empurrou e apertou o cinto em torno do seu quadril. Ele olhou por cima dela, procurando o colete de voo. Ela fitou o soldado.

* * *

St. George retirou-se do pânico e da dúvida. Ouviu o ruído dos motores se alterando. E, por baixo, os gritos de Stealth.

Os ex's haviam gasto suas débeis armas, mas Jefferson fora atingido duas vezes no fogo cruzado. O soldado estava caído, tentando erguer seu rifle. O trio de soldados ficou preso enquanto os ex's se aproximavam. Marchando em sincronia perfeita.

O Black Hawk alçou voo.

O herói se jogou contra os ex's. Agarrou um com cada mão e usou-os como manguais para derrubar muitos outros. Legião via o inimigo pelos olhos dos monstros e pôs-se a lutar.

Eles agarraram St. George pelos pulsos e tentaram conter os braços dele. Alguns se enroscaram nas pernas do herói. Nenhum perdeu tempo tentando morder. Cinco corpos o envolviam. Quando ele conseguiu esmagar três crânios, havia dez. Ele jogou fora quatro deles com um baque dos ombros, e logo eram quinze. Eles se empilhavam, empregando quantidade para contê-lo.

– Te peguei dessa vez, Dragon – sussurrou um deles.

– Te peguei de jeito – disse outro.

St. George bufou.

– Acha que pode me prender?

Um braço mofado envolveu sua garganta. Uma mão enlaçou seus olhos. Dedos agarraram seus cabelos e orelhas e roupas.

– Há um caminhão de concreto perto daqui – disse um dos ex's. – E se derrubássemos a coisa toda em cima de nós? Enterrar você embaixo desses corpos todos. O que acha?

– Ainda acho que você é um idiota – disse St. George.

Ele concentrou sua atenção no centro das costas e saltou cinco metros no ar. Mais de vinte ex's vieram junto, agarrados demais ao corpo do herói. Legião teve tempo o bastante para grunhir, surpreso, e St. George mergulhou de volta ao solo, voando de cabeça para o piso. No último segundo, mudou de direção e voltou ao céu.

Os ex's passaram por ele num borrão de membros e corpos. Arrebentaram-se no heliporto. Alguns arrastaram mortos-vivos que não tinham sido carregados ao ar. Crânios se partiram, ossos quebraram e fluidos se espalharam sobre o piso escuro. Cerca de trinta ex's deixaram de existir.

St. George pairou no ar por um momento sobre a pilha de cadáveres. Alguns deles ainda se contorciam no monte. Ele pousou e torceu os pescoços deles do mesmo modo que um homem comum abriria uma garrafa de cerveja. O último o fitou e tomava fôlego para dizer algo quando o herói quebrou o topo de sua espinha em três partes.

Monroe e Truman atiraram nos ex's remanescentes.

– Senhor – gritou Monroe. Ele apontou para a estrada, onde outro grupo avançava na direção deles.

– Leve seu pessoal de volta para o portão principal – disse St. George. – Não precisamos mais ficar aqui.

– E o Smith? Ele ainda está com sua parceira, não?

O herói olhou para o alto. O Black Hawk já estava a vários metros de distância, muito acima, ganhando altitude com velocidade, conforme rumava para o norte. Um corpo saltou pela lateral e mergulhou em direção ao solo.

– Peraí – gritou Smith. Ele se jogara sobre um dos assentos e brigava com os cintos de segurança quando algo chamou sua atenção. Ele olhou para Stealth. – Pensei que tivesse algemado ela pelas costas.

Hayes ainda estava inclinado sobre a mulher, ajustando a última tira. Ele olhou para a prisioneira, e seu colo vazio.

– Estamos dentro do helicóptero – Stealth disse num tom alto e claro de voz.

As mãos dela cortaram o ar, o braço esquerdo ainda preso às duas algemas. As palmas abertas golpearam o soldado nos ouvidos, que sentiu uma onda de dor e tontura graças ao rompimento dos tímpanos. Stealth chicoteou as pernas acima e abaixo, golpeando as rótulas dele com os joelhos. Conforme ele vacilou para trás, ela agarrou sua jaqueta e se puxou para meter a cabeça bem na ponte do nariz do soldado. A aeronave falseou, e Hayes foi arremessado para fora, pela porta aberta do Black Hawk.

Polk tentou soltar-se dos cintos e se levantar. Ela enfiou os dois pés no peito dele. Antes que ele se recuperasse, ela girou sobre as mãos e enlaçou a cabeça dele com os pés. A corrente das algemas pressionou a garganta do soldado. Ela dobrou o corpo e meteu quatro socos na testa dele, um após o outro. Ele tentou bloqueá-los, mas ela era rápida demais, e suas panturrilhas estavam no caminho. Após o quarto golpe, Polk ficou largado, mole, preso pelos cintos. Ela girou de volta ao chão, desenroscou a corrente das algemas e ficou de pé.

Finalmente, concentrou-se em Smith. A faca de combate que ela retirara do cinto de Polk girava entre seus dedos.

O agente gritava algo para ela. Com o rugir dos motores e o vento que entrava pelas portas da cabine, ela não conseguia ouvir nada.

Quando o rapaz percebeu que ela não escutava, escancarou os olhos.

Stealth viu o piloto olhando para trás e buscando a arma no coldre da perna.

Ela lançou a faca. O objeto afundou na garganta de Smith, bem abaixo do pomo de Adão. A lâmina errou a artéria carótida por pouco, mas rompeu uma das cordas vocais.

Smith envolveu a garganta com os dedos e encarou a mulher. Ela viu o sangue borbulhar pela boca do rapaz conforme ele tentava emitir comandos ao piloto. O deque da aeronave vacilou novamente.

Por baixo da máscara inexpressiva, Stealth fechou os olhos e saltou pela porta da cabine. O rugir dos motores foi se dissipando à medida que ela mergulhava para longe, e o Black Hawk continuava ao norte.

Ela segurou as pontas da capa, deixando-a se estender para captar o vento. A altitude era demais para que ela sobrevivesse, disso ela sabia. Quase trezentos metros. A capa desaceleraria a queda, e embora ela já não pudesse atingir a velocidade terminal, ganharia velocidade suficiente nos segundos seguintes para que o impacto a matasse instantaneamente.

Então, um braço forte envolveu-lhe a cintura e a puxou para perto. O movimento cessou aos poucos; ela envolveu o pescoço dele com os braços.

– Te peguei – disse St. George.

– Nunca houve dúvida disso.

TRINTA E UM

AGORA

– Está sangrando – disse Stealth.

–Vou ficar bem – disse St. George. – Já passei por coisa pior.

Os dois mergulharam para baixo. St. George podia voar mais rápido sozinho, mas estava tentando fazer uma viagem suave. Os dois rumavam de volta a uma batalha, mas por um minuto Stealth estava ali, abraçada com ele. Estava muito quente, mesmo no frio da altitude.

– Como conseguiu resistir à sugestão de Smith?

– Pensei em *The Twilight Zone* – ele contou.

– Como? Não entendi.

– Se você assistir a muitos episódios de *The Twilight Zone*, muitos falam basicamente de mal-entendidos e lacunas – ele explicou. – As pessoas não conseguem fazer algo porque não entendem o que está realmente acontecendo. Imaginei que os poderes de Smith deviam funcionar mais ou menos assim.

–Você ficou procurando lacunas na sugestão que ele te deu?

St. George assentiu.

– Primeiro, fiquei horrorizado, porque sabia que ele tinha razão. Não podia vencê-lo. Tive certeza disso. Sabia que se eu tentasse fazer alguma coisa, muita gente morreria e eu não conseguiria vencê-lo mesmo assim.

– Mas você resistiu. Tentou vencê-lo.

– Não. Como eu disse, eu sabia que não podia vencê-lo. É como se ele tivesse enfiado isso na minha cabeça. Sabia que era algum tipo de controle mental, até agora não consigo me fazer acreditar que eu poderia ter vencido.

Ela envolveu a perna na dele. Aliviou um pouco do peso sobre o braço dele, embora não fosse nada. Também a deixou ainda mais grudada nele.

– Então como conseguiu enfrentá-lo?

– O soldado te bateu com o rifle. Quando ele fez isso, eu notei que não queria acabar com o vilão. Só queria salvar a mocinha.

–Você derrotou os poderes de Smith usando um argumento semântico.

– Sei lá. Fiz isso?

– Pelo visto, sim. E, pelo visto, você tem fantasias heroicas nas quais eu sou "a mocinha".

– Ah... – Ele tentou arquitetar a melhor resposta.

Ela olhou para ele.

– Não se preocupe, George. No momento, considero suas fantasias um tanto cativantes.

– Ahhh. Que bom.

– Aposto que o agente Hayes também as aprecia.

St. George olhou para baixo e viu o soldado pendurado em seu outro braço.

– Bom – disse o herói –, provavelmente ele vai apreciar quando acordar.

X X X

Então, como foram as coisas lá em cima?

Stealth escorregou para fora dos braços de St. George e saltou os últimos metros que faltavam para o solo, com a capa esvoaçante em torno de si. O herói manteve o outro braço erguido para que Hayes não batesse a cabeça no piso, e dois soldados resgataram o rapaz.

– Podiam ter sido melhores – ele respondeu. – Smith escapou. Desculpe.

– Isso é péssimo – disse Kennedy. – Se ele alcançar outra base, pode começar tudo de novo.

Freedom balançou a cabeça.

– Isso não importa agora. Smith é uma porcaria de um traidor, mas agora nossa missão é manter esta base a salvo.

Três linhas de soldados formaram um triângulo grosseiro. Ocupava quase trinta metros de um lado, com quase vinte homens em cada linha, em pares e trios. Jefferson distribuiu munição retirada de um jipe abarrotado de caixas e armas soltas. Até aquele momento, eles haviam contido os ex's.

– Pra onde você disse que ele estava indo? – St. George perguntou ao oficial grandalhão. – Um lago?

Freedom fez que sim.

– Groom Lake.

É sério?, Zzzap desceu até o chão. *Groom Lake? Ele está indo para* o *Groom Lake?*

– Aposto que a base de verdade não corresponde às lendas urbanas populares – disse Stealth.

– Bom – disse Freedom –, podemos discutir isso em outro momento. Por enquanto, temos que descobrir como salvar Krypton.

A mulher de capa inclinou a cabeça.

– A base está perdida – disse ela. – O melhor a fazer agora é preparar uma evacuação com o máximo de suprimentos possível.

O capitão Freedom aprumou-se, ficando o mais alto que podia. Devia ter quase trinta centímetros a mais que Stealth. Kennedy ficou ao lado dele, os braços cruzados.

– Como eu já disse a St. George, não vamos abandonar a base – disse ele. – Mesmo que quiséssemos, para uma instalação deste tamanho, é questão de dias, não horas. Há muita gente para fazermos uma evacuação ordenada em tão pouco tempo. Isso nos custaria vidas demais.

– Duvido. – Stealth virou seu olhar para as linhas de soldados. – Você alega ter uma brigada completa aqui, no entanto cada esquadrão que vejo tem quatro ou cinco soldados no máximo.

– Os times têm quatro ou cinco soldados – disse Kennedy. – Os esquadrões têm de oito a dez. Se você não conhece a estrutura organizacional...

– Estou ciente da estrutura de comando militar – Stealth retrucou –, por isso mesmo sei que seus números estão incorretos. – Ela olhou para os soldados defendendo o portão. – Cada esquadrão aqui está diminuído. O mesmo ocorre aos pelotões e supersoldados.

Freedom balançou a cabeça.

– Está errada, senhora.

– Contando com você, capitão, eu vi quinze soldados nesta base usando o adesivo da força especial. Quer que eu diga os nomes?

– Você não viu todos.

– Acredito que sim.

Alguém deu um tiro perto do cercado. Alguns ex's tentavam forçar passagem em torno da caçamba tombada. Foram derrubados a bala.

Bem que eu ficava me perguntando onde estava todo mundo, disse Zzzap, *e você ficava dizendo que estavam fora de vista.*

Antes que Freedom pudesse responder, Cerberus apareceu de detrás de um prédio. Movia-se com passadas rápidas e longas, com Danielle sobre os ombros, os braços envolvidos no capacete de metal.

A armadura passou pelos soldados e parou ao lado de St. George.

– Eu disse que cuidaria dela – disse o titã. Ele pousou Danielle no chão. – Pode contar comigo, brother.

– Tem um grupo grande de ex's chegando em dois ou três minutos – ela disse. – Legião parece estar concentrado neles. Estão vindo me pegar.

– Que sorte a sua – Kennedy murmurou.

– Pare com isso, primeiro sargento.

– Sim, senhor.

– Cara, que bom ver você – a armadura disse a Zzzap. – A armadura tá com, tipo, 18% de energia. Tô passando fome aqui dentro, maluco.

É? Bem-vindo ao clube.

– Danielle – disse St. George. – Vocês estavam no canto noroeste. Quantas pessoas estavam lá com vocês?

– Contando os caras nas torres?

– Contando todos de que se lembrar – disse Stealth.

Danielle pesquisou em suas memórias.

– Nove, acho.

A armadura concordou.

– Nove. Sete no chão, um em cada torre.

– Sempre há três soldados em cada torre – argumentou Freedom.

St. George fitou as torres que flanqueavam o portão.

– Só tem um ali – disse ele –, e ninguém naquela.

– O agente especial MacLeod desceu para ajudar a defender o portão – disse Kennedy. Ela apontou para o soldado. – É por isso que está vazia.

– Se um cara saiu, não devia haver, mesmo assim, duas pessoas lá?

Kennedy olhou novamente para a torre.

– Ele devia estar em turno solitário. Às vezes, do jeito que os horários encavalam, alguém fica preso em serviço, sozinho.

– Pelo visto, todos os seus horários estão encavalando – disse Danielle. Ela apontou para as outras torres ao longo do cercado. – Um. Um. Um.

– Smith vinha coordenando sua estadia aqui – disse Stealth. – Eu suponho que desde que o surto ocorreu, a prioridade dele foi sua própria sobrevivência, e quase nada mais. O jeito mais fácil de manter controle era fazê-los crer que estavam executando suas atividades, dentro do escopo que servia aos propósitos dele.

– Então por que recrutar pessoas? – perguntou Kennedy, com um gesto. – Se você tiver razão, e éramos todos um bando de fantoches correndo pela base, pra que resgatar todas essas pessoas e trazer mais um monte de bocas pra alimentar? Pra que colocar centenas de civis em treinamento? Pra quê...

A soldado baixou a mão. Todos olharam para os singelos esquadrões lutando para defender o portão. Kennedy e Freedom viram os quartéis vazios.

– Ah, meu Deus – disse Freedom.

O coronel Shelly me disse que vocês tinham suprimento pra anos, disse Zzzap.

– Eu suponho – disse Stealth –, que havia muito menos recrutas e refugiados do que vocês se lembram. É provável que ninguém tenha sido resgatado de Yuma. Smith apenas convenceu vocês disso para torná-los mais dóceis. – Ela se virou e fitou Krypton. – Eu não me surpreenderia se descobrisse que tem menos de cem soldados e funcionários nesta base.

– Isto não é uma base – disse Danielle. – É uma cidade fantasma.

O oficial grandalhão olhou para os prédios e ruas no interior do cercado. Não havia movimento. Nenhum barulho a não ser o estalar de dentes e tiros distantes.

– A base caiu há eras – disse Freedom –, e nunca nem ficamos sabendo. Estão todos mortos.

A mulher de capa concordou.

– Por isso Smith quis os ex-soldados. Se tivesse um batalhão inteiro a seu comando, por que gastaria recursos pra criar guerreiros inferiores?

Outro disparo veio de uma das pontas do triângulo. Um grupo de ex's vinha do norte. Os soldados atiravam aos poucos, com precisão. Quase todos derrubavam pelo menos um zumbi.

St. George aprumou-se. Continuava sendo um pouco mais baixo que Freedom, mas não demonstrava inferioridade.

– Vocês não falharam. Se Stealth estiver certa, ainda tem muita gente dependendo de vocês.

– Sei que tem pelo menos dois caras lá nas torres – disse Danielle.

– O que sugerem?

– O que temos falado desde o início – disse St. George. – Juntamos os grupos. Vocês voltam pra Los Angeles com a gente – disse o herói.

Freedom endireitou as costas.

– Está dizendo que devemos abandonar nosso posto?

– Não há posto a ser abandonado – disse Stealth. – Como você mesmo colocou, esta base não existe como entidade funcional há mais de um ano.

– Seu pessoal é esperto e bem treinado – St. George argumentou. – Deve haver coisas que podíamos estar fazendo lá fora que nem havíamos imaginado. Você pode planejar seu próximo passo num lugar tranquilo. Até lá, podemos ajudar um ao outro.

Freedom viu, através dos cercados, os monstros se jogando contra as barreiras.

– Legião nos cercou.

– E estamos em número muito menor – disse Kennedy.

– Os esforços dele, contudo, se baseiam na premissa de que vamos lutar para defender a base – disse Stealth. – É possível que ele também não conheça o verdadeiro *status* de Krypton. Isso nos dá vantagem tática.

Como assim?

Freedom olhou para cima.

– Ele pensa que estamos presos aqui. Não espera que abandonemos a base.

Stealth olhou para o capitão.

– Sua equipe pode organizar uma evacuação encoberta? Não podemos deixar que Legião suspeite ou ele vai alterar sua própria estratégia.

– Já temos boa parte dos armamentos aqui – disse Freedom. – Podemos juntar comida, suprimentos médicos e outros sob a mesma premissa, centralizar tudo para a defesa.

– Veículos também – disse Danielle. – Traga-os como se estivesse usando para criar bloqueios nos pontos fracos. Daí as pessoas podem subir neles e sair quando dermos o sinal.

O capitão Freedom respirou fundo e levou meio minuto para expirar o ar.

– Primeiro sargento. Vamos passar de Areia Vermelha para Lua Morta.

– Sim, senhor. – Kennedy pegou o microfone, mas Stealth a impediu.

– Devemos supor que Legião adquiriu pelo menos um rádio. As únicas transmissões devem aumentar a ilusão de que vamos manter a posição. A estratégia real deve ser espalhada por mensageiros.

– E quero uma reorganização agora – disse Freedom. – Esquadrões de dez, conte todos, não chute. Todos vão a todo canto juntos.

St. George olhou para o espectro pálido.

– Lua Morta?

É, disse Zzzap, *também não achei muito inspirador*.

St. George içou o pesado cano de aço sobre o ombro e afastou outro ex com um chute. Homens e mulheres mortos o arranhavam e metiam-lhe os dentes. Ele chacoalhou o cano, e aqueles que passavam por cima do cercado caído foram derrubados.

Zzzap executara outro voo rasante, incinerando dezenas de zumbis conforme eles seguiam para o buraco entre as duas torres de vigilância, o que deu a St. George mais tempo. Não muito, mas possivelmente o bastante. Ele ergueu o cano, metro por metro. A cerca ergueu-se junto. Os painéis do cercado vacilaram, mas subiram até que a cerca ficou novamente de pé. Alguns fios de arame farpado soltaram do topo e ficaram pendurados feito trepadeiras.

– O que achou?

Zzzap olhou para as torres, e ambos os soldados fizeram sinal positivo.

Muito bom, ele gritou de volta. *Acho que por ora vai bastar*.

St. George tentou incrementar o solo em torno da massa de concreto na base do poste. Chutou terra e areia para dentro do buraco e pisoteou. Sentiu um roçar na orelha, virou-se e viu outro ex tentando agarrá-lo. Golpeou o bicho com o cotovelo, e ele saiu voando.

O herói saltou por cima da cerca e agarrou dois ex's que haviam se metido embaixo dela quando ele a levantara. Os crânios dos monstros colidiram com o barulho de madeira se partindo, e St. George buscou outros dois. Seus dentes pararam de estalar, e eles encararam o herói.

– Fala sério – disseram. – Acha que isso vai me conter? Vou dominar tudo isso aqui de novo em uma hora. St. George bateu uma cabeça na outra, e os corpos desfaleceram. Ele agarrou outro zumbi pelo pescoço, que se virou para fitá-lo.

– Uma hora? Ora, em vinte minutos estarei devorando seus amigos.

Ele puxou a mulher morta e a arremessou por cima do cercado. O ferimento em seu braço ardeu de dor quando ele se moveu. Do outro lado, ex's empurravam o cercado, usando seu peso para balançar para a frente e para trás.

O último ex, um adolescente metido numa camiseta Circle K rasgada, olhou para ele.

– Não entendeu ainda? Ter me matado me tornou invencível. Sou mais poderoso que você...

É, é. O ar crepitou e Zzzap mergulhou os dedos dentro do crânio do menino. Os fios de cabelo e a pele ressecada pegaram fogo. Os olhos cinza fritaram. *Vai acabar com a gente, é mais poderoso do que podemos imaginar, vê se inventa uma fala nova, seu babaca.* O ex desabou no chão com fumaça saindo pelo crânio. O espectro soltou um suspiro metálico.

–Você está bem?

Exausto. Preciso ser sincero... Não sei mais por quanto tempo vou ser útil pra você.

St. George olhou para os guardas das torres de vigilância. Eles haviam corrido para dentro de um jipe. Um deles manuseava a arma do teto.

– Pode recarregar Cerberus mais uma vez – ele pediu –, e se aguentar mais um pouco?

Mais um pouco quanto?

– Se não pedirmos que faça mais nada além de marcar presença... um ou dois dias?

Ai, disse o fantasma. *É sério?*

– Preciso de você aqui, Barry. Eles precisam nos ver. À noite, precisam ver você.

É, é, eu sei, Zzzap suspirou. *Somos heróis e tal.*

Outro caminhão entrou em formação. A traseira estava abarrotada de casacos, botas, cobertores e mais roupas.

O triângulo de soldados perto do portão principal havia sido substituído por um círculo de quase quarenta veículos, todos virados na mesma direção. Jipes, caminhões, outro Transportador. Havia soldados sentados nas torres, usando as armas pesadas contra os ex's que se aproximavam do portão.

Stealth e Kennedy concordaram que jipes comuns não ofereciam proteção suficiente e os deixaram para trás. Ajudava também que os ex--soldados passassem por estacionamentos e vissem veículos lá parados. A mulher de capa observava os veículos em formação.

– Quantos faltam?

– Três. Mais um caminhão, dois Humvees. Mac Jefferson não nos contatou. Nem o King. Talvez tenhamos perdido os dois.

Enquanto ela falava, outro caminhão apareceu. Parou fora do círculo e o motorista saltou. Sua jaqueta estava rasgada em diversos pontos. Ele enfiou o braço dentro da cabine e puxou Jefferson para fora.

– Médicos!

Dois homens correram para o soldado ferido. Stealth e Kennedy se aproximaram do motorista com mais cautela.

– Não pensei que fosse voltar, agente – disse Kennedy.

– É, bom, você me conhece, primeiro sargento – disse Taylor. O soldado enfraquecido baixou Jefferson para os braços dos paramédicos, em seguida cuspiu um punhado de sangue. – Sempre vou parar no pior time.

XXX

Freedom juntara-se a Pierce, à Vinte e Dois e os Homens de Verdade na falha do sul da base. Havia apenas vinte e sete deles. Mas ele não sabia dizer ao certo quantos havia no início.

O buraco no cercado, nesse ponto, fora feito cirurgicamente. Não havia possibilidade de remendá-lo. Legião não parecia focar muito esse ponto, então, pelo menos, os ex's eram alvos fáceis. Os soldados derrubaram tantos deles que o solo era um atoleiro desigual de cadáveres. Boa parte dos mortos-vivos tropeçava e caía três ou quatro vezes ao cruzar a linha da cerca. O ar estava repleto dos sons de tiros e dentes estalando.

Chegaram três jipes. Os soldados recuaram para dentro dos veículos. Seria apertado, mas bastava que eles fossem transportados, cruzando a base.

O capitão acoplou um novo pente, seu último, em Lady Liberty, e explodiu a cabeça de outro ex. Seu rádio crepitou.

– Indestrutível Seis, aqui é o Indestrutível Sete – disse a voz de Kennedy.

– Sete, aqui é o Seis.

– Seis, aqui é o Sete. Os veículos estão na posição, em círculo, senhor. O Dragão e o Brilhante também estão vindo até nós.

Uma voz diferente invadiu o canal.

– Não acabou de me chamar de"Brilhante", né?

– Sete, aqui é o Seis – disse o capitão. – Entendido.

– Fala sério. Eu tenho um codinome.

Freedom retirou o fone do ouvido e olhou para trás. Correra todas as manhãs ao longo do cercado, milhares de vezes, desde que entrara para o Projeto Krypton. Via sempre os fundos de dois quartéis. O posto de trocas, dava para vê-lo entre dois daqueles, na outra ponta de uma rua que alguém batizou de Fim da Linha. Além desse ponto, ele enxergava o prédio no qual se encontrava sua sala e o hospital onde Sorensen fizera dele o maior soldado da Terra.

Ele contemplou a vista pela última vez e meteu o fone no ouvido.

– Vamos recuar. – Ele berrou, para proveito de Legião. – Agrupar e retornar ao portão principal.

XXX

O sol estava baixo no céu quando todos se reuniram no portão principal. Havia quarenta e dois veículos. A última contagem somara cento e oito soldados e equipe de apoio. Mesmo com todos juntos, parecia muito pouca gente.

– Então – disse Kennedy –, como passamos pelo caminhão e pelo portão sem que ele saiba o que estamos fazendo?

– Não vamos passar pelo portão – disse Stealth.

Freedom assentiu.

– Vamos atravessar as cercas, como ele fez.

– Correto – disse a mulher de capa. – Existe um ponto Vinte e um metros ao sul do portão principal onde quase não há ex's. Cerberus pode rasgar o cercado, e vamos segui-lo.

St. George estava em pé sobre o teto de um jipe. Encontrara o corpo desmantelado de Sorensen meia hora atrás, e seus punhos ainda estavam cerrados. Freedom fitou-o.

– Acha que isso vai dar certo?

O herói olhou para a cerca.

– Apesar das aparências, Legião não é um supervilão dos melhores. Eu diria que temos grandes chances de dar certo. Mas é melhor começarmos logo. – Ele apontou com a cabeça para o portão. – Acho que ele vai começar a desconfiar.

Os mortos reunidos em torno do portão estalavam os dentes cada vez menos. Moviam suas cabeças em sincronia. Seus olhos passavam pelo círculo de caminhões e jipes, depois para os heróis reunidos com o capitão Freedom. Um punhado generoso de cabeças inclinou-se, intrigado, observando o grupo.

– Hora de irmos – disse Freedom.

Zzzap flutuou para perto da armadura. Ela esmagava os ex's que passavam pelo canto do caminhão tombado.

Certo, garoto, disse ele. *Sem querer pressionar, mas agora é só você.*

A armadura assentiu.

– O que precisa que eu faça?

Zzzap apontou para o ponto-chave.

Vá nessa direção. Bem rápido. Se alguma coisa aparecer no caminho, jogue pra longe.

– Só isso?

Só isso. Assim que atravessar o cercado, derrube alguns ex's e fique de olho na Danielle. Ela vai estar em um dos caminhões, esperando por você.

A armadura aprumou os ombros. Barry podia jurar ter visto ela respirar fundo.

– Certo. Só diga quando.

Quando, disse o espectro brilhante.

As grandes lentes fitaram o fantasma por um momento e logo depois a armadura já disparava em correria.

– Agora – gritou St. George. Ele saltou para o ar, perto de Zzzap. Os dois voaram para cima da cerca tripla.

– Sete para todas as unidades – Kennedy gritou em seu microfone –, agora. Repito, agora.

O titã levantava uma nuvem de poeira conforme suas passadas pesadas castigavam a terra batida do solo da base. A primeira cerca foi rasgada ao meio feito uma folha de papel. O gigante pegou a segunda com os dedos blindados e rompeu-a com a mesma facilidade. Com todo o seu peso, ele atravessou a terceira cerca, que se abriu com o tilintar de arame partindo. O titã atravessou a linha do cercado num salto e voltou ao chão.

Os motores do comboio roncaram, voltando à vida. O círculo se desenrolou feito um chicote, e uma fileira longa de jipes e caminhões seguiu para a abertura no portão.

Os ex's perto do portão viram os caminhões acelerando e urraram em uníssono. Colocaram-se a correr para a abertura com passadas enferrujadas.

Cerberus levantou-se e pegou um dos postes da cerca. Após libertar o mastro do arame, girou-o feito um taco. O cano varreu um arco de doze metros, devastando a primeira leva de ex's. Então o titã girou o bastão novamente, derrubando outra onda de gente morta.

Os primeiros veículos já haviam deixado a base, e disparavam pelo deserto. Um caminhão desprendeu-se do bando e parou perto do titã. St. George pousou ao lado.

– Aqui – gritou Danielle da traseira.

A armadura jogou o cano na horizontal contra a horda, levando vinte ex's ao chão. Ela se aproximou, com algumas passadas, do caminhão, e pôs-se a escalar a traseira. St. George pegou-a pela cintura e içou. O titã desabou sobre a caçamba do caminhão, chacoalhando o veículo. Danielle deu um soco no vidro da cabine, e o motorista pisou fundo.

– NÃO – rugiu Legião.

Mais de metade dos caminhões já havia passado. Alguns dos ex's mais distantes da base tentavam interceptar o comboio, mas eram atropelados ou levavam tiros de Freedom e dos demais Indestrutíveis. Alguns se aproximavam pelo sul, mas as armas dos Transportadores e jipes mantinham-nos distantes.

Zzzap mergulhou e passou queimando toda uma faixa de ex's próxima ao portão. Eles se dispersaram e estalaram os dentes para ele. O espectro pálido subiu para o céu do anoitecer.

St. George pousou sobre um dos últimos jipes, perto de Stealth. Com um dos revólveres, ela meteu uma bala bem no meio dos olhos de uma mulher morta que veio correndo para o veículo. O outro revólver ela girou na mão, para enfiar o cabo no queixo de um soldado zumbi que tentava escalar a traseira do veículo.

Outro ex se jogou contra a lateral do jipe. Vestia um uniforme militar rasgado e todo cheio de sangue. Um naco generoso de carne fora mastigado de sua garganta. O couro cabeludo fora arrancado até a linha do queixo, do lado esquerdo do rosto. St. George pôde identificá-lo somente graças ao nome ADAMS bordado no peito da jaqueta.

– Não vão escapar de mim – ele rosnou. As palavras ecoaram. Todos os ex's pelos quais o jipe passava falavam ao mesmo tempo que este. – Este é meu mundo, agora, Dragão. Estou em todo lugar. Não há como escapar.

St. George agarrou o zumbi pela jaqueta e ergueu-o, para olhar em seus olhos.

– Isso é o que nós vamos ver.

Ele largou o ex, que foi atropelado pelos pneus traseiros do jipe. O comboio seguiu em frente, rumando para o oeste da Califórnia.

ENCONTRANDO SEUS HERÓIS

ANTES

– Acorda, galera – Johnson gritou pelo fone. – Estamos a vinte minutos de Los Angeles. Vamos nos preparar e concentrar.

Eu dividia a ala negra de um Black Hawk com a primeiro sargento Kennedy, o sargento Johnson e os rapazes dos Indestrutíveis Vinte e Um. Os rotores abafavam qualquer som que não saísse pelos comunicadores. O helicóptero exalava um odor quente. Parte vinha do motor, parte vinha de sobrevoar o deserto. Mesmo à noite, o deserto era quente no verão.

Eu não gostava do calor. Em minha segunda posição de comando, passei noventa dias em campo quando um insurgente disparou uma bala antitanque contra nosso jipe. De algum modo, saí dessa com ferimentos leves. Três outros soldados sobreviveram, dois homens e uma mulher. Arrastei cada um deles para fora dos destroços. Todos tinham queimaduras de terceiro grau em pelo menos 40% do corpo. Eu me lembro do cheiro, que era muito parecido com o de costeletas assando no verão. Alguém me disse mais tarde que devia ter vindo da sargento North. Um dos seios foi queimado pelas chamas.

Precisei de enxertos de pele nas duas mãos. Os médicos me disseram que era um milagre eu não ter sofrido danos nos nervos. Fizeram uma pequena investigação para ter certeza de que eu não era incompetente ou que não estava tentando forçar uma reprovação para me livrar do serviço. Então me deram outro Coração Púrpura, uma Estrela de Prata e me promoveram a primeiro tenente.

Mais soldados mortos em minhas mãos. E mais uma vez eu fui "um dos únicos sobreviventes".

Os Indestrutíveis checaram suas armas e ajustaram os coletes. Alguns deles, de olhos fechados, respiravam fundo.

– Brother – disse Truman. – Sempre quis ver Hollywood. Nunca pensei que seria assim.

– Atenção, pessoal – eu disse. – Lembrem-se, as melhores estimativas dizem que pode haver cinco milhões de ex-humanos na cidade. Não sabemos como essas pessoas bloquearam as fronteiras. Nem sabemos se tem um perímetro sólido. Não baixem a guarda. A prioridade é proteger o agente Smith. Proteger uns aos outros vem em seguida. Contato com sobreviventes, em terceiro. Fui claro?

– Sim, senhor – todos disseram.

Eu ainda não entendia bem por que o coronel Shelly insistira em que Smith viesse junto, mas já estava feito. Não me agradava colocar um assessor civil acima da segurança dos meus soldados. Ele estava no outro Black Hawk, com os Indestrutíveis 11.

– Ouviram o capitão – disse Johnson. – Se virem algo, se ouvirem algo, não hesitem. Fui claro?

Todos gritaram de novo, confirmando.

– Sem surpresas, sem erros – disse ele. – Chegamos ao solo em dezesseis minutos.

Taylor abasteceu sua Bravo e olhou para a frente.

– Ei, sabe o que tem lá fora? Ex's famosos. Alguém já se tocou disso? – Ele colocou o tambor no lugar e chacoalhou o enorme rifle. – Vamos poder atirar nas celebridades.

Risos ecoaram pelo helicóptero. Normalmente eu não aceito blasfêmia. Nem o primeiro sargento Paine. Existe uma frase maravilhosa nas primeiras páginas de *Hocus Pocus*, de Vonnegut, que li quando era rapaz. Trocando em miúdos, a blasfêmia simplesmente dá às pessoas motivo para ignorar você.

Mas era bom ouvi-los rir. Eu sabia que os longos meses em Krypton tinham pesado sobre suas costas.

Eddie Franklin jogou um pedaço de pano em Taylor.

– Vai procurar alguém especial?

– Uwe Boll, porra – disse o rapaz. – Se aquele idiota maldito for um zumbi, vou meter dez balas na cabeça dele.

Franklin deu um tapinha no joelho do amigo.

– Diretor conta como celebridade?

– Sabe quem ele é?

– Já ouvi falar, sim, mas...

– Então é celebridade.

– É, mas ele não aparece na TV – disse Franklin. – Se a TV não te dá bola, você não é celebridade de verdade.

– O The Rock não morava em Los Angeles? – perguntou Jefferson. – Seria muito legal, considerando que foi ele que detonou o Rock zumbi.

– Eu pegaria um dos maiores, também – disse Harrison. – Talvez Tom Cruise ou Will Smith.

– Will Smith é legal demais pra virar zumbi – disse Franklin. – E ele fez *Eu sou a lenda*. Ele sabe enfrentar zumbis.

– Aquilo não era zumbi – disse Polk. Mantinha os olhos fechados. – Eram vampiros mutantes, algo assim.

– Que seja. Se ele não estiver mais vivo, aposto que morreu lutando e não voltou como ex.

Taylor jogou de volta o paninho.

– E você, Hayes? Algum ex-famoso em que queira atirar?

O agente parou um pouco para pensar.

– David Grant Wright.

– Quem raios é David Grant Wright? – perguntou Taylor.

– Ele fez esses comerciais do Jiffy Lube, o posto de gasolina – disse o soldado, torcendo os lábios. – Foi garoto propaganda deles por vários anos.

Odeio Jiffy Lube. Tinha um cara novo num desses uma vez, ele esqueceu de encher o radiador do meu carro. O carro teve superaquecimento, e eu acabei ficando preso ali a tarde toda.

Harrison riu.

– Então quer matar o garoto propaganda deles?

– Eu gosto do Jiffy Lube – disse Truman.

– E ele fez uma porcaria de filme, O *príncipe guerreiro*, que eu vi quando era criança. Pesquisei sobre ele uma vez. Vou atirar nele com certeza se o vir.

Todos riram. Até eu.

Hayes jogou o pano sobre o homem à sua frente.

– Ryan?

– Como em *Clube da luta* – disse Polk. Deu um tapinha em sua Bravo. – Quero Shatner.

– Ah, sim – disse Jefferson. – Esqueça o The Rock. Se ele vai pegar o Shatner, vou querer o Leonard Nimoy.

– Eu pego o The Rock – disse Truman.

– E você, primeiro sargento? – disse Harrison. – Tem algum famoso que queira pegar se tiver virado ex?

Kennedy fez que não.

– Eu não ia querer uma celebridade *cult* ou instantânea – disse ela. – Ia querer alguém de verdade. Alguém de quem as pessoas vão se lembrar pra sempre, tipo a Natalie Portman. Ou o Alex Trebek.

Alguns dos soldados assoviaram e concordaram.

Todos olharam para mim.

Balancei a cabeça.

– Não estou aqui para brincadeira – disse. Fiz questão de que meu tom não demonstrasse que eu não aprovava o entusiasmo deles. – Além disso, só tem uma pessoa que eu espero encontrar.

Eu estalei os dedos e dei um tapinha em Lady Liberty, presa à minha coxa.

Alguns deles assentiram.

– O Dragão – murmuraram.

– Você dá conta dele, capitão, senhor – disse Franklin. Eles ovacionaram, alguns até aplaudiram. São boas pessoas. Não queria perder nenhum deles.

– Veremos – eu disse, quando pararam de celebrar. – O Dr. Sorensen fez um bom trabalho, mas agora vamos ver como nos saímos de verdade.

EPÍLOGO

AGORA

Levaram quatro dias para retornar a Los Angeles. Perderam oito soldados ao parar para abastecer nos arredores de Salton City. Encontraram um grupo de quinze sobreviventes em Palm Springs.

St. George flutuava, no céu noturno, acima da caixa d'água do Monte. Uma das mãos repousava no mastro comprido, ancorando-o, enquanto ele observava seu lar. Fazia sete horas que retornara, e ele já estava entupido com pedidos, novidades e decisões a tomar.

Ouviu passos na escadaria da torre. O teto em forma de cone estremeceu sob passadas pesadas. Não era Stealth que se aproximava por trás dele.

– Bela vista – disse Freedom.

– É sim – St. George concordou. Ele olhou para trás e viu o oficial grandalhão. – Nunca me canso de olhar.

– Como vai o Sr. Burke?

– Ele está bem, agora. Entrou em choque assim que voltou à forma humana. A Dra. Connolly prescreveu uma dose de glicose. Ela diz que, provavelmente, ele vai voltar a comer e pedir DVDs amanhã.

– E isso é bom, certo?

– Ah... é o normal. Digamos assim.

O oficial gigante tossiu, depois pigarreou.

– Eu queria me desculpar, senhor. Por tudo que aconteceu em Yuma.

– Não se preocupe.

– Eu poderia evitar a culpa e dizer que estava seguindo ordens, mas acho que até certo ponto eu sabia que muito daquilo não fazia sentido. Eu sabia que estava errado. Assumo total responsabilidade pelos meus atos.

– Não se preocupe – repetiu St. George. – Smith estava bagunçando com a sua cabeça. Não foi culpa sua.

– Mesmo assim, continuo me sentindo culpado pelo que aconteceu, senhor, e como tratei você. Você e sua mulher.

– Ah, nããããão – St. George balançou a cabeça e olhou para o prédio em Roddenberry. – Não deixe que ela te ouça falando isso ou vai te espancar até você perder a consciência.

Freedom sorriu.

– Gostaria de vê-la tentar.

– É, não deixe ela ouvir isso também. É sério, é como desafiar o destino.

– Não está vestindo a jaqueta, senhor?

St. George olhou para sua jaqueta de patchwork.

– Preciso ser sincero. Camuflagem digital não faz muito o meu estilo. Além disso, tá quente pra chuchu.

– Você se acostuma.

– Talvez quando chegar o inverno seja uma boa. – Ele deixou que seus pés tocassem o teto da caixa d'água. – Então, capitão, o que vai fazer agora?

Freedom contemplou Los Angeles.

– Não sei ainda, senhor, pra ser sincero. A primeiro sargento Kennedy e eu discutimos isso várias vezes durante a viagem até aqui. Os homens querem me ver em posição de comando, mas acho que uma presença militar ativa não combina com o que vocês estabeleceram aqui no Monte.

St. George balançou a cabeça.

– É, não mesmo.

– Alguns deles até disseram que deveríamos sair por aí sozinhos. Tentar voltar a Yuma ou talvez a Fort Bliss. Ver se sobrou alguém lá.

– Conseguem chegar?

– Provavelmente.

– Acha mesmo que vão encontrar alguém?

Ele deu de ombros.

– Não sei.

– Não me parece a melhor decisão tática.

– Talvez não, senhor. Mas é a que se adéqua mais a quem eu sou.

St. George sorriu.

– E se eu te der outra opção?

– Tipo o quê?

O herói agachou e pegou o embrulho que descansava contra o mastro. Pegou-o pelos cantos e chacoalhou-o. Freedom ergueu uma sobrancelha.

– Isso é piada, né?

– Nem um pouco – St. George respondeu. – O cargo já está desocupado faz nove meses. Algumas pessoas tentaram preenchê-lo não oficialmente, mas acho que você deve ser o cara certo pro trabalho.

Freedom deu um passo à frente, tinindo as botas na torre.

– Está falando sério?

– Muito. Falei com Danielle sobre isso durante a viagem, e ela concorda que é o melhor a fazer. E que você manda bem o bastante pra merecer. Stealth também acha. Escolhemos quem ia falar com você.

O homem pegou a peça e vestiu.

– Ficou apertada nos braços. E no peito.

– Você tem alguma roupa que não fica apertada no peito?

– Atualmente, não.

– Ele pode acrescentar mais material, algo assim. O que acha?

– É tentador, senhor, mas não posso abandonar meu posto. Nem meus homens.

– Não estou pedindo que faça isso – disse St. George. – Só espero que você faça isso por enquanto. Nos ajude a proteger essas pessoas e manter esse lugar seguro e pacífico. Dar a seus homens um propósito. E a você também.

Freedom esticou os braços. Estava apertado, mas dava para se mover.

– Sabe, preciso ser sincero, senhor. Eu venho querendo um desses casacos desde que assisti a *Hellboy*.

– Não precisa me chamar de senhor. É só St. George. Ou George, mesmo.

–Vou continuar usando o senhor por enquanto.

Vozes ecoaram da base da torre. Dois homens gritavam um com o outro. St. George reconhecera um deles. Era Roger Mikkelson. Ele gesticulou para um dos lacaios de Christian Nguyen.

– O dever o chama – disse St. George com um sorriso.

O oficial sorriu e acenou para o herói com a cabeça. Então saltou da caixa d'água e pousou na rua.

Quando o capitão Freedom encontrou o pavimento, ele rachou sob seus pés. Os dois homens deram um pulo para trás, esquecendo-se da discussão. Ele se aprumou e ajeitou as lapelas da jaqueta de couro, deixando que a luz destacasse o distintivo prateado de sete pontas.

–Vamos nos acalmar, senhores. Agora, qual é o problema aqui?

AGRADECIMENTOS

Uma das piores sensações do mundo você sente ao escrever seu primeiro livro. Não acredite se lhe disserem o contrário. Em vários sentidos, é glorioso e excitante, mas existe sempre aquele medo pungente, que corrói o escritor todas as noites. Estou perdendo meu tempo? Será que alguém vai ler? Será que vão gostar?

Sendo assim, a segunda pior sensação ocorre quando esse primeiro livro *não foi* uma perda de tempo, as pessoas leram e gostaram. Porque agora você tem que escrever outro e descobrir como fazer o raio cair pela segunda vez no mesmo lugar. Pior ainda, como Hollywood já nos mostrou várias vezes, não podemos ficar apenas numa sequência. Se o primeiro funciona, você tem que projetar logo uma trilogia. O que significa riscos maiores e ainda mais planejamento. O que significa que vocês verão *Ex-Communication* ser lançado mais ou menos um ano depois deste livro que acabaram de ler.

É claro, eu não poderia ter feito tudo isso sozinho. Então preciso fazer alguns sinceros agradecimentos...

A Mary, prestes a se tornar a Dra. Mao, que me apontou todas as direções corretas quando comecei meu projeto de pesquisa sobrę super-humanos. Também um obrigado especial a meu colega de quarto na faculdade, que agora se intitula Dr. John Tansey, diretor do Programa Interdisciplinar de Bioquímica e Biologia Molecular da Universidade Otterbein. John me ajudou a sintonizar o projeto e fez o trabalho do Dr. Sorensen parecer bem mais plausível do que eu poderia ter feito. Qualquer imprecisão, erro ou produtos inverossímeis foram colocados no enredo para servir à ficção e vieram de mim, não deles.

O Exército dos Estados Unidos representa um grande papel nesta história também, e eu sei o bastante sobre a vida e a carreira deles para assumir que sei muito pouco sobre a vida e a carreira deles. Definitivamente não o bastante para fazer jus ao Exército, algo que raramente acontece nas histórias de zumbis. Jeff conversou exaustivamente comigo sobre a decisão de se alistar no exército, assim como meu pai, Dennis (que serviu no Vietnã, a bordo do *Will Rogers*). O sargento Lincoln Crisler – ele mesmo um bom autor – me ajudou com gestos e códigos militares. Minha meia-irmã, Carolyn (sargento mestre Dade, para vocês), passou eras me ensinando a estrutura de comando, as posições e a vida dos militares. Meu melhor amigo, Marcus, que esqueceu mais sobre cada ramo militar do que eu posso algum dia aprender, respondeu a perguntas sobre armas, veículos, táticas e mais, tanto de dia quanto de noite. Ele também me ajudou a resolver diversos problemas nos primeiros rascunhos. Repito, qualquer erro ou exagero nestas páginas cabem inteiramente a mim, não a eles.

Jacob, da Permuted Press, me deixou passar um tempo numa ilha deserta com *The Eerie Adventures of Lycanthrope Robinson Crusoe* antes de mergulhar neste livro.

Jessica, da Permuted, editora original deste livro, pegou coisas demais que eu deixei escapar, tanto na ortografia, na gramática, quanto na estrutura. Agradeço muito também a Matthew, que fez um trabalho fantástico na edição de *Ex-Heroes*. Uma discussão que tivemos sobre explosões sônicas e a natureza da forma de energia de Zzzap acabou virando uma conversa entre Barry e Sorensen.

Sinto-me em dívida com Jen, Larry e John (Surfin Dead, do Zombie Zone News.com), que leram rascunhos iniciais deste livro, ofereceram vários comentários e críticas, e me contaram onde eu estava horrivelmente errado e onde tinha acertado a mão.

E um obrigado muito especial, como sempre, a minha amada esposa, Colleen, que ouve com paciência, critica com sutileza, incentiva com gentileza (ou não com tanta gentileza), e que tem muito mais fé em mim e na minha capacidade do que eu tenho às vezes.

P.C.

Los Angeles, 15 de fevereiro de 2011.